莫念西风凉

安之默 著

山西出版传媒集团　北岳文艺出版社

图书在版编目(CIP)数据

莫念西风凉/安之默著. —太原： 北岳文艺出版社，2018.1（2023.6重印）
ISBN 978-7-5378-5339-2

Ⅰ.①莫… Ⅱ.①安… Ⅲ.①长篇小说－中国－当代 Ⅳ.①I247.5

中国版本图书馆CIP数据核字（2017）第214719号

| 书名：莫念西风凉 | 责任编辑：王朝军 |
| 著者：安之默 | 书籍设计：张　乐 |

出版发行	山西出版传媒集团·北岳文艺出版社
地　　址	山西省太原市并州南路57号
邮　　编	030012
电　　话	0351-5628696（发行部）
	0351-5628688（总编室）
传　　真	0351-5628680
经 销 商	新华书店
印刷装订	山西万佳印业有限公司

开　　本	787mm×1092mm 1/16
字　　数	329千字
印　　张	20.25
版　　次	2018年1月第1版
印　　次	2023年6月山西第2次印刷
书　　号	ISBN 978-7-5378-5339-2
定　　价	68.00元

本书版权为本社独家所有,未经本社同意不得转载、摘编或复制

目录

卷 一　往事已成空，还如一梦中 / 001
卷 二　心似双丝网，中有千千结 / 051
卷 三　千山暮雪，只影向谁去 / 109
卷 四　眉间心上，无计相回避 / 193
卷 五　把酒祝东风，且共从容 / 255
番 外　 / 313

卷 一

往事已成空,还如一梦中

1. 相望恨相遇

子夜一点。

T市街头。

已是早春，却仍然寒意逼人。"寒意勒花春未足。只有东风，不管春拘束。"立在寒风仍然肆虐的街头，沈念想起了很早以前读过的这首词。

从前的沈念，从未在这样的深夜独立街头，可是如今，她已经不是第一次在这料峭的寒风中等出租车了；为了给自己壮胆，她买了防"狼"剂和匕首放在包里——是从什么时候开始，她从柔顺的淑女成了这样一个敢深夜独自站在街头不怕流氓不怕野兽的女汉子？

等了大概二十分钟，终于有一辆出租车停在了她的身边，司机不怀好意地盯着她看了几秒，问，小姐，去哪里？

沈念收起内心的不舒服，坐进了出租车。这样的深夜，一个单身女子，有谁会觉得她是良媛淑女呢？

去青年路口。沈念简单说了这样一句话，就将眼光投向外面，再也不肯看司机一眼。

她想起就在半个小时前，顾西凉醉醺醺打来电话，沈念，车坏在半路了，过来接我。

沈念像往常一样，无一刻迟疑，迅速地穿起黑色风衣，一个人跑到已是冷清的街头，只因为他的那一句话。

空旷的街头，暗沉的夜如嗜吃光明的怪兽，将城市里的灯光，一点点吞噬。

到了青年路，顾西凉银灰色的名爵车静静地待在路边，显然，它刚才与路边的行道树来了一个亲密接触。沈念慌忙打开名爵车车门，车内酒气熏天，顾西凉的额头肿了一个大包，早就不省人事。

沈念来不及掉泪，赶紧将他从车里拽出来，扔在后座上，然后自己坐到驾驶座上试着发动车，谢天谢地，车打着了火。

四十分钟以后，沈念将顾西凉拉回了自己的家。

因为她不知道顾西凉到底住在哪里。

他睡得很安稳，连沈念又拖又拽地将他摔到卧室的床上都没有醒。

沈念明白，他喝多了。不过，顾西凉的酒品还是一如既往的好，吐了一身，却绝不会又哭又闹，只是安静地睡觉。

他的眉还似当年浓密，眼睫毛还似当年卷曲，美丽的鼻梁还似当年高挺。

可心，是否还似当年？

沈念脱下顾西凉已经吐脏的衬衣，忽然听见他喃喃道，为什么，为什么不跟我走？为什么离开我？沈念拿着衬衣，怔怔站在原地，她啜嚅着，看向顾西凉，却见他双眉紧蹙，翻了一个身，又睡去了。

原来是呓语。

沈念却再也无法镇定。往事被这一句话轻轻翻动，骤然间，深埋在岁月里的那么多和他有关的枝蔓，被回忆一点点放大，再放大。

他载着她在那座小城的大街小巷穿梭，她紧搂着他的腰生怕被摔下去。

飘雪的夜晚，顾西凉在沈念必经的路口等她，只因为这一段路没有路灯。

生病的时候，他将她浮肿的脚放入温水中，为她轻轻按摩。

……

回忆那么美，那么好，可心，为什么还那么痛？

跟我走吧，离开这里，只要我们在一起。八年前，顾西凉曾如此恳求沈念，沈念却终究没有和他一起离开。

如果，如果当年，我再勇敢一点点，再自私一点点，是不是，这所有的结局都会改变？彼此可以生死契阔的人，就这样被我轻轻错过，狠狠伤过。

只是，这样的选择，我已经无法后悔。

人生很多事，走过了就是走过了，没有如果，没有假设，我们唯一可以做的，就是背负着这个选择带来的结果，前行。

清晨时分，沈念轻轻地出门，桌上备了顾西凉最爱的早餐，枕边放了一套新的白色衬衣和淡蓝色牛仔裤，那套吐脏的衣裤，昨晚已在阳台飘扬了。

放裤子的时候，顾西凉睡得正香，似乎是做了什么好梦，竟笑出了声。沈念想俯下身给他一个吻，结果，与顾西凉还有一厘米的距离时，她还是生生打住，轻叹一口气，离开。

她没有转身再看一眼熟睡中的顾西凉，所以，没有看到，他的嘴角那抹冷酷的不易觉察的微笑。

晚上，沈念回到家门口时，心里有小小的期待，虽然她知道，顾西凉会像以前一样离开，然后很久不打电话不发信息，直到下次再次有事。但是，沈念还是希望，可以有一次例外。所以，她忐忑地打开防盗门，希望有奇迹发生。

屋里黑暗如昔，沈念抚抚失落的心，打开灯，眼睛仍是不自觉地看向沙发，希望听见他在沙发上说，回来了？我一直在等你。

可惜，雪白的沙发静静地，上面空无一人。

早餐已被消灭，杯碟狼藉。

沈念自嘲地对自己说，这不是最正常的结果吗？你还期待什么呢？你不是说过要承担这一切苦痛吗？那么，就不要期待奇迹，也不要害怕伤害。

只是，真的那么不在意吗？

我们可以欺骗别人，却永远骗不了自己的心。

沈念打开房间里所有的灯，打开电脑里的酷我音乐盒，把自己陷在软软的沙发里……

> 我感动天感动地　怎么感动不了你
> 明明知道没有结局　却还死心塌地
> 我感动天感动地　怎么感动不了你
> 总相信爱情会有奇迹　都是我骗自己
> 以为自己不再去想你
> 保持不被刺痛的距离
> 就算早已忘了我自己
> 却还想要知道你的消息

窗外，没有月亮，没有星星。

注定，又是一个不眠夜。

2. 往事已成伤

顾西凉默默地坐在酒吧的一个角落里吸着烟。

跳动的烟雾中，是沈念在对着她微笑，那微笑，含着温情，含着欢喜，还含着淡淡的无奈和忧伤，是的，无奈和忧伤。每次看到沈念的眼神，顾西凉总是能读出她眼里那么多的忧伤，虽然，她藏得那么深那么深。

当年固执地去爱她，也是因为她的微笑吧？

十年前，顾西凉被好友罗旌拉着去文学社看他的女朋友聂亦风，聂亦风是叽叽喳喳的小女生，有着男孩子一样的短发，也有着男孩子一样的性格，做事风风火火，确实不枉了名字里的"风"字。

聂亦风太过活跃，一见面就拉着罗旌坐到了自己的身边，文学社的沙龙本身比较自由一些，罗旌便顾不得这个被自己绑架来的顾西凉了。

顾西凉只能让眼睛四处漫无目的地巡回，这个时候，他看到了沈念。

简单的马尾，纯白色的棉布裙，素面朝天，让顾西凉猛然想到了那一句"清水出芙蓉，天然去雕饰"。她就那样安安静静地坐在角落里，专心地听着其他人的讨论，时而蹙眉，时而颔首，但微笑，始终挂在她的脸上。这微笑，像三月的春风，吹醒了顾西凉的爱慕之心。

顾西凉就那样对沈念一见钟情。

早知春梦终成空，莫如当年不相逢。

只是，如果注定要相遇，那么，无论历经多少等待，看似多么不可能，命运总会让我们在不期然的时候，撞个满怀。

沈念是聂亦风的好友兼舍友，那一天，顾西凉、沈念和聂亦风、罗旌一起吃晚饭。

聂亦风和罗旌是从高中起就在一起的情侣，加上大学的三年，早就是"老夫老妻"，两个人各种亲昵，看得顾西凉一直向罗旌开火，老兄，公共场合，注意影响。老兄，能不能不要这样秀恩爱，让我这样的单身狗情何以堪？何况还有女孩子在场。……顾西凉这样说，其实是想探探沈念是不是也没有男朋友，以聂亦风那样的性格，肯定会倒豆子一样把所有顾西凉想知道的信息无一遗漏地汇报出来。

你也单身？哎，要不你就和我们沈念谈场恋爱吧？这样我们就可以各行其是了。这样无厘头的话一出，旁边的沈念立即狠狠瞪了一眼聂亦风，说了句"不知羞"便低下头不再说话，顾西凉的心却欢喜得像要跳起来。

此后的此后，沈念被顾西凉心心念念很久。

顾西凉是Ｓ大的学生会主席，高大英俊，谈吐幽默，是Ｓ大众多女生心目中的男神，偏偏这个男神和所有人都保持着适当的距离，更不肯和哪一位女生有更深的交集。渐渐地，顾西凉就成了高冷的代名词。

可顾西凉不在乎。

宁缺毋滥，是他的原则。

在见到沈念的一瞬间，顾西凉觉得自己的心，怦然而动。

这么多年，他知道，他等的就是她。

那一天，是沈念的生日。

顾西凉早早订了一个KTV包厢，请了众多自己的好朋友，最后才由聂亦风出面，去请沈念。

彼时，沈念只是和顾西凉见过几面，而且都是和聂亦风、罗旌一起。

她当顾西凉是很普通的一个朋友。

虽然有几次，顾西凉在图书馆很巧地碰到她，很巧地和她坐在一张桌子上，很巧地在回宿舍的路上相遇，很巧地每次和罗旌、聂亦风吃饭都会遇到她，很巧地上课时会选同一位教授的课，甚至很巧地他总帮她占好座位，但是，沈念天生是不喜欢多想的人，也是天生淡漠的人，对此，她真的只认为，是巧合而已。

大大的包厢里，没有震耳欲聋的音乐，只有一个大大的蛋糕，摆在酒桌上，上面插着漂亮的二十一支蜡烛，蛋糕的周围，是鲜艳的红色玫瑰花。沈念看到这一切的时候，眼泪差点落下来。

没有等眼泪滑落，便有音乐轻轻响起，一个声音传了出来：亲爱的沈念，你是在水一方，你是蒹葭苍苍，你是红尘里我最美的青春邂逅，你是人世间我最好的浮世清欢，我喜欢你。做我的女朋友，好吗？

话音才落，顾西凉从包厢的门外身着白色礼服走了进来，他捧着一大捧红色玫瑰花，深情款款地看着沈念。

沈念一下子怔在原地，这样的情节，太出乎沈念的意料了，连包厢外忽然涌进了很多人都没有反应过来。

面前站着的是英俊的少年，诚挚的双眼宛若星辰，所有的人都在看着沈念，沈念的脸发烧，不知道该怎么面对这样的场面。

容不得她想太多，旁边的聂亦风已经迫不及待地朝着沈念喊起来：沈念，快点接受啊。

最后是怎么回事呢？顾西凉记得是他把花放在沈念的怀里，然后，又把花放在桌子上，拉着沈念在包间里跳舞。

就这样，沈念成了顾西凉的女朋友。

这是一场浪漫的风花雪月的开始，也是一场虐恋的前奏，这宿命的相遇，将沈念和顾西凉的人生轨迹彻底改变，也将爱与伤痛上演得淋漓尽致。

——以至于最后，两个人不得不天涯沦落，彼此牵念又彼此伤害。

与沈念在一起的那一年大四生活，是顾西凉此生都难以忘怀的时光。

沈念学的是中文，又喜欢写作，常常在图书馆看书，写小说；顾西凉学的是经济管理，最头痛的事情就是坐在图书馆里看书。可是为了沈念，顾西凉成了图书馆的常客——只不过，沈念在图书馆看书写作的时候，百无聊赖的顾西凉拿着手机在打游戏。沈念劝他去做自己喜欢的事，顾西凉总是摸摸沈念的头说，我最喜欢的事就是陪着你啊。

沈念是乖学生，从来不会逃课，顾西凉于是也从无政府主义状态回归中规中矩的生活，不过，他是跟着沈念去听课，那些让人缠绵的古诗词鉴赏每次都让顾西凉昏昏欲睡，可他还是坚持着给沈念占座位，然后，就在沈念认真听课的时候，他趴在沈念旁边的桌子上呼呼大睡。

两人都没有课的时候，顾西凉会骑着自行车载着沈念，穿遍T市的大街小巷，那时，木棉花开，她是他的人间四月天。

也会在周末的时候，一起去爬G城郊外的那些小山，那时，云淡风轻，他们以为世间的美好，都在这里。

他们曾约定，毕业后就结婚，顾西凉要做优秀的经济策划师，沈念要写一部优秀的长篇小说，所以，顾西凉也会被沈念逼着去念自己的专业书，而沈念，就在书桌上伏案写稿——

相爱的时候，只要能看到彼此的脸，握着彼此的手，纵然不言不语，也抵得过千万句"我爱你"。

但是，这样一场浪漫而坚贞的爱情，为什么，是你，轻易地和我说了再见——在我猝不及防的时候，在我们没有任何矛盾的时候？

这么多年以后，顾西凉已不是当年模样，脱了单纯，多了成熟；洗尽铅华，换了沧桑。

却仍然记得八年前与沈念的最后一面。

顾西凉站在沈念宿舍门外，看她平静如水的脸，他不相信，那个曾经爱他到骨髓里的女子，会那样决绝地与他分手。

顾西凉拉住沈念的手问,为什么?

沈念却只是淡淡地说,我不爱你了。他急红了眼,伤透了心,甩手给了沈念一个耳光,恨恨地说,沈念,你是一个大骗子。

然后,他转身离开,再也没有看一眼曾经深爱的人。

所以,他没有看见,沈念看他的眼神,那么忧伤,那么无奈,那么绝望。

第三天,顾西凉便接受了父母的安排,去了加拿大留学。

这不是他的初衷,可是,当年约定非卿不嫁的人,已经变了心肠,那么,自己的坚守和执着还有什么意义呢?不如走吧,离开这伤心地,再也不见她。

而八年后,他终于找到了沈念。

但是,沈念,你知道吗?我费尽心思找到你,不是为了爱你,而是为了报复你。

猛抽了一口烟,顾西凉狠狠地把烟头按灭在烟灰缸里,冷冷地走出了这个酒吧。

身后,是流转于大街小巷的《无法原谅》:

为所有爱执着地痛

为所有恨执着地伤

我已分不清爱与恨

是否就这样

血和眼泪在一起滑落

我的心破碎风化

颤抖的手却无法停止

无法原谅

我们的曾经燃烧成灰烬

无所谓了吗

也许吧多残酷的童话

重复上演谎言背叛谎言

可笑可悲啊你的戏

错爱一个人注定被遗忘

　　让时间埋葬　什么都不剩下

我们曾深深相爱，但是你用坚硬无比的刺，把我的心刺成碎片，所以，爱到尽头，便是恨。

我不会原谅你，无论你曾有怎样的理由。

3. 人已各不同

　　傍晚，沈念下班回家。

　　在十字路口等红绿灯。

　　有微凉的风从耳际吹过，彼时正是冬天，夜幕下，城市的霓虹灯眨着漂亮的眼睛，与夜空里的星辰脉脉而视。昏黄的天宇下，一片一片的雪花，在霓虹的照耀下，蝴蝶一样地飘下来。

　　下雪了。

　　那年，也是这样一个冬天吧？沈念上完晚自习忽然很想吃蛋糕，也只是喃喃了一句"要是这个时候吃块蛋糕多好啊"，顾西凉就拉着沈念跑到学校门口的一家西点屋。

　　顾西凉给沈念点了蓝莓慕斯，自己则点了草莓慕斯。那天，他们坐在西点屋的椅子上，看着窗外朦胧的世界，顾西凉说，念，以后的每一天，只要你想吃了，我就会带你去吃，无论何时，无论何地。

　　那时，听到这样的话，沈念抬头看窗外，有雪花轻轻飘下来。沈念说，下雪了。

　　顾西凉也看，说，好别致的雪花。

　　那是沈念第一次听到有人用"别致"来形容雪花，以后的很多年，沈念一看到雪花，就会想起顾西凉说的"别致的雪花"。

　　可是如今，雪花年年落，人已各不同。

　　路旁，有一家蛋糕店，空气里氤氲着甜腻的香味，沈念轻轻地推门进去，要了一块慕斯，静静地坐在店里靠窗的位置上。

当年的慕斯也是这个模样吗？沈念有点恍惚，咬一口，甜得发腻。是从什么时候开始，自己就不再吃慕斯了呢？有八年了吧？自从离开了顾西凉，自己逃避了任何可能怀念顾西凉的东西，以为这样，就能够真的忘记他。可是，顾西凉像影子一样跟着她，悄无声息，却充斥在她的每一个空间里，让她在记忆的茧里越缚越紧。

吃着吃着，沈念的眼泪忍不住簌簌而下。

纵然时光走远，那些曾一起走过的，又怎么会烟消云散？

走出蛋糕店的时候，雪花已经铺满了地面，走上去会发出咯吱咯吱的声音。

沈念重新站在十字路口等红灯，看看表，晚上八点。

老师好，您也是才回家吗？身边传来一个男孩子问好的声音。

侧过头，沈念看到一个十五六岁的少年，正笑眯眯地看着自己。看出是隔壁班级的学生，沈念点点头，下雪了，路上注意安全。少年说了句"谢谢老师"就和身边的其他少年吹着响亮的呼哨远去了。

初三的孩子们刚刚下晚自习不久，十字街头有点拥挤，家长来接的车辆鸣着喇叭，三三两两的孩子们陆陆续续从不远处的校园里走了出来，孩子们有的谈着自习课的题，有的八卦着王菲和李亚鹏离婚的娱乐新闻，只要从沈念身边走过，孩子们都会问候一句"老师好"，身边一起过马路的路人，向沈念投来羡慕的目光，沈念的心，也暖和起来。

想想自己来T市的这所名校也三年了。

三年，又算什么呢？算算，来T市已经八年了。

八年，就这样走远，一切似乎还在昨天，其实却已隔了万水千山，再也回不去。

八年前，大学毕业的沈念他们，适逢国家不再包分配的政策出台，上大学时以为会顺利工作的那一届大学生，临近毕业才知道，从此以后，再也没有"包分配"这种说法。

他们就这样，被推到了国家政策的风口浪尖。

手足无措。

如果分配工作，他们都将回到各自的家乡，成为当地的一名老师，身份是干部，吃财政，铁饭碗，而如今，他们该何去何从？

罗旌和聂亦风最终选择了一起北漂。

顾西凉和沈念，却在此时分手。

时隔八年，沈念仍然记得顾西凉听到她说分手时的眼神，痛苦，难以置信，也清晰地记得顾西凉甩给她的一巴掌。

她以为，八年的时光，足够将所有的回忆打磨成沙，在岁月的沙漏里流逝，可是，为什么，这些记忆却变成了珍珠，越发地散发着璀璨的光华？

顾西凉，你又怎么能知道，离开你，我是不得已，可是，又让我怎么告诉你真相？很多时候，不知道真相，其实是一件快乐的事。

既然注定是要分离，那么说什么，为什么，便都不重要了吧。

回忆是痛的，沈念刚刚有点温暖的心，忽地疼痛起来。

猛然觉得有人拉了一把自己，沈念才从回忆中惊醒，再回头，看到的是顾西凉的脸。

不会过马路了吗？顾西凉的声音响起来，尽管有点冰冷。

你怎么？……沈念是想问你怎么会在这里，可是话到嘴边，还是没有说出来。顾西凉拽着沈念，将她拉到了自己的名爵车旁，打开车门，把沈念塞进了副驾驶座。

然后，顾西凉猛踩油门，在雪地上来了一个漂亮漂移，便向前驶去。

一路上，顾西凉再没有说一句话，沈念也沉默着。

空气如同凝固一般，让人窒息。

十几分钟以后，顾西凉将车停在了沈念的家门口。

五个月前，顾西凉就是在这里，按响了沈念的门铃。

顾西凉出国的八年里，他了解最多的还是沈念。

当年沈念在顾西凉出国后的第三天，便也离开了那座小城，换了手机，注销了QQ，她的行踪，只有最好的朋友聂亦风知道。

所以，顾西凉尽管身在加拿大，却知道沈念起初在私立学校做了好多年，后来参加招聘考试，来到T市最好的中学上班，知道沈念一直在写文章，知道沈念仍然是一个人。

他是沈念身边的隐形人，默默地关注了她八年。

每关注一次，他的心就痛一次，曾经与沈念的一点一滴都在回忆里发酵，膨胀，而对沈念的恨，也一点点积累起来。他恨她，自己都不知道为什么便遭遇了分手，他恨她，恨她那么轻易地将过往统统抹杀，

爱有多深，恨就有多切。

所以，他回国后的第一件事，就是去找沈念。他不知道为什么那么急切地想找她，他也不知道自己对沈念，究竟是爱着还是恨着。

只知道，他一定要站在沈念的面前。

沈念惶惶然地下了车，站在车旁走也不是，留也不是。她暗暗地骂自己的无能为力，她是那么骄傲那么独立的人，可是一旦站在顾西凉面前，沈念总是没有一点底气。她以为八年来自己独当一面，早已经可以面对任何人任何事都镇定自若，可是，在顾西凉这里，她还是溃不成军。

顾西凉看着沈念的样子，有点想笑，却又有莫名的恨意涌上心间。沈念，你知道你离开的日子，我是怎么过来的吗？就像现在的你一样手足无措。我不知道自己做错了什么，也不知道没有你以后我该怎么过，我的世界在你走了以后碎裂成齑粉。八年，2920天，每一天我都在煎熬中度过，在加拿大的每一天，我都没有好好睡过觉，因为一睡觉，你就会出现在我的梦里，那种刻骨的思念噬咬着我的心。这些，你知道吗？

顾西凉冷冷地看着沈念，说，难道你不准备请我上去坐一会儿吗？

沈念愣了一下，强自镇定地从包里将钥匙拿了出来，说了一声"走吧"便走在了顾西凉的前面。

顾西凉的心，有瞬间的柔软。从前的沈念，永远都不知道把钥匙放在固定的地方，每次找钥匙，一定会把包翻个底朝天，什么书啦，口红啦，手机啦，都会被她请出来晾晒几番，才可以从包的犄角旮旯里找到钥匙。为此，顾西凉不知说过她多少次，可是直到分手，沈念也没有改掉这个毛病。而如今，看她瞬间就将

钥匙拿出来，顾西凉有些小小的酸涩。

八年，八年的时间，原来我们真的已经不是当年的我们，宇宙洪荒，沧海横流，一切，都已变了模样。

从五个月前第一次敲开沈念的家门，顾西凉就已经光临过这个家十几次，虽然每次都是喝得醉醺醺的才会被沈念搬回来，可是第二天离开的时候，他是清醒的。

这个小小的六十平方米的家，冰箱里有什么，卧室里铺着什么颜色的床单，床头灯的开关在哪里，顾西凉都知道得一清二楚。

顾西凉坐在沙发上，打开电视，看起了足球赛，似乎没有要走的意思。

看见沈念愣愣地站在门口，顾西凉说，沈念，做点饭吧，饿死了。

哦，沈念脱下高跟鞋，脱了外套，理了理被风吹乱的头发，到厨房去做饭。

半个小时后，沈念把做好的菜端到了餐桌上，有尖椒土豆丝、腰果炒百合，还有一小碟精致的咸菜；接着，是一盘油煎小笼包。最后端上来的，是一古香喷喷的拌汤，浓浓的汤上漂着绿色的菠菜和切成圆片的豆角，鸡蛋打散了磕在锅里，黄白分明，加上红色的西红柿，色彩鲜艳，看着，都觉得食欲大增。

闻到香味，顾西凉坐到了餐桌前，这是他最爱吃的饭了。他让沈念给他盛了一大碗，狼吞虎咽地吃起来。一边吃还一边说，味道还和当年的一样，我以为你忘记了呢。轻描淡写的一句话，却惹出了沈念的眼泪。

但凡是与你相关的，我怎么敢忘记，又怎么能忘记？纵使喝了孟婆汤，转入下一世，我也会记得。

顾西凉喝光了一大古的拌汤，吃了三个油煎小笼包，吃光了沈念炒的菜，才拍着肚子说，终于吃饱了。他的神态，宛若当年。以前每次吃完饭，顾西凉也会这样拍着肚子说终于吃饱了，还会说，念，你以后要一辈子做饭给我吃哦，每顿都要这么好吃，不许偷懒哦。

沈念恍惚觉得，旧日时光重现。

原来，那些过往的记忆，就那样鲜活地贮藏在时光里，始终不曾远去，纵然隔着岁月的河流，却仍然看得见此生不忘的片段，伴着每一天，如斯老去。

沈念，今天开始，我正式搬过来住了，你同意吗？等收拾完碗碟，顾西凉忽然对坐在沙发对面的沈念说。

　　沈念似乎有点没反应过来,自从五个月前重逢,顾西凉除了喝得酩酊大醉来找自己,就是没钱了打电话给自己,而且,从来没有像今天一样,让人无数次地怀恋旧日时光。

　　这是怎么了?沈念感觉自己的脑子有点短路。

　　顾西凉看着眼前的沈念,这个29岁的女子,俊俏的脸庞上那两个深深的酒窝,那两个曾让他深深迷恋的酒窝,在她消瘦的脸颊愈发明显。八年的时光不短,可沈念似乎并没有变老,仍然是光洁的额头,白净的皮肤,依然是玲珑的身材,染得发黄的头发,唯一变化的,是她那双眼睛,眼神里再也没有了昔日的纯真和无邪,而多了的,是一种与世无争的宁静和淡泊。他记得,当年的她,是怎样的纯净如水而又锋芒毕露啊。或许,岁月真的是魔术师吧。看看自己,不是也变得面目全非了吗?

　　顾西凉走到沈念面前,轻轻地把沈念从沙发上拉起来,抱进了怀里,然后,低下头,搜寻着沈念的唇,沈念的身体微微颤抖着,脑子里一片空白。

　　顾西凉的双手,在即将探进沈念的衣服时,忽然打住。

　　沈念,我们各睡各的哦,你住东面卧室,我住西面。说完,他重新坐到沙发上看电视。

　　沈念什么也没有说,只是看了一眼顾西凉,就去整理西面的卧室了。

　　顾西凉看着沈念留给他的背影,心里五味杂陈。

　　自己究竟要什么呢?连他自己也不知道了。对沈念,他也忽然分不清是什么感情了。爱吗?为什么每次想到沈念,顾西凉都觉得心底的恨意蔓延;恨吗?为什么每次看到沈念,顾西凉的恨总是跑得无影无踪,只剩下对她的爱和怜惜。

　　这矛盾而又复杂的感情,一度让顾西凉彷徨。

　　彷徨时,他便以酒消愁,消完愁喝醉了,便给沈念打电话,让沈念来接他。

　　而今天,他决定要结束这样的状态了。

4. 爱恨难成眠

顾西凉醒来的时候，已经是上午十点。

他伸了伸懒腰，从被窝里爬起来，拉开了厚重的棉布窗帘。在棉布窗帘里面是一层淡蓝色的纱帘，拉开纱帘，温和的阳光一下子从窗外流泻进来。

惬意，舒适，温馨。

让他想起很多和沈念一起的时光。

沈念固执地喜欢淡蓝色，她宿舍里的床单是淡蓝色的，壁纸是淡蓝色的，连枕巾都选了淡蓝色。

她还喜欢棉布，那个时候，穿棉布裙的女孩子还不多，沈念却时常是一条白色棉布长裙，米色棉布上衣，清汤挂面式的披肩长发，加之沈念是小有名气的校园作家，所以在S大的校园里，她成了一道独特的风景，亦引来众多爱慕者。

可惜那个时候沈念情窦未开，在遇到顾西凉之前，沈念对喜欢她的男生一律屏蔽。后来顾西凉曾问过沈念，难道众多追求者中没有一个中意的吗？沈念笑一笑，说，不知道啊，好多我都不认识，而且当时打定主意就是坚决不会和中文系的男生谈恋爱，因为不喜欢男生做老师啊。我又不知道谁是中文系的，所以干脆统统拒绝，省去很多麻烦。

当其他女孩子为没有男生追而伤心的时候，沈念却以这样一个奇特的理由拒绝了N多的男生，连顾西凉都觉得这个逻辑不成立，分明就是一棍子打死一竿子人嘛。

可是沈念说，不是我这样一棍子，哪里还有你的份？

顾西凉想想沈念说得很对，但有时候还是会怂恿沈念说，你干脆换个笔名吧，叫"沈一棍"，也可以用谐音"神一棍"。有一次写稿子，沈念真的调皮地用了"沈一棍"的笔名，被编辑威胁说"只此一次，下不为例"，好端端的"沈念"作者不见了，出来个什么鬼"沈一棍"，读者能接受吗？

原来，自己并不曾忘记那些青葱岁月里的美好时光。只是，沈念，分别之后，你是否和我一样，因为记得那些清淡时光的快乐秾丽而心意凄凉？爱销魂，思念更销魂。

站在窗前，顾西凉又想起自己突然出现在沈念家门口时她的表情。

是惊讶，是激动，是无法用语言表述的百感交集。

当时沈念怔怔地望着顾西凉，忘记了说话，忘记了让他进屋。

顾西凉看着沈念，她明亮的眸子，已不复当年的单纯清澈，隐藏眼底的，有隐隐的忧伤，有淡淡的惆怅，有默然的淡定。

人生的兜兜转转里，

我们重逢又分离，

如果相爱是错误，

为何我们偏偏又相遇？

往事那么沉重，沉重得让顾西凉再也不愿意回忆。如若所有的时光都倒流，一切都重新开始，是不是，他和她，就可以好好地在一起？

不，所有的一切都已是曾经，曾经的曾经再也回不去。

对的，错的，爱的，恨的，沿着时光的河流，飞速向前。即使我们用尽力气挽留，也只是在自己的心上刻下深深的伤痕，成了带着镣铐跳舞的奴隶，在不堪的往事里自我折磨。

此后的日子，顾西凉真的住进了沈念的家。

他心安理得地接受着沈念的好，可就是，不给沈念一点温存和爱。

他会埋头吃饭，他会开心地看电视，他会忘我地打游戏，就是很少和沈念说话。

有很多次，顾西凉自己都觉得过分了，可是沈念，依然是默默忍受，没有怨言，甚至连脸上，都没有悲戚，这让顾西凉更有一种挫败感。

他知道沈念是一个温婉的女子，可是，他也知道她是一个多么刚烈的女子。

大四第二个学期，中文系举办了一次征文活动，如果获得特等奖可以被保送研究生。沈念很有信心地参加了，因为之前沈念已经是小有名气的写手，在两个杂志开设有自己的专栏，对沈念而言，这小小的征文就是小菜一碟。可是最后公布名单的时候，获得特等奖的是系主任的女儿。原来征文不过是幌子，是系里为系主任的女儿保送研究生而举办的一次意义特殊的活动，虽然沈念获得了一等奖，奖金是一万元，沈念还是决然退赛。

系主任出面都没有让沈念回心转意。

这样公然的陪绑，她不做。

那件事后，顾西凉才真正认识了沈念。她外表文静温婉，骨子里却坚强骄傲，有股"宁为玉碎不为瓦全"的劲儿，她觉得不值得的事，是不会做的，哪怕最后的结果是两败俱伤。

可是如今，那个刚烈的沈念哪里去了？她沉默地为他做着一切，将自己的悲喜深深掩埋，她的心，究竟在想什么？他不知道。可是沈念越是这样，就越是激起顾西凉的斗志，他要看看，沈念究竟可以承受多大的苦痛。

沈念做了满满一桌子菜，因为今天，是顾西凉的生日。

晚六点，顾西凉回来了。

他看了看一桌子的菜，又看了看沙发上坐着的沈念，心里忽然酸酸的，莫名地想流泪。分开这么久，她居然还记得自己的生日。

但是，他今天不会在这里吃饭。

沈念，给我两千块钱，今天同事们给我过生日，我们在海外海吃饭，晚上去唱歌，我请客。顾西凉连鞋也没有脱，他害怕自己一脱鞋，就不愿意再出去。

沈念的脸上有隐藏不住的失落，她幽幽地看了顾西凉一眼，那眼神里，有失望，有无奈，还有疼惜。这样的眼神，让顾西凉感觉到了一点点胜利的喜悦，却又莫名地感到心痛。

别喝太多酒。沈念把钱递给顾西凉，轻轻地说。

顾西凉有一瞬间的惊愕，沈念，你不是一个很坚强的人吗？你不是一个很骄傲的人吗？怎么现在，你这样逆来顺受？

顾西凉狠狠地推了一把沈念，边转身边说，男人的事，女人少管。便走出了家门。而沈念没站稳，跌倒在地上，额头一下子磕到了茶几的拐角，血，流了出来。

顾西凉没有看见。

沈念默默地站起来，从医药箱里拿出碘酒和纱布，照着镜子，处理伤口。从头到尾，她都没有再掉一滴泪。

处理完伤口，沈念打开电视，斜靠在沙发上看电视。

她要等着顾西凉回来。

她不知道，顾西凉会和她在一起多久，沈念是一个聪明的女人，以现状看来，顾西凉与自己共度余生是不可能的了。那么，趁现在，我们在一起，就让我把所有可以做的，都做完；即使有一天，你决然离开，我还可以抱着这些你的回忆慢慢老去。

深夜一点多的时候，顾西凉回来了。

客厅里仍然亮着灯，电视只有画面没有声音，而沈念，斜斜地靠在沙发上，已经睡着了。顾西凉久久地注视着熟睡中的沈念，她的额头上多了一块洁白的纱布，她怎么会受伤？她的脸颊上残留着两行泪痕，看到这些，顾西凉的心里有点难过。

他是抱着报复她的目的而来的，但是，每次狠狠地伤了她以后，他都会觉得很难受。

难道，自己还爱她？不，顾西凉不承认。怎么会还有爱呢？从你决定抛弃我的那一刻开始，我对你就只剩下了恨，我寻寻觅觅，就是为了让你品尝当年我的痛苦。

所以，他最后还是走回了自己的卧室。

但是他抱出了一床薄薄的毯子，轻轻地盖在了沈念的身上。

5. 剪不断，理还乱

沈念静静地坐在灯下看书。

有人敲门，应该是顾西凉回来了。

沈念打开门，却见顾西凉搂着一个妖娆的女人站在门口，这个女人穿得很暴露，烫着流行的卷发，染得金黄，满脸的脂粉掩住了本来的脸色。

女人显然愣了一下，她一定没想到，居然有男人敢将另一个女人冠冕堂皇地带回家里来。但是，顾西凉一把推开沈念，一边嘀咕着"看什么看"，一边搂着女人去了自己的卧室，剩下沈念呆呆地站在门口。

疼痛像惯常一样，狠狠地轧过沈念的每一寸肌肤每一个毛孔。已经麻木了吗？不，表面上你没有看到我的伤痕，没有看到我的一滴鲜血，但是，你剖开我的身体，会看到，我的心，我的肺，我的肝，我的胃，我的肠子我的大脑，都已经碎成了齑粉。

顾西凉，如果你已经不爱，就放我走，不要这样折磨我，好吗？你是不是，看到我痛到撕心裂肺，你才会开心？是不是我遍体鳞伤千疮百孔，你才会幸福？

沈念，你醒醒吧，他早就不爱你了，你以为他这样折磨你是因为爱你？你大错特错了，他对你，只有恨，没有一点爱，哪怕是一点同情和可怜。

为什么，你还要如此执迷不悟？

沈念慢慢地进了卫生间，将浴缸里放了满满的水，她把自己的身体没入水中，只留下脑袋，闭上眼，在上升的水蒸气里，沈念感到脸上湿湿的。

而卧室里，妖娆的女人刚准备去抱顾西凉，却被顾西凉一把推开。他看着她说，告诉你，今晚不许脱衣服。我不会动你的，但是你要大声地叫，明白吗？酬劳照付。

妖娆的女人有点发蒙，不和我上床，还要我叫床，这是拍电影啊？不过，她没多想，反正有钱赚又不用服务，多好的差事啊。于是，女人躺在床上，高低起伏地叫起来；而顾西凉坐在卧室的沙发上，始终阴沉着脸。

卫生间与顾西凉的卧室是相邻的，女人的叫声断断续续地传到了沈念的耳朵里。

沈念的眼泪，终于，决堤而出。

就流这最后一次眼泪吧，它让我记得我曾经用心爱过你。

就流这最后一次眼泪吧，它让我记得我曾努力挽回过你。

就流这最后一次眼泪吧，它让我知道我再也无愧于你。

从此，我不会再为你流一滴泪。

人，有时候是多么的自以为是，我们自以为是地哭，自以为是地笑，自以为是地爱，也自以为是地恨，却从来没有想过认真地问一句对方，问一句自己，你的真心是怎样的，就这样，在自以为是的真相面前，我们迷失了自己，伤害了别人，错失了真爱。当有一天，所有的结局猝不及防地横亘在我们面前时，我们才知道后悔。

只是，若真的可以后悔，我们人这样的贱骨头，还会珍惜还会痛哭吗？

沈念默默地坐在麦当劳二楼临窗的一张椅子上，看着窗外的车水马龙。

正是N中放学的时间，冬日的北方，六点半已是华灯初上，街头一片嘈杂。这是一个十字路口，每到上下学时间，总是拥挤不堪，用寸步难行来形容一点也不为过。最响亮的大概非汽车喇叭莫属了，每一声鸣响，都明显地透露出车主人的怒气和焦躁，行人亦是万分的不满意，偏偏不相让，不是怒目而视，就是嘟囔着不满。

一对情侣从对面的职业学院走了出来，女孩子大概很活泼，叽叽喳喳地说着什么，男孩子却内敛得很，不怎么说话，只是时不时看看前后左右。他们应该是想穿过十字路口，来麦当劳的，因为女孩子指了指麦当劳，用探寻的眼光看男孩子。

也许是过分专注于聊天，黄灯亮起的时候，女孩子蹦跳着要过马路，被男孩子一把拉回了，嗔怪似的拍拍她的头。

往事扑面而来。

每次过马路，一定是顾西凉牵了沈念的手，确定前后左右都没有危险的时候，才会拉着她走。有一次，沈念想要跑到街对面的顾西凉身边，抢了黄灯快跑过去，被顾西凉一顿训斥，小孩子才不会过马路，你多大了，闯黄灯多危险啊，知不知道？不许再有下次了哈。沈念只能小孩子似的点点头，哎，在顾西凉面前，沈念的独立是断断发挥不出来的。

而如今，顾西凉，你是牵了谁的手，在这红尘里走？

你也在这里啊？沈念。一声问候响起，将沈念拉回了现实。

回头，一个高大帅气的男孩子站在沈念身边，原来是单位的同事莫晓南。

沈念与他不是很熟，只知道是新来的什么教育督导。坊间传闻他是市里某位领导的公子，现在不过是来这里点个卯，过段时间自然会调离教育单位，进入政府机关。

沈念对干部子弟一向没有好感，虽然这个莫晓男帅气大方，也没有高干子弟的咄咄逼人，可是沈念对其还是敬而远之。

从莫晓南来这里的九月份开始，曾经几次请沈念去吃饭，沈念知道还有很多人被邀请，她不喜欢热闹，婉言谢绝，从未出席过他的宴请。

现在，在这里碰到，沈念觉得有点尴尬。

原来你喜欢麦当劳啊，怪不得不赴我的邀请。莫晓南坐在沈念对面，用含笑的眼睛看着沈念。

毫无疑问，莫晓南是英俊的，否则也不会在短短的几个月里，就有好几个同来的大学毕业生对他芳心暗许。莫晓南倒是很大方，谁的邀请也去，和哪个女孩子也聊得来，就是没有听说他和谁确定关系。

也难怪，越帅气家境越好的男孩，越难以专情。

沈念笑一笑，没有说话。这个时候，无论说什么都好像不太妥当，只好沉默。

再来一杯咖啡怎么样？没等沈念回答，莫晓南就跑下了楼，没多久，端上来两杯热腾腾的咖啡。

谢谢。沈念的礼貌从来周到。

莫晓南看着面前的沈念，又想起了第一次见沈念的情景。

开学前一天的职工大会上，沈念上身穿一件黑色长袖衫，下身一件黑色的纺纱双层公主裙，黑色丝袜，黑色小缎面靴，头发随意扎成了马尾，画了淡淡的妆，安静地坐在第三排椅子上。

神情淡漠。

第一天来报到的莫晓南恰恰坐在了沈念的身侧。

不知为什么，有一种似曾相识的感觉让莫晓南对沈念多看了两眼。

美丽的、矜持的、妖艳的、狂野的……各色女子，莫晓南见得多了，可眼前这个并不十分美丽的女子，身上有一种特别的气质，吸引着他去探究她，去了解她。

很快，他就打探到这个女子名叫沈念，三年前来到N中，单身，喜欢独来独往，具体情况不详。据说业余时间写作，是个小有名气的写手。

他曾多次假他人之名邀请沈念一起参加聚会，可惜沈念一次都没有参加过。这让莫晓南很有挫败感。

可是他一向越挫越勇。

他时刻关注着沈念，大概连沈念自己，也没有如此在意过自己做了什么事。可是莫晓南能够准确地说出什么时间沈念在干什么，比学校的监控还要准。

今天，他就是看到沈念进了麦当劳，才尾随而来的。

他有很多话想跟沈念说，可是面前的沈念不是低着头搅着咖啡，就是望向窗外，伶牙俐齿的莫晓南这个时候竟然无语了。

忽然，沈念的手明显抖了一下，脸色瞬间变得很难看。

顺着沈念的目光出去，莫晓南看到一个身材颀长的男子，正牵着一个女孩子的手过马路。沈念的目光久久地追随着那个男子，直到最后，男子进入了沈念的盲区，她才收回目光，却只是低下头，连咖啡也不再搅动。

莫晓南轻轻地问，沈念，你，你没事吧？问出口就觉得自己简直不会说话，那能叫没事吗？

沈念轻轻地摇了摇头，说了声，对不起，我先走一步。便撇下莫晓南一个人走出了麦当劳。

莫晓南追下楼去，看见沈念的身影已没入昏黄的灯光里。

在萧瑟的北方街头，显得孤独而落寞。

6. 夜长人不寐

沈念慢慢睁开眼，看到的，是满眼的白色。

炫目的安静的纯洁的白。

似乎不愿意看见这个世界，沈念重新又闭上了眼睛。

就这样安静地睡到地老天荒吧，什么也不用想，什么也不用说，一觉醒来，世界还是当年的模样，有你温柔的双眼看着我，有你温暖的双手握着我，有你在我耳边低低絮语，说，念，我会一辈子爱你，无论世界变成什么样子。

可是如今，时间蹂躏了记忆，岁月苍老了誓言，此去经年，身后的世界，早已沧海桑田。

两滴泪，从沈念的眼角溢出。

一双手轻轻地抹去她眼角的泪，有一个温柔的声音传入她的耳朵。

你醒了？耳边传来莫晓南的声音。

沈念再次睁开眼，一张阳光帅气的脸，浮现在她的面前。

今天早晨你在学校门口晕倒了，我刚好经过，就把你送到医院了。医生说你低血糖，饮食也不规律，才会晕倒的。莫晓南边说边倒了一杯水，送到沈念的面前，加了糖的，喝点吧。

回忆，瞬间将沈念淹没。

来，乖乖喝糖水。顾西凉端着一杯糖水站在沈念面前，眼神温柔。

来，乖乖吃饭。顾西凉端着饭盆，将粥送到自己嘴边吹好，然后递到沈念的嘴边，盯着沈念把粥咽到肚子里。

来，乖乖闭眼睛，睡觉，我就在你身边。顾西凉把沈念的被子掖好，像哄孩子一样轻拍着沈念的肩，沈念真的睡着了。

告诉你，这一周不许和编辑联系，不许写稿子，听到没有？顾西凉严厉地叮嘱沈念，一副"违背了这一点后果很严重"的模样。

那时，是沈念因为赶稿子熬了三个通宵后晕倒，顾西凉陪沈念在学校医院住院部的时节。

如今，我又生病了，又晕倒了，可是，西凉，你在哪里呢？

想到这些，沈念的心像被尖刀刺了一样疼，她又想起那些被顾西凉带回家的女人，又想起那天麦当劳门口碰到的被顾西凉牵着手的女生。

时光荏苒，我还在记忆里回转，你却早已离我山长水阔。

痛苦的眼泪，从眼里流出来，莫晓南待在原地，不知该怎么样安慰她。

只好当作没看见。可是，他多么想给她一些温暖，尤其是刚刚，看到沈念闭着眼流泪，他忽然好想将这个女人抱在怀里，告诉她，有我呢，你有什么苦，都说出来吧。从来没有一个女人，让莫晓南如此地心动。

是不是这就叫爱？他不知道。

他是情场高手，从没有为谁动过心，也从没对谁认真过，可是面对沈念，他总是想多一分关怀给她，想多看到她的笑容，想给她肩膀给她安慰。

整整一天，莫晓南都待在医院里陪着沈念，一会儿给她削苹果，一会儿给她倒糖水，宛然体贴的男朋友。

晚上的时候，医生要求沈念继续住院观察，沈念却坚持要出院。无论多晚，顾西凉肯定是会回家的。她不想让顾西凉知道自己晕倒的事。

没办法，莫晓南只好开车送沈念回家。

到了沈念家楼下的时候，已经是晚上十点半。

你自己可以上楼吗？用不用我送你上去？莫晓南话都说得这样明白了，他以为沈念一定会请他上去坐一会儿，喝杯茶。

没事，谢谢你，你也早点回去休息吧。沈念委婉地将莫晓南挡到了楼门口，她不会随便请人上楼，更不想在这个时候，让顾西凉看到自己被其他的男人送回家，尽管只是送回家而已，尽管顾西凉已经那么深地伤害了沈念。

莫晓南只好点点头，开车离开。

打开房门，家里漆黑一片，沈念心里冰凉，顾西凉今夜又是要半夜才会回来吧。

她轻轻地叹口气，转身进了自己的房间。

一会儿，沈念换了一件粉色的睡衣出来，她要去泡个澡，让冰冷的心，有一点温度。

而此刻，顾西凉正安静地站在自己卧室的阳台上。

他今天回来得很早，本想和沈念一起吃顿饭，没想到，一向按时回家的沈念却没在家。一直到晚上十点半，他才看到沈念从一辆银色的奥迪车上下来。似乎沈念还和奥迪车车主说了几句话，当时他想，如果这个男人胆敢对沈念有点动作，自己一定冲下去把他暴打一顿。

但，什么都没有发生。奥迪车主离开，沈念上楼，很像是普通的同事间的接送。

可是，顾西凉还是刻意地记住了奥迪车的车牌号，而他的心，也几乎要冒出火来。

沈念，你这么晚被男人送回家，难道不应该告诉我一声吗？他自己忘记了，哪一次他带着形形色色的女人回家告诉过沈念？哪一次他夜半喝得醉醺醺回家提前给沈念打过电话？

人，总是不自知，总是喜欢要求对方，却总是忘记回头看看自己。

浴室里传出哗哗的流水声，顾西凉闭上眼睛，想起了八年前自己过生日的那一天。

那一天，同宿舍的兄弟们为顾西凉庆生，顾西凉带着沈念一起去。

酒喝了很多，最后顾西凉喝得七荤八素，他的那帮兄弟们没办法，只好把顾西凉安顿到附近的一家酒店，由沈念负责照顾。

大概是酒精的作用，看到眼前的沈念，顾西凉心旌摇曳，拥抱住沈念不停地吻她，甚至，想要和沈念发生关系。

沈念回应着他的吻，却拒绝着他的身体。

最后，将顾西凉推到床上呼呼大睡。

第二天，沈念说，西凉，我要把最好的自己，留给我们最美的时刻。

那时候，顾西凉爱极了沈念。

而如今，他想不通，曾经那么自爱的女孩子，怎么会深更半夜被一个开奥迪车的男人送回家？说他们之间清清白白，恐怕没有几个人会相信。

一想到这里，顾西凉的心，就像被万千条虫子咬一样难受。

沈念，一起去吃饭吧。食堂的饭太难吃了。莫晓南拦住正要去食堂吃饭的沈念说。自从上次沈念住院被莫晓南照顾了一天又送回家后，两个人的关系便有所亲近。

沈念笑笑，没觉得啊，还要赶稿子，就在食堂吃吧。

莫晓南睁着亮晶晶的眸子，对着沈念笑眯眯地说，怎么，不愿意和我吃饭啊？我又不是灰太狼。一句话逗得沈念扑哧一声笑了出来，没关系，如果你是灰太狼，我一定是喜羊羊。莫晓南有片刻的恍惚，从没有见过沈念还会这样地开玩笑，她从来都是一个人坐在办公室里，除了公事之外很少说话。

原来，她也是俏皮的女孩子啊。

莫晓南开车将沈念载到了离单位不太远的"海外海"饭庄。以前，沈念曾和同事一起来这里，属于星级标准，超级贵的。

没必要这么夸张吧？咱俩吃大排档都可以啊。沈念情不自禁地对莫晓南说。

请美女吃饭，怎么可以去大排档呢？莫晓南一边说一边替沈念拉开车门。

优雅的环境，让沈念顿时觉得神清气爽，看来，钱，真的不是白花的，花了什么样的钱，就可以得到什么样的享受。

沈念，猜猜我多大？菜还没上齐，莫晓南就来了这么一句。

沈念微微一笑，我没兴趣知道你的年龄，所以也不愿意猜。

莫晓南似乎并没有因为沈念这样的回答而不开心，这样的女人，他可是第一次遇到。

唉，我三十多了，还离了婚，男人没钱不能活啊。没想到，紧接着，莫晓南就开始讲述自己的故事。

沈念心里有点意外，年龄在三十多倒是应该差不多的，不过，一般人是不愿意讲述自己离婚的事情的，这与沈念以前对男人的认识有点相悖。

不过，她没说话，因为她不知道该说什么，安慰吧，总觉得能将离婚这件事这么轻描淡写说出来的人，是不在乎这件事的；赞成吧，哪里有人拍着手说你离婚离得好的？所以，只好沉默，低着头喝水。

唉，因为年轻时候太贪玩，结果找了个小姐当老婆，所以，当孩子一岁多的时候，老婆按捺不住寂寞，和别的男人跑了。你看，我是一个多么失败的男人。莫晓南依然在讲述自己的事情，但是，怎么听着都不像是在说自己，倒像是在说别人的事——沈念还没见过谁把这种事情说得如此轻飘飘。

那——孩子——？沈念觉得自己不问点什么，似乎有点说不过去了，于是，只好拿孩子来说事。

我爸妈看着呢。莫晓南利索地回答，没有丝毫的不开心。

沈念不知该再说什么了，倒是莫晓南马上接着问，你呢？我觉得，你是一个有故事的人。

沈念没想到他会这么说，抬起头看了看莫晓南，然后，轻轻地笑一笑说，我们又不谈情说爱，何必执着于我的故事呢？

莫晓南心里微微一颤，认定了沈念真的是一个与众不同的神秘的女人。

是的，与众不同。

曾经有两次，当莫晓南从夜店回来的时候，看见沈念独自一人站在冷清的城市街头，他不知道那样的深夜，她这样一个单身的女子要去哪里，或者从哪里来。

那一刻，他甚至有跟着她一探究竟的冲动，可是，他忍住了。但是也就是在那一刻才发现，对这个女人，除了工作中的了解他几乎一无所知。

那么，给我一点时间，我会慢慢了解你，熟悉你，直到，你也和我一样，对我有强烈的探究的欲望。

但是，他不知道，沈念的心，从来只放着一个人。

7. 深爱成痴，情难依旧

沈念，这么巧啊，来，上车。沈念刚刚出门，还没走两步，莫晓南的奥迪车便停在了身旁。

不用了，很近的，我走过去就好。沈念不想和莫晓南再有什么交集，也不愿意让顾西凉看到。唉，那天自己都不知道顾西凉几点回家的，她不知道顾西凉始终在家。自从顾西凉住进了另一个卧室，沈念晚上从来不进，只有中午会进去收拾房间——因为中午，顾西凉上班不回家。

怎么，这点面子都不给吗？顺路而已。莫晓南这样说，沈念也不好再拒绝，于是上了他的车。

第二天，莫晓南再次"偶遇"沈念。

不用了，我今天，那个，想锻炼。沈念想不出什么拒绝的理由，只好说要走走锻炼身体。

没想到，莫晓南将车停在了路边，一边下车一边说，好啊，我也想锻炼锻炼呢，一起吧。

沈念真是气极无语。她实在不愿意和莫晓南有更为密切的往来。

后来，为了避开莫晓南，沈念不得不提前十分钟从家里走，但是，过两天，莫晓南就会提前十五分钟来偶遇沈念。

沈念没有见过如此锲而不舍的人。

一个阴雨的早晨，莫晓南照例偶遇了沈念。

这次，沈念没有找任何理由，很痛快地坐进了莫晓南的车。莫晓南窃喜，以为自己的付出得到了回报。

在临下车的时候，沈念很郑重地对莫晓南说，莫晓南，我们只适合做朋友，而且，只能做朋友。以后真的不必来接我了。

莫晓南的心意，沈念岂是不知？

只是，他与自己，本是两个世界的人。更何况，自己的心里，已经装了一个人，无论这个人对她怎么样，她都不会再爱其他人。

既然不可能在一起，那么，让我们在还没有泥足深陷的时候，及早抽身吧。

可惜，莫晓南是一个不容易退却的人——尤其是面对他喜欢的女人。

从来都只有他拒绝女人，哪里还有女人拒绝过他呢？偏偏这个拒绝他的人，是他动了心的一个。

你喜不喜欢我是你的事，但是，我知道我很喜欢你，既然男未婚，女未嫁，我就有追求你的权利哦。所以，我会继续努力的，直到你喜欢我为止。莫晓南在听完沈念的拒绝之后，笑嘻嘻地对着沈念说。

沈念只是看了他一眼，什么都没有说。

但是，沈念再也不肯坐他的车，无论他多早去接。

顾西凉仍然会带着各色女人回沈念的家来住，仍然会花钱让这些女人大叫、呻吟，而自己却久久地坐在落地窗前，不眠不休，就那样看着下面车水马龙的世界，经常一坐就是一整晚。

沈念再也没有在客厅等过他，虽然，客厅的灯，仍然为他留着。

顾西凉知道，沈念一定在书房看书。他以为，沈念会哭，会闹，会质问，会责骂，却什么都没有发生。沈念只是默默地忍受着，从不说，从不问。

无论顾西凉是否回家，沈念都会做好饭，放在餐桌上。花样每天翻新，都是从前顾西凉爱吃的。就连味道、咸淡，沈念都没有忘记——因为有一次，顾西凉实在饿坏了，半夜下来"偷吃"，才觉得都是恰到好处。

终于有一天，顾西凉再次带女人回来的时候，沈念正在烤蛋糕。他对沈念说，待会儿给我送几块蛋糕进来。

沈念盯着他看了很长时间，端起烤好的蛋糕，全部倒进了垃圾桶。还没有烤的面，沈念也装到了垃圾袋，扔到了垃圾桶里。

看着沈念这样做，顾西凉忽然有点想笑，这才是他以前认识的沈念。他给了带回来的女人一张百元大钞，说，回去打车，现在快走。女人还想说什么，却被顾西凉推出了门。

沈念已经坐到了沙发上，拿起电视遥控器换台，不到一分钟的时间里，沈念换了不下二十个台。

顾西凉坐到沈念身边，拿下遥控器，说，这样会坏了电视的。

沈念站起身子要走，顾西凉一把拉住沈念，盯着她的眼睛，说，沈念，原来的你哪里去了？对我的这些所作所为，你为什么不生气，为什么不责问，为什么那么无动于衷？难道，我不值得你过问一下吗？

沈念看着顾西凉，倔强地抬起头，不说话。

顾西凉，你还要我说什么呢？我还可以说什么呢？纵然再多的语言，也挽不回你的真爱；纵然再多的眼泪，也唤不回我们的曾经。那么，还有什么必要，再用言语彼此纠缠？

此时的沈念，才该是青春年华里陪自己走过的那个沈念吧？才该是让自己爱到刻骨铭心的沈念吧？看着沈念的脸庞，顾西凉猛然将沈念拉到自己怀里，才发现，沈念居然满脸泪痕。想着这段时间她的隐忍她的委屈，看着她楚楚可怜的模样，他忽然发现，自己其实一直都爱着她，所以才会那样地给她痛苦，也给自己痛苦。不，以后不要这样了吧？顾西凉的唇猛然吻上了沈念的唇，沈念想要推开顾西凉，却怎么也挣扎不出他的怀抱。

良久，当顾西凉的唇离开沈念的唇，想要把沈念抱回卧室的时候，沈念说话了。

顾西凉，你太脏了。这句话刚刚说完，顾西凉就像被孙悟空施了定身法一样，定在了那里。

太脏了，这是沈念现在对我顾西凉的评价，哈哈，是啊，我带着不下十个女人回到这里过夜，我让她们大声呻吟，我让沈念听得清清楚楚，我不脏谁还脏？

那你呢？你不是一样让有钱的男人半夜送回家？谁知道你们之间是不是清清白白？顾西凉对着沈念，狠狠地说。

沈念愣了一下，抬头看着面前的顾西凉。

她的眼神里写满了悲愤，顾西凉，你怎么可以这样说我？只有你夜夜带女人回家，我什么时候做过这样对不起你的事情？沈念定定地看着顾西凉，他的眼神依然清澈，一如当年，他的神态依然让沈念着迷，可是，一切还是当年的模样吗？西凉，你这样问我，是怀着怎么样的一颗心？

纵然我付出真心，纵然我忍受屈辱，你却再也不是当年的顾西凉。

原来，一切真的都已回不去。

那么，索性就让我们离散天涯吧——怀着不甘，也怀着责怨。

沈念擦了擦眼泪，忽然就笑了。笑得云淡风轻，笑得波澜不惊。

原来你都看见了。只这一句，就足以让顾西凉崩溃。

是的，我看见了，看见你十点的时候从奥迪车里下来，看见几乎每天早晨那个奥迪车都会来接你，看见你好几次坐进了他的车，看见他扔下奥迪车陪着你走路上班，这些，还不够吗？

原来，我是真的看错了你，原来，你是真的，千疮百孔，面目全非。

顾西凉苦恼地狠狠踹了一脚沙发，脚趾却传来剧烈的疼痛，他忘记了这沙发是实木的。

在这之后，顾西凉不再带女人回家过夜，却夜夜喝到酩酊大醉才会回来。

又一次，深夜两点，沈念听到猛烈的敲门声，她无奈地起床，知道一定是顾西凉又喝多了。

打开门，顾西凉被两个男人架着站在门口，应该是他的酒友。沈念和他们一起七手八脚地把顾西凉折腾回卧室之后，对着两个人连声谢谢。

其中一个看了看沈念，说，嫂子，有句话不知道该不该说，说了您可别生气。顾哥天天在外面喝成这样，您也该管管，不然出个什么事，多不好啊。女人嘛，还是要多关心关心自己的男人，别让他有什么事憋在心里喝闷酒。

这些话说得有点重，原来在别人眼里，顾西凉是被自己的女朋友逼成这个样子了。

沈念唯有苦笑，点头，说谢谢。

和他们解释，没有必要。很多东西，唯己自知。

送走了这两个人，沈念去看顾西凉。

顾西凉眉头紧蹙，衬衣上床单边上吐得污渍斑斑，地上也有一摊呕吐物。沈念叹口气，去卫生间拿来卫生纸和湿巾，先将床单和衬衣上的污渍擦干净，又把地上的呕吐物扫到簸箕里，然后找出顾西凉的睡衣，准备给他换上。

沈念，你，你为什么会变成这样？……为什么？……顾西凉喃喃着，沈念站在床边，正在换衣服的手停在了半空。

我变成了什么样？沈念问自己。

我变了吗？也许吧，时光的手曾放过哪个人了呢？西凉，你不是也一样变得让我不认识了吗？

放下这些心思，沈念脱下顾西凉的衬衣，忽然，顾西凉一把抓住沈念的手，沈念，不要离开我，不要再离开我，好不好？一边说，顾西凉一边大哭起来。

沈念的心，像被什么东西揪起来一样难受，就是在前几天，自己还决定要和他离散天涯，可是，为什么，此时此刻，她的心里对顾西凉却没有一点点怨恨？

她轻轻地俯下身去，将顾西凉搂在怀里，西凉，西凉，我何曾想要离开你，从离开你的那一天开始，我的心就死了。哀莫大于心死，你不会懂得我曾怎样度过离开你的每一个漫漫长夜，同学聚会我从不参加，是怕听到你的名字，隐身人海，和所有人断了联系，是怕听到你的消息。八年来，我做的每一个梦里都有你，我曾无数次呼唤过你的名字。我以为，今生我只能在回忆里与你重逢，可是，上天把你送回来我的身边，你知道我多么感激上天吗？无论你做什么，只要我们能在一起，就好。

沈念的眼泪，一点一滴，落在顾西凉的脸上。

8. 难剪离愁千里

沈念，来，过来盛饭。刚回到家，沈念就听到顾西凉在厨房里说话。

沈念脑子有点晕，盛饭？顾西凉在家？今天是怎么了？愚人节吗？

沈念走到厨房，发现顾西凉正系着围裙，手拿锅铲，在厨房里炒菜。大米的香味弥漫在空气里，炖肉的香味也直往沈念鼻子里钻。

恍惚，回到了八年前。

沈念的时间总是满满的不够用，顾西凉却总是闲得发慌，因为沈念要上课，要写稿子，顾西凉却是课也不想好好上，玩也懒得出去玩。自从认识了沈念，顾西凉所有的时间都给了她。

陪着她上课，陪着她吃饭，陪着她写稿子，除了不陪睡，能陪的都陪了。沈念戏称顾西凉"顾N陪"，顾西凉不在乎，有时候会搂住沈念说，什么时候让我成"顾N+1陪"啊？沈念不解，为什么是"N+1"？顾西凉坏坏地笑，能陪的都陪了，你什么时候允许小的我陪睡呢？

沈念啐他一口，继续做自己的事。百无聊赖的顾西凉于是网购了袖珍厨具，钻研起了做饭。

其实学校的宿舍，即使想做，也无非是熬点粥，煮个方便面，或者做个一锅炖，而且只能是周末，平时男生是不允许进入女生宿舍的。好在顾西凉人聪明得紧，今天对楼管阿姨进行赞美轰炸，明天带点小吃给楼管阿姨进行小小行贿，楼管阿姨对顾西凉也就睁一只眼闭一只眼。顾西凉成了沈念宿舍的常客。

顾西凉自称"好好为沈念小姐做好后勤工作，等沈念小姐成了大作家，自己怎么也可以当个经纪人什么的",沈念笑话他,作家才不需要经纪人呢,影星歌星才需要。顾西凉想想,皱皱眉头说,那就做个沈作家的移动小秘书,走到哪里带到哪里,任劳任怨,灵活方便。

顾西凉钻研最多的厨艺是方便面和粥,和沈念在一起的一年多时间里,沈念喝过各种各样的粥,什么白萝卜粥、皮蛋瘦肉粥、小米南瓜粥、桂花粥、八宝粥、西米粥……沈念还吃过各种各样的方便面,生菜方便面、鸡蛋火腿方便面、西红柿方便面、牛肉方便面,甚至顾西凉还做过枸杞方便面、肉丝炒方便面、茴子白炒方便面……直到最后,沈念一听到方便面就没有一点吃的情趣。

没有想到,八年之后,顾西凉居然可以做出闻起来如此好的饭菜。

看见沈念呆在门口,顾西凉冲沈念喊,傻掉了?快来帮顾大厨端菜。

沈念被顾西凉从回忆中拉回来,忙不迭地去厨房帮忙。

一会儿,餐桌上摆上了丰盛的晚餐,白萝卜炖排骨、木耳炒山药、红烧鲤鱼、西湖牛肉羹,沈念不知道顾西凉为什么忽然做了这样一桌子丰盛的饭菜,所以站在餐桌旁没有落座。

顾西凉看见沈念站在桌子旁边,面有不悦地说,怎么,怕我下毒害死你啊?

沈念咬了咬嘴唇,没说话。顾西凉看见沈念的样子,又想起从前每次自拍,沈念总是要咬着嘴唇,顾西凉说她跟谁有那么大仇啊,像是很生气的样子。八年过去了,沈念还是喜欢这样,像当年二十岁的小姑娘。

坐下。顾西凉命令似的说了一句,沈念有点惶然地坐在了顾西凉的对面。

大概只有很愤怒的时候,她才会像那天一样倔强地说话吧。顾西凉看着沈念,又有点想笑。

这些年在国外,我总是想吃中国菜,所以学会了很多菜,再也不会像上大学那会儿,只会煮方便面和熬粥了。来,尝尝我的手艺。说着,顾西凉夹起一块排骨放到了沈念的碗里。

沈念看着,忽然觉得眼泪怎么也控制不住,吧嗒吧嗒地掉了下来。

顾西凉站起来,走到沈念的身边,将沈念拉到了自己的怀里,说,念,我们再也不要分开,好不好?以前,是我混蛋,可是,我只是花钱让那些女人来表演,没有和她们在一起,你相信我。

沈念哭得更大声了。顾西凉搂紧沈念，用自己的唇去安慰她。

饭依然冒着热气，可是沈念已经被顾西凉抱回了卧室。

八年，已经等得太久太久。

顾西凉出差三天了，每天晚上，沈念都会给他打电话。

八年，在没有顾西凉的日子里，沈念除了上班就是回家宅着，给编辑写稿子，自己窝在沙发上听歌，或者在电脑上看电影。她极力不去回忆她和顾西凉的过往，可是，那些片段每一天都会从悠远的过去跳出来，在她的心里流连不去。

现在，顾西凉回来了，沈念已经适应不了没有顾西凉的生活。

今天是顾西凉出差的第四天，傍晚的时候，刮起了大风。

沈念关好门，一个人坐在沙发上，外面风雪交加，沈念忽然强烈地思念顾西凉。

拨通顾西凉的电话，嘟嘟了好几声，顾西凉才接起来。

沈念，怎么了？我在陪客户。

西凉，我想你。沈念握着话筒，说出这句话的时候，眼泪也掉下来。

是的，西凉，我想你。

就像这八年来你不在的每一个日子一样，思念噬咬着我的心，让我没办法安眠。你不在我身边的每一分钟每一秒钟，我都被思念绑架，不是一日不见如隔三秋，是一秒不见如隔三秋，是惶恐到不知道自己身在何处。

西凉，我想你，很想你。

电话那边，顾西凉忽然沉默。

沈念，好好睡觉，我办完事马上就回去，好吗？乖乖听话，要挂了，要乖啊。

电话挂断了。

沈念却不肯放下手机。

夜里十一点半，沈念的电话屏幕上跳出了"西凉"的名字，电话响起。

念，还没睡吗？顾西凉和客户谈完生意，回了酒店，连衣服都没有来得及换，就赶紧给沈念打电话。

听到顾西凉的声音，沈念像一个终于找到妈妈的孩子，声音里充满了喜悦，也填塞了哽咽。

傻孩子一样，早点睡，别胡思乱想。我后天就回去了，啊。乖乖睡觉。顾西凉像哄孩子一样哄沈念。

顾西凉忽然想起上大学的时候，沈念每次写稿子都要到凌晨两三点，为了让她早点休息，顾西凉总是准时十二点打电话，每次电话的最后一句话一定是乖乖睡觉哦，好孩子才有糖吃。然后就是一个甜甜的长吻。

偶尔顾西凉忘记了，沈念会抱怨说，没有接到电话，所以又写稿子到凌晨。其实，顾西凉知道，即使有电话，沈念也未必会十二点就乖乖睡觉，这只是他想在临睡前听听沈念声音的借口。为此，顾西凉专门设置了晚上十一点五十九分的闹铃。

那个时候，他曾想，就这样宠爱沈念一辈子。

可惜，中间的八年里，他们再也没有联系。

离开沈念身在加拿大的日子里，顾西凉仍然固执地设置着中午十二点五十九分的闹铃。因为时差，此刻正是国内的晚上十一点五十九分。闹铃声响起，他总是会习惯性地拨打沈念曾经的电话号码，电话那边是"对不起，您所拨打的用户已停机"的提示，他还是会说要乖乖睡觉哦，好孩子才有糖吃。每一次，他都要说到哽咽，每一次，他都觉得烈火焚心。甚至有时候，他觉得自己再这样下去会疯掉。可是，他对沈念的爱，纠缠着恨，就像毒品一样，戒不掉。

顾西凉所有关于沈念的消息都来自聂亦风，可是聂亦风也只是QQ和沈念联系，固执的沈念并没有把新电话告诉过她。

做了多年的姐妹，聂亦风并不责怪沈念，她知道，沈念有太多的身不由己。但是，她又不愿意看着沈念和顾西凉就这样彼此失散于天涯，于是用自己的一点点力气帮顾西凉。

人生里，是你的，无论经历什么，最终仍然会站在你面前；不是你的，即使顺风顺水，也总是彼此错过，不能圆满。

西凉，下雪了，刮风了，我很想你。电话这边，沈念脆弱得像个婴儿。

八年来，沈念一个人颠沛流离，早已经不是当年的沈念，可是面对着顾西凉，沈念所有的坚强土崩瓦解。

怎么会忘记呢？第一次应聘到T市私立学校参加八月份培训的情景。也就是从那个时候开始，沈念变成了坚强的女孩。

私立学校每年会在暑期和寒假分别进行为期一周的教师培训。沈念五月份讲课通过，八月份接到学校通知，来参加培训。

那是位于市区南郊的一所私立学校，培训的第一个晚上，沈念一个人住在学校提供的一间宿舍里。说是宿舍，其实是一个大房间用复合板隔开的一个个小房间，隔壁女孩子打电话，沈念都能清晰地听到每一个字。学校外是一个臭水沟，蚊子便在宿舍里赶集般聚会，蚊香根本成了摆设。

第二天，沈念找初中部主任商讨住宿的问题，主任给出了第二套方案：不在学校住宿，学校会给教师在外租房的费用，但是房子在距离学校一站地的城中村。

第二天培训结束后，沈念一个人去看房子，才发现从学校到住宿的地方根本没有路灯，黑漆漆的树影摇曳，臭水沟发出恶臭。沈念的心提到嗓子眼里小心翼翼地走，还没走十米，沈念已经冷汗直冒，浑身湿透。突然，一只猫从旁边的树林里跑出来，沈念吓得大跳大叫。

再没有了走下去的勇气。

沈念一个人蹲在路边痛哭，心里喊的是顾西凉的名字。

西凉，现在的你在哪里呢？是不是也像我一样孤单无助？是不是也像我一样会想起我们在一起的日子？如果你在我身边，再黑的路我也不怕，可是，没有了你，我该怎样继续以后的人生？

哭了很久，后来是同来培训的一位男老师把她带回了学校。那一晚，那个比沈念年长几岁的男老师说，回家吧，漂泊的日子不好过，何况你伶仃一个女孩子。

多少年之后，沈念依然记得他，在暗黑的夜里给她一点温暖的人。尽管早已人海离散，此生不复见。

沈念坚持完了七天的培训，再也没有回来。

她不愿意每一天都那样提心吊胆。

所幸，她马上应聘到了另一所条件更好的私立学校。初步稳定了下来。

此后的此后，她遭遇过更多难堪，眼泪变得越来越少，内心变得越来越硬。

所有曾经温柔若水后来坚硬如铁的女孩子，都曾在黑暗的路上独行，哭了没人疼，痛了没人哄，终有一天，她褪去柔软，换上了坚硬的铠甲。

可是，如果有一天，她碰到了此生对的人，她又将是温柔而脆弱的女人。

如今，沈念有了顾西凉，她心底深藏的脆弱竹笋般生长。不是我没法坚强，而是，在我的心里，你就是支撑我的天，包容我的地，有了你，我再也无所畏惧，有了你，我再也不用假装强悍。

顾西凉握着电话，站在宾馆房间，恨不得立刻就回到沈念的身边。

沈念，曾经的苦痛已经过去，从今以后，我不会再让你流泪，也不会再让你伪装坚强。

9. 当时已惘然

周末的早晨，沈念正睡得迷迷糊糊的，就听到了敲门的声音，她跳起来去开门，一边开门一边说，西凉，你回来了？

可是打开门，竟然是莫晓南。

他看了看还穿着睡衣的沈念，张口结舌有点说不出话，哦，这个，你，你还没起床啊？都十点了。

昨晚和顾西凉打完电话，沈念睡不着，爬起来写稿子，写完大概就凌晨五点了，然后一觉睡到了现在。

沈念尴尬得不知该怎么做，莫晓南说，小姐，先让我进去，你赶紧去换衣服啊，这像什么话嘛。

一语点醒梦中人，沈念赶紧请莫晓南进屋，自己跑回卧室去换衣服。

敲门声再次响起，莫晓南去开门。

打开门，一个俊朗的男人拉着旅行箱，站在门口。是顾西凉。

昨晚打完电话，他连夜安排好手头的事情，今天一早就坐飞机回了T市。他不愿意让沈念一个人在深夜里孤单睡不着，他要好好保护她，不让她再哭。

可是，竟然是一个男人来开门。

你是谁？顾西凉冷冷地问面前的男子。

正在卧室里换衣服的沈念听出了顾西凉的声音，她只是换了一条牛仔裤，白衬衣还没来得及穿，就这样穿着睡衣和牛仔裤跑了出来。

西凉，你回来了？不是说明天吗？

顾西凉看到沈念衣衫不整地跑出来，心底的悲凉蔓延。

是啊，看来我是回来早了。

沈念看到顾西凉难看的脸色，知道他一定是误会了。

西凉，不，不是你想的那样。我，他……沈念不知道该怎么说，只好求助似的看着莫晓南，只有他才能把事情说明白。

你好，我是沈念的同事，刚刚来给她送份紧急的文件，现在文件送到了，我也该走了，再见。莫晓南说完，看了一眼沈念，又看了一眼顾西凉，然后走出了沈念的家。

顾西凉仍然脸色铁青，他回头看了一眼离开的莫晓南，莫晓南开着他的奥迪车绝尘而去。

奥迪车，顾西凉看看车牌号，心里愤怒到不可遏制。

他推开站在门口的沈念，怒气冲冲地走进家，把行李箱狠狠地摔到客厅的地板上。

沈念知道顾西凉生气了。

她走到顾西凉身边，两只大大的眼睛望着顾西凉，眼里贮满了泪水。她说，西凉，你，你不要误会……

顾西凉恨恨地瞪着她，激动地抓住沈念的肩膀，大吼，一大早，你衣衫不整地从卧室跑出来，还有一个男人在家里。何况，这个男人就是那个送你回家每天接你的奥迪男，你说我不要误会，那我该怎么想？

沈念自己都没有搞清楚为什么会变成这个样子，除了哭，她不知道自己还能说什么，说什么顾西凉也不相信她。

那么，我还要说什么？此刻，沈念的倔强又跑了出来，既然你对我连一点点信任都没有，那么我们还有什么必要在一起？索性，沈念不再说话，也不再哭。

顾西凉多么希望沈念再做点解释，对这件事，可是，沈念偏偏再也不肯说。若不是心虚，沈念，你怎么会不说？想到这里，顾西凉的心冰凉到极点。

他拉起行李箱就往外走，说，沈念，这几天我去住酒店。

沈念痛苦地咬着嘴唇，为什么会这样？所有的阴差阳错，就这样将他们刚刚修复的关系打得粉碎。他们曾经错失八年，人生里有多少个八年？难道还要再分开吗？不，西凉，西凉，不要走。

沈念扑过去抱住顾西凉，不，西凉，你不要走，你听我说，我们真的什么都没有。

顾西凉的心，疼痛得不能自已。

沈念，我那么爱你，可是你，你却一次一次伤我的心。八年前，你一声不吭就决绝离开，再没有消息。如今，你又和这个奥迪男纠缠不清，你让我情何以堪？也许，我们还是冷静一段时间比较好。

顾西凉说完，甩开沈念的手，径直离开。

沈念哭着，倒在地上。

难道，我和你之间，注定是要错失吗？八年前是这样，八年后还是这样。

莫晓南并没有走远。

他开着奥迪车转了一圈后，又从另一条路回到了沈念的住处。只不过，他将车开到树林荫翳处，在车上看着不远处的沈念家。

没多久，他看见顾西凉拉着行李箱走出了沈念的家。

误会终是发生了。

莫晓南说不出心里是悲是喜。

如果今天自己不心血来潮找沈念，也许这一切都不会发生。他是真心喜欢沈念，可是见到顾西凉的第一眼开始，他就知道自己不会赢得沈念的心。

不是因为顾西凉多帅，而是因为沈念看顾西凉的眼神，沈念在顾西凉面前的表现，莫晓南就知道，自己没戏。

在单位，沈念从来都是独当一面的响当当的班主任，安静中有刚强，从未见她为学生的事烦恼，也从未见她伤心哭泣，永远是一朵浮云清照水的样子。女人堆里混出来的莫晓南，看得透她穿着甲胄的坚强下掩藏的脆弱。

可是，她从来不表露，仿佛她的世界，就是这样的宁静。

然而，今天在顾西凉面前，莫晓南看到沈念的眼泪，看到沈念嗫嚅着不知该怎么解释这乱七八糟的画面。这样的沈念，是完全没有戒备的放松的沈念，是将最脆弱的伤痕裸露出来的沈念，唯有在爱的人面前，女人才会是这样的状态。

那么，沈念心里爱的，就是这个叫顾西凉的男子吧。

怪不得她说我和她之间只能做朋友，原来，在她的心里，住着一个爱的人。

莫晓南在车里待了半个多小时，最后还是决定去看看沈念。

敲门，沈念很快地开门。她以为是顾西凉回来了。

看到是莫晓南，沈念挂着泪痕的脸冰冷冰冷的。

莫晓南，你来干什么？如果不是你，西凉也不会走。你走，我不想见到你，你走。沈念情绪很激动，莫晓南从来没有见过沈念会这样。

他拉住沈念的手，说，沈念，你冷静点，不要激动，好不好？他会回来的，你别这样。

可是沈念还是使劲地将莫晓南往门外推，莫晓南将沈念拥在自己的怀里，说，沈念，别激动，冷静点，好不好？

沈念不再推他，在他的怀里大哭起来。

不远处，顾西凉静静地站着。心痛得要死掉。

他走了不远，又想到沈念一定很难过，终于还是决定折返回来。

这时候，他看见莫晓南拥着沈念，站在家门口。

转身，顾西凉离开。

人间的事，就是这样凑巧地发生，制造出谁也想不到的误会，让悲欢离合轮番上演。有的人，误会消除，从此你侬我侬，携手相伴；有的人，不解释，不作为，误会自此横亘在彼此之间，等到幡然醒悟，万事已晚。

所以，不要那么骄傲吧，不要那么自以为是吧，人海茫茫，相遇相知相爱，需要历经多少意外？为什么不在碰到的时候，珍惜再珍惜？人生太短，不要留那么多遗憾给自己。

10. 等闲变却故人心

沈念静静地站在S大校门口。

八年过去，S大的校门翻修了两次，曾经有点破旧的大门如今宏伟了很多，镏金的"SX大学"四个字苍劲有力，朴素的深灰色大门诉说着肃穆与庄重。它总是这样，无论曾经历怎样的沧桑与变迁，都沉默而隐忍。

三三两两的学生从校园里走出来，有的坐进小汽车绝尘而去，有的到学校对面的小商场逛街，有的去校门口的公交站点等车……

多少往事，在风里飞。

上大学的时候，沈念是家境一般的学生，每个周末，她要去离学校十站地的一个培训机构代课。所以，她总是七点就出门，然后在学校门口的公交站等公交车。一直到晚上六点，沈念才会回来。每次，沈念总会在校门口买一个煎饼果子，再来一杯热乎乎的纯豆浆。

后来，有了顾西凉，顾西凉有时候会陪着沈念去培训机构上课，大部分时间，沈念心疼顾西凉，所以不让顾西凉陪，只让他在校门口等。于是，下课后的劳累，因为有了顾西凉的等待而变得甜蜜起来。顾西凉会算好时间，沈念一下车，马上就会有热乎乎的豆浆捧上来，再加上一个煎饼果子，或者是一个汉堡。

如今，卖煎饼果子的老人家还在，门口的德克士店依然人来人往，可是，身边的人，却已不在。

这个世界，是多么易变。不，不是这个世界易变，是人心易变。

等闲变却故人心，却道故人心易变。

沿着校园的路，无意识地往前走。不知不觉，沈念来到了一个湖边。

怎么会来到这里呢？

哦，玲珑湖，这个名字还是沈念给起的。当时沈念正在读词，读到一句"玲珑心，花事染，一点冰心一点恋"，于是给此湖起名"玲珑湖"。

现在，湖水结了冰，从前只是湖，冬日里学生们只是站在湖边，或者坐在湖边的小亭子里赏雪。如今，冰上设了两把长椅，有滑冰的孩子在上面欢快地玩。

恍惚间，冰面上出现了顾西凉的身影。他拉着小心翼翼的沈念，在冰面上行走。

那是一个极冷的冬日吧，顾西凉说要带沈念去冒点小险。结果沈念就被顾西凉连哄带吓地拽到了冰面上，一个不小心，沈念滑倒了，可是她拉着顾西凉的手怎么也不松开，最后，顾西凉和沈念一起跌落在冰面上。

顾西凉和沈念就这样并排躺在了冰面上。

那一次，顾西凉第一次吻了沈念。

冰面冷得让沈念发颤，可是顾西凉的吻，暖和了她的心。

"妈妈，你来陪我啊。"稚嫩的童音响起，沈念才惊觉，冰面上没有顾西凉，只有大群的孩子。

孩子！当年的自己不是也幻想着给顾西凉生两个孩子吗？生一个女儿像顾西凉，生一个儿子像沈念，女儿要美丽，儿子要有才，儿女双全凑成一个"好"。

只可惜，所有的所有都成了一场泡沫，在绚丽多彩的绽放之后，破碎成捡拾不起的伤痕。

离开玲珑湖，沈念觉得浑身冰冷。她需要给自己一点温度。

就这样走到玲珑湖边的小咖啡屋。

还是褐色的木质墙，还是旋转的玻璃门，还是上下两层的老式楼梯，还是舒适的双人沙发，浓香的咖啡诱惑着沈念。沈念选定了一个角落里的位置，要了一杯咖啡，静静地拿起了近旁的一本书。

耳边传来的是古筝曲《云水禅心》，这是沈念最喜欢的古筝曲子。每次心情不好的时候，她总喜欢听听这首曲，空盈灵动、清新淡雅的古筝音韵，给人一种灵如水、飘若云的感觉，身心刹那安静。

"风吹山林兮，月照花影移，红尘如梦聚又离，多情多悲戚。望一片幽冥兮，我与月相惜，抚一曲遥相寄，难诉相思意。我心如烟云，当空舞长袖，人在千里，魂梦长相依。"这是沈念以前赏《云水禅心》时偶然看到的词，想来，佛家这首筝曲，最终也未能摆脱红尘，真正达到逍遥飘逸的境界。倒是几许相思，几番恩怨，都沉湎在这闲淡清婉的悲切曲调里，让人唏嘘。

"人在千里，魂梦长相依。"沈念的心，在这淡淡的乐曲里悲伤不已。魂梦相依有什么用？她要的是朝朝暮暮的长相厮守，可惜，已是昨夜星辰昨夜风。

沈念！忽然，一声惊呼将沈念从悲伤中拉了出来。

抬起头，面前站着一个短发、戴墨镜的黑衣女郎，会是谁呢？沈念一时有点发蒙。

黑衣女摘下眼镜，沈念一下子站起来和她拥抱在一起。

亦风……原来，站在面前的是沈念的好友聂亦风。

八年了，两个人自从毕业分开，便再也没有见过面。虽然也有QQ和微信联系，因着沈念的淡漠，两个人没有大学时那么亲密。后来，顾西凉和沈念和好之后，聂亦风也有了沈念的电话，可是，也许隔得太久，聂亦风好几次拿起电话又放下，不知道该和沈念说些什么。

亦风，你怎么会来S大？罗旌呢？他没有陪你回来吗？沈念绝非寡情的人，只是当年她有太多不得已又不能说的隐痛，所以最终选择了离群索居。聂亦风认识她四年，对她有太深的了解，因此，从未责怨过沈念的淡漠。

聂亦风听到沈念的问话，情绪忽然有点低落，她低下头一小会儿，然后抬起头来说，我们边吃边聊吧。

沈念点点头，以前聂亦风心情不好的时候就会吃东西，沈念曾取笑她是《瘦身男女》中的郑秀文。现在看来，聂亦风大概是心情不太好。

我辞职了。我们分手了。简短的话，却差点让沈念惊掉下巴。

大学毕业季又被称为"分手季"，因为很多现实的原因，很多情侣在毕业时分手，各奔东西。可是聂亦风和罗旌恋爱了七年，他们想都没有想就一起去了北京。

记得毕业散伙饭上，那些被迫分手的兄弟姐妹们纷纷祝福罗旌和聂亦风，说他们是硕果仅存的几例校园情侣之一。希望他们在现实生活中能经受考验，幸福到老。

没有人怀疑他们必将结婚生子，携手终老。

可是，可是，怎么现在却分开了？

罗旌被他们上司的女儿相中了，和她结婚，立马就是房子三套，豪车数辆。和我呢，也许奋斗多少年还是买不起北京的一套房。说完，聂亦风喝了一杯咖啡，眼底的泪强忍着没有落下来。

沈念不知该怎样劝她。

十几年的感情，就这样在现实里被摧毁。什么是爱情？还有多少人守着爱情要和最爱的人贫富相依？面包与爱情，终究还是面包更诱惑人吧。

沈念心思流转，紧紧地握住聂亦风的手。

此刻，所有的语言都是苍白，唯有静静的陪伴，才是最好的安慰。

11. 恨此情难寄

聂亦风住到了沈念的家。

这次回来，聂亦风只是来散散心。她还是会回到北京的，毕竟所有的青春回忆和八年来积累的人脉都在北京。

她不是任性的人。她也没有任性的资本。

这些年在北京打拼，她早已不是那个叽叽喳喳的小女生，在生活的泥淖里挣扎过后，她褪去青涩，长大成熟。她从来就是聪慧的女孩，上大学的时候，成绩优异，为人处世又天生玲珑，懂得察言观色，所以在编辑部做了几年，她从最初的过稿编辑做起，一步步做到能独当一面的主编，独到的市场眼光让她策划主编的杂志销量稳居前三。

只是，大概真的是职场得意，便情场失意吧。

五个月前，一个开着玛莎拉蒂的女人找到了聂亦风，约她在杂志社对面的咖啡馆见面。

她开门见山地对聂亦风说，我是慕容雪，全市闻名的房地产巨头慕容氏集团是我爸爸的，我是他的独生女儿，我喜欢罗旌，听说你是他的女朋友，不过，我劝你还是和他分手吧，因为我们就要结婚了。和你在一起，他没有前途，只能是一个默默无闻的小白领，可是和我在一起，他就是赫赫有名的慕容氏集团未来的掌门人，聪明的人都会选择我的。同是女人，我劝你还是主动提出分手会有点面子。

什么状况？慕容雪说得振振有词，身为编辑的聂亦风竟然没有一点还手之力，怎么感觉像是与自己无关的事情？罗旌不爱我了？要和面前的这个女人结婚？

不可能吧？想想，早晨上班走的时候罗旌还吻了自己，除了近两个月来回家晚，哪里也很正常啊。

聂亦风看着慕容雪，说，你说的是罗旌？

慕容雪轻蔑地笑起来，她看了看聂亦风，说，是的，罗旌，在紫荆集团工作的罗旌。紫荆集团是慕容氏集团的子公司，罗旌的电话是1×××××××××X。还有什么问题吗？

聂亦风的世界瞬间崩塌了。如果其他的可以当作是巧合的话，那么这个电话，是聂亦风倒着都可以背出来的号码，十五年，从来没有换过，只因罗旌说过万一哪一天两个人闹别扭了，聂亦风出走了，后悔的时候还可以打电话找到他。

聂亦风不知道是如何走出咖啡馆回到家的。她的脑子里只有慕容雪说的话。

那一晚，罗旌照例十二点才回来。从前，聂亦风是在卧室等他的，可是今天，聂亦风坐在沙发上。

空气凝固。

罗旌，今天有一个自称慕容雪的女人来找我，说你们快要结婚了，是真的吗？问这句话的时候，聂亦风是希望，即使罗旌被慕容雪喜欢，如果罗旌坚定不移地爱着自己，即使十个慕容雪来和聂亦风挑衅，她也不会害怕。

罗旌沉默，然后说，是的，我本来想过几天再和你说的，既然雪儿已经找过你，那么，我们就分手吧。

聂亦风不说话，只是冷冷地看着面前的这个男人。

这个男人，她从十六岁的时候就认识了。那时，他是白衣少年，她是活泼少女，从高中到大学到北京，整整十五年，聂亦风从来没有想过有一天两个人会分开。她那么笃定地相信，即使这个世界所有的人都分开了，她和罗旌也会在一起。

可是，这个男人说，我们分手吧。

亦风，我知道我对不起你，可是我累了。我们来北京八年了，可是八年来我们奋斗了什么？我还是小小的总经理，你是小小的主编，我们没有能力吗？我们不够努力吗？不，都不是，可是我们一年的工资还是买不下北京的一个卫生间。我不想这样一辈子没有出息，我不希望我们的孩子将来也这样，你说我卑劣无耻贪慕虚荣也好，说我吃软饭靠女人也罢，我想要风风光光地回去，不想被别人嘲笑，不想打拼了十几年再回到老家去，不，我不会，你没有吃过我的苦，就不理解我这样做的原因。亦风，你是好女孩，没有了我，也许你能找到一个更优秀的男人。罗旌说得不卑不亢，似乎做错事的成了聂亦风。

聂亦风定定地望着罗旌。今天，她才真正看清这个自己跟了十五年的男人，多么可笑啊，她一直以为罗旌爱着她，却原来，罗旌只爱自己。即使没有慕容雪，罗旌一样会找到司徒雪、令狐雪，他已是打定了不自己奋斗而要依傍一条长藤的主意，又怎么会没有这样的机会呢？曾经的海誓山盟不过是寂寞时候的游戏，曾经的死生相许也不过是孤独时取暖的筹码，当年以为是良人，却谁料只是自己的一厢情愿。

如果心已不在，挽留又有什么用？

把你的东西拿走，离开这里，我今生再也不想见到你。

这是聂亦风给罗旌的最后一句话，此话说完，聂亦风走向书房，将书房门重重地关上了。

从此，他与她，曾经相依相偎的爱人，只是两个世界的陌路人。

罗旌不是不心酸，说他没有付出过真情，也是冤枉了他，可是，他实在不愿意再这样打拼下去，他要的，也不过是安稳。

谁又能说他的追求有错呢？

罗旌离开之后，聂亦风竟然坚强到没有哭。她如常地上班，如常地喝下午茶，拼命地加班，不加班的时候，就和杂志社的同事们一起去夜店流连。同事们诧异她的变化，因为这些年，她从来不去夜店，但，谁会好事到打听领导为什么去夜店呢？反正一起嗨，有人买单玩得开心就好。

这样疯狂了两个月，聂亦风病倒了。

医生说，严重的劳累、失眠，身体处于极度亚健康状态。并警告她，如果再这样下去，不用来医院了，直接去殡仪馆吧。

聂亦风盘腿坐在沈念家的白色沙发上，沈念则倚靠在沙发的另一侧。两个人共同盖着一条毛毯。

念，你知道吗？当我住进医院才发现自己有多傻，为了一个不值得的人的错误去惩罚自己，让我差点丢掉健康甚至生命，这是多么愚蠢的行为。住进医院的第一天，我整整哭了一天，主治医生说我就是压抑太久才会这样，让我大哭吧。哭过之后，我发誓，我不会再为罗旌掉一滴泪。然后，我好好吃药，好好治疗，我忽然就想明白了，这个世界，谁离了谁就活不了呢？我知道我会心痛好多年，可是，我也知道这些痛迟早会过去。所以，我用了两个月的时间善后，然后辞职。我需要给自己休整的时间，我要和过去的自己挥手自兹去，我要让自己重生。

沈念看面前的聂亦风，那个曾经和她玩闹的孩子般的聂亦风早已不在，坐在自己身边的是历经沧桑后涅槃的聂亦风。

在这苍凉的人世里，谁没有在爱情里受过伤？这些伤痕，刻在心里，教我们成长，让我们成熟，苦了痛了累了，蹲下来抱抱自己，然后继续，风雨兼程。

只要没有放弃过自己，就一定会有浴火重生的时刻，也一定会遇到为你抚平伤痕的那个人。

念，能在一起的时候，不要轻易放弃。你和顾西凉经历那么多才在一起，不要因为一点误会再错过。有时候，错过一时，便是一生。

这是聂亦风唯一能对沈念说的话。

沈念点点头，眼泪在眼眶里打转。

她急忙侧过头去，假装看窗外的阳光。

顾西凉，你知道吗，此刻，我是多么多么想你。那么，你，是不是也在想我？

卷 二
心似双丝网,中有千千结

1. 载不动许多愁

心痕茶座。

优雅的丝竹声在空气里流淌,是古筝曲《偏偏喜欢你》。茶香氤氲,与曲子融合在一起,有一种旷远的悠长与清静。

正是上午时分,人很少。

阳光斜斜地穿过落地窗的珠帘射进来,斑驳的影子映在餐桌上,沙发上,有一种说不出的沧桑美。

顾西凉和聂亦风坐在这个茶座里聊天。

此次来见顾西凉,聂亦风没有告诉沈念。

顾西凉与聂亦风当年因为沈念和罗旌而认识,这些年过去,他们反而熟悉了很多。顾西凉在国外的那几年,与聂亦风联系密切,在潜意识里,顾西凉把聂亦风看成了红颜知己,而聂亦风,也把顾西凉当作值得信赖的朋友。

西凉,这些年你对沈念的心,我是最明白的。也许,很多事真的是误会,我和沈念认识十几年了,她是什么样的人,我清楚,你们之间一定有误会。好好和沈念谈一谈,能够在一起,是上天的眷顾,珍惜。

顾西凉笑笑,不置可否。

亦风，那么，你和罗旌？真的就这样完了？顾西凉小心翼翼地问。

那还能怎么样呢？我再也不相信什么爱情了。这个世界上，唯一能靠得住的，只有自己。你放心，我不会有什么事，我会活得比他更好。聂亦风说这些话的时候，云淡风轻，仿佛这些事情已是太久远的过去，而她，也仿佛真的从这件事中走了出来。

可是，顾西凉是多么明白这样的伪装。

当年的自己，即使远走加拿大，也没有走出过爱情的回忆。曾单纯如聂亦风，即使经历岁月风尘，再怎样百毒不侵，也不过是做给别人看的。

在加拿大的时候，自己这个从来不愿学习的差生为了摆脱对沈念的思念，从不缺课，不是在图书馆看书就是在实验室做实验，可是，又能怎么样？只要有空闲，沈念的形象就会蹦出来，只要有相似的场景，曾经的过往就会跳出来。为此，他流连夜店，抽烟喝酒，白天是勤奋刻苦的好学生，晚上是夜夜买醉的小痞子，唯一一点，他从来不和女孩子玩暧昧，也从不和女孩子过夜。

他的同学曾经开玩笑地问他，是不是身有隐疾，还是不喜欢女人？他从来都说，我有女朋友，在国内。

这样的坚持和执着，曾让他的同学好友唏嘘，反正他们是做不到。

就这样过了八年。

八年里，他是想忘记沈念重新开始的，可是他做不到，他不喜欢任何一个女孩，没有理由，就是从心底的抗拒。

既然忘不掉，就不忘吧。

所以，看着面前的聂亦风，顾西凉觉得八年前的自己就是这样。

心里分明已疼到要死，嘴上却逞强不说。这样的人，越是坚强到看似毫发无损，越是已内伤到筋骨寸断。

可是，身为朋友，又能做什么呢？

爱情是两个人的事，当一方决定撤离时，再有多么深爱都是枉然。曾经的深情覆水难收，那些爱过之后留下的伤痕，此生难愈。

没有哪一份爱情会像沙滩上的字，被时间的潮水迅疾淹没。

只会像凿进石头的画，在岁月的风里一点点风化，可是，你又是否听到了石头的悲鸣？它说，疼啊，疼啊，那种硬生生剥离的疼痛，渐被腐蚀的煎熬，只有石头自己明白。

不再提起，不是忘记，而是尘封。偶尔触碰，结的痂被剥掉，会鲜血淋漓到触目惊心。

此刻，顾西凉忽然觉得自己很没有用。

当年，自己在异乡，是聂亦风给她鼓励和坚强；如今，当聂亦风被抛弃，自己却爱莫能助。

陪沈念多住几天吧，你也不急着找工作。

临出门，顾西凉对聂亦风这样说。

当天下午，顾西凉就乘坐动车到了北京。

T市离北京本也不远，动车只消四个小时。

顾西凉给罗旌打电话，告诉他去离车站不远的一家酒店见面。

没有商量的余地。

顾西凉坐在酒店的落地窗前，看街上的人潮汹涌。

两个小时后，一辆黄色的兰博基尼停在了酒店门口。门童诚惶诚恐地走过去，将从车里走出来的人迎进了大厅。

正是罗旌。

看到顾西凉，罗旌快步走过来，想要过去给顾西凉一个拥抱。

顾西凉也站了起来，他给罗旌的却不是拥抱，而是狠狠的一拳。

罗旌一个趔趄，还没搞清状况就摔倒在地上。门童们赶紧过来扶起罗旌，有两个人还对着顾西凉怒目，似乎被打的人是他亲爹。

老板，要不要报警？又是那个想献殷勤的门童。

罗旌狠狠瞪了他一眼，没你们的事，滚开。

本来是想拍马屁，却拍到了马蹄子上，门童有点悻悻地离开。

罗旌擦了擦流出来的鼻血，坐到了沙发上。

顾西凉也怒气冲冲地坐下来，一脸冰冷。

西凉，你是受聂亦风之托来出气的吗？罗旌的语气轻飘飘的，不再是十多年前那个敦实朴素的青年。

罗旌，就为了那辆兰博基尼？就为了像刚才那样有人对你逢迎屈膝？顾西凉的眼神充满了悲凉。

罗旌点点头，又摇摇头。

顾西凉，你出身高干家庭，不知道作为一个普通甚至贫穷的老百姓是什么样的生活。你也不必站在道德的天平上高高在上地来蔑视我，讽刺我。如果你是来要解释的，我没有什么话说；如果你是来替亦风出气的，你可以再打我一顿；如果你还当我是兄弟，是朋友，我们就万事不论，今夜一醉方休。

顾西凉恨恨地看着罗旌，悲凉地说，我不要你的解释，聂亦风也不知道我今天来找你。我错看了你，以后，我再也没你这个朋友。

说完，顾西凉站起身来，看也没有看罗旌一眼，离开了酒店。

罗旌落寞地坐在沙发上，挥手让服务员过来，让他给自己拿一瓶二锅头。服务员为难地说，我们酒店没有二锅头这样的酒，要不，您喝陈酿？罗旌从身上甩出一百块，你去给我到对面的小店里买一瓶二锅头来，剩下的是小费。

服务员蒙了，开着兰博基尼，穿着名牌西服，却要喝二锅头，小费是酒钱的好几倍。唉，这个世界，有钱人就是和普通人不一样。

这样想着，服务员飞快地跑出酒店，去买酒。

酒买回来，罗旌给自己倒了一大杯。

每个人的心底，都藏着一份不能言说的悲伤，罗旌也一样。

这是父亲最爱喝的酒。因为它便宜，却又猛烈。每次去下窑，父亲总是要喝一杯，他对母亲说，是为了御寒，也是为了壮胆，煤矿底下太深太黑太冷。父亲说，他小时候最害怕黑了，没想到，长大了，要去最害怕的地方讨生计。

父亲没有文化，但能吃苦。那几年，是家乡煤炭业如火如荼的时候，只要有点煤资源，就会有当地有权有势的人开采，不需要什么正规手续，反正国家政策有漏洞可钻，更不会像国家煤矿一样有什么安全措施。可是，没有文化的农村人哪里懂什么安全，能多赚钱就行。

可惜，最后，父亲还是葬在了他自己最害怕的地方。

那一天，煤矿塌方。父亲和其他的十几个工友没有能逃出来，一起被埋在了矿道里。

那一年，罗旌十岁。

为了掩盖偷采煤矿的事实，煤老板当晚就用挖掘机将小煤矿掩埋了起来，矿道更是无迹可寻，当初说给每一个遇难矿工赔偿十万元，结果第二天遇难者家属去的时候，煤老板早已不见踪影。

当地政府也无能为力。

父亲就这样连尸骨都没有挖出来，永远地葬身在这黑暗冰冷的大地里。

前几天，罗旌还开着车去过埋葬父亲的煤矿。

二十多年过去了，昔日的村庄早已废弃，当年的小煤矿也已经荒草丛生。

正是冬天，蒿草很高，乌鸦立在寒冷的枝头，偶尔不耐烦地叫几声。

罗旌把买来的茅台酒倒在大碗里，又把买来的牛肉、猪头肉等肉食和几十样点心放在貌似煤矿矿道的地方，静静地点了十五支香烟。这里，葬着十五个和父亲一起做伴的兄弟，就让他们也一起好好抽点烟，喝点酒，吃点东西吧。

活着的时候没有能享受人间的幸福，在死后，在我还能给你享受的时候，你就好好享受吧。

罗旌一坐就是好几个小时。

父亲，不要怪我这么多年没来看你，生活的不易你是知道的。现在，你的儿子衣锦还乡了，我要接走母亲和妹妹了，以后就留您老一个人守着这片荒芜的田地，每年的十月初一，我会在北京遥祭您的。老叔叔们，你们都是孤苦伶仃的一个人，就和我父亲做做伴，我给你们烧个大院子，再给你们烧点家具和钱，还有跑车，对了，还有几个钟点工，以后啊，你们住在大院子里，没事喝喝茶下下棋，做饭有钟点工，想出去旅游了，就自己开车去，不想开车就跟团，我给你们足够的钱，想怎么花就怎么花，不要舍不得。哦，还有电话，这是现在最好的苹果手机，我一人给你们买了一个，想家了，就打电话。

罗旌一边说，一边将手边放着的纸做的三层大院、汽车、手机、桌子、电视、沙发、象棋、纸人等统统点着。

一边点火，罗旌一边号啕大哭。

爹……您要是……听见您儿子说话了，就刮一阵风吧……让我看看您……二十多年了，我……我想您啊。

也许真的是天可怜见，一阵风忽然旋起，在罗旌的身边转了几圈。

罗旌看着风，脸上露出悲喜交集的表情。爹，您看我了，是吗？您要多保重。

风渐渐小了，最后，转到荒草处便悄无声息了。

想到这里，罗旌的眼泪又来了。他提起酒瓶子，咕嘟咕嘟地将酒灌进了自己的嘴里。

是谁说，抽刀断水水更流，举杯消愁愁更愁？可是，我心底的愁啊，又岂是那一杯酒可以消得了的？我的愁，连李清照的舴艋舟，也载不动。

只是，这些愁，我跟谁也不会说。

有些东西，注定是要烂在肚子里的。

2. 念你总如初

晚上下班了，顾西凉一个人坐在办公室里没有离开。

秘书周梅看着他最近郁郁寡欢的样子，总想为他做点什么。如今工作难找，遇到一个好老板更不是一件容易的事，顾经理虽然有点不苟言笑，可是从不居高临下对待手下的员工。

经理，喝杯茶吧。周梅将一杯泡好的茶放在顾西凉面前。

顾西凉点点头，说了声谢谢就挥手让周梅出去了。

他落寞地看着窗外，冬日的T市，路灯此时已经亮起。路边的行道树安静地立着，像黝黑的魅影，又像哨兵。呵呵，哨兵，当年上学，这个比喻可不知用了多少次呢。

当初选择来这里工作，是因为对面就是沈念的住所，他可以日日看见沈念一个人出出进进，就像，他从未离开过。

如今，他搬出来有十多天了，沈念却从未给他打过一个电话。

当然，他也没有看见那天的那个奥迪男再出现在沈念家门口。

或许，真的是误会吧？

可是，沈念为什么一个电话都不打给我？如果真的喜欢，连这样的小低头都不愿意吗？

今天，日日按时回家的沈念还没有到家。顾西凉有点焦躁起来。

下雪了。自在飞花轻似梦，无边丝雨细如愁。这飘洒的雪花，不像那青烟似的梦吗？袅袅而来，又袅袅而去，不留痕迹。

顾西凉看着手腕上的表，终于感觉到什么叫度日如年。八点，沈念没回来；九点，沈念还没回来；十点，沈念还是不见踪影。

顾西凉有点坐不住了，这样恶劣的天气，沈念到哪里去了呢？

他拿起桌上的羽绒衣，正准备冲到风雪中时，一辆车缓缓停在了沈念的家门口。

沈念从副驾驶座位上走了下来，然后和车里的人挥挥手，走向家门。

车慢慢驶离，似乎车里的人还和沈念说了什么，沈念回头再次挥了挥手。

顾西凉注意了一下车，又是那辆该死的奥迪。

风雪里，看不清沈念的脸，只能看见她穿一件白色的羽绒服，昏黄的路灯下，纷纷扬扬的白雪轻轻地落在她的身上，长发被风吹起，在这个冬日的寒夜，显得伶仃而寂寞。

沈念，你可知道，寂寞而伶仃的，不是你一个。

还有我，还有我站在这空旷的黑夜里，守望着你，一如当年，我们初相识。

顾西凉曾经是玩网游的高手，经常和宿舍的哥们儿到附近的网吧玩通宵。自从认识了沈念，顾西凉变成了彻彻底底的乖孩子，很少出去打游戏，每日的任务变成了白天陪沈念占座位上课，午饭时帮沈念排队打饭，下午给沈念打水，晚上时护送沈念回宿舍休息。

沈念不自在了很久，她说，顾西凉，你这样把我宠下去，我会变成猪婆的。

这时，顾西凉会刮刮沈念的鼻子，说，猪婆狗婆鸡婆鸭婆我都不怕，只要是我老婆就行。

过往曾经那么暖，现实却是那么凉。沈念，沈念，亲爱的沈念，你可曾在某一个瞬间，如我想你一般想起我？你可知相思寸寸都成灰的是我？你可知为你寒夜立中宵的是我？

这是周六的清晨，沈念早早就被明亮惊醒。长期的深夜写稿，严重影响了她的睡眠，她患有严重的失眠，睡着后亦常常被外面的声响惊醒。而且只要外面天亮了，她就再也没法入睡。

抬手看表，七点多了，冬天的北方，该这么明亮吗？沈念摇了摇有点沉重的头。昨晚回来很晚了，莫晓南要调到省委了，请大家吃饭，沈念再也没有推辞的理由，何况和莫晓南也算比较熟悉了。

吃饭的时候，莫晓南轮番向同事们敬酒，沈念不好意思拒绝莫晓南的酒，结果两杯酒下肚，沈念就有点头晕。她知道自己的酒量，这是上限了，再喝的话，恐怕就回不了家了。喝到最后，还真的只有沈念是比较清醒的一个。吃完饭大家又去唱歌，沈念实在受不了KTV的吵闹，请莫晓南把自己送回了家。

沈念，我走了以后，有事一定要给我打电话，听到没？坐在车上，莫晓南叮嘱着沈念。

自从上次因为自己无意的介入而导致顾西凉搬出沈念的家以后，沈念就有点刻意地躲着莫晓南了。

莫晓南不傻，也不再对她狂追滥打，可是，心里却始终记挂着沈念。这个女人，是他一生的爱，也许也会是他一生的痛。

如今，就要离开这里了，莫晓南唯一舍不得的就是沈念。没有了他，沈念遇到困难的时候该找谁？没有了他，沈念哭的时候谁安慰？不走的时候，即使不能相爱，起码可以日日相对，看到她的笑，听到她的声音，他心里就会莫名地踏实。离开之后，虽然省委离这所学校也不是很远，毕竟是分开了，想见的时候，再也不能跑到她的办公室借着和别人聊天的空隙来看她。想到这里，莫晓南心里还是有点酸。

沈念轻轻点头。他的心意，她太明白，因为太明白，才不能靠得太近。明明知道给不了他爱，就不要给他希望。

临下车，莫晓南拉住沈念，沈念，我对你的心，不会因为离开而改变。

沈念没有说话，停了几秒，她点点头，说了声谢谢就下了车。

临走，莫晓南又从车窗里对着沈念说，沈念，多保重。再见。

沈念回过身，挥手再见。

回了家，沈念就睡了。这是一个绵长的觉。梦里，反反复复是顾西凉的脸，一会儿又是莫晓南的脸，两张脸重叠，交错。不过还好，梦未醒，花未眠，直到这个早晨。

拉开窗帘，雪厚厚地铺了一地。这个城市成了一个晶莹剔透的世界。

忽然，沈念的目光落在了楼下。

白色的雪地里，画着两颗心，中间穿着一只丘比特之箭，心的下面，写着"念你如初"。

沈念呆在窗前，记忆，铺天盖地而来。

那也曾是一个雪天。

顾西凉和沈念从自习室出来的时候，雪已经在小路上积了厚厚一层。校园里人很少，只有几盏路灯孤独地站在雪地里，道路两边的矮小灌木丛都已经披上了厚重的白色大氅，晶莹的雪花在灯影里飞舞，像极了可爱的精灵。

看着这样的美景，顾西凉居然也来了浪漫情怀。

他拉着沈念的手，来到了校园的操场里。空荡荡的操场，只有一片白茫茫的雪，灯光下，雪花闪着耀眼的白。

顾西凉说，沈念，站在这里不要动哦。说完，他自顾自地跑到操场中间，用脚在雪地里画图案。沈念看着顾西凉的样子，忍不住张望。看他认真地在雪地里忙活，沈念有点小期待。究竟这家伙在干什么呢？

不到十分钟，顾西凉跑过来再次牵起沈念的手，把她拉到操场中间，说，送给你的，亲爱的。可惜没有玫瑰，真是遗憾。

操场中间，顾西凉用脚踩出了两颗相连的心，心下面是"念你如初"四个字。

沈念看着就哭了。

顾西凉擦擦沈念的眼泪，傻瓜，是让你笑的。沈念又破涕为笑。

现在，楼下草坪间的图画，草坪间的字，让沈念在过去和现在之间游离。

西凉，是你吗？你是不是在楼下？她急忙穿好衣服，急匆匆地跑到楼下。

楼下，空空如也。只有茫茫白雪。

看着这个空旷孤寂的世界，沈念再也抑制不住，蹲在地上哭起来。

顾西凉站在办公室，看着沈念跑出来张望，看着沈念蹲下来哭泣，他的心像碎了一样。

既然如此相爱，为什么又要彼此折磨呢？

他连衣服也没有拿，从办公室冲到楼下，冲到沈念的身边。他轻轻蹲下身，摸摸沈念的头发，说，傻瓜，这样会感冒的。

沈念抬起头，顾西凉看到的是一张满是泪痕的脸，西凉，沈念只叫了一声，就扑到顾西凉怀里大哭起来。

顾西凉心疼地抱紧沈念，她的小脸冰凉，她的小手冰凉，她的唇也是冰凉。

赶快回家，别着凉了。顾西凉和沈念一起回家。

沈念忽然委屈地说，西凉，我……忘记带钥匙了。

顾西凉又好笑又心疼地搂紧沈念，如果今天我始终不出现，你岂不是要流落街头了？沈念小声地说，可是，你出现了啊。

在等开锁公司来的时间里，顾西凉把沈念带到了自己的办公室。沈念第一次知道顾西凉回国后的办公室居然就在自己的对面。

两个人站在窗前，顾西凉动情地说，念，你知道吗？选择在这里上班，是为了离你近一点，再近一点，每天能看见你，我就觉得开心。记得刚刚找到你的时候吗？我喝醉，我晚归，我撞车，都是为了有一个靠近你的理由。经过这件事，我知道，你从未离开过我，我也从未离开过你，我们在一起，以后永远不要分开，好不好？

沈念看着顾西凉，八年过去，他还是她记忆里的翩翩少年；顾西凉也看着沈念，青春走远，她仍是他心底的清纯女神。浪费了多少可以朝暮相守的岁月，颓废了多少可以执子之手的时光，他们终于可以这样陪在彼此身边，一起看这落寞人间。

阳光的影子投下来，顾西凉与沈念成了热烈拥吻的剪影。

3. 究竟意难平

清晨，暖暖的阳光照下来，顾西凉在阳光里睁开眼。

身边的沈念已经不在，可是枕边已放好带着淡淡香气的内衣和衬衣。顾西凉心里的喜悦像阳光一样雀跃。

迅速起床，穿衣，去找沈念，顾西凉忽然觉得一秒钟看不到沈念都是一种煎熬。

站在厨房门口，顾西凉看着厨房里忙碌的沈念。

因为放假不用去上班，沈念穿了一条牛仔裤，一件纯白色的宽松衬衣，头发随意地扎在脑后，完全一副邻家女孩的模样。

顾西凉看得有点呆。

认识沈念的时候，沈念喜欢穿长裙，总是乖乖淑女的形象；后来八年离散，等到回来再见沈念，大部分时间她都穿着正式的职业装，端庄而沉静；后来搬进了沈念的家，却故意对沈念视而不见，兼之故意地时间不同步，他几乎没有见过沈念周末是什么模样。

沈念扭头看见顾西凉的样子，有点不好意思，说，怎么，没有见过我啊？

不是没有见过，是没有见过你这么小清新。顾西凉说着走进厨房来，轻轻地从后面环住沈念，吻便像雨点一样密集地落下来。沈念娇笑着说，好痒，面包烤煳了，还是没有挡住顾西凉的示爱。沈念回过身，回应了顾西凉一个长长的吻，快去刷牙，洗脸，要吃早饭了呢。

顾西凉一边嘟囔着，你是嫌我嘴臭啊，一边又强吻了一下沈念，才故意悻悻地去洗脸。沈念看着他的模样，笑着摇摇头。

十分钟后，早餐摆上了餐桌。

两杯浓稠的五谷豆浆，四片烤得金黄的面包，一盘水果拼盘，一个蔬菜沙拉，一碟白灼菜心，两颗白水煮蛋。

小姐，不用这么丰盛吧？油条豆浆多简单。顾西凉一看这么复杂的早餐，大叫了起来。

好像你以前在这里吃的不是这么丰盛似的。沈念白他一眼,递给他一块烤面包。

嘿嘿,那个时候吃的都是气啊,什么山珍海味都看不到尝不出了。只有现在才发现你真是上得厅堂下得厨房的好老婆。顾西凉咬一口面包,戏谑地看着沈念。

沈念心思一动。

自己要的就是这样简单吧?你在厨房忙碌的时候,他在你身边陪着;你做的早餐,他一边挑剔着一边还美滋滋地塞进嘴巴里;你不开心的时候,他斗嘴陪你玩;你一抬头,就能看见他含笑看着你……

沈念嘴角上扬,默默地笑了起来。

你一个人傻笑什么?顾西凉盯着沈念,非要从她脸上看出答案。

沈念调皮地一眨眼,就是不告诉你。顾西凉斜睨她一眼,傻子就爱做犯傻的事,我是吃了饭要去看电影了,傻子要不要一起去呢?

你把傻子一个人放在家里放心吗?万一出门找不到回家的路怎么办?沈念可怜兮兮地看着顾西凉。

顾西凉皱皱眉头,故作没奈何地耸耸肩,唉,自作孽,不可活啊,谁让我跟着这个傻子回家呢,就勉为其难带上吧,不许捣蛋哦。

沈念点点头,说,傻子很听话的。

顾西凉和沈念同时哈哈大笑起来,空气里充满了快活的味道。

莫晓南在KTV和几个哥们儿喝得醉眼蒙眬,身边陪着唱歌的几个公主对这几个人大献殷勤,因为这些人不是市里领导家的公子,就是当地富豪家的少爷,典型的"官二代""富二代"。如果有幸获得欢心,也许可以飞上枝头变凤凰呢。

莫晓南拿着话筒,正在唱歌,唱的是王菲的《传奇》——

> 只是因为在人群中多看了你一眼,
> 再也没能忘记你容颜,

梦想着偶然有一天能再相见，
开始我孤单思念。

想你时你在天边
想你时你在眼前
想你时你在脑海
想你时你在心田

宁愿相信我们前世有缘
今生的爱情故事不会再改变
宁愿用这一生等你发现
我一直在你身旁从未走远
……

大屏幕上是王菲高冷的神情，莫晓南看到的却是沈念的容颜。哦，沈念，只是因为在人群中多看了你一眼，便再也忘不掉你容颜。多少次午夜梦回，是你微笑的脸庞；多少次醉酒狂歌，是你难忘的模样。

我想你，可是你知道吗？不，你一定不知道，你想的是那个叫顾西凉的男人，你爱的也是那个叫顾西凉的男人，我哪里比不上他，你就是不喜欢我？唱着，唱着，莫晓南的声音低下去，不，他唱不下去了，他要喝酒，原来，古人说的是对的啊，酒入愁肠，化作相思泪，沈念，你知道我为你流的眼泪吗？

莫晓南扔下话筒，一个人又开了一瓶啤酒，咕嘟咕嘟地喝起来。喝罢，他拿出手机，找到沈念的电话号码，他多么想给她打电话，告诉她，他有多么多么想念她，可是，可以吗？能够吗？因为自己的莽撞，沈念已经失去了一次顾西凉，假如再有第二次，沈念是不是会永远失去顾西凉？也许，只有这样，自己才有机会，不是吗？可是，可是，需要这样卑劣地对待沈念吗？有人说，如若相爱，就携手到老，如若错过，就护她安好。自己和沈念，注定是要错过的了，那么，为什么要让她再痛苦呢？不，如果她可以幸福安好，那么，所有的痛，我愿意一个人来背。

莫晓南默默地放下电话，点燃了一支烟。

烟雾缭绕中，沈念再次微笑着，出现在他的面前。

不，他不要忍受这样的思念，他要去见她，不管她见不见。

想到这里，莫晓南掐灭香烟，拿起外套，不顾身后那些朋友们的大呼小叫，一个人开上车，向沈念家狂奔去。

来到沈念家楼下，沈念的家亮着灯，她应该在家吧？

停车，熄火，走到沈念家门口，在抬起手要按门铃的时候，莫晓南的酒醒了。

他颓然地垂下手去，久久地望向楼上沈念家的灯光。沈念，我多么想什么也不顾什么也不想地冲进去，抱住你，告诉你我有多爱你，可是，唉，我怎么可以比得上顾西凉？不是我不够英俊，也不是我不够有钱，只是因为他比我早认识你。这样的现实，是我无论多么努力都改变不了的。

良久，他才回转身，跨进了车里。

他又看了一眼沈念家的窗户，猛地踩了一脚油门，车子扬起一阵尘土后，迅疾而去。

黑暗里，顾西凉正坐在银灰色的名爵车里，香烟的火光一闪一闪。

他今晚陪客户吃饭，刚刚回到楼下的时候，就看见那辆让他憎恶的奥迪车停在门口，奥迪车主正站在楼门口，所以，他没有立即下车回家。

顾西凉想知道，这个奥迪男人要干吗，沈念会怎么样。

当他这样想的时候，心底不是不悲凉的，原来，他并不像自己表现得那样大方，他始终介怀着这个奥迪男，也介怀着沈念。

不是我不够大度，不是我对你不够信任，我只是，太爱太爱你，因为太爱，才太害怕失去。如果不曾全力以赴，谁又会害怕失去？即使失去了，我仍然可以全身而退。只是因为从一开始，就没有想过要留一条后路给自己，才那么害怕你没有我一样的坚定与执着。我当做磐石，磐石无转移，你能作蒲苇，蒲苇韧如丝吗？

因为那八年，我不敢再确定。

为什么当我说要带你见我的父母亲的时候,你流露出犹豫?难道,你不愿意吗?难道,你不想早点和我结婚吗?

而此时,沈念也坐在窗前发呆。

上午,顾西凉说过几天要带沈念见他的父母,沈念听到这里的时候,心里乱极了。

这两个人,是她最不愿意面对的人。

她以为,八年前,会是与他们的最后一次纠葛,从此之后,天涯苍茫,不会再有任何交集;可是八年之后,她与他们要再次狭路相逢。可是,可以选择不相逢不见面吗?如果选择了顾西凉,这是迟早要面对的。该来的,总是要来的,不是吗?

只是,沈念没有想到,会这么快。

4. 多少事,欲说还休

沈念被顾西凉紧紧地拉着手,站在一座深灰色的别墅前。

这是一幢三层别墅,坐落在G县城外,不远处也有十几幢别墅楼,顾西凉说这些都是当地的富商或政府要员的居住地。

一条干净整洁的道路直通到县城中心及政府机关。道路两旁种植着高大的法国梧桐,大门是漂亮的黑色铁艺门,显得敦实而不失轻巧,可见主人有一定的艺术修养。院内两旁是矮小的灌木丛,剪得齐齐整整,正中间一个椭圆形的花坛,花坛最中间有一个别致的喷泉,外围则是花圃。现在是冬天,花圃里的花被园丁裹上了白色的防冻衣,喷泉也是静悄悄的,进入了冬眠状态。再往前,就是别墅的中心了。这个别墅最与众不同的地方是一楼的落地玻璃,玻璃的浅蓝色在冬日阳光下闪着魅人的光,从花坛处可以看得见一楼会客厅里白色的长沙发,还有沙发边一个支起盖子的大钢琴。如果是冬日,坐在这白色的沙发上,看窗外落雪飘飞,该是多么惬意的一件事。

还没有走到会客厅门口，会客厅的门已经打开了，从门里走出来两个人。

一个是五十多岁的男人，上身穿一件灰色羊毛衫，下身一条深灰色西裤，戴着一副金边眼镜，显得很是儒雅，他是顾西凉的父亲顾南；一个是近五十岁的女人，头发很利落地绾起来，穿着一件深红色旗袍，肩上搭了一条湖蓝色的披肩，非常中式化的服装却依然无法消减她那一双丹凤眼透露出的凌厉的光芒，她是顾西凉的母亲秦绵。

看到顾西凉的母亲，沈念的心猛地一沉，攥紧顾西凉的手也一下子冰凉冰凉。

顾西凉以为沈念是太紧张了，他笑着低声对沈念说，别紧张，我爸爸和妈妈人很好的。说着，顾西凉紧走两步，拉着沈念来到面前的一男一女面前，爸爸，妈妈，你们不用出来的。

儿子带女朋友回家，我们怎么能不出来迎接呢？顾南一边说着，一边去看沈念。面前的沈念似乎有点紧张，白皙的脸有点苍白，但这依然掩不住沈念自身散发出的书卷气，那种骨子里的气质，非容貌能及。

顾南是G县的商会主席，也是G县最大的儒商，从曾祖父开始经营红木生意，由于经营有方，一直到顾南都是当地最大最有势力的商户，后来又转战房地产，捞得了N桶金。当很多人看到房地产如此赚钱开始投资房地产时，顾南却及时收手，只保留了当地寸土寸金的"金鑫尚座"商务中心，其余全部抛售，并再不涉足房地产。

他不是贪得无厌的人，他更是能认清形势的人，这一点，很多商人做不到。

商场征战，阅人无数，顾南自信自己看人的眼光绝对不会错。

所以，顾南对沈念的第一印象非常好。

秦绵也是得体地微笑地看着沈念，一副慈母的模样。

随秦绵和顾南走进客厅，沈念挨着顾西凉坐在沙发上，仍然是双手冰凉。

顾西凉紧紧握着沈念的手，想给她点温度。

东拉西扯，顾南说得很少，秦绵也不过问了几句诸如在哪里上的大学在哪里工作这一类问题，便已到了吃饭的时间。

饭很丰盛。秦绵一个劲地给沈念夹菜，不住地说，看你这么瘦，要多吃点哦。我家西凉可是不听话的紧，你替我多盯着点啊。……

怎么听，都是未来的婆婆很满意这个准媳妇。顾西凉听妈妈这样说，心里也是乐开了花。在他心里，自己的母亲，从来就是通情达理的女强人。

而沈念，望着碗里的一堆饭，一点胃口也没有，可是第一次就剩下饭，也实在是很失礼。只好勉强地一口一口地像吃药一样把饭吃下去。

对于沈念来说，这是她吃过的最不舒服的饭。

终于结束了受刑一样的午饭，沈念起身告辞。

秦绵微笑着拍拍沈念的肩膀，说，有空就和西凉一起来家里玩。还有哦，代我向你的爸爸妈妈和哥哥问好。

听到这句话，沈念的肩膀不自觉地颤动了一下，但马上又镇定地点点头，谢谢阿姨，我会的。

一切都是那么完美，看起来。

起码，顾西凉是这样觉得。

沈念，你看我爸爸和妈妈都喜欢你，你要做好准备做我们顾家的媳妇哦。晚上，顾西凉一边吃晚饭，一边对沈念絮叨。

沈念却似乎并不是很开心，她说自己头痛得厉害，要早点休息。顾西凉以为今天这样折腾下来沈念累坏了，就赶紧将沈念送回卧室，看着沈念躺进了被子里，才出来看今晚的篮球决赛。

沈念躺在床上，却是毫无睡意。

面前又闪出顾西凉的母亲秦绵的脸。

八年了，整整八年，沈念却永远忘记不了这张脸。

八年前，在G城那个小小的咖啡馆，沈念第一次见到了顾西凉的妈妈秦绵。

那是一个雍容华贵的女人，举手投足间充满了傲气和自信，坐在她的对面，沈念觉得自己太卑微了，虽然自己也是一个骄傲的女子，可是，在这个女人面前，沈念还是无来由地底气不足。

秦绵看了一眼面前的年轻女孩，这是一个介于成熟和单纯之间的女子，没有太过艳丽的容颜，但自有一种说不出的书卷气质和独特魅力，这才是真正让男人着迷的东西。从心里，她佩服自己儿子的眼光。可是，她实在不赞成儿子和这个女孩子的恋情。

顾家，在G城是名门望族，而自己的家庭，则是官宦之家，在这样一个身世显赫的家庭里，顾西凉怎么可以和一个平凡的来自农村的女孩子谈恋爱？她要的，是门当户对的人家，既要身家赫赫，还要手有权力。本来她想等顾西凉大学毕业之后就送他到国外，可是顾西凉却声称，毕业后就要结婚，而且坚决不出国，坚决不从政。对于这个顽固的儿子，秦绵是苦口婆心，可就是没有成效。

顾西凉吃了秤砣铁了心，就是要毕业就迎娶沈念。

如果沈念有着雄厚的家庭背景，秦绵也是不会反对的。可是，通过调查，秦绵知道沈念不过是普通农村家庭的孩子，这与她未来的媳妇标准差得太远。她绝不会让沈念踏进顾家的大门。

做不通儿子的工作，秦绵决定另辟蹊径，所以直接打电话约了沈念来见她。

小沈啊，阿姨来找你，是想和你说点西凉的事，你愿意好好地听阿姨说说吗？做了多少年的领导，秦绵知道用什么样的语气和涉世不深的女孩子说话能达到目的。

沈念没有想到，顾西凉的妈妈竟然这样的平易近人，完全没有官架子，于是，怯怯地点点头。

小沈，西凉说你是搞文学创作的，该知道好男儿志在四方。我们家就西凉一个孩子，他才二十一岁，正是应该建功立业的大好时候。本来我们是准备让他去国外深造的，可是，现在，西凉不愿意去，因为他啊舍不得你。小沈，你是农村孩子，也许觉得在县城能有一份工作就行了，可是我们这样的家庭，还指望他出人头地呢。小沈，说句不好听的话，以你的家庭背景，又能给他怎样的扶持呢？我看啊，你们还是分手吧，这样对谁也好。

秦绵始终是温柔的，循循善诱的，但是，口气，却是不容拒绝的。

沈念轻轻地低下了头，这样的情节，不是经常在电视上看到的狗血剧情吗？怎么也会在自己的身上上演？接下来，是不是秦绵要拿出一袋子钱，说，你把这拿去，算是对你的补偿，你们分手吧。

沈念没有说话，可是顾西凉的妈妈秦绵又说话了。

沈念，不要以为攀上了西凉，你就可以飞上枝头变凤凰，豪门不是那么好嫁的。如果你答应离开西凉，我就给你哥哥安排工作，你也知道，现在工作不好找，你哥哥中专毕业没工作，这是你爸爸妈妈的心病。怎么样？就算我们之间做笔交易。

沈念没有想到顾西凉的妈妈会说出这样的话，原来在她的眼里，我沈念和顾西凉谈恋爱，就是贪图他们顾家的财势。沈念的自尊心受到了强烈的打击。

阿姨，如果您今天不来告诉我，我还不知道你们顾家是什么家庭，所以，我爱西凉，与他的家庭无关；如果您是来威胁我或是利诱我，那么，您也找错人了。说罢，沈念拿起自己的双肩包，冷冷地看了一眼秦绵，转身离开了。

秦绵没有想到沈念是这么倔强的一个丫头，不过，她有的是办法让沈念离开顾西凉。

临近毕业的一个月，沈念接到了家里的电话，说有急事让她回家。

急忙忙回到家，父亲开口便说，听说你有一个男朋友？是县里领导家儿子？人家今天来人了，说如果你和你男朋友分手，人家就给你哥安排到建设局工作。

沈念没有想到，顾西凉的妈妈会这样做，多么有失她领导的身份。

沈念没有说话，她想知道，这个时候，父亲和母亲，还有哥哥，会怎么做。

念，知道这样是难为了你，可是，你哥哥是个木讷的人，上了中专现在又不分配，只能回来种地。这样老实巴交的人，将来连个媳妇也娶不上，要是吃个国家饭，咱好歹是铁饭碗，一辈子衣食无忧。他没你有出息，会写文章，可以自己养活自己。念，有时候，你也要考虑考虑我们啊。父亲说的话，似乎句句在理，却像锥子，一句句扎在沈念的心上。

你们，是让我舍了自己的幸福，去成全我哥？

父亲低下头不说话。

念，我们养你这么大，也不能白养，就当你报答我们吧，算是妈求求你了。一直坐在炕沿上没有说话的母亲忽然跑过来，一下子跪在了沈念面前。

沈念慌得赶紧也跪下，母亲这样求自己，自己怎么忍心拒绝？是啊，自己白吃白喝了沈家二十多年，供她读书，难道自己不该回报吗？可是，听着母亲和父亲的话，沈念的心，像被千刀万剐一样，她从来没有想到，将她逼上绝路的，不是别人，恰恰是自己最亲近的家人。可是，他们错了吗？不，他们没有错，他们爱自己的儿子，希望儿子过得好，有什么错？我们不是也常常将天平倾向于那个比较弱的人吗？或许，不仅是因为弱，还是因为，当需要做出重大抉择的时候，谁也会选择那个和自己有血缘关系的人，不是吗？西凉，我很爱你，可是，我也爱我的家人，虽然我是他们的养女，可是，他们养大我，教育我，这样的恩情，我怎么能不回报？既然一定要有所牺牲，那么，就让我来牺牲吧。

扶起了母亲，沈念说，妈妈，爸爸，你们放心吧，我会让我哥幸福的。

说完，沈念转身回了自己的房间。

那一天，沈念的哥哥沈思很晚才回来。

一进门，沈思就从怀里掏出来一个塑料袋，袋子里装着一个纸包，他递给沈念说，给，知道你最爱吃他家做的山东煎饼，专门给你买的。瞧，我放怀里，还热乎着呢。

沈念的眼泪一下就涌出来。这个哥哥，是最疼爱自己的。小时候，自己怕黑，哥哥每天晚上都一定会给沈念讲两个故事，陪着沈念睡着才会离开；小时候，自己像个小尾巴一样跟在哥哥屁股后面，哥哥从来没有像别人家的哥哥一样吼过她，而是小心地带着她，宁可自己不去玩，也要陪着她；小时候，自己调皮犯了错，都是哥哥出来替自己挨打，有一次，她把墨水倒在毛巾上看变色，爸爸回家后暴跳如雷，哥哥说是他倒的，因为学校要做实验，结果被父亲拿皮带打了一顿，晚上睡觉时，沈念偷偷地看哥哥的背上有好几条皮带抽过的痕迹……

长大些，沈念去上学，每天都是哥哥骑着自行车载着她，放学回家的时候，哥哥一定会给她买好吃的，有时候是一个糖葫芦，有时候是一块糖，有时候是一点酸枣面，可是哥哥从来不吃，哥哥说，好男人不吃零食……那时候，她天真地相信，哥哥是为了做好男人才不吃，后来才明白，是哥哥舍不得，他要把钱攒下来给她买好吃的。

哥哥给了她那么多爱，她怎么能只顾自己？如果，如果真的可以将哥哥安排到建设局，哥哥就不用像现在一样打零工了，而父亲母亲也可以依靠哥哥老有所养，即使自己从此天涯飘零，也不必时时记挂。

第二天，沈念悄悄给父亲母亲各自留了一千块钱，那是她刚刚领到的稿费。给哥哥留了一张字条："安好，保重。"便离开了家。

像什么事也没有发生一样，沈念表现得一如过往，写稿子，上课，写论文，和顾西凉在一起。

此后，她主动去见过秦绵一次，她说，阿姨，我会离开西凉，希望你兑现承诺。

为了让沈念放心，秦绵先将沈念的哥哥安排了工作，她不怕她反悔，对于一个县的一把手来说，翻云覆雨本不是难事。何况，她并不违规，按照建设局的招聘要求，沈念的哥哥无论是业务能力还是理论水平，都完全符合，在招聘考试中，沈念的哥哥是第一名。只不过，她打了招呼，暂不进行名单公示。

她是聪明的女人，不会为自己挖个坑跳下去。

所以，她不过是送了沈念一个并不违规的人情。

可是，这一切沈念并不知道。当哥哥说他被建设局录取了的时候，沈念就明白，她离开顾西凉的日子，也到了。

当年与顾西凉提了分手后，沈念就离开了S大，没有人知道她去了哪里，包括聂亦风这个最好的朋友。

以为此生不会再见，谁知，兜兜转转，画了一个圆，又回到了起点。

今天，顾西凉的母亲表现得多么得体，似乎从未见过沈念，也似乎很喜欢沈念，只是，西凉，你是否知道你母亲的真心？她会允许我们在一起吗？

顾西凉在客厅看球赛看得入迷，几乎通宵。

卧室里，沈念一夜无眠。

5. 凤箫吹断水云间

沈念和陆明在"天涯明月楼"的包间里见了面。

沈小姐，你好，我是陆明。一见到沈念，陆明便站起来，向沈念伸出手，做了一个自我介绍。

沈念细细地打量了一下面前的男子。

陆明年纪在三十岁上下，高高的个子，长得也算英俊，但是，眉宇之间总觉得少了一些阳刚和正气，多了的，既有不可一世的傲气，还有些微的卑微和谄媚，可能与他从事的秘书工作有关。这种男人，沈念从心里不太喜欢。

和这个自称陆明的人见面，还得追溯到昨天。

顾西凉出差刚走，秦绵就打电话过来，说她的秘书陆明会来找沈念，有事相商。请她务必见他一面。

沈念对秦绵实在没有什么好感，可偏偏，她又是顾西凉的母亲，上次见秦绵到现在，已经近两个月了，沈念以为秦绵会有什么小动作，结果一直风平浪静。

也许，秦绵良心发现了？沈念思忖良久，决定见陆明。

请问，你找我，有什么事吗？

陆明笑了笑，那笑容，显得有些僵硬。沈念想：是不是经常从事秘书这样的工作，连笑容也格式化了？当然，陆明不知道沈念想什么，于是说，昨天，秦书记给您打过电话了？哦，秦书记就是顾西凉的妈妈。大概怕沈念不知道谁是秦书记，陆明特意做了一个补充。

沈念没吭声，陆明看看沈念，接着说：

我今天来，是，是代秦书记来和你谈一谈的。秦书记还是希望你和顾西凉分手，然后迅速找别人结婚，这样西凉就会死心了。当然，结婚不是一件容易的事，不会那么快就有合适的对象，不如，你就和我结吧？这句话一说出来，沈念的眼睛都差点要瞪出来，你确定没说错吗？

看到沈念一副不可置信的表情，陆明也觉得这件事简直就和说书一样，于是，他赶紧说，不，我说得不太明白。说着，他从口袋里掏出一块面巾纸，擦了擦额头上的汗。

我是说，我们两个假结婚。

假结婚？沈念觉得面前的这个男人是不是吃错了药，怎么越说越离谱。

我是说，我们两个假结婚，就是，就是，我和你结婚。当然，我们只是名义上的夫妻，等顾西凉死了心，和他妈妈给他选的媳妇一结婚，我们马上离婚。从此，再不相见。

你这样做，为了什么？沈念忽然抬起头，盯着陆明的眼睛问。

陆明有一瞬间的尴尬，是啊，为了什么呢？面前的女人，不是很喜欢，这种太过能干和聪慧的女人，他驾驭不了。他是从农村来的孩子，自己一步步打拼了七八年，才是个有职无权的秘书。他不希望什么权倾朝野，但还是希望有个一官半职。他没有什么钱，根本不可能给领导动辄几十万地送，那么，当官便也遥遥无期了。

但是，现在，他看到了秦书记为顾西凉的事烦恼，忽然觉得这是一个千载难逢的机会。

如果，自己肯做一下牺牲，为秦书记解决儿子的问题，那么，秦书记一定会给他很多好处的，自己的前途，便该是一片辉煌吧？

当然，他没打算把自己拴在沈念身上，他有一个温柔贤惠的女友米兰，虽然不及沈念漂亮，不及沈念能干，但是，她能给他安全和温暖，这就是他所要的。所以，才会提出，只做名义夫妻，等顾西凉一结婚，他们立马离婚。

当然，他和米兰是经过商量之后才会找沈念的。

也就是说，我们做一场交易，对吗？沈念问。陆明点点头，他没有想到，沈念是如此聪慧的人。

沈念冷笑了两声。

真不知道这个主意是谁出的，你不觉得很低级很无聊吗？我的爱情和婚姻该做主的是我自己，不是你们。说完，沈念拿起包头也不回地离开了咖啡馆。

只留下陆明，这个卑微的利欲熏心的男人，颓然地坐在沙发上。他只打对了自己的算盘，却忘记了面对的是一个有血有肉有灵魂的人，更忘记了沈念是一个多么骄傲多么痴情的人。

西凉，如果你妈妈不同意我们在一起，你还会坚持吗？有一天，沈念问顾西凉。

傻瓜，没有什么如果，我妈妈很喜欢你，我爸爸也很喜欢你，他们都希望我们在一起呢。顾西凉笑意满满地摸着沈念的头，像宠溺着一个小孩。

沈念没有再说话，只是将头深深地埋在顾西凉的胸前。西凉，西凉，让我怎么告诉你，八年前，将我们拆开的，是你可敬的妈妈，八年后，要再次将我们拆开的，还是你可敬的妈妈。我们真心相爱，为什么要在一起就这么难？

眼泪，不觉得流下来。

顾西凉觉得胸前潮湿湿的，捧起沈念的脸，看着她满脸的泪痕，心疼不已。

怎么了？小说写多了，人也多愁善感成这样了？再这样，以后不许再写小说。顾西凉嗔怪着，替沈念擦了擦眼泪。

这个时候，顾西凉是下了决心，要早点把沈念娶回家的。

你还小，那么着急结婚干吗？男人嘛，总是要先立业后成家的啊。面对顾西凉要求下个月结婚的要求，秦绵软绵绵地反驳了回去。

妈呀，你不是也喜欢沈念吗？那就早点娶进门，让她早点伺候您嘛。我们都八年抗战了，再这样耗下去，就成老头子老太太了。顾西凉不依不饶。

行，行，我和你爸爸商量商量，好不好？秦绵用了缓兵之计。

顾西凉想想也对，毕竟结婚是大事，草率不得，何况，自己也希望风风光光地把沈念娶回家。

西凉，你可是好久没去看过林叔叔家的冰儿了，人家都打电话问了你好几次了。今晚是冰儿的生日，怎么也该去看看吧？秦绵换了话题。

嗯，我去接沈念，然后我们一起过去。顾西凉喝了口茶对秦绵说。

你是真傻还是装傻啊？冰儿可是很喜欢你呢，你带沈念过去，也太伤冰儿的心了，你说是不是？秦绵都说到这个份上了，顾西凉就没有再坚持。

于是他给沈念打电话，说自己要去给一个朋友过生日，今晚就不去看她了，让她早点休息。

刚走到林家，顾西凉就被林冰儿挽住了胳膊。

怎么才来？人家在这里等你好久了。顾西凉听林冰儿这样说，心内诧异，自己可没有答应要来，看来老妈早就把自己预定出去了。

林冰儿和顾西凉是邻居，林父是T市的房地产大亨，产业遍及上海和北京等各大城市，两个人确实算是青梅竹马，后来林冰儿留学美国，顾西凉留学加拿大才分开。在顾西凉的眼里，林冰儿就是他的小妹妹。

可是林冰儿，却从心里喜欢着顾西凉。

多少年了呢？大概从情窦初开的十几岁就开始了吧！

很小的时候，她就隐隐约约听大人们开顾西凉和自己的玩笑，说他们是指腹为婚的，从小就定了娃娃亲的，那时候，她是多么欢喜。顾西凉对她，永远是呵护着的，从来没有对她发过脾气，从来没有让她受过委屈。下雨了，顾西凉给她撑伞，和她一起回家；生病了，顾西凉每天去她家两次，帮她温习功课；被老师批评了，顾西凉陪她去公园散心；运动会上，给她送水的一定是顾西凉；晚自习，陪她回家的一定是顾西凉。她以为，这一生，她都是顾西凉悉心守护的人。

上了大学，他们没有在同一所学校，可是，顾西凉仍然会每周打一次电话，每个月去看她一次。她以为，他是喜欢她的。顾西凉说，我是很喜欢你啊，你就像我妹妹，我们如同手足。

还没有等她从这句话中回过神来，顾西凉已经牵了沈念的手，说，沈念，这是我的小妹妹林冰儿。她怎么会忘记，第一次见沈念的情景。

那时，她满心期待着顾西凉来看她。顾西凉来了，跟在他身边的还有一个秀气的穿棉布白裙的女孩子，清纯得一尘不染。顾西凉对林冰儿说，冰儿，这是我的女朋友沈念，然后，又对身边的女孩子说，这是我的妹妹林冰儿。

不，不，林冰儿心里呐喊，我不是你的妹妹，我不要做你的妹妹。那天，林冰儿表现得很得体，陪着沈念参观她的学校和宿舍，陪着沈念和顾西凉吃饭，送他们去车站。然而，送走了他们，林冰儿大病一场。

所有爱你的话还没有说，你已经牵了别人的手，此后的日日夜夜，我又将从谁的眼睛里去读曾经的依恋？原来，爱情与时间无关，二十多年的青梅竹马，抵不过你一低头的温柔。

此后，林冰儿与顾西凉很少再见面，顾西凉忙着照顾沈念，对林冰儿也就慢慢淡下来。大四后半年，林冰儿心灰意冷，留学美国。

此去经年。

回国之后，再见顾西凉，是在半年前。

现在的林冰儿已经不是当年的林冰儿，她不会再将自己的感情藏起来，她不会再默默地忍着眼泪暗夜里哭泣，她要得到他，只要能得到他，她不会计较付出什么代价，也不会计较用什么手段。

就像现在，她挽着顾西凉的手臂，宛然顾西凉是她的男友。

顾西凉迟疑了一下，没有推开。

生日 Party 很是奢华，邀请了当地的政要和商界精英，林冰儿更是邀请了自己的众多好友，当然，都是官二代富二代，一般的平民百姓，她林冰儿不屑于交往。

看到顾西凉，人群中开始指指点点，哦，这是冰儿的男朋友吗？长得可真帅哦。这个人好像是当今县委书记的公子，据说也是个海归呢。瞧，多般配，真是门当户对，郎才女貌啊……

议论很多，顾西凉听着有点不对劲，想要和林冰儿分开，奈何她紧紧地挽着他的手臂，就是不松开。

聚会上，林冰儿撒娇似的不让顾西凉离开她半步，顾西凉对她的任性也是没办法，只好一直陪着。

等到散场的时候，已经是深夜两点，林冰儿送走众多宾客，坐在客厅里，给自己和顾西凉各自拿了一杯酒，说，西凉，今晚辛苦你了，和我喝杯酒吧。

顾西凉揉揉发胀的脑袋，端起酒杯说，喝了这一杯，我可得回家去了，不然太晚了。

林冰儿点点头，一饮而尽。

顾西凉也一口气喝光了杯子里的酒。

林冰儿静静地站在门口，看着顾西凉离开的背影。

西凉，今夜，我让你离开，以后，我不会让你再离开。我喜欢你，我爱你，我要和你在一起。

6. 多情却被无情误

沈念，我是张唯，你现在来正山路的大富豪酒家。晓南胡闹得不成样子了，非你弄不了他了。

　　沈念接到这个电话的时候，正在看书。张唯沈念认识，是莫晓南的发小，曾经和沈念吃过几次饭，莫晓南对她的那些心思，张唯也全知道。如果不是没办法了，张唯应该也不会给沈念打电话。

　　可是，沈念不愿意一个人去，先前因为莫晓南已经和顾西凉有了不愉快，她不愿意让顾西凉再产生什么不必要的误会。所以，她赶紧给顾西凉打电话，可是顾西凉的电话不知为什么偏偏关机了。

　　没办法，沈念只好一个人急匆匆地出门去打车。

　　二十分钟后，沈念来到了大富豪酒家。

　　在酒店的一楼候客厅，沈念看到莫晓南斜躺在沙发上，周围坐着三男两女，正不知商量着什么。

　　沈念走过去，张唯赶紧站起来，说，哎呀，你总算来了，你不来啊，今天晓南是不回家了。

　　原来，莫晓南和张唯等一帮朋友喝酒，不知怎么喝多了，朋友们要送他回家，莫晓南躺在酒店大厅的沙发上就是不走，嘴里不停喊着"沈念，我想你"，万般无奈，张唯只好打电话给沈念。

　　现在，沈念过来了，莫晓南醉得七荤八素的，可见到沈念就好像很清醒似的，摇摇晃晃地就要站起来，嘴巴里还嘟囔着"沈念，你可来了"。这样的莫晓南，沈念还是第一次见，可是，她没有觉得莫晓南有多么不堪。

　　深陷情爱之苦的人，哪一个不曾深夜醉酒？哪一个不是伤痕累累？

　　张唯看看沈念，说，沈念，真是不好意思啊，如果有办法，我也不会给你打电话了。晓南他，唉，你也知道的……

　　沈念点点头，咱们得想办法把他弄回家呀，在这里他会生病的。

　　说完，沈念走到莫晓南的身边，轻轻地拍拍莫晓南的肩，说，晓南，我是沈念，你喝多了，咱们回家哈。

　　莫晓南这次没吵闹，乖乖地站起来，拉着沈念的手说，沈念，我喜欢你，你不要不喜欢我好不好？听到莫晓南这样胡闹，沈念的脸有点发烧，其他人除了张唯之外弄不清什么状况，张唯跑过来一边和沈念扶着莫晓南，一边说，晓南，你喝多了,别胡说……莫晓南却不依不饶地继续嘟哝着不清不楚的话。

好不容易才和张唯一起将莫晓南扶出了酒店,他们的一个朋友去开车,沈念和另一个朋友扶着莫晓南。

忽然,莫晓南转身抱住沈念,狠狠地吻上了沈念的唇。沈念措手不及,呆在当地。

众人似乎都显得尴尬,沈念反应过来以后更是又急又气,她使劲推开莫晓南,眼泪流了出来。

张唯气得直跺脚,从来没见莫晓南如此失态,他到底是真醉了还是装醉呢?可是对于一个喝醉酒的人,又不能一拳头打过去,只好将莫晓南交给另一个身边的朋友,去劝沈念。

可是莫晓南就是想黏着沈念,张唯赶紧让另外两个朋友将莫晓南强行架到了汽车上,自己则开车送沈念。

沈念,真是,真是不好意思。晓南他,他肯定是喝多了,你别在意啊,你也知道,他实在是太喜欢你了。张唯说话不会拐弯抹角,就这样直白白地说了出来。

过了良久,沈念才说话,没事,我知道,不过,以后,万一再有这样的事,你还是不要给我打电话了,我不想有什么误会。

张唯轻轻地叹口气,嗯了一声。

自己的这个发小莫晓南,曾经是游戏人生的花花公子,身边有美女无数,几乎每天都有不同的女孩子请他吃饭跳舞唱歌。他的生活似乎从来都是夜夜笙歌,随手打个电话,总会有女孩子推掉手头的所有事情,来排遣他的寂寞和无聊。可是,离开了这些欢爱场所,他又总是无所依托。

莫晓南对每一个颇有些好感的女人都是一样,初时浓情蜜意,一个月两个月后,便忽然不再喜欢,心生倦怠,然后,再去找新的女人。如此反复,乐此不疲。

但是自从遇到沈念,莫晓南却好像忽然良心发现,斩断了与过去有瓜葛的枝枝蔓蔓,为了接近沈念甚至不惜编造自己离婚的谎言,只是一心一意地追求沈念。奈何沈念心有所属,不为所动。这让莫晓南很受伤,却又无可奈何。沈念从来没有答应过他什么,也从来没有与他含糊暧昧。想不通的时候,就去找张唯,和张唯发一通牢骚。所以,他与沈念之间的事情,张唯几乎全知道。

张唯也曾劝过莫晓南,对像沈念这样的女人,真的是没有办法的。她不朝三暮四,也不暧昧不清,当她心意已决,就不要指望她会改变。这种人说好听点是痴情,说不好听点是一根筋,一条道走到黑也不回头。所以,如果她不爱你,你就是做多少感动她的事也没有用,即使她对你好,也只是心存感激,却不是爱情。

可是莫晓南也成了沈念这样的人,由滥情而忽然专情,这样的变化让张唯有点适应不了,只能说,沈念是莫晓南的劫,也是他的结。

解铃还须系铃人啊,张唯想到这里,觉得脑子有点不够用。这么复杂的问题,还是留给他们自己解决吧。

沈念回到家,打电话给顾西凉,顾西凉的电话这次没关机,却始终是无人接听。

沈念被莫晓南弄得心情很不好,顾西凉又没有接电话,沈念更是心烦意乱。

多少年了,沈念这样一个冷静而高傲的人,只要一碰到顾西凉,就会变得智商为负数,有时候连她自己也看不起自己,可是感情的事,有什么办法呢?

女人的理智与感情交锋,拜了下风的永远是理智。

林冰儿开始频频出现在顾家。

她陪着秦绵上街买东西,陪着秦绵去美容院,陪着秦绵絮絮地说话。

有时候,林冰儿会煮一锅银耳枸杞汤,用文火慢慢将银耳炖烂,再放上冰糖,这是女人最好的美容养颜汤,她用来讨好秦绵——这么多年,她知道在顾家,谁才是真正的王者。

她更知道,秦绵喜欢的未来媳妇是什么样。

投其所好,对于像林冰儿这样聪明的女子,从来就不是一件难事。

西凉哥哥,我今天有同学过生日,你陪我去吧,好不好?林冰儿像一个黏人的小妹妹,让顾西凉不忍心拒绝她的请求。于是,顾西凉陪着林冰儿去同学会。

西凉哥哥,今天是《速度与激情5》上映呢,你陪我去看吧?人家一个人好寂寞呀。于是，顾西凉又陪着林冰儿去看电影。

西凉哥哥，我今天要去看医生呢，你知道我最怕扎针了，你陪我去好不好？于是，顾西凉陪着林冰儿去医院打点滴。

……

而沈念，已经有段时间没见着顾西凉了。

顾西凉说，他从小一起长大的邻居妹妹回来了，她家里人都很忙，只能他来照顾了。希望沈念理解。

沈念心里不高兴，如果仅仅是邻居妹妹，为什么不能和沈念一起去呢？女孩子不是更好沟通吗？可是沈念并没有说出来。

那一天，沈念约顾西凉看电影，顾西凉说太忙没时间。

当沈念一个人坐在电影院看电影时，忽然感觉到一种非常熟悉的气息就在她的身边。不是香水味，不是衣服的薰衣草味，但是，就是这样的气息，曾经充满了她整个青春年华。她可以确定，这个气息，来自顾西凉。

没多久，这个确定得到了证实。

冰儿，喝点水吧。这是顾西凉的声音，这个声音从旁边的座位传过来。沈念的心，痛到没有知觉。不是没有时间吗？原来，只是没有时间陪我看电影而已。

沈念很想起身离开，可是，人太多了，她忍着没有动身。电影里的对白和画面却再也看不进去。

灯亮了。

沈念起身。就在起身的瞬间，她做了一个决定。

她侧身看向身边，顾西凉和林冰儿站了起来。他们也看到了沈念。

沈念的眼里，没有眼泪，只有沉静，离场的观众吵吵嚷嚷，他们的世界却静谧无声。林冰儿，这个顾西凉称之为妹妹的人，九年前她就见过。此刻，她正拉着顾西凉的手，微笑着看着沈念。那微笑，带着些挑衅，带着些开心。

而顾西凉，一丝的慌乱之后，是坦然的镇定。

沈念转身，头也不回地走下楼梯。她需要顾西凉的解释吗？不，不需要，赤裸裸的事实，比任何语言都真实。

顾西凉也没有解释，她听见林冰儿轻声说，西凉，走吧。她听见顾西凉的脚步声与她背向而起,真的是,你向左,我向右。

沈念的眼泪,再也忍不住,疯狂地滴落下来。

几天前还浓情蜜意地要结婚,现在却无情到这样的地步。人心,真的如此善变。

最深的伤口,从来都来自最爱的人之手。如果我不在乎你,你又怎么伤得了我分毫?我只是太在乎你,才会让你在我的心里,一次一次刀枪剑戟横行无忌。

7. 苦恨芳菲都歇

沈念抱着白色的靠枕坐在沙发上发呆。

阳光很暖,沈念却裹了一条厚厚的毛毯。留声机里放出的音乐是刘若英的《为爱痴狂》,听着,听着,沈念的眼泪又掉下来。我们都曾为爱痴狂,只是,你不知道,你深爱的那个人啊,能不能像你一样,那么为爱痴狂。

昨天回来,她一晚没睡。

只是安静地抄写《心经》,抄了一遍又一遍,直到手疼得不能再写一个字。曾经的失眠症又犯了,而且犯得来势汹汹。

心痛得快要死掉,却还是要呼吸着空气。如果人可以像鱼一样,只拥有七秒的记忆该多好。可是,谁又知道,每个七秒,对鱼来说,不是一段又一段人生呢?

门铃忽然响起,沈念惊得差点跳起来。

冷静地擦擦眼泪,去开门。

门口站着的,是林冰儿。

沈念站在门口,没有说话,也没有请她进来的意思,只是那么冷冷地看着她。

林冰儿微笑着说,沈念,九年不见了,你还是老样子。

你来找我,只是为了说这句话吗?沈念的声音,像她的脸一样冰冷。

不,不,昨天你也都看见了,顾西凉现在喜欢我,他的妈妈也喜欢我,你还是识趣点离开他比较好。我们才是门当户对，天生一对，他，你高攀不起。林冰儿是笑着说这些话的，每一句话说出来，都像带着一根刺，这些刺，尖锐，犀利，每一根都狠狠地刺向沈念的要害。

这是我的家，我不欢迎你，请你离开。说完，沈念将门狠狠地关上。

林冰儿隔着门对着沈念说，沈念，我才会是最后的赢家，我们走着瞧。

沈念什么都没有说，她只能慢慢地将自己的身子抱紧，再抱紧，给自己一个拥抱，给自己一点点温暖。

这个世界，谁都是靠不住的，唯一能永远陪伴着自己的，只有这一副别人口中的臭皮囊了吧？陪着自己甘苦同行的是她，陪着自己颠沛流离的是她，陪着自己忍受寂寞的也是她。能够生死相依的，原来只有她。

那么，请紧紧地紧紧地抱着她吧。

沈念好几次拿起电话，想问问顾西凉，为什么忽然就变了心。可是，她终于还是没有打，如果已经不再爱，问了为什么又有什么意义？如果还想相爱，他怎么会忍心如此对她？那么，就是不爱了吧？当一个人的心里，再也没有了另一个人，那么，这个人的悲伤与欢欣、快乐与痛苦，与他又有什么关系呢？

沈念迅速地憔悴下去，却倔强得什么也不说。

那天下班，走出校门的时候，沈念看到莫晓南从他的黑色奥迪车里走了出来。

他似乎消瘦了些，身材更显颀长。

他看到沈念，向沈念挥挥手，快步向她走了过来。

面前的沈念瘦了很多，大大的眼睛深深地陷在眼眶里，酒窝几乎看不出来了，因为两颊几乎没有什么肉了。莫晓南的心，感觉一阵疼。

他说，沈念，一会儿一起吃饭，不要拒绝我，好吗？

面对这样一份绵绵的情谊，沈念还可以说什么呢？

中午，莫晓南和沈念去了离单位不远的"吕梁湾酒店"，这个酒店新开不久，集餐饮和住宿为一体；味道正宗，环境雅致，尤其是包间，兼具了西餐厅的优雅和中餐厅的温馨，沈念很是喜欢。

沈念，你当不当我是你的好朋友？莫晓南一边将碗团（一种地方特产，类似于灌肠）调好放到沈念面前，一边问沈念。

当然是好朋友了。沈念自认为笑得很甜蜜，莫晓南却看出那笑容里深藏的苦涩和无奈。

那你告诉我，这两个多月来，你遇到什么事了？你告诉我，是不是有人欺负你？莫晓南急切的声音里写满了关心和爱护。

沈念的心里，有暖暖的热流淌过。能交到他这样的朋友，即使明日天涯飘零，我也不会觉得孤单寂寞。

因为我相信，你始终把我放在心里。

但是，莫晓南，恕我不能告诉你，这是我的痛苦，你何必要承担？即使我告诉了你，也一样于事无补。那么，你就不要追问了。

晓南，你多心了，真的没什么，只是最近赶几个杂志的稿子，没有休息好。胃口最近也不好，吃得太少，所以瘦了。不过，不要看我瘦，全身都是肉呢。沈念调皮地笑了一声，她真的不愿意让莫晓南担心。

莫晓南看着她的笑，觉得自己的心都要碎掉了，明明知道她说的是谎言，却不知道该怎么再问下去，又该用什么样的方式来安慰她。

看来，别指望沈念告诉自己真相了。

他摇摇头，很认真地看着沈念说，沈念，我知道你说的是假话，我不问了，可是，你要答应我，如果有什么事，一定要告诉我，好吗？真的走不下去的时候，你要相信，我都在你身边。我二十四小时开机，你什么时候打电话都可以，记住了吗？

沈念的眼泪终于控制不住流了出来，她真想扑到莫晓南的怀里大哭一场，把所有的委屈都说出来。这段时间，顾西凉带给她的那些疼那些痛，像被剥去的鳞片，每剥一片，沈念就像死过一回一样，那些温暖的美好的记忆，就这样被顾西凉的残忍，一点点剥掉，呈现出赤裸的皮肤。她不知道，自己还可以坚持多久，也不知道，这样的疼痛要什么时候才会停止。

可是，她不能，不能将这些痛说出来。既然是自己的事，又何必再让关心自己的人跟着焦虑，跟着伤心？

所以，她只是轻轻地伸出手，紧紧地握住了莫晓南的手。

即使我什么都不说，我们的心，也是相通的。

沈念和莫晓南从酒店出来的时候，没有注意到，有一双眼睛紧紧地盯着他们的背影，那双眼睛里，充满了忧郁、痛苦和愤懑。

朋友打来电话，说，念，我的心理会所今天开亲子课，你来捧个场吧？

沈念也想排解一下内心的忧伤，就答应了。

亲子课首先做的是一个个案，朋友请个案中的女生说这样几句话："妈妈谢谢你给了我生命，妈妈谢谢你把我养大"三遍，"爸爸谢谢你给了我生命，爸爸谢谢你把我养大"三遍，"爸爸妈妈谢谢你们给了我生命，爸爸妈妈谢谢你们把我养大"三遍，女生迟疑了片刻，开始说，说的时候，有一点点难过。朋友说，来，亲自给你的爸爸和妈妈打电话，什么也不要解释，就说刚才的这几句话，都是说三遍。

女生拿起电话，迟迟不敢打，等了好久，好久，女生才拨通电话，可是说第一句"妈妈谢谢你给了我生命，妈妈谢谢你把我养大"的时候就开始哽咽，第二遍时哭得不可抑制。沈念听到这里，再也没有忍住，她的眼泪也不受控制地涌了出来，然后，悄悄地起身，离开工作间，来到走廊上，一个人捂住脸哭起来，起初是小声地，然后就是大声地痛哭。

那一刻，沈念想回去了，回去离别了八年的家，去看看妈妈和爸爸，还有哥哥。

沈念没有心思写稿子，每天下班后就把自己关在房间里弹古筝。从《云水禅心》《寒鸦戏水》弹到《高山流水》《梁祝》，当古筝清冽的琴音响起时，沈念就觉得心慢慢地静下来，像每次抄写佛经一样。心灵的尘滓全都荡尽，只剩一颗玲珑心。

那天弹着弹着，沈念忽然想起年少时被母亲逼着练习古筝的往事。母亲是音乐老师，当初学习古筝时，小县城没有专业老师，母亲就每周带沈念去省城学，后来，母亲自己干脆买了古筝的教程来看，到后来，母亲竟然也能弹得很好。

此时，沈念想起母亲说的一句话。母亲说，念儿，妈妈逼你学习古筝，不指望你过级,也不指望你成名,只是希望,当你有一天遇到烦恼,而我又不在你身边,你可以弹起它,让它陪你度过人生的灰暗期。想到这里,沈念忽然很强烈地想母亲。

像那天听完课一样,沈念想回去了,回去离别了八年的家,回去看妈妈。

8. 语已多,情未了

沈念开着车,奔驰在去往G县的路上。

八年了,自从离开,沈念再也没有回来过,只是每个月按时寄钱回家。当年,为了哥哥的工作,父亲的话和母亲的跪,深深地伤了沈念的心,让她觉得,父母曾经的付出不过是为了以后的回报。在他们的心里,女儿永远是外人吧?否则又怎么会让她舍弃了自己的幸福,去成全哥哥呢?

八年了,G县已经不是当初的小县城,随着旅游事业的兴起,这个小城像平遥古城一样走起了复古路线,高楼只是在县城城外矗立。

为了开发旅游资源,政府将城内的古楼重新修葺,并将与之相邻的四条主街道进行了规划。如今,街道地面是一米见方的青色方砖,泛着幽幽的光,两面都是古色古香的房子,淡绿色的琉璃瓦,突出的灰色的檐头,黄色或红色的木质小门,雕刻精美的窗格,再加上红色的宫灯,老街显得更加朴质而厚重。

父母的家,就在这些老旧的房子里。

哥哥已经在县城中心为父母买了房子,可是父母亲不愿意去,还是住在旧房子里。

当然,这些都是哥哥絮絮叨叨和她说的。

她没有给父母打过电话,父母似乎也没有想起要给她打电话。就这样,亲情疏离,一晃多年。

父母住在北街,那是距离旅游景点最近的街道。

这条街,同其他的路一样,是青石板小路。

而再度踏上这条青石板路,已是八年以后的今天。

这条青石板路啊，曾留下她多少童年的回忆。

还记得那一年，她刚上一年级，父亲和母亲牵着她的小手，把她送进了离此不远的学校，她哭着不进去，母亲说，念儿，学校里有很多小朋友呢，还有很多书，爸爸妈妈也最喜欢读书的小念儿了。于是，自己就含着眼泪乖乖地进了学校，只为了母亲和父亲喜欢。

还记得那一个冬天，雪下得特别大，白茫茫一片，雪有半尺厚了吧，自己根本走不动路，是父亲，将小小的她背在背上，风里雪里把她送到学校。那时候，父亲多么年轻啊，风华正茂。

还记得那一年，她生病，医生开了很苦的中药，她喝一口几乎要吐一口，为了让她吃药，母亲将准备给哥哥做冬衣的钱拿出来，买了好多的糖。为了那些花花绿绿的糖，自己忍着苦，坚持喝了一个月的中药，而那个春节，哥哥没有新棉衣穿。

后来啊，也是在这条青石板路上，父母亲将她送到门口，送到车站，送她去远方上大学。

再后来，就是八年前了吧？自己那么决绝地离开了家，甚至都没有回头看一眼身后的青石板路，不知道那时候，父母有没有在身后注视着她。

……

自己不是曾那么怨恨父母吗？为什么重新踏上这条路，想起的却都是那么温馨那么幸福的场景？

走到父母的门口，沈念忽然不敢伸手去推门。近乡情怯，大概就是此时的心境吧？

忽然，门"吱呀"一声开了，满头白发的一位老妇人出现在门口。

是母亲白一平。只是，眼前的母亲还是记忆里的母亲吗？

记忆里的母亲美丽，温柔，因为是一名音乐老师，母亲永远是沉静的，贤淑的。记得母亲最喜欢在阳光里给沈念唱歌，样板戏、京剧、晋剧、歌曲，母亲没有一样不精通。在小时候艰苦的岁月里，母亲也总是哼着歌做饭，补衣服，做缝纫。沈念记得，为了贴补家用，母亲每晚要在缝纫机上做一百多副手套，一副手套挣一毛钱的加工费。那时候，和着缝纫机声音的永远是母亲的歌声。

沈念八年前离开母亲的时候，母亲不过五十出头，没有白发，鲜有皱纹，可是八年后，站在面前的母亲却是白发苍苍，满脸皱纹，身体消瘦。

沈念的眼泪不由得在眼眶里打转。

看到沈念，白一平怔在门口，半晌，才回过神来。她不知道该说什么了，只是看着沈念，然后，就朝着院子里喊，老头子，快，快，快出来，念儿，念儿……有点语无伦次。

一阵脚步声，父亲沈建北从屋子里小跑着出来。

沈念喊了一声妈又喊了一声爸，就再也说不出一句话。白一平用手背直抹眼泪，拉着沈念的手，说，回来就好，回来就好。沈建北也赶紧拿袖子擦了擦眼睛，说，这天气，风大，眯了我的老眼，一平，快点让念儿回来呀，外面多冷。说着，他回转身将棉布门帘挑起来等着沈念，像是沈念是极其重要的客人。

进了屋子，沈建北一会儿倒水，一会儿拿糖，一会儿又削水果，茶几上已经摆得满满的了，都是沈念最爱吃的东西，大白兔奶糖、薄荷糖、酥糖、红枣、西瓜子、冬瓜子、苹果、香蕉……母亲说，你爸啊，每天都念叨着不知你什么时候会回来，家里总是放着你最爱吃的零食，就怕你哪天回来了没得吃，经常是放坏了就再买回来放着，这一放，就放了八年呐。现在，你总算是回来了……母亲说着，眼泪又来了。

沈建北推推白一平，说，这么高兴的日子，哭什么呢，咱家念儿不是回来了吗？快，快给儿子打电话，让他也赶紧回来，带上贝贝，沈念都没有见过贝贝呢。我，我去买菜，做饭，做念儿最爱吃的土豆焖牛肉。

沈建北一边说着，一边去推电动车，刚出门便又折回来，说，我忘记拿车钥匙了，一平，钥匙在哪呢？白一平嗔怪地摸了摸沈建北的衣兜，不是每次都在这里放着吗？沈建北不好意思地笑笑，嘿嘿，有点昏了头了。可是隔了几分钟，沈建北又在院门外喊，一平，给我送一下钱包，我忘记拿钱包了。

看看你爸今天，唉，老糊涂了。白一平一边说一边将钱包拿起来往门外送。

沈念却忽然觉得泪腺再也阻挡不住汹涌的眼泪，也许，这些年，是自己错了。

没多久，沈思也开着车带着妻儿回来了。

其实，嫂子沈念是见过的，是哥哥的同学，两个人从高中起就谈恋爱，当年哥哥为了要见嫂子，常常让沈念当保护伞，当然，哥哥没少给她买好吃的。只是后来沈念离开家后，哥哥结婚时沈念借口外地出差没有回家，连小侄子出生她也只是封了五千元的红包给哥哥，并没有回家。

当沈思看见沈念时，便大步地跑向沈念，然后，把沈念紧紧地抱在怀里，眼泪却再也忍不住，那么凶狠地流下来。念儿，你终于回来了，你知道吗？我们都快想你想疯了。

这个妹妹，是沈思看着长大的，小时候就怕她被欺负，小心地守护着，细心地呵护着，直到她长成漂亮的女孩，却没有想到，最终还是把她弄丢了。这一丢就是八年。

沈思始终不明白妹妹为什么忽然离开，从此只是寄钱，却从不回家。他打电话问过，沈念找出的所有借口都是忙，一年忙，两年忙，年年如此。沈思觉得妹妹一定有什么解不开的疙瘩。可是，沈念从来不说。问爸妈，爸妈也是一问三不知。

当听到妈妈打电话说妹妹回来的时候，沈思都有点不相信，然后就是向单位请假，给妻子打电话让回家，去幼儿园早早接儿子，然后，一刻不停地开车往家赶。其实，父母家离自己的家并不远，开车用不了十分钟，可是，沈思恨不得一分钟就到，他恨不得一眨眼，沈念就站在他面前。

已经开始做饭的沈建北和帮厨的白一平悄悄地抹着眼泪。这个女儿，他们以为永远地失去了，是的，那个时候，当沈念离开家再也没有回来，他们就知道，沈念是在记恨他们对哥哥的偏心。身为父母，他们想得比孩子多，他们希望自己的孩子都能有好的归宿，可是，既然男朋友家不愿意有沈念这样的儿媳，那么即使真的嫁过去，也未必会幸福。所以，当年他们选择让沈念离开顾西凉，或许，有一半的原因是为了儿子，但还有一半的原因是为了沈念。只是，这样的话，他们不能说，即使说出来，沈念也会觉得不过是狡辩。

现在，沈念回来了，当初的一切，说与不说，都已经没有意义了。回来，就意味着所有的都已经过去，不必再旧事重提，伤了感情。

那一天，是沈建北家最开心最热闹的一天。火锅泛着热气，清香氤氲在空气里，和着一家人快乐的碰杯声，连外面的寒冷似乎也被融化了。

沈思说，念儿，爸和妈这些年一直不肯搬家，总说怕你回来找不到他们，现在，你回来了，他们就放心了。说完，沈思看看爸妈，又说，爸，妈，念儿回来了，你们这下可以搬进新房子了吧？

听到这里，沈念又脆弱地流眼泪。原来，这个世界上，我并不是孤独一个人，还有你们，始终守护着我，即使八年来我对你们做得那么无情无义，你们仍然无怨无悔。当所有的人都离你而去，只有亲人，不会将你抛弃。

原来，我是那么深切地爱着你们，只是因为太过介怀那些以为的伤害，所以，就这样以为地恨了。多年以后，我才发现，其实，你们对我的爱，我对你们的爱，从来不曾因为那些伤害而减少。

世事总是凉薄，曾拿生命来爱的那个人，也不过转瞬天涯，只有父亲母亲，只有兄弟姐妹，即使曾心存芥蒂，依然爱你如初。

9. 无言谁会凭栏意

西凉，我怀孕了，你看怎么办？林冰儿一脸泪痕地站在顾西凉面前。

顾西凉一头雾水，心里想，你怀孕了找我干吗？

看着顾西凉迷茫的眼神，林冰儿似乎崩溃，开始大哭，弄得顾西凉狼狈不堪。

冰儿，你别哭啊，到底是怎么回事？你，你男朋友呢？我带你去找他？顾西凉赶紧让林冰儿坐下，又是倒茶又是捶背的，真的像一个体贴的哥哥。

西凉，你是真的忘记了，还是装作忘记了？林冰儿抬起满是泪痕的脸，望着顾西凉问。

我忘记什么了？你男朋友？顾西凉还是一副什么也不知道的模样。

上个月，你和我去参加我闺蜜的聚会，你喝多了，然后，然后，你和我就在宾馆……说到这里，林冰儿低下了头，不再说话。

顾西凉却惊得一下子跳了起来，你说什么？我和你？在宾馆？我怎么不记得？

顾西凉记得好像是有一次陪着林冰儿去参加她一个闺蜜的聚会来着，是有一次喝多了，问题是，后来的是真的吗？自己怎么一点也不记得？虽然这段时间，自己利用林冰儿狠狠地惩罚了沈念（他认为是惩罚），可是自己还是爱着沈念的，对林冰儿只有兄妹之情，怎么可能和她做出什么不应该的事？顾西凉自认还是很有底线的人，也是酒品很好的人，绝对不会这样做的。

冰儿，你开什么玩笑？我有女朋友，你是知道的。我和你只是兄妹情分。

林冰儿此时却不依不饶了。顾西凉，那你为什么这段时间日日陪着我？为什么在电影院还要和我那么亲密？为什么还要和我去参加我朋友的聚会？为什么对我早上送晚上接？为什么和我去宾馆？现在你说你有女朋友了，你想一走了之？不行，你要对我负责。林冰儿一把鼻涕一把泪地控诉，差点让顾西凉崩溃。

林冰儿说错了吗？没有，这段时间自己确实几乎日日陪着她。可是，自己不是早就告诉过她当她是妹妹吗？和她那么亲密，不过是为了刺激沈念，用顾西凉的话来说，是惩罚沈念。那一晚，顾西凉从林冰儿的生日宴会上出来，车开过正山路的大富豪酒家时，他看到沈念正被那个奥迪男吻。他的车差点撞到绿化带，他的心也在那一刻撞得粉碎。

后来，他又看到沈念和那个奥迪男四点才从酒店出来，他认定，沈念已经不是当年的沈念了，沈念对自己说爱，却又和奥迪男纠缠不清。所以，他故意和林冰儿在一起，让沈念伤心，难过，正如当时他故意带那些女人回家一样，他要让沈念痛苦。

他从未想过要和林冰儿在一起。

可是，事情怎么会演变成这样呢？

而此时，林冰儿从包里掏出一沓照片，甩给顾西凉。照片里，顾西凉只裹着一条浴巾躺在床上，很显然，这是酒店，而旁边，赫然躺着林冰儿。

这一下，顾西凉彻底蒙了，他跌坐在沙发上，半天缓不过来。

难道，难道，冰儿说的是真的？

西凉，冰儿都和我说了，既然这样，你就和冰儿结婚吧。此刻，林冰儿站在秦绵身旁，秦绵对着坐在沙发上的顾西凉说。

这是林冰儿在告知顾西凉怀孕之后的第三天。林冰儿来找秦绵，同样的话又说了一遍。

秦绵是喜欢林冰儿的，也是希望林冰儿成为自己家媳妇的，这不正合自己的心意吗？所以，她等顾西凉一回家，就对顾西凉说了这样的话。

顾西凉不说话，他不爱林冰儿，他爱沈念，他这段时间冷落沈念，不过是想看看沈念到底要奥迪男还是自己，没有想到横生出这么多枝节。娶冰儿？开玩笑吗？可是昨天的照片……自己如果真的做了那样的事，该怎么办？

此刻，顾西凉忽然觉得自己这段时间简直愚蠢得像头猪，怎么可以利用林冰儿去伤害沈念呢？自己爱的人，是沈念啊，自己想要娶的人，也是沈念啊。

看着顾西凉犹豫不决，林冰儿大哭起来，让我死了吧，我没脸见人了，西凉也不想要我们母子……一边哭一边猛地跑向客厅里的红木箱子，慌得秦绵没命地拉林冰儿。顾西凉也有点傻，怎么不知道林冰儿还是这样一哭二闹三上吊的主呢？

西凉，你是结也得结，不结也得结。十天后是好日子，你和冰儿先订了婚，然后去领证。

秦绵说得斩钉截铁。

顾西凉低下了头，心里是说不出的滋味。

第二天，报纸就登出了"T市商界巨贾林家女，G县儒商富豪顾家子订婚"的新闻，当然，这则新闻是林冰儿让人登出来的。

怀孕，是假的，照片，是她趁顾西凉醉酒之际拿自动照相机拍的。

只为了早日嫁给顾西凉，林冰儿演了这么一出苦情戏。

这还不够，她还给沈念送去了一张报纸，还有照片，以快递的方式。

她的残忍就在于，不择手段地将伤害进行到底。

沈念收到包裹的时候，她的辞职手续也刚刚批下来。

电影院看到林冰儿和顾西凉的那一刻，沈念辞职的念头就产生了。后来，回家看过父母，与亲人们冰释前嫌，沈念再也没有了什么牵挂。

从老家回来后，沈念向单位请了三天病假。

她不是病了，她只是需要时间，让自己静静心。

这几个月来，她行尸走肉一样地活着，把痛苦深深地埋在心底，如常地上班，下班，写稿子，可是，她夜夜失眠，头发一把一把地往下掉，几乎吃不下一口饭，以一种连自己都觉得吃惊的速度迅速消瘦下去。她早就没有了眼泪，可是心，也似乎死掉了。

她不要这样地活着。八年前，她曾这样度过了一年，然后，在泪水里浸泡着坚强，八年后，她还要这样吗？不，再过一次这样的生活，她敢肯定自己只能是抑郁症患者，最终也只能像张国荣一样，让生命结束在自己手里。

她还没有那样脆弱，她不能因为顾西凉就毁了自己。顾西凉，我要让你看一看，离开了你，我生活得更好。

三天后，沈念向单位打了辞职报告。

单位批准，但是因为单位性质，沈念要到期末考试结束后才可以正式离开。

如今，一切似乎都是算计好的，就这样，巧巧地重合了。

报纸上的每一个字，都是一根细细的针，扎到了沈念的每一寸肌肤上；而照片，是一把锋利的匕首，直直地刺入了沈念的心脏，将她心里最后的一点温暖吸尽。

是谁说，一川烟草，满城风絮，梅子黄时雨？

沈念此时站在门口，看了一眼自己生活了这么多年的家，眼神里，没有温柔，也没有仇恨，有的，只是沉静如水的波澜不惊。

哦，再见了，T市；再见了，我的家；再见了，顾西凉。

西凉，我以为我会一直爱着你，爱到冬雷震震夏雨雪，爱到山无陵江水为竭，爱到我们都成为尘土烟消云散，你仍然会记得我，我仍然会记得你。只是，现在我明白，我已经不能再爱你了。我等了你太久太久，我累了，我倦了，所以，当你回来找不到我，不要难过，不要哭泣，我先离开了。

爱没有永远。

我们撒娇，我们伤害那个最爱我们的人，我们以为，我们回头的时候，那个人一定还会在原地等候，可惜我们错了，等得太久，心会痛，会麻木，会忘记了爱当初的模样。

当爱情已经不在，总是要有一个人先走的，不是吗？

那么，让我先走吧。

10. 却春梦了无痕

晓南，我离开T市了。谢谢你曾经给过我的关怀和温暖，我会一直记得。此后，山长水阔，难再谋面，愿你现世安好，喜乐平安。再见。

当莫晓南收到这条短信，打电话过去的时候，沈念的电话已经关机。

他的心，瞬间沉到最底。

他从来没有想到，沈念会有一天离开这里，他甚至想，他要找一个合适的时间告诉沈念，不管沈念什么时候回头，他都会等在这里。可是，承诺的话还没有说，沈念已经悄然离去，只给他留下一个背影。

为什么要离开呢？难道，她爱的顾西凉，也要离开T市吗？

莫晓南再次打开手机，将沈念发给他的短信读了又读。

猛然间，他瞥见茶几上的一张报纸，A版写着这样一行标题：T市商界巨贾林家女，G县儒商富豪顾家子订婚。顾家子？细细往下看，莫晓南看到了顾西凉的名字。顾西凉？再看照片，这个男人，无论变成什么样子，莫晓南都不会忘记。顾西凉和林冰儿订婚？那么沈念呢？

顾西凉，你他妈的混蛋。莫晓南狠狠地将报纸揉成一个团扔在地上，沈念对你那么好，你居然要娶什么富家女，真是狼心狗肺的东西。订婚，我让你哭昏。

顾西凉订婚的大富豪酒家，此时已经被林家和顾家全包。

门口的停车场停着的都是豪车，看来，虽然是订婚，却依然奢华，林家和顾家一定都邀请了名门望族、当地政要。

走进正中的礼堂，莫晓南看见顾西凉和一个女孩站在中间，顾西凉西装革履，脸色却很凝重，旁边的女孩子倒是看着满心喜悦，仿佛眉毛都要笑弯了。

莫晓南找了一个不显眼的位置坐了下来。

正午十二点，订婚典礼开始了。

主持人啰里吧嗦地说了好多废话，才让顾西凉和林冰儿登台。聚光灯下，林冰儿艳丽动人，顾西凉英俊倜傥，也算一对璧人。下面的宾客们啧啧称赞，交头接耳。

莫晓南站了起来，他等的就是这个时候。

他快步走到顾西凉面前，微笑着看着顾西凉，还没等顾西凉想起来他是谁，莫晓南已经给了顾西凉一拳头。这一拳头力道太大了，顾西凉一个趔趄，摔倒在地上。

没有人意料到会有这样的事情发生，现场开始混乱，林冰儿和司仪呆在当地，不知怎么办才好。

莫晓南将顾西凉一下子提起来，又给了他一拳，边打边说，这是我替沈念打的，你这个少廉寡耻的男人，沈念真是看错了你，亏她对你一片痴心，你就这样伤害她吗？

现场有的人听得一头雾水，有的人却心知肚明。

顾西凉艰难地站起来，这时终于想起面前的男人是谁了，他就是与沈念纠缠不清的奥迪男。顾西凉抹了抹嘴角的血，冷笑着，怎么，你心疼她了？她不是也喜欢和你好吗？没了我，你们不是更自由了吗？就不用偷偷摸摸地趁我不在才约会才去酒店了。这不是正遂了你们的心意，你应该高兴才对啊。

听顾西凉说出这样的话，莫晓南气得都要吐血，你他妈说的这是人话吗？我们偷偷摸摸约会，去酒店？我告诉你，沈念走了，走了，明白吗？说着，说着，莫晓南哭了起来，全然不顾所有人诧异的目光。

顾西凉一把抓住莫晓南的胳膊，你说什么？沈念走了？

莫晓南甩开他的胳膊，狠狠地说，是的，走了，你是不是很满意？然后，转过身大踏步往门外走去。

顾西凉的心，一下子全乱了。他没有拗过母亲的决定，更兼林冰儿以死相逼，他决定先把订婚应付过去，然后再去处理和沈念的事情。没有想到，还没有开始处理，沈念已经替他做了决定。

五天前，沈念来找他，只问了他一句话：顾西凉，你真的要和林冰儿订婚吗？

当时的自己，看着憔悴的沈念，心是疼的，可是还是点了点头，说，是的，沈念，我们的事，过几天再说。

他没有想到，沈念会离开。

八年，在毫无希望的八年里，沈念等着自己，当自己用其他的女人刺激沈念的时候，沈念依然不离不弃，那么这次，沈念也会是隐忍的吧？可是，沈念走了，莫晓南说的不会是假话。他要问问清楚，怎么会是这样。所有的事情，都已经朝着他完全预料不到的方向发展了。

顾西凉的心，隐隐觉得自己好像又错了。

此时，他已经顾不得林冰儿顾不得秦绵了，他去追莫晓南，他要问问莫晓南，究竟是怎么回事。

莫晓南和顾西凉坐在一家小咖啡屋。

莫晓南说，顾西凉，你和沈念认识快十年了，你真的不了解她吗？她对你痴心一片，你居然还那么怀疑她。不错，我是很喜欢她，也追求过她；可是她从来没有答应过我什么。你路过大富豪看到的那一幕，是我喝醉了强吻她的；你所谓的从酒店出来，是因为我们一起在那家酒店吃的中午饭，一直聊到四点多才走。顾西凉，问问自己的心，你是真的爱她吗？那么，即使有一千种一万种你离开她的理由，只要有一个理由能让你留下来，你就该全力以赴地留下，可是，你又是怎么对她的？

莫晓南的话深深地敲醒了顾西凉，是啊，我是真的爱她吗？若是真的爱，又怎么会如此不信任她？怎么会忍心一次又一次无情地伤害她？此刻他才发现，这段时间以来，自己又陷入了刚刚回国的怪圈，分不清爱着还是恨着，就那样明明心里在意着，却又要狠狠地伤害着。难道，这就是自己所谓的爱吗？为什么自己的爱，总是变成利剑，一次次将沈念伤得体无完肤？

那你知道她去哪里了？

莫晓南摇摇头，我只收到她的告别短信，电话已经关机了。没有想到，我们都爱着她，可是都失去了她。顾西凉，你比我幸运，起码你拥有过她的爱，而我，自始至终都是一个人的独角戏。可是，你又比我悲哀，你从未珍惜过她的爱，失去了她才知道此情不渝，却只能日日与悔恨相伴。

顾西凉听着，两行泪流了下来。

是啊，我曾拥有过如此深情的爱，可是，我又是如此凶狠地践踏了这份爱。我以为我是那么了解她，可是我却从来没有问过她当年为什么离开，又为什么八年来孑然一身，我只是沉浸在"我以为"的世界里与她冷冷对峙，用"我以为"的心否定着她的爱，只是，"我以为"真的只是"我以为"，它从来就不是真相。

等顾西凉擦干眼泪抬起头的时候，莫晓南已经走远了。

原来，我们都怀着一样的心，为着心爱的女人。

沈念独自坐在动车上，看着车窗外一闪而过的风景。

冬日，四野萧瑟，只有几株老树瑟瑟缩缩地站在寒风里，冰冷着本就枯败的季节。

对面是一对情侣，卿卿我我地紧紧靠在一起。女孩子有点困，睡着了，男孩子怜爱地将手轻轻地放在女孩子的腰上，好让女孩子睡得舒服一些。

往事忽然就跳了出来，湿了沈念的眼眶。

该是大四那一年的秋天吧。沈念去沈阳参加一次笔会，顾西凉陪着。

那时，动车还没有开通，他和她坐了绿皮车去沈阳。漫长的路，污浊的空气，令有洁癖的沈念极不舒服。顾西凉一路上也是这样轻轻地搂着她，让她坐在靠窗的位置上。那一路，不知为什么她晕车晕得很厉害，顾西凉为了吸引她的注意力，一直给她讲故事。从顾西凉两岁半讲到大学三年级，凡是沈念不知道的顾西凉都讲了个遍。每隔两个小时，顾西凉就会穿过层层人群去给她打水，因为她从来不能喝温水，只能喝开水或凉白开。顾西凉说，由此看来啊，你是一个容易走极端的人。她看看他的眼睛，狠狠点头，说，是啊，是啊，就像我对你，爱定是极爱，恨，便也是极恨。顾西凉嘿嘿笑，说，我才不会让你恨呢，只会让你极爱极爱很极爱。

如今，言犹在耳，却已经天涯远隔。

她再次离开了顾西凉，像八年前一样，凄然远走，茕茕孤影。如果当年离开，她的心裂开了一道缝，那么今天离开，她的心，已然碎成齑粉。

原来，离开一直是我的宿命，无论我多么用心，多么努力，我们始终都不能在一起。我以为，爱情需要的是勇敢，是一往情深，现在才明白，勇敢不够，努力不够，深情不够，只有足够好的运气，才可以和你相伴到白头。而我，在当年遇到你的时候，就已经花光了所有的好运。

我曾那么痴情地极爱你，如今，却没有办法极恨你，爱与恨，岂是一句话就可断得清清楚楚的？

窗外，不知什么时候飘起了雪。

转瞬，便是大片大片的雪落下来，世界，满目洁白。

下雪时，最好和喜欢的人出去走走，这样一不小心就与你白了头。

忽然想起这句话，那是第一场雪来的时候吧？西凉，你在我的楼下写下"念你如初"，如同九年前的那个雪夜。那次，我们真的在飞雪里牵着手走了很远的路，看琼花飞舞，那次，我们真的白了头。

却原来，与你携手白头是这样的白头，像一场梦，梦里飞花，梦醒落泪。

却原来，无论怎么走，所有的相遇、重逢，都是为了让我满身伤痕，黯然离场。

11. 相斟相劝忍分离

顾西凉一个人安静地坐在阳台的椅子上，愣愣得出神。

他看见沈念在厨房里忙碌，密密的小汗珠从额头上滚下来，可是沈念微笑着，没有来得及擦一下汗，那是一年前的沈念吧？那时的他，会悄悄地从后面搂住沈念的腰，将脸贴在她的长发上，贪婪地闻着她洗发水的香味。

他看见沈念隐忍的啜泣的背影，那该是自己带着不同的女人来刺激沈念的时候吧？他每天都能看见沈念红肿的眼睛，但是，他每次都忍住想要告诉她真相的冲动，看着她落寞而难过地上下班。不知那些难熬的夜晚，沈念是否也曾有将所有告诉自己的冲动。

他看见沈念独自坐在餐桌前，等了很久很久，然后，站起身，轻轻叹口气，返身回到厨房，那该是沈念每次为他做好饭后等待他归来的情景吧？

他看见沈念静静地拉着行李箱，久久地凝望着家里的一切。这，是不是沈念最后一次凝望这个家的景象？那个时候，沈念想些什么？那个时候，她是不是在心里埋怨了自己好久好久？那个时候，她有没有想过给自己打个电话？

沈念，八年前，你是不是也是像这样，默默地带着满身伤痕离开？而我，却从不知道，给你带来如此伤害的，会是我最亲的人；我也从不知道，你独自背着这个秘密走了这么多年。

……

顾西凉回到沈念居住的房子时，已经是沈念离开两个星期之后。

她没有给他留下只言片语，所有的一切，她都没有带走。只是，这个家里，再也没有了沈念的气息。

可是为什么，坐在这里，我还是从每一个空间里，看到你的一颦一笑？

他们该是相爱的两个人，却在现实的击打里，一次次败下阵来，从此，掩了真心，带着受伤的心，独自在爱里踯躅。只有到今天，他才真正地理解沈念，看清沈念。她宁愿一个人背着命运的十字架，也不愿意将这份伤痛再给自己一分。沈念对自己的爱，才是真正的爱，不计名分，不畏误解，不强辩，不解释，为爱隐忍，为爱付出，却从来，不求回报。

那么，自己呢？面对沈念，自己简直就是一个禽兽，自以为知道所有事实，用尽残忍的手段对待沈念。这样美好的女子，就这样，被自己一再折磨，一再伤害。终于，要被自己逼着，离开这个城市，再次飘零。

风儿轻轻吹过，有书页轻轻翻动的声音，那是一本《圣经》，已经被翻得破旧不堪，而被风吹起的那一页，有红笔勾画的痕迹。

顾西凉拿起书，轻轻地读出了声：

> 爱是恒久忍耐，又有恩慈；爱是不嫉妒，爱是不自夸，不张狂，不做

害羞的事，不求自己的益处，不轻易发怒，不计算人的恶，不喜欢不义，只喜欢真理；凡事包容，凡事相信，凡事盼望，凡事忍耐。爱是永不止息。

顾西凉这样读着读着，忽然掩住脸，哭出了声。
亲爱的沈念，你就是这样来爱的吧？爱着所有人，却忘记了爱自己。

来这里的前一个星期，顾西凉去找了陆明。
当林冰儿逼着自己要成婚的时候，顾西凉明显感觉到了母亲秦绵的欢喜。而明明，自己曾带着沈念见过父母，怎么样，母亲也该问问我究竟是要和谁在一起吧？可是，母亲没有，似乎她从来就没有打算承认沈念做自家的媳妇。
他想起当自己和母亲商量要和沈念结婚时，母亲的态度，与对林冰儿，是天上地下。
他想起沈念曾经问过自己，假如他家人不同意他们在一起怎么办。
他想起，八年前沈念突然离开，什么都没有说就隐遁人世，而八年里，她却始终孤身一人。八年后重逢，他知道，沈念的心里只装着他。
这一件件事情重合，折叠，不得不让顾西凉重新回望这么多年来所走的路，似乎有一条线，自己始终不知道，却在暗中操控着自己的生活。而现在，他要弄清楚，到底是怎样的线，如此执着而又如此厉害地再次掌控了他的生活。
他想到了陆明。
陆明是母亲的秘书，也是母亲的亲信。那么，他，就会是最好的缺口。
当然，顾西凉知道陆明想要的是什么。
陆明，你给我母亲做了这么多年秘书，也不过还是秘书，我现在想要知道八年前究竟发生了什么事。你告诉我我想要的真相，我给你二十万作为回报，怎么样？
陆明良久没有说话。他在权衡利弊。
这十多年，他给秦绵做秘书，其他人的秘书最终都有所得，即使是很一般的人也去了基层成了镇长，可是自己呢，秦绵似乎并没有想过要给他一个什么交代。现在，自己做着表面风光实则无味的工作，曾经有人找他办过事，以为县委书记的秘书一定可以有点特权，没想到，秦绵从未给他办过什么事，反而斥责他给她添麻烦。这么多年混下来，他依然是一个落魄的秘书而已。自己都快四十岁了，还有什么前途可言？这些年跟着秦绵，他算是看透了这个女人。秦绵聪明狡猾，违法的事情不会做，即使是违规的事，也得做得不似违规，追查起来没有什么痕迹，或者说，根本查不到。那么，如果等着秦绵给他一个合适的职位，恐怕希望不大。如今，他的儿子出口二十万，在一个小县城，那样的年代，二十万不是一笔小数目，何况自己不过是动了动嘴，半个小时，一个已经是八年前的旧事，二十万，性价比太高了。

五分钟后，陆明点点头，好，我告诉你。

事实一点点剥开，顾西凉第一次看到了母亲的另一面。

那个慈爱的通情达理的母亲，原来是这个模样。为了让沈念离开自己，她动用了所有的关系，软硬兼施，恩威并用，逼得沈念无路可走。

原来，当年，我所以为的沈念的背叛，不过是母亲导演的一场戏。

原来，母亲希望的是门当户对的官商联姻，而不是我想要的爱情。

原来，自己看到的母亲对沈念的态度，不过是假惺惺。

他终于知道，为什么沈念决绝离开，八年来却又形单影只。

他终于知道，为什么沈念见父亲母亲的时候，会手脚冰凉。

他终于知道，为什么沈念会问他"假如他的母亲不同意他们在一起"怎么办。

他终于知道，为什么沈念从来不提八年前的往事，任凭自己误解与猜忌。

沈念，这么多年，你用怎样的心痛，承受着我刻薄的冷漠，而最终的最终，你的深情又全部被我辜负。八年前，你被迫离开，起码心存温暖，因我依然爱你；而八年后，你被迫离开，是不是已经心碎成灰？

那么，沈念，以你的个性，此去转身，是不是，我们今生，再也难见？

顾西凉约林冰儿在一家西餐厅见面。

订婚当日，顾西凉撇下林冰儿追着莫晓南出去的事情，在T市已经传得沸沸扬扬。有的说顾家公子欠了另外女子的风流债，女子的家人来闹场；有的说顾家公子是同性恋，去找他的男子正是曾与之热恋的人……以讹传讹，坊间说法更是离奇古怪。

这让林家和顾家都颜面尽失，尤其是林家，黑白两道通吃，本来与顾家结亲，是想与政界多一些关联，毕竟"朝里有人好做官"，没想到，顾家的儿子竟然半路弄出了"订婚出逃"，这让林父勃然大怒，当场就宣布取消林冰儿与顾西凉的婚约。

顾家虽然不及林家地位高，可是在G县也算数一数二的人物，在T市也有一群政界官员和商人是顾家的至交，如今因为顾西凉的事，顾家也是又羞又怒。秦绵更是气得回家破口大骂顾西凉。

可是已经于事无补。

林冰儿虽然爱着顾西凉，却也恨顾西凉如此不顾及自己和林家的颜面，竟然在订婚之日拂袖而去。尽管林父已经取消了两人的婚约，林冰儿依然固执地想要与顾西凉在一起。

冰儿，订婚那天忽然离开是我不对，喝酒让你有了身孕更是我不对，我们从小一起长大，我知道你对我好，可是，冰儿，我只当你是妹妹，我爱的是沈念，我不能害你。即使我们奉子成婚，我一样不会爱你，这对你不公平……

顾西凉还没有说完，林冰儿已经哭起来，她抢着说，不，西凉，你不爱我也没关系，只要让我和你在一起，我会做个好妻子的，相信我……

顾西凉轻轻地擦了擦林冰儿脸上的泪珠，冰儿，我陪你去打胎，我给你一笔钱，可就是不能娶你。这样，会害了你，也会害了孩子，这样的事，我不能做。

林冰儿哭着站起来，用手指着顾西凉的鼻子，有点失控地喊，顾西凉，你没有人性，你不负责任。说完，捂着脸跑了出去，全然不顾餐厅里其他人诧异的目光。

顾西凉尴尬地站起身，去追林冰儿。

林冰儿的心痛得不知所以，她没有想到顾西凉此刻还会说"爱的是沈念"，更没有想到顾西凉会让自己去打胎，她不知道该怎么办才可以让顾西凉留在自己的身边。

她不知道要跑向哪里，只是捂着脸，向路边冲去。

忽然，她感觉自己被什么东西撞到了，腿一阵剧烈的疼，只模模糊糊地听见有人喊"冰儿"，好像是顾西凉的声音。她想答应，却说不出话来，似乎还有惊叫声，还有刺耳的刹车声。不，她什么都听不见了，脑子里一片混沌。

好想要睡觉。

12. 一望几重烟水寒

顾西凉双臂交叉，默默地站在医院住院部的走廊窗户前。

林冰儿从咖啡馆出来，因为没好好看路，被疾驰而过的汽车撞到了腿，送到医院，医生说，小腿骨折，但不严重，需要先做手术。

医生，孩子没事吧？她怀孕了。当林冰儿做完手术，被从手术室推出来时，秦绵急切切地问医生。

什么？怀孕？医生瞪大了眼睛，开什么玩笑，病人没怀孕。如果怀孕，命都可能保不住。

这下，轮到秦绵瞪大眼睛了。而一旁的顾西凉，也是一万分的惊诧。

没怀孕？那么就是说，从始至终，林冰儿都是在骗人？她根本没有怀孕，却拿着怀孕来要挟自己？

顾西凉啊顾西凉，你这是傻到了家；林冰儿啊林冰儿，你又何苦演这样一场没有意义的戏？既然没有怀孕，那么，是不是，酒店里的事情，也是子虚乌有？顾西凉的心里开始打鼓。

一个星期以来，秦绵和林冰儿的母亲天天都在医院陪着林冰儿，顾西凉两天来看她一次，每次见到顾西凉，林冰儿都别过头去，她不想见他，不只是因为他拒绝和她结婚，更因为自己假怀孕的事情大白于天下，她不知该怎么面对顾西凉。

冰儿，你实话和我说，我们到底有没有？……那天，当病房里只剩下林冰儿和顾西凉的时候，顾西凉这样问林冰儿。

林冰儿看一眼顾西凉，思忖良久，然后，抬起头，定定地看着顾西凉，说，西凉，你真的只爱沈念一个人？你从来没有喜欢过我吗？

不，冰儿，我喜欢你，一直很喜欢你，但那种喜欢，是哥哥对妹妹的喜欢，喜欢不是爱，我只爱沈念一个人。

林冰儿的眼神黯淡下去。她嗫嚅着，西凉，关于怀孕的事……

还没有说完，顾西凉就打断了她，不要再说这件事了，就当没有发生过。我只问你，那些酒店的照片，是不是也是假的？我和你之间，一直都是清清白白的，对吗？

当顾西凉以这样一种不容置疑的口吻说出这些话的时候，林冰儿实在不知道该怎么说。她本来想不承认，可是，连孩子都留不住顾西凉，那么，一张照片又能怎么样？

不错，其实，那天你是喝多了，可是送你到宾馆后你就睡着了。那些照片，是我趁着你睡觉的时候，摆好姿势和你拍的。其实，我们之间，什么都没有发生。

当林冰儿将这些话说出来的时候，她知道，她彻底地失去了顾西凉。

曾经，她还可以拥有他的爱，即使是兄长对妹妹的感情；如今，她和他之间，只剩下了客气的寒暄，连曾经的兄妹之情，也一并失去了。

失去就失去吧，反正也是得不到。我与你，从此之后，爱不在，情皆断。

这样，该是最好的结果吧？你去找你的爱人，我去寻我的王子。世界那么大，总会有一个人，会是全心全意地爱着我的吧？

可是，她真的甘心就这样失去吗？

问世间情为何物？直教人生死相许。"情"字最难懂，也最难悟，世间多少人，都在一个"情"字上辗转流连，我为你负了韶华，你却不肯为我许下寸心，擦肩而过也好，最怕这彼此纠缠不清的爱恋，于无情与有情之间，心碎成千片万片却又矢志不渝。

你道是痴心不改，偏偏对方觉得是恼人的负累，这个时候，明智的你啊，请收起自己的爱和痴，纵然会有锥心刺骨的疼痛，总好过元气大伤的伤筋动骨。

可是，再聪明的人，这个时候，智商都成了负数。

顾西凉静静地抽着烟,烟灰像摧枯拉朽的老人,弓着腰,不知什么时候会掉下来摔得粉碎。

当所有的真相,以这样一种不可思议的方式摆在他的面前时,他忽然觉得自己成了世界上最可笑的傻瓜,也才知道自己错得有多么离谱,多么不可挽回。

爱自己最多的女人,却被自己伤得最深。

那些自以为是的推理,那些莫名其妙的嫉妒,那些没有来由的仇恨,那些残忍侮辱的报复,原来都是自己在自说自话。

恨,就这样蒙蔽了爱的眼睛,让爱情,再一次流离失所,遍体鳞伤。

不,他不能就这样让沈念离去,他要去找她,不管她身在何方。

当秦绵知道顾西凉竟然已经辞掉了工作的时候,气得大发雷霆。

西凉,你知道你在干什么吗?为了一个女人,你竟然连前途都不要,你这样值得吗?告诉你,你乖乖地回去上班,乖乖地娶了冰儿,不要折腾这些幺蛾子了。秦绵的话里,满是命令语气。

妈妈,在您的眼里,所有的事情都一定要有利可图,包括爱情?当年,您瞒着我逼着沈念离开我,只因为沈念家境一般,不是什么富豪之家,也不是政界要员;现在,您又逼着我让我娶林冰儿,娶一个我根本不爱的女人,大概也是因为她家世显赫吧?妈妈,难道儿子的幸福不重要吗?难道只有权力和金钱才是您看中的吗?我一直很崇拜您,觉得您是世界上最好的妈妈,清正,廉洁,慈祥,有修养,没有想到,直到今天,我才真正了解您看清您。您是最自私的妈妈,也是最没有爱的妈妈。我再也不会做任您摆布的木偶,我要去寻找属于我的幸福。

顾西凉一口气说了这么多,说得自己泪流满面。而秦绵,也听得跌坐在沙发上。

原来,所有的事情,顾西凉都知道了。

可是,自己错了吗?自己不也是为了西凉好吗?希望他少走几年奋斗的艰辛之路,希望他有靠山有背景,希望他生活得比自己更好。难道这有错吗?为什么西凉就这样不理解自己的一片爱子之心?

好,你走了就别回来,我没有你这样的不肖子。秦绵的凌厉强势又开始占了上风,她不能忍受自己的儿子居然不听自己的话。

顾西凉看了看母亲,头也不回地提起行李箱就走。

身后传来秦绵的哭声,还有骂声,可是,顾西凉受够了,他要去找沈念,他不能让沈念就那样满身伤痕离开,他要亲口告诉她:我错了,跟我结婚吧。

可是,他能找到沈念吗?

又是一个酒后的夜晚。莫晓南开着车,兜兜绕绕地竟然来到了沈念的家。

狠命的敲门,却没有人开门。

良久,他才想起,沈念已经离开T市一个月了。这一个月里,沈念的电话始终是关机的,他每天都要打几十次电话,希望有一次会听到沈念的声音,可是,从来没有接通过。他给她发了很多短信,可是每一条都如泥牛入海,没有任何回响。

他心里明白,沈念是要彻底断了和熟悉的人的联系,再次隐遁人海。

他失魂落魄地上了自己的车,待在车里一根接一根地抽烟。

他想起自己追求沈念时,日日来接她的情景。

他想起沈念在雪夜与自己分别时白色的身影。

他想起沈念对他说"我们只能是朋友"时的眼神。

他想起沈念在吕梁湾酒店轻轻地握住他的手时的温柔。

恍惚间,沈念就站在他的面前,笑着,露出深深的两个酒窝;说着,露出编贝一样的牙齿。可是,伸手,沈念不见了,只有香烟的烟雾在车里缭绕。

沈念,你走得如此决绝,我又该到哪里去寻你?即使寻着,我又能对你说什么?你从未说过爱我,也从未接受过我的爱,可是,沈念,你可曾知道我的心里,再也容不下第二个女人。每个孤单寂寞的深夜,我都会想你,"为忆芳容别后,水遥山远,何计凭鳞翼",我想你是不会知道的,因为你的心里,只有那个叫顾西凉的男人。

如今,天涯孤旅,你身在何处?我多么想再听一听你的声音,再看一眼你的容颜。沈念,我一直以为你离开了,我对你的爱也就死了,没有想到,我对你的思念并没有随着你的离开而远去,反而更加强烈,无尽相忆,相思成灰,我该如何去度过你离开的日日夜夜?

　　沈念,我要去找你。尽管我知道希望渺茫,可是,我相信,我会找到你。

　　我要大声地告诉你:我爱你,无论你爱不爱我。不要一个人承担痛苦,不要一个人独自流浪,让我陪着你,像心疼我自己一样疼爱你。我要带你回来,所有你受的伤害,让我给你抚平。我会给你一个家,一个温暖的怀抱,我不会再让你长夜痛哭。

　　夜,安静得像怎么也醒不来。
　　那一个瞬间,莫晓南做了一个决定:撒开关系网,寻找沈念。

卷 三

千山暮雪,只影向谁去

1. 西楼月下当时见

沈念端出煲好的鲫鱼汤，给聂亦风盛了一碗。

来到北京已经半个多月了。

正值假期，沈念决定在北京逗留一个月，然后再南下广州。她不愿意待在北京，距离T市太近了。既然决意离开，她便会彻底消失。

聂亦风的父亲曾是家乡小有名气的画家，聂亦风秉承了父亲的绘画天赋，再加上家庭的熏陶，耳濡目染，她的画也算是小有所成。后来随罗旌来到北京，绘画无法在短时间内看到收效，聂亦风便改做了杂志。

由于天生对杂志定位的敏感，加上绘画审美的独特眼光，两年时间，就让她所在的杂志社盈利多多。她也由一般的责编一跃成为报社主编。

辞职后，聂亦风不愿意再做刊物，手里也有了一些积蓄，于是就自己开了一间画廊，有一个很独特的名字：你我。

聂亦风天性纯净，画廊也被她打理得卓尔不群。画廊挂的一部分是朋友们送来的画作，一部分是各地有名的画家的作品，还有一部分，是聂亦风的画作。为了区分，她特意将自己的画作挂在走廊最里面，且标注为"非售品"，因她自觉技艺不够，只怕玷污了"画家"这个词。

那天，是聂亦风的生日。沈念早早地张罗了一桌子菜。

等到聂亦风回家的时候，沈念早已坐在餐桌旁等着她。

浪漫的沈念点了西餐烛台，做了牛排、比萨、意大利面、芝士浓香蘑菇汤，炸了薯条，还有一个八寸的蛋糕，摆放在桌子的中间。

亦风，许个愿吧。沈念给聂亦风点着蜡烛，聂亦风双手合十，默默低头，许愿。

从前的每个生日，都有罗旌陪着，十五年来，从来没有改变。罗旌是一个心思细腻的人，每个生日，一定提前订好生日蛋糕，生日那一天，一定不会加班。

记得去年，罗旌在家里用红色的心形蜡烛布置了长长的路引，路引的尽头是一颗大大的心，里面写着"生日快乐"四个字，在床上用红色玫瑰花瓣撒成了一颗心的图案。聂亦风下班推开门，看到的是红色的烛光摇曳，听到的是罗旌轻轻地拥着她说生日快乐，亲爱的。那一刻，聂亦风感动得眼泪哗哗地流。她觉得，所有吃的苦都是值得的，有这样一个男人的深爱，还奢求什么呢？

自己以为，以后的每一个生日，罗旌也都会陪在身侧，都会用这样浪漫的深情将自己宠爱。谁曾想，西风凋碧树，明月冷琉璃。曾经说好执手白头的人转眼就牵了别人的手，曾经感天动地的海誓山盟转眼变成了冷笑话。

想着想着，聂亦风的眼泪滚滚而下，终于扑到沈念的怀里号啕大哭起来。

沈念轻轻拍着聂亦风的背，说，难过了就哭出来吧。自己也跟着哭起来，最后成了两人的相拥而泣。

在爱情里来去，哪个痴情的人不是带了一身的伤痕跟跄前行？无情不似多情苦，最是多情最伤人。

哭够了，两个女人擦擦眼泪，洗了一个热水澡，然后才重新坐到餐桌前，用微波炉热了饭菜，打开红酒，慢慢地喝起来。

沈念，你还记得毕业的最后一餐吗？喝了一口，聂亦风问沈念。

怎么能忘记呢？

那时，沈念和顾西凉，聂亦风和罗旌，四个人在学校旁边的酒家要了一个包间，既算是为罗旌和聂亦风饯行，也算是毕业的最后一次聚餐。此后，他们便要各自奔赴天涯，罗旌与聂亦风北上京城，沈念和顾西凉准备毕业结婚。

那时，两个单纯的女孩子，正沉浸在爱情的甜蜜里不可自拔，而两个意气风发的青年，亦充满了对未来生活的憧憬。

那时，尽管饭菜不过是几样地方小菜，酒也不过是寻常的青岛啤酒，可是，他们依然吃得津津有味，喝得酣畅淋漓。那顿饭，他们吃了四个小时，可是，没有离别的伤感，没有对未来的彷徨，有的只是少年郎的豪迈。

那时，顾西凉和罗旌坚定地相信，一切都掌握在自己的手里，只要你肯向前，便一定会接近自己想要的生活。

那时，聂亦风和沈念坚定地相信，他们的爱情会开出最绚烂的花朵，他们与所爱的人必将携手白头直到生命的尽头。

如今，风物流转，岁月沦陷，当生活的真实狰狞着向她们扑来的时候，她们才发现，人生不是诗句，不是轻歌，不是曼舞，而是赤裸裸的善恶相向、美丑同行。曾经陪在身边的人，最终成了过往里的荆棘，时不时跳出来，狠狠地在她们的心里扎上一根刺，然后再狠狠地拔出来，带着血肉模糊的疼痛，似乎要永远伴随着她们以后的岁岁年年。

沈念举起酒杯，说，亦风，来，为了这流离失所的人生，干杯。

聂亦风也举起酒杯，干杯，为了曾经动荡不安的青春。

一杯又一杯，两个人最后都喝得迷迷糊糊，醉得一塌糊涂。

周末，沈念去聂亦风的画廊帮忙。

沈念很喜欢画廊的名字"你我"。

一进画廊，墙上写着一行字：这命中注定的相遇，相遇有时候是必然，是期期然的前世之缘。沈念想起，这是雪小禅在《你我》里的句子。是啊，命中注定的相遇，怎么可以躲闪得掉？兜了无数圈，该相遇的终会相遇，该离开的终会离开。

卡夫卡不是说吗？爱情不是寻来的，是天上掉下来的。

来到店里，聂亦风正坐在画廊的长椅上看书。彼时，冬日的阳光暖暖地照下来，穿过窗棂，斑斑驳驳地洒在聂亦风身上。聂亦风穿了一件棉布汉服，长长的裙摆曳在地上，披肩发衬着她清瘦的脸庞，像一幅画。沈念拿出手机，想悄悄地给她拍一张照片。

而此刻,刚才进来的一个男子也拿出手机,给聂亦风拍了一张照。沈念掉头看他,三十多岁的模样,生得俊朗高大,长头发拿皮筋束起来,穿一身蓝白相间的阿迪运动服,清清爽爽,像春日的一缕风。

你们来了?正当沈念打量身边这个男子的时候,聂亦风从书中回到现实,赶紧打招呼。沈念嗯了一声,发现身边的这个男人也嗯了一声。

介绍你们认识,这是我的好朋友沈念,这是令狐北,画家。

令狐北冲沈念点点头。然后,他就看向聂亦风,眼神里满是柔情。他说,亦风,你刚才看书的侧影真好看,就像一幅画。

聂亦风红了脸。

沈念看着聂亦风,忽然从她的身上看到了爱情的影子。

令狐北对这个画廊似乎很熟,他将聂亦风刚才靠着的靠枕摆好,然后去画廊旁边的小房间,没有一会儿,就端出一壶浓香四溢的咖啡,他招呼聂亦风和沈念,来,这样的阳光,这样的良辰,不喝点咖啡太浪费了。

聂亦风笑眯眯地看着他,令狐,前面的句子很有诗意,以为你要说出什么惊艳的句子来呢,没想到,居然是"太浪费了"。

令狐北给沈念倒了一杯咖啡,又给聂亦风倒满,一边倒一边微笑,然后,他给自己倒满一杯,亦风,你和沈念小姐已经够惊艳了,哪里还有更惊艳的词呢?

令狐北的话似乎是恭维,可是听着却觉得入耳入心,玲珑中有着让人心安的质朴。

喝完咖啡,令狐北去楼上的画室作画。沈念和聂亦风在楼下听音乐。

令狐北还记得自己三个月前第一次来画廊的情景。

是一个午后,阳光很懒地照下来。看到"你我"的名字,令狐北觉得心被什么软软地触动了。有这样一个独特的名字,店主该也是一个独特的人吧?

信步走进去,对面,他就看到墙上的那一行字:这命中注定的相遇,相遇有的时候是必然,是期期然的前世之缘。没来由地心动,猜想店主是一位女子。

进去,画廊是纯白的色调,两旁挂着的是几幅张大千的墨兰,还有郑板桥的墨竹，没有油画，一幅都没有。这让令狐北有一点惊异。一般的画廊，会在入门的位置挂上一些西方油画，一则装点门面，二则吸引客人。这个年代，真正懂艺术的人少了，附庸风雅的人多了，而附庸之人总以为家里挂几幅油画才能显示自己的艺术品位。可是，这个画廊太特殊了，纯白的色调太过静穆，传统的山水画又显得清淡，这样的装修，只能说店主只为娱己，不为赚钱。

穿过三十米的画廊，转身进入的是内室。内室里是名家的山水画作，还有工笔仕女，比较特别的是在内室的右侧，有专门的一面墙，上面挂了几幅工笔仕女图，还有几幅水墨山水图。山水图每一幅都带着疏离的味道，或远或近的水墨里飘逸着的是淡淡的禅味。如果按意境论，是画作中的上品，偏偏旁边标注着"非售品"。细看作者，篆刻的"疏眉"两个字，一种清新扑面而来。

房间的角落里，或是桌子上，是经过精心打理的插花，有的旁逸斜出，有的清新寡淡，有的疏影横斜，有的一枝独秀，充满了禅意和佛性。

走进这个内室，没有像进入别家一样，被浓墨重彩的油画弄得双眼疲惫，而是似乎进入青山绿水之间，加上淡淡的熏香缭绕，耳边还有似有似无的古筝之音，让心一下子就安静下来。

而在内室的靠窗处，有一个白色的藤秋千，一个女子正静静地坐在藤秋千上看书。令狐北记得，当时聂亦风穿着白色的汉服，整个身子都陷在藤秋千里，阳光恰恰照在她的身上，脸上有微微的粉色，那一刻，令狐北的心就被聂亦风融化了，俘虏了。他从来没有见过这样的女子，这哪里是在做生意，简直是在任性地过自己想要的生活，他也从来没有见过这样的画廊，充满了艺术情味，琴声，茶香，插画，山水，所有人间想要的美好，在这个小小的画廊里都可以找得到。

而这，不正是自己一直寻找的吗？

现在想起来，令狐北觉得一切都是命中注定的安排，否则那个午后自己本来是打算睡觉的，怎么会忽然心血来潮莫名其妙地跑到这个地方，进了聂亦风的画廊，从此对聂亦风一见倾心？

后来，他便每天都来聂亦风的画廊，渐渐与之熟悉，成了朋友，有时候就在画廊的二楼作画。

楼下的沈念说，亦风，令狐北似乎喜欢你。

聂亦风笑一笑，可是，我不想让自己再伤一次了。

沈念握握聂亦风的手，你又怎么知道，他不是来抚平你伤痕的天使呢？几米说，转角遇到爱。

聂亦风轻轻低下头，手边是准备抄写的《大悲咒》。

窗外，阳光正好，冬天快过去了吗？心里的冬，又岂是那么容易就越过的呢？

2. 伤心枕上三更雨

一日，聂亦风、沈念和令狐北坐在画廊的藤椅旁喝茶。

门外走进来两个人。

你快点，走那么慢。走在前面的女人的趾高气扬打断了聂亦风他们的聊天。抬起头的时候，聂亦风的脸色却变得煞白。

走进画廊的，是慕容雪和罗旌。

慕容雪也看见了聂亦风，她顿了顿，显然是没有想到竟然会在这里碰到她。但很快，她就镇定下来，然后扭头冲着身后的罗旌说，哈，看啊，你的旧情人，要不要叙叙旧呢？

罗旌在看到聂亦风的一瞬，是极其不自在的。而在慕容雪说出这句话的时候，他的脸上有愠色，但很快就消失了，慕容雪没有看出来，聂亦风却捕捉到了。十五年，他们已经是默契到一个眼神就能读懂彼此的心。

走吧。罗旌拉起慕容雪，想要离开。

慕容雪却甩开他的手，走到聂亦风的面前，挑衅似的看着聂亦风。真是人生何处不相逢啊，没有想到，你躲到这里开了画廊，怪不得这个画廊这么没品位，就像你选男人的眼光啊。

聂亦风的眼泪在眼眶里打转，她不知道该说什么，那么伶牙俐齿的她竟然在这样一个女人面前败下阵来。沈念真想给这个女人一个耳光，令狐北虽然不知道是怎么回事，可是听了慕容雪的话，也大致明白了点东西。他看看慕容雪，礼貌地说，小姐，我们的店马上要关门了，您改日再和您的先生来吧。

慕容雪看看令狐北，还想再说点什么，罗旌走了过来，行了，你闹够了没？回家吧。说完，拉着慕容雪向店外走去。慕容雪没有见罗旌如此地黑过脸，也就没再说什么，气哼哼地掉头离开了画廊。

聂亦风一个人坐到窗边的藤秋千上抱着膝盖不说话。

她需要一个人静一静。

沈念和令狐北静静地坐在了刚才喝茶的藤椅上。

第二天，聂亦风来到画廊的时候，大大地吃了一惊。

画廊的走廊里铺满了玫瑰花瓣，走到内室，新鲜的百合花插满了每个花瓶，房间里浓香四溢，音乐是古筝曲《偏偏喜欢你》，房间中央是一幅一人高的画，画中人正是聂亦风，她穿着白色的长裙，静坐在藤秋千上，膝盖上摊着一本打开的书。

令狐北站在画的前面，他微笑着，对聂亦风说，亦风，你知道吗，我第一眼在画廊里看见你的时候，你的影子就深深地镌刻在我的心里了，那时候，我首先想起的就是曹植《洛神赋》里的一句话：柔情绰态，媚于语言。那一刻，我就深深地喜欢上了你。所以，我作了这幅画送给你，亦风，给我一个机会，让我来爱你，好吗？

聂亦风不知道该说什么，只是站在令狐北的面前。

这个英俊的男人，儒雅倜傥，才华横溢，绘画技巧独特，超凡脱俗，几个月接触下来，觉得他人品亦是极佳，率真可爱，诚实善良，也不缺乏勇敢与幽默。这样的男子，也是聂亦风欣赏的。只是，自己再也没有勇气走向爱，那爱啊，曾经戴着满身的荆棘，将她深深地刺伤。她不敢，她不想。

良久，聂亦风摇摇头，令狐，我有过一段十五年的初恋，那些往事，我不知该怎么和你说。所以，对不起，我不配得到你这么好的爱。

令狐北走到聂亦风的面前，轻轻地擦去聂亦风眼角的泪，亦风，我们活的是现在，为什么要让过去横亘在彼此之间？谁的过往不是一道长长的伤痕？而揭开这伤痕，谁又不是鲜血淋漓？我要的，是以后。我爱你，与你的过去无关，我要许你一个美好的未来。

是啊，我爱你，与你的过去无关，我要许你一个美好的未来。只是，又有多少人懂得这样的道理？

很多人，纠结着自己和对方的过去，为着这无法改变的事实而兜兜转转，最终将自己和所爱的人逼到万劫不复。

其实，又有什么意义呢？

令狐北将聂亦风揽入自己的怀中，聂亦风没有反抗，孤单了这么久，她也需要一个温暖的胸膛，何况，这个胸膛，亦为她所欣赏。

春节过后不久，沈念离开了北京。

她在广州的一家杂志社担任副主编。

选择来这里，沈念是经过了一番思考的。

沈念有着别人所没有的坚韧和执着。当她相信爱的时候，会不计后果也不畏艰辛地为爱付出，只要有一点点爱的希望，她绝不会放弃。可是，当她确信爱已经成为长了翅膀的鸟儿，再也不会飞回来的时候，她会在长夜痛哭满身伤痕后，决然转身，不给自己机会，也不给对方机会。

既要从此别离，便不必留恋。

广州和长沙是杂志刊物比较聚集的地方，沈念不想去长沙，就给广州的几家杂志社投了简历，其中有两家杂志沈念曾开过专栏。于是，沈念接到了两家杂志社的录用通知。她接受了南方南杂志社的聘请。

即使是离开，重新开始，她也要自己的生活有意义。

而实力是决定生活质量的王牌。

《南方南》杂志编辑部位于广州一个小山旁，环境优美，背靠高山，面临大海，这是沈念选中这里的直接原因。

年少的时候，读海子的诗，沈念向往极了"面朝大海，春暖花开"的生活，想一想，面前是无垠的大海，天蓝蓝，海蓝蓝，朝夕闻水声，这是一件多么幸福的事。

这种世外桃源般的半隐居生活，让沈念获得了前所未有的心灵的宁静。

在新的环境里，沈念隐藏了自己的光芒，绝口不提过去。在这个杂志社，主编专门为她开设了一个专栏，专栏的名称是"荼蘼夜话"。在工作中，作为新来的员工，沈念更是谨小慎微，她不做最好的那一个，因为不愿意成为众矢之的；当然，也不能做最差的那一个，否则怎么在这个地方待下去呢？中庸，是对自己最好的保护。

夜深人静的时候，沈念还是会不自觉地想起顾西凉。

那些想要遗忘的过去，像无孔不入的麝香，侵蚀着她想要剥离的记忆。原来，离开的只是地域，剥离不了的是如影相随的过往，只要还有思想，还有呼吸，沈念就永远忘不了顾西凉。

他是她体内的一根肉刺。你看不见他，却时时被他的刺尖扎得生疼。

奈何，奈何，情深不寿。

奈何，奈何，往事难追。

沈念工作一丝不苟，又富有创意，很快就得到了主编的赏识。

单位为单身的职工提供宿舍，沈念不想出去租房子，就住在了宿舍。她平时很少出门，除了上班，就是蜗居在宿舍里写稿子。她没有和谁的关系特别近，也没有和谁的关系特别远，总是淡淡的，似乎什么都不能将她打动，也没有什么可以将她伤害。

她成了别人眼里的风景，像一棵风雨中的橡树，不依赖着谁，不眷念着谁，只是坚韧平静地生活。或许只是因为伤得够深，才能在尘世里如此安宁平静如此云淡风轻吧。

又是一个不眠之夜。小雨淅淅沥沥，轻打窗棂。

沈念窝在沙发上听歌，张艾嘉的《爱的代价》。

爱的代价岂止是伤心流泪黯然心碎，爱的代价是再也没有了爱的能力，爱的代价是从此零落漂泊羁旅天涯。往事历历如在眼前，人却已经分飞两处。

直到今天，我才清清楚楚地知道，我对你的爱，就像天上人间对影自怜的落寞舞蹈，你，是我的，镜花水月。终有一天，水波潋滟，荡去月影，铜镜破碎，花影飘零。

沈念再也忍不住，嘤嘤地哭起来。

当当，学校里的钟声敲了十下。深夜十点了。

忽然，有轻叩宿舍门的声音传来。

沈念心里一惊，这么晚了，会是谁呢？

打开门，是单位的同事杜维，杂志社的美编。

第一次见面，杜维冲她礼貌地微笑，你是新来的沈念副主编吧？

自我介绍一下吧，我叫杜维，杂志社美编，很高兴认识你。你初来这里，有什么需要的话，你可以告诉我，我帮你，别把我当外人。

就这样认识了。

后来的一段时间，杜维确实事事照顾沈念。

他帮她办理各种入职手续，帮着收拾宿舍，在这个人生地不熟的环境里，沈念感受到了一种被人关怀的温暖。

但是，对于杜维的热心，沈念不是没有戒心，何况，她不愿意和任何人再有交集，所以，沈念对杜维总是敬而远之，能自己办的事绝不会麻烦杜维。

可是今晚，杜维来找自己。

你好，你有事吗？沈念挡在门口，礼貌地问。

沈念，你就没打算让我进去坐一坐吗？杜维微笑着，用沈念不容拒绝的语气说。

实话说，沈念是真的没打算让他进门。

这么晚了，沈念是有顾忌的。可是，话都说到这里了，如果真的不让杜维进门，也实在太不像话了。

单身一个人来广州，你还适应吗？杜维微笑着问沈念。

还好，多谢你的帮忙。沈念的感谢是发自内心的。

你坐，我给你倒杯水。沈念一边说，一边转过身去给杜维拿杯子倒水。

杜维却忽然伸出手，从后面将沈念搂在怀里，沈念，你知道吗，从第一天见到你开始，我就喜欢你了。说着，他将沈念扳回身来，强行去吻沈念。沈念被这突如其来的变化吓坏了，拼命地挣扎，却又不敢大声，她怕吵醒了隔壁的邻居。杜维抓住了沈念的这一个弱点，用左手将沈念的双手反剪到身后，右手开始不安分地乱摸，然后，使劲地去撕沈念的衬衣。

这个女人，从他第一眼看见她开始，就时刻想着将她占有，而此刻，他盼了多久啊，所以，他等不及了，他要在她的身上纵横驰骋，他要在她的土地里耕耘劳作。今晚他和朋友出去喝酒，喝得有点多，不知怎么，就来到了沈念的宿舍。

沈念拼命地反抗，却渐渐体力不支，忽然，沈念弯起膝盖，猛地踢向了杜维的双腿之间。

杜维吃了痛，双手不觉得放松了。

沈念趁机跑离了他的双臂，然后，声色俱厉地说：你给我滚出去。

此时的杜维，没有想到到手的鸭子就这样飞了，心里极度沮丧，又摄于沈念的威严，不敢再造次。他狠狠地瞪了一眼沈念，咽了一口唾沫，既想骂她，又想求得她的原谅，可是不知该说什么，只好悻悻地出了门。

沈念在确定他已经走出了很远，才赶紧跑过去将门关死。

然后，她坐在床边，眼泪一滴一滴掉下来。

有多久了，越是难过越是镇定，越是难过越是波澜不惊？独自在外漂泊这么多年，早已习惯了孤独，习惯了寂寞，不是没有了眼泪，而是终于知道，在掉眼泪的时候，会软弱，会无助，而路还要继续，所以，终于不再掉眼泪。

可是今夜，她再也忍不住，号啕大哭。

那种刻骨的心碎，又有谁可以理解？所有的过往，都要晾晒给别人看吗？她不过是要找一个疗伤的角落，谁也不打扰，谁也别来打扰她，即使是这样简单的要求，难道也达不到吗？

这泪，埋藏了太久太久，包含了说不出的委屈和无奈，浸透了一个女子孤单跋涉的艰辛和努力。多少次，沈念幻想有这样一个肩膀，给她安全和温暖；有这样一双手，给她力量和支持；有这样一个人，无论何时，都会说，亲爱的，来，我们回家。人生路漫漫，一个人走，多了凄凉，少了温馨；多个做伴的人，彼此扶持，几十年的时光才不觉孤苦，即使要身去奈何桥，也还有牵挂有流连。

而于她沈念，这却成了不可求的奢望。

这样的生活，岂是她曾想到的？即使想到了，又该怎么样呢？如今亲身遇到了，她又能怎么样？除了流泪，除了痛哭，她什么也做不了。

这一刻，沈念所有的坚强土崩瓦解，所有的伪装解甲归田，她不过是一个脆弱的女人，只是因为在爱里走错了路，便该接受上天这样的惩罚吗？

只是，再惨烈的人生，她都必须要努力而勇敢地走下去。

不是有这样的一段话吗？我这一生看错过很多人，承受过许多背叛，也曾经狼狈不堪。可是，真的都没关系，只要死不了，我就还能站起来。别小看我，我没那么脆弱。

不是够坚强，而是因为无路可退。倘若被生活逼到了死角，不绝地反击便只能坐以待毙，这个时候，除了擦干眼泪，勇往直前，真的别无他法。

痛哭了很久，沈念走到卫生间，用凉水轻轻地洗脸。

眼睛哭红了，哭肿了，没关系，只要还有一颗坚硬的心就好。

以后的日子，沈念更加深居简出。

她很少再和杂志社的其他人有联系，即使是单位组织的派对和聚餐，沈念也是能不去就不去。

她来这里，只是为了给自己疗伤，只想安安静静地度过每一寸光阴。

杜维再没有找过她，虽然杜维出门十分钟后就给沈念发来了道歉的短信，但是有什么用呢？有些事，做错了便注定是错了，而且永远没有改正的可能。

本来或许是可以成为最好的朋友的，却因为一时的冲动，连朋友也再做不得。

所以，即使是出于真心的爱慕，也请尊重你喜欢的人。

3. 风景已是旧曾谙

莫晓南静静地站在沈念曾经住过的房子前发呆。

原来,风景依旧、物是人非的感觉,远没有诗词描写得那么美好。它足够安静,亦足够残忍,它用不可回追的方式告诉你:不用追,一切早已走远。于是,你只好悄悄地回味当年,做了生活的旁观者。

还有什么,比这更让人寂寞?

他托付了很多人,却都没有沈念的消息。想想也是,当一个人决意消遁人海时,谁又能找得到呢?除非上天怜悯,意外相逢。可是,这样的几率需要多么走运才可以发生?有人说,前世的五百次回眸才换得今生的一次擦肩而过,是不是我们前世我只是回眸而已,只能就这样与你擦肩,却无法与你并肩而行?

亲爱的沈念,你在哪里呢?我该怎样,才可以再见到你?

西凉,你真的要走吗?林冰儿坐在沈念家的沙发上,眼泪汪汪地看着顾西凉。

和母亲闹翻后,顾西凉就搬回了沈念原来的房子里。后来,林冰儿出院后,固执地要见顾西凉一面。

是的,我欠她的,我不能就这样让她带着伤口离开。

西凉,我……我……我也很爱你,难道我们就不能够在一起吗?

顾西凉摇摇头,冰儿,爱一个根本不爱你的人,是对自己的不负责任,你又是何苦?当初答应你订婚,也是我的错,其实,与不爱的人一起生活,本身就是对自己和别人的惩罚。你的白马王子不是我,相信吧,他还在来的路上苦苦寻你。

林冰儿的眼泪又流下来。

可是,还可以再说什么呢?不爱就是不爱,无论你为他做什么,都无法打动他的心。那么,再执着下去,还有意义吗?她知道,她这一生都不会让顾西凉爱上自己。

林冰儿从顾西凉那儿出来以后,自己一个人来到了一家甜品屋。

她是很爱吃甜品的,开心时吃,伤心时也吃,幸好,她是属于只吃不长肉的女孩子。

她点了一份黑森林蛋糕,又要了一份草莓慕斯,还要了一杯圣代,然后,一个人坐在靠窗的桌子上吃起来。

耳边传来一首歌:

> 还记得年少时的梦吗
> 像朵永远不凋零的花
> 陪我经过那风吹雨打
> 看世事无常
> 看沧桑变化
> 那些为爱所付出的代价
> 是永远都难忘的啊
> 所有真心的痴心的话
> 永在我心中
> 虽然已没有他
>
> 走吧走吧
> 人总要学着自己长大
> 走吧走吧
> 人生难免经历苦痛挣扎
> 走吧走吧
> 为自己的心找一个家
> 也曾伤心流泪
> 也曾黯然心碎 这是爱的代价

是张艾嘉的《爱的代价》。

听着，听着，林冰儿的眼泪哗哗地落下来。如今，自己真的也只有"走吧，走吧"这一条路可走了吧？

那就走吧，走吧，藏起曾经的深爱，把他埋在心的死角，去寻找属于自己的爱情。

吃完甜点，林冰儿走出了甜品店。

走吧，走吧，走到哪里去？林冰儿不知道，但是，她走得很从容，也很坚定。

当你确信这件东西永远不可能属于自己的时候，心，反而会变得安定。再也不用为了他花费心思，再也不用为了他夜夜难眠，再也不用为了他衣带渐宽，自此别过，山水不重逢，两两相忘。

而顾西凉，则开始搜寻沈念留下的蛛丝马迹。

沈念离家时，台式电脑并没有带走，本来这是沈念买给他用来打游戏的。那时，他刚刚回到沈念的身边，除了打游戏就是出去喝酒，当他提出买电脑时，沈念什么也没说就直接买了配置最高的电脑回来，只是为了便于他打游戏。

两个人分开前，沈念的笔记本电脑坏掉了，顾西凉就让沈念在台式电脑上写文章，并承诺，给她买一个最高配的联想笔记本。没想到，还没有买，两个人已经再也见不到。

他知道，沈念不会打无准备的仗，这么多年，他清楚地知道沈念不是心血来潮的人，她在离开之前，一定会给自己找好工作，这也是他欣赏沈念的原因之一。她是感性的女人，可也是理性的女人，永远不会什么都不做就奔赴另一个未知。

他查了沈念的邮箱，什么都没有，邮箱干干净净；他查了沈念的网页浏览记录，发现有一大部分网页是关于广州的杂志社和报社招聘编辑的内容。

他认识沈念的时候，她的梦想是做个编辑或记者，这些年她虽然当着老师，却也写着文章，开着专栏，也算是半个编辑了。她曾说过，这辈子最不喜欢的就是老师这个职业，那么，这次离开，她还会去做老师吗？

他不知道。他给聂亦风打电话，聂亦风告诉他，年前和春节后有段时间沈念是住在她这里的，但是现在，沈念去了广州，可是不知道具体的单位。

　　顾西凉，你太伤沈念的心了。她这个人你知道，这次，恐怕你是真的要失去她了。这是聂亦风对顾西凉说的，也是顾西凉最担心的。

　　所以，他去了广州，但是广州那么大，他该到哪里去找呢？总不能贴寻人启事吧？

　　顾西凉凭借当年国外留学的资本，在广州的一家外企做了副总。初始，是最忙的，他熟悉工作环境，对不合理的制度进行整改，等到把这一切都弄得顺风顺水的时候，已经过去了两个月。即使后来不忙了，他也只是能在周末的时间去上街碰运气。然而，他知道这样的几率多么渺小——沈念不喜欢逛街，超级不喜欢。

　　如今，已经兜兜转转近半年，顾西凉还是没有沈念的消息。

　　好几次，顾西凉都想要放弃了，茫茫人海，谁知道沈念身在何处呢？

　　可是，他不舍得，他不能够。

　　他曾经那么残忍地伤害了沈念，如果没有他顾西凉，沈念也许会在T市过着还算不错的生活，做着让人羡慕的工作。有喜欢她的莫晓南，或许不用多久，沈念会真的被莫晓南打动，开始一段新的幸福的人生。可是自己回来，将这一切都打碎了。他想起了沈念的眼睛，尤其是沈念最后一次去找他时的眼睛，那么深重的失落，那么深重的绝望，却唯独没有仇恨。可是自己呢？被仇恨蒙蔽了眼睛。他对沈念的折磨，让沈念彻底失去了在T市辛苦打拼才得到的一切。

　　所以，他要找到她，亲口对她说一声，对不起，你能原谅我吗？

　　所以，他要找到她，亲自问她一句"你还爱我吗？"

　　即使沈念再也不会爱他，即使沈念永远不会原谅他，他也要站在沈念的面前，真诚地忏悔。

　　只为，救赎自己的灵魂。

　　那个周末，顾西凉实在不愿意在房子里待着，所以决定出去走走。

　　据说越秀公园是广州十大公园之一，他的住处离这里很近，反正没事可做，不如去看看。

越秀山早在西汉南越国时，就是当地人的登临游憩胜地，自元朝以来均入历朝的"羊城八景"之列。而越秀公园是孙中山先生提议创建的，是广州最大的综合性公园。这里，既有来休闲娱乐的本地人，也有慕名而来的外地人。

对于游山玩水，顾西凉兴趣不大。他来，无非是散心。

所以，他登上了镇海楼，站在这里，广州市的全貌一览无余。

没关系，您左拐十米就到了。

听到这个声音，顾西凉灵魂出窍般僵住了，这个声音，那么熟悉，抬起头，他看到了他一直想要找的人，一个清瘦的女子站在一个问路的中年女子身边，那微黄的直发，那黑色的长裙，那迷人的酒窝，哦，天啊，是沈念。

顾西凉终于从灵魂出窍的状态中缓了过来，他站起身，飞快地跑到这个女人身边，大声地说，沈念，沈念，是我。

被吓了一跳的女子抬起头来，不是沈念又是谁？

这个周末，沈念无聊地一个人来越秀公园散步，没想到，竟然会遇到顾西凉。

沈念在见到顾西凉的那一刻，心中百味杂陈。

原来这个世界，总是有人逃不离自己的宿命，逃不离自己的劫。

那么，顾西凉，你就是我的宿命我的劫吧？

顾西凉和沈念一起回到了沈念的住处。

既然一定要相遇，一定要生死纠缠，那么，就让我们彻底做一个了断吧。

顾西凉，既然你不爱我，就放我走，为什么还要来找我？沈念冷静却犀利地质问顾西凉。

沈念，我知道我以前……以前做了很多伤害你的事，我知错了，你能给我一次机会吗？当你突然从我的生活里消失了的那一刻，当我费尽周折还是找不到你的那一刻，你知道我多么惊慌失措吗？我常常无助地坐在家里的阳台上，看你的书；我常常想着你某一天会突然推开门说亲爱的，我回来了；可是，你真的走了，悄无声息地走了。你不知道，家里的每一寸地方每一缕空气都留着你的气息，我不敢回家，一回家，你所有的气息就迎面扑来。可是我又想回家，没有你，我觉得我已经没了生存的意义。你知道吗？这样过了快一年，我才知道，我是多么爱你。

是的，我爱你，可是我又用那么恶心龌龊的手段将你折磨得遍体鳞伤。

终于，我忍受不了了，我不要在原地守株待兔，像个傻子似的只晓得等待。所以，我开始发疯似的和任何一个你认识的人打听你的下落，全世界地找你。我留着我们的房子，房间里一切都没有变化，我们回去，好好生活。沈念，给我一次机会，咱们好好回到T市，一切重新开始，可以吗？我知道你恨我，我现在站在你面前，你打我骂我都行，只要你原谅我。

可是，西凉，要我怎么告诉你，从我决定离开你的那一刻开始，我就已经决定不再爱你。

西凉，过去的就让他过去吧，我离开你，就是为了和过去告别。我曾经费尽心力地爱过你，爱得迷失了自己，爱得低到尘埃里，爱得卑微到什么都愿意忍受，可是，你没有给过我爱。如今，我已经不爱你了，真的，所以，没有什么原谅不原谅，也没有对不起对得起，爱的世界里，从来就没有对错，不是吗？你走吧，我不会再爱别人，可是也不会再爱你。我们之间，再也回不去了。

沈念一句一句地说，顾西凉一句一句地听。

听到最后，是"我们之间，再也回不去了"。

是的，我们再也回不去了。

不是当年我爱得不够深，不是如今我变得太薄情，只是当年心境当年情，都已经是过往的风景，我们一直天真地以为一切可以有永远，其实，这个人世，没有什么永远，包括爱情。不，应该说爱情是最不能够永远的东西。

爱没有永远。

顾西凉看着眼前的沈念，这个曾被自己深爱，又被自己深深伤害的女人，他从她的眼神里，看到那么多的故作坚强和故作冷漠——这一刻，顾西凉忽然心如刀绞。

他不愿意相信沈念会说出这样的话。

不，沈念，你是爱我的，你不会这样对我，你不会的，你不会的……顾西凉似在喃喃自语，又似在恳求沈念，说着说着，顾西凉抱着脑袋蹲在地下。

沈念轻轻地蹲下去，想要扶起顾西凉。

这个男人，是她这一生唯一爱过的男人，即使走到如今，即使她亲口说"我已经不爱你"，可是，再没有哪个男人会让她心动，再没有哪个男人会走进她的心扉，在她关掉顾西凉这扇门的时候，便将心门也死死地关闭了。

伤筋动骨的爱情，只有一次就足够了。也只能有一次。

沈念，给我一次机会，好不好？我真的知错了，我以后会好好爱你的，你别不要我。顾西凉一边说，一边将沈念紧紧地搂在怀里。

西凉，别这样。沈念轻轻地拍着顾西凉的背，像拍着一个婴孩。

过去的年年岁岁里，我曾这样渴望过你的怀抱，如今，当你拥着我的时候，我的心还是会悸动，我的血还是会沸腾，可是，西凉，我宁可就这样守着你的爱一个人孤独终老，也不想被你的爱凌迟千遍万遍。

4. 自此红尘两相忘

罗旌远远地看着聂亦风走进了画廊，伴在她身边的，是上次在画廊里见到的那个长发男子。

自从上次在画廊里见到聂亦风之后，他就常常开着车来这里。

当年，他斩断与聂亦风的十五年情缘，和慕容雪闪电结婚，从此背负了"吃软饭"和"负心"的骂名，他不在乎，没有人知道他还背负着比这更深的仇恨，也没有人知道他究竟为什么会这样绝情。当年顾西凉来找他的时候，他差一点就告诉顾西凉所有的真相了，可是，他还是忍住了，不能因为一时的冲动而功亏一篑，如果注定是要辜负，那么就不要留一点点希望。

后来，他曾悄悄去过聂亦风所在的杂志社，才知道聂亦风在他结婚不久后就辞职，从此他失去了聂亦风的消息。北京太大了，世界太大了，他不知道去哪里才可以找到她。十五年，他像了解自己身上的每一寸肌肤一样了解她，她骨子里的倔强会让她选择像沈念一样的方式,可以成为闺蜜的人,她们的本质一定有相似的地方,无论外表看来多么迥异。如果不是那次偶然踏进那家画廊,也许这辈子他都不会想到,聂亦风会去开画廊,而且是那样一个与众不同的画廊。

原来,自己并未真正地了解她。

如今,他看到聂亦风的身边有了这样一个男人守护着,心里是又悲又喜。悲的是自此他真的与聂亦风两两相忘,喜的是终于有人替他照顾自己深爱的女孩子了。那次匆匆一面,让他在那个男人的眼里看到了对聂亦风的爱,他派人将这个男人的祖宗八代查了个遍,确信是一个诚实可信的男人后,他便决定不再出现在她的生活里了。

今天,是他最后一次来看聂亦风。

从此,他要做他应该做的事了。

慕容枫、慕容雪和罗旌正在慕容氏集团总部的会议室里。

慕容枫当年从煤矿起家,赚得钵满盆满,后来到北京打天下,由于与当地官员交往密切,又深谙中国官场和商场的互惠互利之道,慕容枫用了短短十年的时间进行资本积累,便在帝都的商业市场获得一席之地,成了为数不多的京城商业界大亨。如今的慕容氏集团从初始的房地产,涉足金融、药业、制造业、电信等多个领域。

慕容枫面色凝重地说,最近,国家加大了对贪污腐败的查治力度,而我们慕容氏集团虽然不贩毒不贩枪,但是很多项目都是通过政府官员的帮忙得到的,如今曾经为慕容氏集团大开绿灯的B领导已经被双规,接下来的日子我们要格外小心,各股东如果手里有什么违法记录,赶快销毁,尤其是账目往来。否则,一旦查到我们,慕容氏集团必将倾塌。

慕容氏集团的大股东现在共有三个,一个是慕容枫,占百分之五十一的股份;一个是罗旌,占百分之十三的股份;一个是慕容雪,占百分之二十九的股份。剩下的就是各个小股东,合占了百分之七的股份。从心理上来说,慕容枫还是不大放心罗旌的,所以用了女儿的股权来牵制他。虽然老话说"一个女婿半个儿",可是,知人知面不知心,多年商场摸爬滚打,他早已经变得不相信任何人。

即使女儿对罗旌百分百用心，但他们两人的股权加起来也没有他的多，所以，慕容氏集团还是安全的。

这是慕容枫的想法。

此时，罗旌站了起来，他笑着对岳父慕容枫说，慕容枫，其实不用等那么久，马上就会有人来调查你的。

此话一出，举座哗然。

慕容枫满脸怒容，用手指着罗旌的鼻子大发雷霆，罗旌，你说什么呢？你怎么能和我这样说话？

罗旌慢慢站起来。

眼睛里写满了嘲弄。

慕容雪也站了起来，她看着罗旌，双手叉腰，对着罗旌大骂，你今天哪根筋搭错了？发什么神经？还不赶紧和爸爸道歉？

罗旌斜睨了一眼慕容雪，说，慕容雪，你最好也闭嘴，否则只能是自取其辱。

慕容雪端起桌子上的一杯水，猛地泼向了罗旌。

罗旌的脸上全是水，衣服也湿了一大半，他狠狠地看了一眼慕容雪，拿起纸巾擦了擦脸。然后，他盯着慕容枫一字一句地问，慕容枫，你还记得二十三年前在一个叫阁僚村发生的事吗？你还记得那十五个被你的煤矿埋掉的冤魂吗？

慕容枫的脸一下子变得煞白，二十三年前，不，他不愿意想起，这二十多年来，他刻意地忘记，刻意地回避，这二十多年来，他从来没有回过家乡，从来不谈自己过往是做什么生意的。在京城，没有人知道他的过去，只有他自己，只有他的家人，知道二十三年前曾发生的一切。

可是，罗旌怎么会知道？

他是谁？

你当然不会记得，他们不过是你雇来给你赚钱的工具，他们的死活和你又有什么关系？你也不会知道他们的姓名，他们在你眼里就是低贱的人，做着最重的活，拿着最少的钱，当死亡袭来的时候，也是他们先下地狱。因为你，有十五个家庭家破人亡；因为你，有二十三个孩子失去了父亲；因为你，有十个孩子辍学；最该下地狱的人是你。可是，你却改名换姓，在帝都过着天上人间的生活。老天有眼，恶有恶报，你马上就会得到报应的。

慕容枫看着面前这个当了自己三年女婿的人，根本想不起来他是谁，他是谁也变得不重要了。重要的是，他一定拿到了自己的什么把柄。

慕容枫是商人本性，他走到罗旌面前，说，罗旌，你要多少钱？我给你，慕容氏集团百分之五十一的股份也给你，将来我死了，这偌大的慕容氏集团都是你的，你和雪儿生的孩子也姓罗不姓慕容，怎么样？

罗旌看着慕容枫，慕容枫的嘴脸他曾看到过多少啊？

十岁那年，他的父亲在煤矿塌方中被埋的那一年，他见过这个人。那时的慕容枫，四十多岁，身材矮胖，满脸横肉，当时答应给遇难者家属赔偿时也是哭的一把鼻涕一把泪，博得了很多人的同情。结果第二天，便全家失踪，再也找不到，只剩下那些可怜的遇难者家属叫天天不应，叫地地不灵。

三年前，罗旌所在的公司举行年会，他意外地看到了这个男人。

时光溜走了二十年，可是，这个男人即使烧成灰，他也会认得。这个男人，如今复姓慕容，做着正当的生意，涉及金融、外贸、药业等多个行业。

他叫什么没有关系，只要是他，就好。

那一晚，身为公司高层的罗旌得以与慕容枫闲聊。

慕容枫是精明的老狐狸，商场浮沉多少年，罗旌从慕容枫的身上根本看不到一丝丝破绽。

陪在慕容枫身侧的是他唯一的女儿慕容雪。

她算不得丑，妆容精致，却是一个谈吐粗俗、气质全无的女人。

张口闭口是顶级的奢侈品，却连香奈儿的故事都不知道；说自己在美国留学八年，说出的英文却既不是美式也不是英式，简直蹩脚得让人发笑；问她读过什么书，她说读啊，什么《瑞丽》啊，《男人风尚》啊，《故事会》啊，让罗旌无语到倒胃口。

那夜，一个服务生不小心将一点点酒洒在了慕容雪的礼服上，慕容雪破口大骂，你长眼睛没？不知道我这件礼服两万块吗？你这样的小贱人能赔得起吗？你这辈子也穿不起这样的衣服……

这样的撒泼，这样的修养，让罗旌侧目。

只是，慕容雪对罗旌似乎很感兴趣。

他从她的眼神里看到了喜欢。

这样浅薄的女人，他罗旌岂会看在眼里？

只是，似乎只有这样智商为零的蠢女人才帮得到自己。

所以，对慕容雪的殷勤，罗旌不拒绝，也不主动，他有自己的挚爱，他不愿意失去聂亦风。

除了没有慕容雪家钱多，聂亦风无论是哪个方面，都遥遥领先于慕容雪。何况，罗旌与聂亦风有十几年的感情，而慕容雪，不过是他要复仇的棋子。

和慕容雪周旋的那段日子，罗旌越发深切地感到了聂亦风的好。修养良好，举止得体，学识丰富，博古通今，有职场女子的干练，也有小女人的温情，这样的女孩子，是多少人梦寐以求的良妻。他曾想过和聂亦风说出实情，可是，却又不知该如何开口。

还没有想好，慕容雪已经去找了聂亦风。

也好，总是要做个了断的。

所以，他什么都没有解释，只是说，不错，我要娶慕容雪了。

没有人知道，那个深夜，他一个人在酒吧喝得酩酊大醉。

背负一种你无法释怀的仇恨，是人生最大的错误，可是，谁又能将过往洒脱忘掉，毫无牵绊地向前？如果此生没有再遇到慕容枫，也许，罗旌会和聂亦风生死相守，幸福一生。可是，宿命，谁又能逃得掉？

索性就把所有的幸福都扔掉，去毫无顾忌地做宿命的事。

慕容枫，我不稀罕你的钱，我要你血-—债——血——偿！

罗旌说得咬牙切齿。

慕容雪叫嚣着扑过来，罗旌，你这个吃里爬外的狗东西，这几年，没有我慕容家，你凭什么开豪车住别墅，你凭什么跻身上流社会？

罗旌恶狠狠地推了一把慕容雪。这个女人，他忍了三年了，三年来，她对他颐指气使，蛮横无理，在她的眼里，自己就是一个靠女人才有今天的软男人。但是，他忍了。他需要她说出公司的那些往来账目，需要她亲口承认当年的矿难。

整整三年，他拿到了他需要的。

就在昨天，他将搜集到的资料全部交给了检察机关。一切，都将尘埃落定。

此刻，他将三年来她给他的屈辱责骂都聚集在那一推中，慕容雪踉跄了一下，猛然倒地，头却磕在了茶几上，她哼都没有哼一声，就倒在地上不动了。

慕容枫叫了一声雪儿，也软软地倒在了地上。

罗旌被突如其来的一切弄傻了。他看看慕容雪，头上开了一个大洞，正汩汩地往外冒着血。慕容枫也倒在地上不省人事。

罗旌还不至于笨到报仇要把自己搭进去。

所以，他在送慕容枫进检察院之前，先把这对父女送进了医院。

然后，去公安局做笔录。

聂亦风知道罗旌的事，是在一个月以后。

京城商界大亨之一的慕容氏集团瞬间倾塌，成了各大报纸的头版头条，而最吸引大众的，莫过于如同传奇故事一样的慕容氏集团的前身和罗旌的反水。直到此刻，那场二十三年前的矿难事件才又重新拨开历史的烟雾。

此时，聂亦风正在筹备自己的画展。

聂亦风在令狐北的鼓励下，画作渐多，从最初的自我欣赏慢慢开始参加各类比赛，一出道，便引起了业内人士的注意。而她的"你我"画廊也渐渐地为越来越多的人所知。

在众多朋友的劝说之下，聂亦风决定年底就在自己的"你我"画廊举办一次画展。

那天，她正在整理熏香，无意间听到了地方台的新闻追踪，记者说要看看现如今的慕容氏集团是怎样的发展，才引起了聂亦风的注意。

这些年，离开罗旌后，她刻意地逃避着所有和慕容氏集团的消息。既然再也不能牵手，不如再不关心，否则只徒然灼伤了自己。

电视中出现在镜头里的开始是慕容枫，他老态骤显，与从前的形象相差甚远。罗旌已经辞去慕容氏集团所有职务，交出了持有的该公司的所有股份。

最后，在接受记者采访的时候，罗旌被问说，是否有后悔的事。

罗旌顿了顿，看了看镜头，说，此生，我辜负过一个对我最好的女孩子，我不求她的原谅，只希望她过得幸福。风，你若安好，便是晴天。

聂亦风的心，一阵疼痛。

原来，那些久远的记忆，何曾真的走远？只不过是自己不愿再想起。原来，罗旌当年娶慕容雪，不过是为了要报仇。只是，再说这些还有什么意义呢？所有的一切都已经不是原来的模样。爱也许还在，只是隔得太远太久，谁也没有勇气再走回去。如今的自己，既然已经接受了令狐北的爱，就不会再去找罗旌。

她忽然想起了林徽因。

当年徐志摩飞机失事后，梁思成去失事现场拿回了飞机的一块残骸，林徽因一直将其挂在卧室里。谁也不知道林徽因到底爱不爱徐志摩，但是这一份情义，别人是看得到的。也许，此后经年，聂亦风的梦里，也会时常有罗旌的面容，可是，却不会在令狐北的面前提起。

斯人已远，只当无缘。

而生活，还要继续。

她不能伤害这个在她处于生活低谷时给予她关爱的男人。

而罗旌，她相信，他是真的希望她一切安好。

5. 犹恐相逢是梦中

顾西凉每个周末都会开车去找沈念。

他的工作渐入佳境，沈念对她的态度虽然还是不冷不热，却让他知道了沈念始终一个人，这让他心里有了更多的蠢蠢欲动。

这一次，他不会再让她逃掉。

这一次，他不会再将她狠狠伤害。

第一次去，他买了一大束玫瑰花，差点惊到沈念公司的一群小女孩。第二次去，他买了小小的炖锅、蒸锅、炒锅、迷你电磁炉，并买了一堆新鲜时蔬。开门看到沈念，顾西凉当作没看见她有点冰冷的脸，而是大呼小叫地说，今天我主厨,沈编辑您主吃。

沈念白他一眼,还是将他让进了屋子。

当然,顾西凉没有忘记沈念临近几个宿舍的女孩子,统统自作主张地把她们都叫了过来。不知道顾西凉从哪里学来的手艺,汤煲得很有广东风味,菜做的可是川味、湘味、晋味的杂糅体了,干锅土豆片是川菜,过油肉是晋菜,还有什么土豆炖牛肉倒有了湘菜的味道,加上超市买的一些凉菜,简直是南北风味大荟萃。偏偏那些二十多岁的女孩子们吃腻了食堂,对顾西凉的手艺赞不绝口。

于是,有了第三次,第四次……

小女孩们吃多了顾西凉的饭,便开始多多地在沈念面前夸奖他,什么人帅的不得了啊,厨艺超级棒啊,嫁给这样的男人有福气啊。每当这时沈念总是叹口气,在心里说,小女孩,你们知道我差点被他折磨死吗?不过,她只是点头,微笑,从不表态。

那天,沈念正在写专栏,正好用到了仓央嘉措的那首《见或不见》——

你见,或者不见我

我就在那里

不悲不喜

你念,或者不念我

情就在那里

不来不去

你爱,或者不爱我

爱就在那里

不增不减

你跟,或者不跟我

我的手就在你手里

不舍不弃

来我的怀里

或者让我住进你的心里

默然相爱

寂静欢喜

那一刻，她忽然觉得，也许他们是注定会在一起的，不然，经历了那么多的聚散离合，兜兜转转这么多年，怎么会依然找得到彼此？所以，她不再刻意地疏远顾西凉。

何况，在她的心底，顾西凉始终是她的最爱。

否则，以她的性格，无论顾西凉用什么样的方法，她都不会让她来，更不用说招摇过市地笼络人心。

又是一个周末，顾西凉很早就来了，他说，沈念，我们去看电影吧，《速度与激情7》上映了呢。

沈念淡淡地说，不想去。

顾西凉看看沈念，真的不去吗？你不是最喜欢看欧美的动作片了吗？怎么现在不喜欢了呢？

沈念放下手中的书，西凉，人都会变的，不是吗？

顾西凉怔了一怔，便伸出手，轻轻地握住了沈念的手，将沈念顺势拉进了自己的怀里。

念，时光都走了，岁月都变了，可是，我们的爱，始终没有变，对不对？

顾西凉是何其聪明的人，从沈念不拒绝他来，不拒绝他邀请她的同事们吃饭，就可以看得出来，沈念还是恋着顾西凉的。

毕竟，他们也曾相恋多年，尽管中间隔了十多年，可是，沈念是那种没有心机的人，顾西凉对她太过了解。

而此刻，沈念也在问自己，沈念，你是真的不爱顾西凉了，还是把他藏到了心海更深处，只为不触碰这个伤疤？

当年，是自己决定不爱顾西凉了，只是自己觉得不爱了，可是，冷静地问问自己，是不是，是不是自己的心里，还是爱着顾西凉的？每个周末顾西凉来煎炸烹煮的时候，你是不是也有愉悦？顾西凉请你的同事们吃饭的时候，你是不是也觉得开心？如果不是爱，如果没有爱，你会觉得快乐吗？

顾西凉更紧地抱住了沈念。

沈念没有反抗，此时此刻，她也是渴望的吧？她渴望顾西凉的温情，而顾西凉，又是多么渴望能将沈念再次拥在自己的怀里。

原来，我们仍是相爱的，只是，我们不知道。

当莫晓南接到顾西凉电话的时候，他正在大理打理自己的旅馆。

沈念离开后，莫晓南觉得心像被掏空了一样，工作也无心再做。于是也辞了职，独自跑到了大理。

以前和沈念聊天的时候，沈念说将来有一天会去大理开一家别致的旅馆，花草满径，书香盈室。不为赚钱，只为娱己。

所以，莫晓南用这几年自己的积蓄在大理开了旅馆，起名"念念如斯"。他的旅馆别具一格的地方在于门前屋后阳台小径都是满满的花草，充满了浪漫气息。很多人猜想店主是女孩子，没有想到会是英俊帅气的大男孩。

每间客房里都放着沈念的一张照片，附有文字：如果你见过她，请你告诉我。

就像在寻找丢失了的孩子。

慢慢地，很多来大理的人认识了这家旅馆，认识了莫晓南，也认识了相片里的沈念。很多人为莫晓南的痴情打动，答应他，如果有一天，真的遇到这个叫沈念的女孩，一定会告诉她，大理有一家店，念念如斯，是为你而开。

可惜，一年多来，莫晓南还是没有沈念的任何消息。

而第一个告诉他沈念消息的，竟然会是顾西凉。

莫晓南的情敌。沈念的最爱。

当年，莫晓南和顾西凉见过面后，两个人就互相留了电话号码。

因为他们都同时爱着同一个女人。

因为他们都想要证明给彼此看，沈念爱的是自己，尽管莫晓南心里一点底都没有——沈念从来没有接受过他的爱；尽管顾西凉心里也没有底——沈念离开了，就是因为不爱了；可是，他们还是决定无论谁找到沈念，都记得告诉对方一声。

——沈念爱谁，会选择谁，都不重要，重要的是，沈念过得幸福。

如果没有足够的把握赢得沈念，或许顾西凉不会给莫晓南打电话。他既想光明正大地证明给莫晓南看，也不愿意沈念在面对莫晓南时要跟着莫晓南离开，所以，只有自己稳操胜券的时候，才可以把情敌带到沈念的面前。

既显示自己的大度，还可以让对方彻底死心。

顾西凉的心，大概莫晓南也是懂的。

只是，他只是想要确定一下，沈念生活得还好，沈念有幸福可拥抱，那么，即使是黯然退出，他莫晓南也不会惋惜。

爱，就是让自己爱的人快乐。如果注定要有饮下苦涩的那一个人，就让我来吧。

接到电话后，莫晓南就立马订了机票，关了旅馆，起身前往广州。

见到沈念的那一刻，莫晓南控制不住地冲上前去，将沈念紧紧搂在怀里。

哦，亲爱的沈念，你还好，你还好，这就够了。

不用说什么，也无法说什么，因为我看到你站在我面前，就像多年前我第一次见你一样，那么，我就已经心安。

莫晓南和沈念、顾西凉一起去吃饭。

顾西凉体贴地拉开椅子，帮沈念把外套挂在衣架上。沈念看着顾西凉，眼神里是满满的爱意，脸上写着"幸福"两个字。莫晓南有些心酸，也有些欢喜，辛酸的是自己喜欢的女人终究还是回到了旧爱的怀抱，连一点机会都没有留给自己；欢喜的是，自此以后，他不用担心沈念了，因为沈念有心爱的男人守护。经历这样多的坎坷，相信顾西凉一定会好好对待沈念的，那么，自己还有什么不开心的呢？此后，自己终于可以放下一心牵念的女人，好好经营客栈，过自己的生活了。若她幸福，自己只是远远地望着，也好啊。

想到这里，莫晓南忽然释然。

来，为了我们的重逢，干杯。顾西凉先举起了酒杯。

莫晓南和沈念也举起了酒杯。

顾西凉接着说，我很感谢沈念给我这样一个机会，我一定用下半生的时光好好补偿她。莫晓南，你可别想插进来哦，我们的组合可是铜墙铁壁。这句话说的，既像对沈念表决心，又像对莫晓南做暗示，沈念和莫晓南岂能听不出来？

　　莫晓南笑着，豪爽地说，告诉你，沈念可是我爱过的女人，你要是敢对她不好，看我不抽了你的筋。

　　哈哈哈哈哈……两个人都笑了起来，房间里充满了快活的空气。

　　鲁迅说：渡尽劫波兄弟在，相逢一笑泯恩仇。

　　这一生，能够遇到一个真心的好朋友，是多么难得。沈念觉得自己很幸福，有顾西凉这样的男友，还有莫晓南这样的朋友，此生，夫复何求？

　　她端起酒杯，对莫晓南说，晓南，谢谢你对我的关心，我会永远记得，我们永远是好朋友。

　　她是多么聪明的女人，莫晓南的爱，她不是感觉不到。只是，她的心里，始终只有顾西凉，她没办法再放一个人在心里，除了拒绝，她别无他法。如今，三个人能够这样坐下来吃饭，她都没有想过，更不用说是顾西凉邀请莫晓南来见自己。

　　尽管举杯，各怀心事，但是，他们彼此之间的情义，却是真真切切的。

　　对了，公司通知我后天去上海出差，我和沈念准备在我出差回来以后去领结婚证。你可是要在广州多住几天哦，我不在的这几天，让沈念带你转一转，怎么样？

　　这样的消息对莫晓南有点出乎意料，原来，他们是要结婚了，怪不得顾西凉会打电话来，这分明是宣布主权嘛。他的心里还是有点酸涩，不过，看着沈念幸福的模样，莫晓南还是觉得快乐多一些。

　　没问题，没问题，不过顾西凉，你也太不地道了，叫我来居然是要和沈念结婚，连一点机会都不给我。唉，真是的，我多伤心啊。

　　顾西凉笑着看了一眼沈念，给不给你机会可不是我说了算哦，我们家沈念才是执政者。

　　沈念看顾西凉的眼神无限温柔，她没有说话，可是那深情的眼神，已经给出了所有的答案。

莫晓南此刻，是真的放下了。自己爱的人终于可以幸福了，自己是该开心才对，不是吗？

所以，他开心地举杯，再次和沈念、顾西凉碰杯。

从来没有这样开心过，从来没有这样心无芥蒂过。

当我们敞开了自己的心，坦率地真诚地面对朋友的时候，会发现，其实，我们一直都可以相处得很好。

原来，心灵也是橡皮筋，最容易加大隔阂的是心灵，最容易拉近距离的也是心灵。

6. 梦远不成归

沈念，你想好了，等我出差回来，真的和我去领结婚证吗？现在后悔还来得及哦。

顾西凉拥着沈念坐在沙发上，在沈念的耳边细语。

沈念轻轻地闭上眼睛。

顾西凉出差走五天，五天后，是他们认识第十二年的纪念日。十二年，人生有多少个十二年啊。她从清纯少女成了三十二岁的剩女，他从翩翩少年成了步入中年的男子。磕磕绊绊，分分合合，终于可以携手看碧水长天。

此刻，沈念想起了村上春树在《挪威的森林》里说的一段话：

每个人都有属于自己的一片森林，也许我们从来不曾去过，但它一直在那里，总会在那里。迷失的人迷失了，相逢的还会再相逢。

是啊，聚散离合这么多年，他们最终再次相逢。

她从来没有忘记过爱顾西凉，即使身处最黑暗的时候，她被顾西凉羞辱，被顾西凉误解，最后不得不远走T市，她都没有放弃过爱他。那个时候，她的爱，与他无关，她只是在给自己一个交代。他是否爱她，已经不再重要，她只知道，她的心，从来没有离开过他。

有时候，很多事，看似已经走到了山穷水尽，再也没有了回转的余地，但是，不要灰心，不要绝望，就一定会迎来柳暗花明。

请相信吧，不忘初心，定得始终。

现在，她不是终于等到了春暖花开吗？

她默默地靠在顾西凉的怀里，从他的身上寻找着温暖。

我不会后悔的，西凉，我从来没有后悔过认识你，爱上你，即使最后离开你，我也从来没有忘记过爱你。你知道吗？我，从来只为你一个人，心花怒放。我常常在想，前世，我们一定是彼此深爱的恋人，否则，又怎么会，无论我走到哪里，你都会找到我呢？我们历经无数分合，还是彼此深爱，不离不弃，西凉，我们一定是前生失散的爱人，一定要在今生给自己一个大圆满，是不是？

是啊，给自己一个大圆满，顾西凉看着沈念，心底泛起无穷的爱意。

他把沈念搂在怀里，给了她深深的一个吻。

今夜，风悄悄，月依依，情浓浓，意沉沉。

第二天，顾西凉拿着行李，站在客厅里，久久地打量着这个家。

这是顾西凉和沈念的新家。从找到沈念开始，顾西凉就悄悄地在深圳的一个高档小区买了一套一百平方米的房子。

昨天晚上，顾西凉把钥匙拿出来，说是送给沈念的新婚礼物。除了钥匙，顾西凉还拿出一个房产证，上面的房主赫然写着：沈念。

沈念当时就哭了。

顾西凉说，傻姑娘，哭什么，我虽然从来没有说过煽情的话，可是，你对我的深情，我知道，以后，我们就是一家人，你是我最爱的人，连我都是你的了，还有什么不是你的呢？

世间最动人的情话，最长情的告白，莫过于此——不是甜言蜜语，不是海誓山盟，而是，连我都是你的了，还有什么不是你的呢？

接下来的两天，顾西凉每晚都会给沈念打一个电话。而沈念，白天，就陪着莫晓南出去逛，晚上回来看书，写稿子，等电话。

第三天，顾西凉说，沈念，我估计会在上海耽搁几天，这边的工作实在开展不了。你别担心。

顾西凉的出差时间从最初的四天延长到了十天。

出差的第九天，顾西凉在晚上十一点打来电话。

他说，彻底忙完了，真希望和老板多请一个星期的婚假陪你。他说，沈念，如果有一天，我不在你身边，一定要照顾好自己，知道吗？他说，沈念，你是我最爱的人，今生能够认识你，是我最大的幸运，无论发生什么事，你都要好好地生活，哪怕是为了我。

沈念听得一头雾水，她说，西凉，你今天是不是喝多了？怎么净说一些怪话？

顾西凉沉默了一会，多希望是喝多了。好了，念，好好休息，我永远爱你。永远，永远。

沈念握着电话有点出神。

顾西凉是内敛的人，刚刚谈恋爱的时候，顾西凉说过爱，可是，后来，顾西凉很少再说。顾西凉说，这些情话啊，就适合你们这种写小说的女孩子，男人，是要用行动的，不是用嘴巴。

可是，今天，顾西凉却莫名其妙地说了这么多情话。也许，是离开太久了吧？对于热恋中的人，分开一分钟都是一种折磨。

想到这里，沈念翻开手机，打出几行字：此生，无论富贵与贫穷，生老病死，我都永远爱你，此生，此情，不渝。

轻轻按了发送，手机显示，对方已收到。

沈念温柔地笑了。

是啊，此生，此情，不渝。只有死亡，才可以将我们分开。不，死亡也无法将我们分开。因为，死亡只是让我们的肉体彼此分离，可是我们的爱情早已彼此交融，你中有我，我中有你，那么，还有什么，可以将我们分离？

顾西凉出差第十天。

下午的时候，沈念接到了一个陌生的电话。

对方说，他是顾西凉所在公司的总经理，顾西凉和客户乘坐的游轮发生了事故,顾西凉失联,让沈念赶往上海。

沈念一下子就蒙了。

连哭都来不及,她给莫晓南打电话,晓南,他们说西凉出事了,你快来,我……这个时候,沈念才知道要哭,哭得说不出话。

莫晓南当时正在酒店里看书,接到沈念的电话,火速就打车赶往沈念的住处。

一见到莫晓南,沈念就像小孩子终于见到了家长,眼泪哗哗地流下来。

莫晓南说,沈念,别担心,没事的,没事的,你给我他们总经理的电话,我问。

电话接通,顾西凉公司的总经理说,你们还是来上海吧,恐怕凶多吉少。请节哀。

莫晓南的心,一下子被揪得紧紧的。怎么会这样?怎么会这样?但是,他还是镇定地对沈念说,我订机票,我们现在就走。你别担心,不会有事的,要想好的一面,知道吗?

沈念泪眼婆娑地点头。她紧紧地将手机握在手里,每隔一分钟就拨一下顾西凉的电话,可是,电话总是无法接通;然后她换成座机,继续拨打电话,还是无法接通;然后,她又换成手机……如此反复,没有停歇。

莫晓南不忍心见沈念这样子,他将手机从沈念手里夺走,将沈念紧紧地抱在怀里,沈念,没事的,没事的,你不要紧张,西凉吉人自有天相,你要好好地,好好地出现在他的面前。你们还要去结婚,你一定要有最好的状态。

他会没事的,是不是?他会没事的,你看,昨天西凉还给我打电话,说后天就回来了。可是,为什么不接电话,为什么不接电话?不,我要打电话,我要听见他说没事。说着,沈念挣脱出莫晓南的胸膛,拿起手机继续拨打电话。

莫晓南没有再阻拦。

这样的情况,谁也阻止不了,谁也安慰不了。

一定不能有事,一定不能有事,否则沈念会活不下去。

莫晓南默默祈祷,从来不信神不信佛的他,那一刻在心里将耶稣将上帝将如来将菩萨,将凡是自己知道的神仙,不管东方的西方的,都在心里默念了一遍,请求他们保佑顾西凉。

飞机上，沈念没有眼泪，却一言不发。

莫晓南只能紧紧地握着沈念的手，此刻，任何的语言都是苍白的，所有的安慰都是自欺欺人。

亲爱的沈念，就让我这样，默默地陪在你身边。无论发生了什么，我都在。

赶到顾西凉出事的海边时，是晚上七点，公司里的员工们都还没有离开。

原来，今天，一个香港来的重要客户和顾西凉约好在游轮上谈事情，没有想到，谈完公事后，顾西凉和客户坐在甲板上聊天，不知怎么回事，顾西凉就掉到了水里。当时天气不是很好，浪也比较大，一下子就没有了顾西凉的身影。虽然警方和海上巡逻队多方打捞，均未发现顾西凉。

只能宣告失联。

那个客户说，他都不知道怎么回事，按理说，不应该有事的，就好像，好像是顾西凉故意掉进去的一样。

听到这样的话，沈念只是抬起头深深地看了一眼那个客户，没有哭，也没有闹。她说，我们说好出完差就回去结婚的，他怎么可能会故意掉进去？

客户点点头，我和顾副总虽然打交道不长，可，他是一个乐观积极很有思想的年轻人，这次意外，真的很让人心痛，您请节哀。

不，西凉会游泳，他不会有事的，不会有事的。

是啊，顾西凉大学时曾经是游泳队的主力，曾经获得过大学生运动会游泳比赛银奖。他怎么可能会被淹死？沈念不相信，打死她也不相信。

警察和巡警仍然在搜救，所有人都明白，顾西凉生存的希望已经越来越渺茫。

可是，谁也不说这样的话。

谁也希望，有奇迹发生。

直到黎明时分，警察和海上巡警无奈宣布，方圆二十里的海域都已经进行过搜救，没有发现任何踪迹。

扩大搜索范围，搜救工作整整进行了三天。

一无所获。

那三天，除非夜晚太冷，沈念会被劝回到公司的车里去休息一会，其余的时间，沈念都会一直站在江边。

眼睛望着江面，不说话，也不吃东西，像一尊雕塑。

三天里，沈念不眠不休，一下子瘦到形销骨立，让莫晓南和其他的人心疼得想哭。可是，该劝什么呢？人生的悲剧没有轮到谁的身上，谁也无法体会其中的悲凉。

当最爱的人生死未卜，谁又能安然入睡？谁又能大快朵颐？

最后，搜救人员对沈念说，沈小姐，我们已经尽力了，但是，确实找不到有关顾先生的任何痕迹，目前搜救已经没有意义了。您还是接受现实吧。

沈念呆在原地，不，你胡说，你胡说，你肯定弄错了，他肯定没事，他肯定已经回广州了，我们还要结婚的。

说着，沈念看着莫晓南，说，晓南，我们马上回广州，西凉一定已经回广州了，他说过出完差要和我去领结婚证的。快买票，我们回家，好不好？

莫晓南将沈念紧紧地搂在怀里，他的眼泪簌簌地落下来。

真的是天意弄人吗？真的是情深不寿吗？那么深爱的两个人，历经那么多磨难，才可以消除误会在一起，为什么会是这样的结局？

从上海回到广州，莫晓南将沈念送回家，寸步不离地守着她。

沈念说，我想出去走走。

结果，沈念走到了民政局门口。莫晓南懂得她的心。

顾西凉说过，等出差回来就结婚，可是，却再也没有回来，而且，生不见人，死不见尸。这样的结果，沈念岂能接受？

她痴痴地望着民政局门口，多么希望那个熟悉的身影向他奔来，说，沈念，你知道吗，我在这里等你好几天了，你怎么才来啊？

可是，没有一个熟悉的人。来这里的，有相拥的情侣，也有离婚的怨偶，就是没有她想见的顾西凉。

莫晓南没有劝她，只是静静地陪着她。

此时此刻，任何的安慰都是多余，都是矫情，都是言不由衷，唯有陪伴，才最真实。

我唯一能做的，也只有陪在你身边。

站了三个小时，莫晓南走过来说，沈念，我们回家吧。

沈念点点头，不说话，只是安静地跟在莫晓南的身后，像一个听话的孩子。

回了家，莫晓南紧紧地握住沈念的手，说，你要好好的。

沈念什么都没说，只是点点头，却有点站立不稳，差点晕倒。

莫晓南扶沈念坐在沙发上，她的心里苦得就像浸在黄连水里，可是却连眼泪都流不出一滴。

悲哀到极点的时候，是没有眼泪的，因为眼泪都化成了血液，在身体的每一寸肌肤里流淌。

晓南，我想一个人静一静。

沈念，我，我不放心你。莫晓南实在是放心不下她，这样情深的人，谁知道她会做出什么事。

你放心，我不会做傻事的。我还要等着西凉回来。

莫晓南想了想，说，沈念，我晚上过来，好吗？

沈念点点头。他们之间的感情，已经超越了一般意义上的朋友，此刻，他们是知己，是亲人，虽然没有血缘关系。

莫晓南走后，沈念细细地将顾西凉的衣服拿出来。他的衣服不是很多，有一件连顾西凉都没有见过，那是顾西凉出差后沈念出去逛街时买的，本来打算他回来的时候作为礼物送给他的，可是现在，衣犹在，人已亡。

沈念把顾西凉的衣服叠整齐放到皮箱里。

做这一切的时候，沈念没有掉一滴眼泪，仿佛明天顾西凉就要回来，而她不过是在为迎接他的归来做准备。

当所有的衣服整理好，沈念看着写字台上的一张相片，再也忍不住，眼泪一颗接一颗地掉下来。

照片里，顾西凉和沈念手挽手，亲密地站在大大的落地窗前，迎着窗外的阳光，笑得温馨而美丽。记得出差前，顾西凉还说，等回来要把照片放大，挂到客厅里，让所有人都看得见他们的恩爱。而如今？

总以为来日方长，谁又曾想就这样阴阳两隔。此后的年年岁岁，你让我如何一个人走？

沈念，你想好了吗？出差回来，我们就结婚，现在后悔还来得及哦。

她想起临出差前，顾西凉说的话。

言犹在耳，却已经天上人间。

临走的时候是鲜活的生命，有说有笑，十多天以后，再次面对的竟是连骨灰都没有的失踪死亡，怎么一瞬间，便花落人亡？谁可以告诉我，这不是真的，这只是一场噩梦，梦醒后，一切都没有变。

西凉，如今，你走了，留下我一个人在这罪恶的人间苦熬，你怎么可以丢下我？你怎么忍心丢下我？你不是说要用后半辈子补偿我吗？你怎么可以这样言而无信？

你回来啊，你看一看我，好不好？

照片里的顾西凉仍然温柔地笑，沈念伏在桌子上，痛哭失声。

7. 从此生死两茫茫

从上海回广州后，沈念办理了辞职手续，莫晓南将大理的店托付给朋友照看，陪着沈念一起回到了T市。

而莫晓南在最短时间内，在T市给顾西凉买好了墓地。

沈念说，不，不要举办葬礼，顾西凉没有死，你没有见到他的尸体，怎么能判断他死了呢？

面对沈念的执念，莫晓南不知该怎么说。虽然生不见人，死不见尸，可是，那样大的风浪，搜救了三天，都没有结果，说他没事是自欺欺人的自我安慰。何况，如果顾西凉没有事，一定会回来找沈念的，又怎么会自此销声匿迹呢？

莫晓南说服不了沈念，可是，丧事还是要办的，何况，这已经不是关乎沈念一个人的事，还有顾西凉的父母需要交代。

莫晓南通过朋友，辗转找到了林冰儿，也见到了顾西凉的父亲母亲。

细雨蒙蒙，墓园肃穆。

沈念一袭黑衣，站在顾西凉的墓前。陪在身边的，是莫晓南。莫晓南说，沈念，接受现实吧，西凉的父亲和母亲，拟定了西凉举行葬礼的时间。去和他告别吧。

来参加葬礼的，还有林冰儿。林冰儿的身边，是顾西凉的父亲和母亲。

斯人已走，而活着的人，都要一起承受这份不能承受的生命之重。

当年顾西凉和母亲秦绵闹翻，与林冰儿和解后，便去了广州，寻找沈念。这么多年，从来没有和家人联系过。

这次，顾西凉的事不是能瞒着两位老人家的。莫晓南打听到顾西凉父亲和母亲的地址，将这个噩耗告诉了他们。

秦绵站在顾西凉的墓碑前，墓碑上，是顾西凉上大学二年级时拍的一张照片。照片上的顾西凉，阳光灿烂，笑容温暖。

这个儿子，是秦绵一生的希望，也是秦绵最大的痛。为了这个儿子，她辛苦奋斗，希望给儿子一片广阔天地，起码人脉满满；为了这个儿子，她不惜去做恶人，逼着沈念离开顾西凉，逼着儿子远走他国；为了这个儿子，她处心积虑制造机会，让林冰儿和儿子在一起，没有想到最后会是一场闹剧。

可是，儿子并没有按照她设定的路线走。他始终没有忘记沈念，他不惜背叛养育自己几十年的父母，也要去广州寻找沈念。如果儿子不去广州找沈念，就不会去那个该死的公司，不去那个该死的公司，就不会出事。

都是这个叫沈念的女人。

那一刻，她恨死了沈念。

看到站在一旁的沈念，秦绵的愤怒一下子就蹿了起来。她走到沈念面前，恶狠狠地说，沈念，都是你这个女人，没有你，西凉怎么会死？你赔我的儿子，你赔我的西凉。秦绵一边吼着，一边就去推搡沈念。

沈念没有躲闪，也没有说话，只是痴痴地站着，看着墓碑上顾西凉的照片。

谁也没有想到秦绵忽然会这样。刚刚，沈念来的时候，秦绵也没有阻止啊。

林冰儿赶紧过来拉秦绵，伯母，伯母，不要这样，沈念，她，她比你更难过。

也许林冰儿是最能理解沈念的人。因为她也曾那么深切地爱过顾西凉，尽管后来她和顾西凉握手言和，再不言爱，可是，她的心底，何曾有一刻放下过顾西凉？如今，眼见最爱的人成了冰冷的墓碑，此生再难见，都恨不得随着死去的人一起去死。而她确信，沈念对顾西凉的爱，不会比自己少一点点。沈念的世界，已经全部坍塌，再也不会完整。

秦绵伏在自己丈夫的肩上，痛哭。

小绵，不是沈念的错，也不是西凉的错，也许，从一开始，我们就错了。顾南拍着妻子的背，轻轻地说。

我们错了吗？秦绵愕然。

如果，我们从来不曾阻止过西凉和沈念，也许，现在我们早已儿孙满堂，可是，一切都已经来不及了。小绵，就让西凉安安心心地走吧，他不希望看见你那么对沈念，你们，都是他最爱的女人。

顾南其实是不愿意秦绵过多干涉顾西凉的，尤其是爱情，他太了解自己的儿子了，这个儿子不是逆来顺受的懦弱的人，他有自己的追求，有自己的想法，其实，沈念有什么不好呢？才貌双全，温柔体贴，为什么一定要有权有钱的家庭呢？难道他们顾家还不够有钱有权吗？可是，秦绵就是听不进去。

后来顾西凉去了广州，再也没有给秦绵打过电话，但却和顾南保持着联系。

顾南本来想着，等到过个一年半载的，顾西凉和沈念回到T市的时候，好好地给他们举办一场迟来的婚礼。

然而，世间所有，岂随人的意愿而来？他未曾等到顾西凉幸福归来，却等到了顾西凉死亡的消息。

听到消息的那一刻，顾南怎么也无法相信那是事实。

顾西凉说，从上海出差回来就要和沈念结婚了，过年时，一定会带着沈念回家。

没有想到，却再也见不到。

我们总以为时间多得用也用不完，我们总以为一切都有补救的机会，我们总以为这个世界会按照我们的意愿运转，却没有想到，一个小小的意外，就会将所有美好的设想变成泡沫。

这个世界，最不能做的，就是设想，因为，你总是不知道生活会在什么时候和你开一个残酷的玩笑，让你欲哭无泪。

不管你是位高权重，也不管你是一介草民。

雨渐渐大了。

秦绵就那样静静地看着顾西凉的墓碑。她的眼泪一刻都没有停过，自己唯一的儿子，自己寄予厚望的儿子，就这样离开了她，此生不复见，来世不可期。

没有留下一句话。

他们母子就这样阴阳两隔。

她多么想再看看儿子的脸，多么想再和儿子说句话，可是，她再也不会有这样的机会。

此次失去，便是永远。

葬礼结束的时候，顾南轻轻地走到沈念的身边，伸出双臂拥抱了沈念。

他说，沈念，节哀，我们都失去了最爱的人，可是，相信他是希望我们好好地活下去的。以前的事情，我代表秦伯母和你说声对不起。

沈念的眼泪唰唰地流下来。

她深深地给顾南和秦绵鞠了一躬，然后，紧紧地抱了抱秦绵。

尽管，这个女人曾经深深地伤害过自己，尽管，没有这个女人自己或许不会有那么多磨难，但是，最爱的人已经离开，再去计较恩怨情仇又有什么意义？

下葬后的头七，沈念一袭黑衣，轻轻将一大束白菊放在顾西凉的墓前。

我最爱的亲人，今日，我来看你。你真的离开我了吗？不，我不相信你就这样离开我了。可是，如果你还活着，为什么不来找我呢？

西凉，你生前喜欢喝酒，我带了上好的汾酒，你尝尝味道怎么样。沈念一边默念，一边将酒慢慢地倒在了顾西凉的墓前。

恍惚间，有温柔的声音在耳边响起，亲爱的沈念，我好想你，你有没有想我？我不在身边的时候，要好好吃饭，好好睡觉，知道吗？

每次去出差，顾西凉总是会这样叮嘱沈念。

因为写稿子，沈念睡眠质量很差，心底又是极为重情的人，每晚睡觉，一定要顾西凉抱着才可以安稳入睡。如果顾西凉不在身边，沈念一般都不会好好吃饭，不是写稿子忘记了吃，就是因为想念顾西凉而没胃口。所以，好好吃饭，好好睡觉，成了顾西凉出门前必然叮嘱的两句话。

沈念抬起头四下张望，寂静的墓园里，除了细细的雨丝，微微的凉风，什么都没有。可是，那声音，那语调，不是西凉又会是谁呢？

良久，沈念颓然无力地跪倒在墓碑前，她流着泪，轻轻地用手抚摸着墓碑上的字，顾西凉，我最亲的人，我最爱的人，你在这黑暗冰冷的墓穴中，寂寞吗？而我，自此孤零零，为什么不能让我也躺在你的身边？

风冷冷地吹过，伴着绵绵细雨，打湿了沈念的衣衫，也打湿了沈念的记忆。

记得当年初相见，顾西凉清澈的双眸曾在沈念的脸上久久停留。

那座小城的烧烤摊、奶茶店，每一条幽深的街巷，都曾留下他们俩深深浅浅的足印。

那个温润的春天，顾西凉第一次牵了沈念的手，在学校玲珑湖上第一次轻轻地吻了沈念，带着冬天的冰凉。

……

如果，我们知道人生是这样短暂，我们相伴的时间会是这样来日无多，当年的我们，是不是就会更勇敢一些，更执着一些？是不是就不会那样将最爱的人伤得最深？

当我们终于可以冰释前嫌在一起，为什么幸福却那么急促，转瞬即逝？

我爱的人啊，不忍丢下你在冰冷的黑暗里，可是，纵我伸出双手，又到哪里去握你的双手伴你安睡？

不，我怎么能够那么狠心，将你埋在这冰冷的土里？

沈念趴在地上哭着开始挖土，让我再用十指挖出鲜血，将你挖出来，再抱你一次吧，抱到我们一起烂成白骨，一起在忘川饮下孟婆汤，来世再做一家人吧。

亲爱的西凉，你慢点走，你等着我，等着我与你一起在这无爱的人间化作齑粉。

忽然，一双有力的手将沈念拽了起来。

是莫晓南。

他去沈念家没有看到沈念，就猜到她一定来了墓园。

莫晓南将沈念紧紧搂在怀里，说，沈念，你别这样，你别这样……除了温暖的怀抱，莫晓南不知道自己还可以给她多少安慰，那些语言，为什么在此刻，显得那么苍白无力，那么虚伪无奈？

一直为了顾西凉的丧事奔忙，没有时间悲伤，直到今天，看到情绪失控的沈念，莫晓南才真正意识到，顾西凉再也回不来了。顾西凉，那个帅气的个性的男人，对沈念因爱生恨的男人，曾经，自己是那么痛恨和鄙视过他，可是，看到他后来对沈念的情意，莫晓南默默收起了对这个女人的爱。

爱一个人，不是一定要占有她，如果她能够开心和幸福，如果有人比自己更爱她，更能带给她快乐，不是也很好吗？

谁又曾想，人间欢乐从来少。

自己多么想给这个不幸的女子以有力的肩膀，告诉她，你还有我。

可是，面对沈念的悲痛欲绝，他才深刻地感受到沈念对顾西凉的爱有多深沉，自此，大概是没有一个人可以代替顾西凉的位置了吧？

沈念终于累了，倦了。她的眼睛已经红肿得像两个桃子，她的声音已经嘶哑，哭不出来。莫晓南将沈念搀起来，向墓园外走去。

沈念一步一回头，静穆的墓园悄悄得一声不响，只有蒙蒙的细雨，记录着这里的每一次悲伤，承载着这里的每一分伤痛。

8. 此恨绵绵无绝期

从墓园回家后，沈念便发起了高烧，一直说着胡话。

当年沈念在T市的房子，顾西凉好好地保存着，锁都没有换。如今，沈念回到了曾经T市的家。

莫晓南尽心尽力地照顾她，在这样一个地方，唯一能靠得上的，便只剩下这个好朋友。

在病榻上熬了将近一个月，沈念才慢慢好起来。

却已经瘦到不成人样。

莫晓南寸步不离地守着她，怕她想不开。

沈念，逝者长已矣，存者且偷生，你别做傻事啊。这一个月下来，莫晓南说得最多的就是这句话。

别担心，我不会想不开的，我还要等着西凉回来和我去结婚。如果他再也回不来，这也是宿命，我怎么可以逃得开？这么苍凉的话从沈念嘴里说出来，让莫晓南唏嘘不已。

当一个曾经意气风发、争强好胜的人，忽然有一天说，这都是宿命，那么，请轻轻地给她一个拥抱吧。

不要问为什么。

她的心，一定已经伤得千疮百孔。

哀，莫大于心死。

纵使留得下身体的躯壳，若没了心，与行尸走肉还有什么区别呢？

沈念，别这么说，一切都会过去，我想，顾西凉在天之灵，也不希望你这样自暴自弃的。为了他，你也该好好活着。莫晓南的话，一字一句敲在沈念的心里。

是啊，我是该好好活着。可是，连最爱都已失去，又为了谁活着？

纵然你已是白骨森森，也是我梦了又梦的春闺梦里人啊。

我不是圣人，我只是一个普通的女人，女人需要爱的滋养，漫漫长途，茕茕孑立，我如何挨过这沉沉黑夜？荆棘路上，再没了一双手给我抚慰，再没了一双眼向我渴求，我该怎样才能像从前一样，对生活抱有无限的热情？

静养了两个月，沈念渐渐开始吃一点东西，有时候也会和莫晓南出去吃饭。

莫晓南以为，沈念终于从顾西凉死亡的阴影中走出来了。

让她恢复元气，还需要很长的时间，但是，起码，沈念不再那么绝望。

沈念身体好了一些之后，就将自己与顾西凉的合影放大，挂到了卧室里；家里的窗帘换成了淡淡的天蓝色，这是顾西凉和自己都喜欢的颜色；吃饭的时候沈念会放两副碗筷，就像，顾西凉从来没有离开。

莫晓南每天都来看沈念——他的店依然请朋友代为照看，他暂时不打算回大理，只为了，可以多看一眼沈念，多陪一陪沈念。

无论他什么时候去看沈念，沈念都站在他和顾西凉的合影前，一动不动。

那个中午，莫晓南又去看沈念。

沈念像往常一样，餐桌上放着两只碗，碗里各自盛着白米饭，还有两盘菜，都冒着热气。

莫晓南忽然觉得心里一阵愤怒，一阵悲哀。

他走到沈念面前，狠狠地摇着沈念的胳膊，大声地冲着她喊，沈念，你醒醒好不好？他已经死了，已经死了！无论你做什么，他都不会回来了。可是，你还要生活下去，你不能也陪着他一起死了。你听懂了吗？沈念，你面对现实好不好？

或许是莫晓南的愤怒将沈念从沉睡中唤醒了，她"哇"的一下哭出了声。

那些压抑许久的悲伤，那些难以言说的苦痛，那些无法释怀的纠结，那些不能抱怨的折磨，都在这一刻决堤而出。

莫晓南将沈念搂在怀里，轻轻地拍着她的肩膀，说，哭吧，哭吧，哭出来就好了。我会一直在你身边。

此时的莫晓南，多么想给沈念看看自己的心，那颗心满满刻着的都是沈念的名字，满满牵挂的都是叫"沈念"的女人，那颗心陪着沈念痛苦陪着沈念欢欣，那颗心，再也容不下任何一个人。

可是，沈念，你为什么一直对我视而不见？我以为今生没有福气拥有你了，可是现在，你被残酷的命运再次推到我的面前，给我一个机会，好好爱你，好好保护你，让我代替顾西凉照顾你，给你他再不能给你的爱，好不好？好不好？

有多少话，藏在莫晓南的心里太久太久，可是，他却又不知该如何告诉沈念。

只怕，一说便是错，错了便是永远。

那么，就让我这样静静地望着你，守护着你，直到你愿意和我在一起的一天。

良久，沈念才止住了哭，默默地从莫晓南的怀里挣脱出来。

有时候，不是没有话说，而是万语千言不知该从哪一句说起，便唯有沉默了吧。

深秋的一天，莫晓南给沈念买了一件漂亮的风衣。

他记得，那天是沈念的生日。

距离那场悲剧已经三个月，莫晓南以为，沈念该从痛苦里慢慢解脱出来了。

但是敲了很久的门，都没有人答应。

莫晓南拨打沈念的手机，给出的提示是"您所拨打的用户已关机"。拨打家里的座机，没有人接。

莫晓南心慌得不知道该干什么，他太害怕沈念出事了，他以为沈念已经从伤痛中慢慢走出来了，他以为沈念已经可以面对失去挚爱的现实了，可是，可是，现在沈念手机关机，家中没人，这样的事，至今还没有发生过。

莫晓南强迫自己安静下来，也许，沈念只是想自己一个人静一静。

于是，莫晓南等到晚上的时候来找沈念。

沈念的家没有一丝灯光。手机依然关机。

莫晓南有点坐不住了，但他还是什么都没有做，他回了家，等着沈念的电话。

三天过去了，一切如故。

莫晓南终于按捺不住了，他找了开锁公司，撬开了沈念的家门。

房间里的摆设都没有变，不，唯一不见了的是顾西凉和沈念的合影。

而书桌上，只写了两个字：了尘。

了尘，了尘，了却红尘烦扰事，自此便是自由人。

莫晓南一下子瘫坐在地上。他相信，沈念这次是真的决然离开了。

从此以后，他再也见不到沈念了。

这一次，沈念走得彻底而决绝，没有留下只言片语。连沈念的老父老母都不知道女儿的下落。只是在此前，沈念曾回来看过他们一次，并将一张银行卡留给父母，那是一张五十万的卡。

沈念彻底与这个世界割断了联系。

直到那时，莫晓南才明白沈念对顾西凉的爱是怎样的深沉，情到深处，再也没有一个人可以住进心里。就像自己，明明知道此生已与沈念无缘，心里却再也容不下另一个女子。

此恨绵绵。

再无绝期。

9. 今生只和红尘老

莫晓南回到了大理，继续经营他的"念念如斯"旅馆。

他的生活简单到可以按照学生守则来说，周一到周五守在店里，很少出去应酬，偶尔会和朋友们去吃饭，喝酒，却再也没有喝醉过；他把父母亲接到了大理，每个周末他会回家陪着父亲母亲聊天。

没有安排的时候，他会待在店里，认真看书。

他开始学习书法，他说，这是最能让人心灵安静的方式。

他不谈恋爱，不去相亲，身边连一个玩暧昧的女人都没有。他的好朋友问他，是不是身有隐疾，或者，是同志？

莫晓南微笑，摇头，此生只爱一人，可惜她心有所属。

朋友摇头叹息，说他简直是电影看多了。莫晓南却不置可否，仍然过着清心寡欲的简单生活。

也许，人，总是要经历过彻骨的疼痛，才会知道自己真正想要的东西究竟是什么。

此时，沈念在广州。

她辞了广州编辑部的工作，成了一名职业写手。

有时候，写累了，她会站在大大的落地窗前，看街上蚂蚁般行色匆匆的人流。

她似乎胖了些，肚子微微隆起，她会轻轻地抚摸着自己的肚子，轻轻地说，宝宝，你看到下面的人流了吗？妈妈现在就在爸爸买的房子里，安静地等着你和妈妈见面。你知道吗？妈妈始终坚信，爸爸没有死，有一天，他一定回来找我们的。所以，我愿意，一直等。

没有人知道，沈念离开T市的时候，已经怀有三个月身孕。

于是，她选择了悄悄离开。

她知道莫晓南对她的爱，可是，她不爱他，也不愿意莫晓南因为对自己的感情而放弃了追求幸福。她无法面对自己的父母，她始终是保守的女孩子，未婚先孕，于她于她的家庭，是一种耻辱，如果她的父母知道，一定会让她去堕胎。她只能离开，回到广州，回到这个曾经给她爱给她希望的城市。

在这里，没有人知道她是一个未婚妈妈，也没有人去打听她曾有过怎样的人生。更重要的是，她的心底，始终觉得顾西凉没有离开这个世界。她要等他，她要好好养大他和她的孩子。

即使顾西凉真的已经不在人世，这个孩子，也是他留给自己最好的礼物。

纵然此生真的与你生死相隔，还有我们的孩子，让我继续爱你，也代替你，继续爱我，不是吗？

华灯初上，万家灯火。

沈念默默地站在房间里，耳边是轻柔舒缓的莫扎特的曲子。

她本是乐观自信的人，经历了与最爱的人的生死之后，她将所有的爱都投注到了肚子里的小生命上来。

她不再写恐怖悬疑小说，改写温情的爱情小说和明快清新的散文。

她买了很多胎教的书和CD，每天定时朗读，定时听音乐。

她每天到楼下散步，温柔地和每一个人打招呼，微笑成了她最多的表情。

她努力让自己从失去最爱的悲伤里走出来，用最好的心态走过每一天。

她买好了婴儿衣服、婴儿床，买好了小孩子的玩具，布置了小小的婴儿房。

她请好了保姆，做好了预算，联系好了医院。

……

她每天都会看着顾西凉的照片，说，西凉，我不知道你在天堂还是在人间，我一直觉得你从没有离开过我，可是，这么久了，你都没有来找我。我相信，你是真的不在了，可是，谢谢你给我的礼物，我会好好地带大我们的宝宝，我会把最好的爱都给宝宝，你放心，我会把自己和宝宝都照顾得很好很好。

是的，照顾得很好很好，即使你已经不在我们的身边。

六个月后，沈念在广州生下了一个男婴。

母子平安。

又是一年清明节。

距离顾西凉出事已经两年了。

去年清明节，莫晓南特意坐飞机回T市给顾西凉扫墓，他以为可以见到沈念，不料，却只是看到了墓前的白色雏菊，并没有见到任何人。

他确信沈念是会回来看望顾西凉的，没有想到，阴差阳错，彼此错过。

今年的清明节，莫晓南提前一天就回了T市。

然后，在清明节这一天，他准备早早地去看顾西凉。说实话，他不是没有私心的。或许，为顾西凉扫墓是一个原因，还有一个原因就是，他想见沈念，哪怕只见一面。

然而，偏偏不赶巧，他的车坏在了半路。等修好再去陵园，已经是近十一点。

人算不如天算，无缘，大概就是这样的吧？

一个小男孩正用小手摩挲着一块墓碑，摩挲着墓碑上的照片。

妈——妈——妈妈，这思（是）爸爸，这思（是）爸爸。小男孩扭过头，冲着身边的女子喊了起来。

是啊，这张照片他太熟悉了，从他出生开始，这张照片就挂在家里的卧室里，他天天都能看到他。妈妈说，这个照片里的人是爸爸，可是他从来没有见过爸爸。

女子的眼泪忍不住掉下来。

西凉，西凉，你听到了吗？这是我们的儿子在叫你，你是不是觉得很意外？你不知道，你给了我一个多么美好的礼物，你离开了，却让另一个天使来到我的身边陪伴我，如果泉下有知，你也会开心的，是不是？

这个女子是沈念，而那个小男孩，就是顾西凉的遗腹子，沈念为他起名牵牵，寄寓着沈念和儿子两个人对顾西凉的牵挂。

沈念，我终于见到你了。

沈念回过头，看到的是莫晓南的脸。

他以为，今年还是见不到沈念，没有想到，老天爷给了他一次机会，他见到了日思暮想的沈念。

妈——妈——一个小男孩跌跌撞撞地走过来，把莫晓南吓了一跳。

他只顾着看沈念，没有留意身边居然还有一个小不点。

听到叫沈念妈妈，莫晓南诧异地脱口而问，你结婚了？

沈念摇摇头，说，他是我和顾西凉的儿子。

莫晓南惊愕得说不出话，顾西凉的遗腹子？

直到莫晓南和沈念带着牵牵来到必胜客，牵牵乖乖吃饭的时候，莫晓南才仔细地去看面前的小男孩。

他漂亮的眼睛，高挺的鼻子，确实和顾西凉像极了；尤其小家伙笑起来的模样，真的就是顾西凉的翻版；而脸上的小小酒窝，比沈念的还要深。

不错，这真的是顾西凉和沈念的儿子。

此刻，莫晓南才知道了沈念离开T市的真正原因。

沈念，不要回广州了，和我去大理吧。你不能这样一个人带着孩子，太辛苦。西凉已经走了这么久，沈念，让我来照顾你们母子，好不好？我会好好待牵牵的。

这一次，莫晓南把一直想说的话统统地说了出来。他要告诉沈念，他从来没有忘记过她；他要告诉沈念，他开在大理的店，只是因为她；他要告诉沈念，他愿意照顾他们母子一生一世；他要告诉沈念，不要因为死去的人而放弃了眼前的幸福。

但是，沈念坚定地摇摇头。

晓南，我知道你喜欢我，从来都知道。可是，晓南，我的心里，只有西凉，何况，我现在还有牵牵。如果我和你在一起，对你太不公平。你对我的好，我一直都记得，在我心里，从来都当你是我最好的朋友，最亲的人。你那么优秀，你该找到你的幸福，但不是我。

莫晓南的心，一点一点疼下去，终于蔓延到全身的每一个毛孔。

世界上最痛苦的事情，就是我如此深爱你，而你，却始终无法爱上我。

沈念看着痛苦的莫晓南，心里也很难受。可是，她不愿意骗他，更不愿意耽误他。自己已经是生过孩子的女人，怎么能够和莫晓南在一起？莫晓南给她的爱，她不是没有感动过，可是，只要她的心里还有一点点顾西凉的身影，她就不会再接受其他人的爱。

这是她的原则。

她不想委屈自己，更不愿意委屈别人，尤其是爱情。

她从来就是这样的人，如果爱，为了所爱做什么都可以，正如张爱玲说的一样："低到尘埃里，在尘埃里开出花来，但心底是欢喜的。"如果不喜欢，无论他做什么事，都无法让她爱上他——当然，莫晓南除外，对于莫晓南，沈念不讨厌，甚至也喜欢，但没有深爱。和顾西凉相比，她对莫晓南，只能是浅浅地喜欢，却再也无法前进一步。

那么，你和我去大理吧，我开的是旅馆，不差你和牵牵的一间房。何况，你也不上班，就是宅着写作，住在哪里都一样。你在我面前，我也好少操你的心，还能照顾你。

莫晓南说得诚恳，沈念却不愿去。

广州，那里有她的最爱，有最爱的痕迹，她哪里都不愿意去。

晓南，谢谢你，我哪里都不想去。如果我去了大理，万一西凉回来会找不到我的，不是吗？

这么多年了，你其实也接受了西凉去世的现实，为什么还要做这样自欺欺人的事呢？面对执拗的沈念，莫晓南终于没有说出这样的话。每个人都有选择自己生活的权利，我们不能站在自己的立场去评判对方是否活得幸福。毕竟，幸福也好，快乐也罢，如人饮水，冷暖自知。

莫晓南没有再强迫沈念去大理。但是，他说，沈念，如果有什么事，一定要记得找我，知道吗？

沈念点头，她对他，从心底充满了感激。

此后，沈念远在广州，仍然过着宅在家里卖字为生的生活；莫晓南回到大理，继续打理他的"念念如斯"。

只是，他又多了一份牵挂。

他几乎每天都会给沈念打电话，然后和牵牵聊天。牵牵似乎慢慢地依恋上了这个莫叔叔，一天接不到电话就会哭。沈念没办法，只好打电话给莫晓南。莫晓南很享受被牵牵和沈念依恋的感觉。

每个月，他都会抽出几天去广州，陪着牵牵玩。

对牵牵来说，这个莫叔叔远比挂在墙上的照片爸爸亲切多了。

10. 此情深处深几许

沈念带着牵牵来到了大理。

莫晓南多次相邀，沈念都没有起身，这次，牵牵一直缠着妈妈要来看看莫叔叔的旅馆，沈念拗不过儿子，只好带着儿子来大理。她知道莫晓南打了牵牵的感情牌。

在机场，一见到莫晓南，牵牵就跑过去搂住他的脖子，叔叔叔叔地叫个不停，还亲昵地拿脸蛋去蹭莫晓南的脸，完了，还狠狠地亲了一口莫晓南。

莫晓南高兴地把牵牵举起来，沈念看着他们两个人，也开心地笑起来。

看，多亲热的父子俩。身边走过几个刚下飞机的旅客，他们看着莫晓南和牵牵，脸上露出羡慕的表情，也情不自禁地说出了这样的话。

沈念心思一动，父子？如果顾西凉还活着的话……

她又想起了顾西凉，儿子越长大越像他，沈念也越发想念顾西凉。无数个不眠的深夜，沈念看着熟睡中的儿子，一个人偷偷掉眼泪。西凉，西凉，我一直不相信你已经离开了我，离开了牵牵，可是，如果你还活着，这么多年，为什么从来没有找过我？我没有换过家里的锁，也没有离开过广州，我怕你回来的时候见不到我会难过。西凉，难道，你真的，永远离开我们母子了吗？

妈妈，想什么呢？沈念飘飞的思绪被拉了回来，一看，莫晓南正拉着牵牵的手站在自己的面前。

没，没什么，晓南，咱们走吧。沈念回答得有点语无伦次，莫晓南看在眼里，不过没作声，还是没事一样地牵了牵牵的手，往出口走去。

"念念如斯"。看到旅馆的名字，沈念的心，被什么触动了。

她想起了那两个雪天，顾西凉在雪地里写下"念你如初"四个字，深情款款。如今，这"念念如斯"又何尝不是莫晓南的真情表白？

再看旅馆两旁，不像其他酒店一样有高大的门楣，这个旅馆的门，上下左右都开满了花，颜色鲜艳，芳香浓郁；旅馆两旁，没有铺设水泥路面，而是修了两条曲折的小径，小径两旁，种满了花草，最多的是薰衣草，蓝色的，红色的，远远望去，就像花的海洋。

这，多么像她当年曾经想要开的旅馆的模样。

沈念，你曾说过，想要开一个花草满径的旅馆，看，是不是和你想的一样？莫晓南轻声问站在身边的沈念。

沈念什么也没有说，这个人世间，对自己最好的人，是莫晓南，谁也不会比他更在乎她，更关心她。如果，她没有遇到过顾西凉，那么，她一定会被莫晓南的爱感动，毫不犹豫地与他在一起。可是，顾西凉比他先到一步。

莫晓南见沈念没有说话，也没再说什么，他是聪明的人，知道什么时候适可而止。

他带着沈念进了旅馆。

进了旅馆，所有的工作人员在见到沈念的时候，都流露出不可置信的表情。

沈念觉得奇怪，不知道为什么这些员工会这样。

等沈念住进了莫晓南特意为她安排的房间后，便什么都明白了。

莫晓南为沈念安排了一间采光最好的房间，他了解沈念，沈念最喜欢阳光。这是一个商务套间，沙发、办公椅、电视、茶几、电脑应有尽有，此外，莫晓南特意买了两大束百合花，他知道沈念喜欢花。最引起沈念注意的，是墙上的一幅大照片，照片里的女子正是自己，那应该是在T市拍的一张照片，照片的旁边，写着两句话：如果见到她，请你告诉我。这大概就是那些员工诧异的原因吧？

莫晓南带着牵牵出去玩了，这个孩子，只要看到莫晓南，就可以不要沈念。大概男孩子天生是喜欢男人的吧。

沈念静静地坐在沙发上发呆。

这些年，莫晓南对她的好，她一点一滴都记在心里。不是没有被感动过，也不是没有想过接受莫晓南的爱，和他在一起，只是，她没有办法忘记顾西凉。

如果心里有顾西凉的痕迹，她绝不会再去爱其他人。

这对另一个人不公平。她希望的爱情，从来都是一尘不染，没有瑕疵的。她认为爱是最自私的，不可以分享，不可以转让，不因为同情而爱，不因为感动而爱，只因为爱而爱。

辜负，总比伤害要好。

所以，她宁可辜负莫晓南，也不愿意伤害他。

但是现在，沈念真的有点动摇了。

不是因为一个人的生活太过孤单，她从来不是害怕寂寞和孤独的人；也不是因为自己忘记了顾西凉而移情别恋，她相信，此生，她都不会忘记顾西凉；只是，儿子渐渐长大了，他总是会问，为什么别人都有爸爸，我就没有？照片爸爸什么时候才能回来呢？过几年，牵牵终会懂得自己的爸爸已经离开他们了，那个时候，牵牵会不会受到伤害？牵牵那么依恋莫晓南，似乎与他天生就有一种亲近感。

或许，这真的是天意？

她不知道，她也说不清。她苦恼地摇摇头，觉得心里烦闷得很。

刚来的几天，莫晓南每天都会开车带着沈念和牵牵出去逛大理。

沈念其实有着很深的大理情节。少年时，读金庸的《天龙八部》，对大理心向往之。后来，因为工作原因，始终没有去过大理。但是，她曾经和莫晓南聊天的时候说过，最大的梦想就是在大理开一家旅馆，花草满径，清幽淡雅。

如今，莫晓南将旅店开在大理，所有的布置都和她当年对他说的一样，她的心里，是满满的意外，也是满满的感动。唯有真心爱你的人，才会将你说过的每一句话都记在心里，然后，默默地，毫无怨言地去做。不求感动你，甚至不求你爱他。

有多少人的爱，可以如此不计回报？

莫晓南拉着牵牵，身边是沈念，每到一处，都有人小声地在说，多么幸福的一家人。看人家这一家子，男人帅气，女人漂亮，孩子更是个瓷娃娃。沈念不说话，莫晓南也不说话，可是莫晓南的脸上却充满了笑容。小牵牵才不管这些，他高兴地拉着莫晓南的手，不停地东指西指，对什么都好奇，对什么都新鲜。

莫晓南呢，耐心地陪着牵牵，甚至背着抱着牵牵，连沈念都看不下去了。莫晓南却笑着说，没事，我们牵牵最招人喜欢了是不是？叔叔最喜欢牵牵了。

在那个瞬间，沈念不是不动心的，若此后，有莫晓南陪在身边，他们也该会是幸福的一家人吧？这个世间，到哪里去找如莫晓南一样的人呢？

她的心，到底被莫晓南悄悄地暖了回来。

不过，沈念总是觉得这几天和莫晓南出去的时候，身后总有一双眼睛，可是回转身，却什么都没有。

她心里害怕，悄悄地说与莫晓南，莫晓南便留了心。

可是，还是没有什么异常。莫晓南觉得可能沈念没有休息好，于是劝她不要再赶稿子，这几天也不要出去了，在旅馆多休息休息。

而牵牵，莫晓南说他全权负责，沈念尽可放心。

于是，沈念也便安心在这里住了下来。

一则牵牵恋着莫晓南，而且牵牵目前还没有上学，不需要赶时间；二则沈念在哪里都可以写，没有任何影响。莫晓南也希望母子俩可以多住几天，反正开的是旅馆，不用担心没有地方住。

在这里住了两个月，沈念渐渐养胖了些，脸色红润了很多；牵牵不仅与莫晓南特别熟，和旅馆里的每一个人都超级熟悉起来，他天真可爱的模样招人喜欢，加上嘴巴特别甜，哄得这些大人们都喜欢得不得了。

如果不知道过去的事情，所有人都觉得，莫晓南、沈念、牵牵，是快乐的一家人。

有一天，莫晓南带着牵牵和沈念去旅馆旁边的一家西餐厅吃饭。莫晓南为牵牵点了很多他爱吃的菜，比如炸薯格，比如凤尾虾，比如黑椒牛排，比如水果比萨，也为沈念点了她爱喝的芝士浓汤，冰激凌面包，摆了满满一桌子。

小牵牵看得目瞪口呆。

莫叔叔，我们可以吃掉这么多吗？

当然了，你莫叔叔我可是大胃王呢，你是不是小胃王？莫晓南夸张地摸了摸自己的肚子，又笑眯眯地看着牵牵的肚子。

牵牵看了看自己的肚子，又看了看莫晓南的肚子，心里比较了一番，然后说，牵牵应该是小小胃王，妈妈是小胃王。说完，看着沈念。

沈念被这两个人逗乐了，点点头配合道，嗯，嗯，妈妈是小胃王。

莫叔叔，你比照片爸爸好很多呢，以后我叫你莫爸爸好不好？照片爸爸总是不来看我，总是一个表情，也不说话，好闷呀。好不好啊？

这一句话让莫晓南和沈念都措手不及。

照片爸爸？莫晓南一时没反应过来。沈念却一下子就明白了。

顾西凉的照片挂在墙上，沈念天天在告诉牵牵，这是你的爸爸。因为西凉在照片里，所以牵牵就称他为"照片爸爸"了。

沈念看看莫晓南，莫晓南这个时候也明白是怎么回事了。他尴尬地看了看沈念，脸有点红。沈念也只能低下头装作吃饭的样子。

你不说话就是答应了。

还没有等莫晓南说话，牵牵已经兴高采烈地先发制人了。这个孩子，太聪明，太善于察言观色。

莫爸爸，你吃，你快点吃；沈妈妈，你也吃，要多吃哦，不许减肥。小小的牵牵俨然一副家长模样，倒让沈念和莫晓南忍俊不禁了。

他们俩互相看了一眼，便迅速地低下头去，慢慢去吃手里的东西。

这个时候，莫晓南的心底是欢喜的。追了沈念这么久，终于看到她不再那么坚决地抗拒和他在一起了。有了牵牵这个聪明的小人儿，他和沈念之间似乎一下子就亲近了起来。

也许，是天意吧。他想。

只是，这天意，给了我们多少悲戚的眼泪，给了我们多少锥心的痛苦。兜兜转转，分分合合，谁能知道，等待我们的下一个天意，会是什么呢？

11. 饮恨默默同谁语

那天，莫晓南在"念念如斯"旅馆左侧的"旧时光"咖啡馆和朋友坐着闲聊。无意间一侧头，看到了一张似曾相识的脸，在看到那张脸的瞬间，莫晓南怀疑自己的眼睛有问题。他揉了揉眼睛，仔细地看着那张脸，不，他不会看错，可是，可能吗？

他顾不上和朋友打招呼，径直走向那个人。

当那个人看到莫晓南的时候，脸上充满了错愕的表情，他站起身，急急忙忙向咖啡馆门外走去。

这样的举动，让莫晓南更加坚定了自己的判断，他想也没想，就追了出去。

先跑的男人腿似乎有点瘸，所以，跑得不是很快。

顾西凉，你别走。

听到这一声，前面正在跑的男人似乎怔了一下，然后，他停下了脚步，转过身看着后面即将追上来的莫晓南。

顾西凉？是你吗？

追上来的莫晓南不敢相信自己的眼睛，刚才他不是很确定这个男人就是顾西凉，尤其是追出去以后，发现男人是个腿有残疾的瘸子，莫晓南都觉得自己有点神经质了，但是他不甘心，所以试着喊了一声顾西凉的名字，没有想到，这个人站住了。

那么，毫无疑问，他一定是顾西凉。

顾西凉，你，你没死？你还活着？莫晓南有点没反应过来。

顾西凉低下头，说，晓南，没有想到会遇到你。

告诉我，这究竟是怎么一回事，你在玩什么？莫晓南觉得自己脑子有点短路，这是什么情况？怎么和电影一样那么狗血？

莫晓南和顾西凉找了临近的一家咖啡馆，莫晓南阴沉着脸坐在顾西凉的对面。

晓南，既然没办法躲开，还是要相逢，那，我就把所有的事情都告诉你吧。顾西凉喝了几口热热的咖啡，苍白的脸色有了一点点红晕。

顾西凉，你最好别耍花样。莫晓南此时都不知道自己究竟有什么感情了。只是知道，一定要弄清楚，究竟为什么顾西凉要这样做。

五年前，去上海出差的第四天，顾西凉在开会时晕倒了。

上海办事处的同事们把他送到医院，做了全身检查。到第二天的时候，检查结果是急性白血病，需要住院治疗，否则会有生命危险。

那一刻，顾西凉觉得生活和他开的玩笑太大了。

思量很久，他没有将实情告诉沈念，而是谎称要在上海多出几天差。他也没有告诉任何一个同事，他对医生说，我知道自己该做什么，做完后，如果还有时间，我自然会来治疗。

那一天，顾西凉站在酒店的玻璃窗前，烟吸了一根又一根。

他不是怕死的人，只是当死亡忽然狰狞着面目出现在他的面前时，他有点接受不了。他想到的是，如果沈念知道了实情后会怎么办。

他太了解沈念了，沈念心心念念的是回去后和他结婚，假如真的知道了他的病情，沈念也依然会选择结婚。可是，他不能害沈念，医生没有说他的病一定死，但是，这种病，谁也无法确定有多少治好的几率。到那个时候，沈念如何接受得了？沈念又将怎么生活下去？

所以，他想到了假死。

让沈念彻底死了爱他的心，重新再开始一段爱情。他知道，莫晓南始终深爱着沈念，如果自己死了，那么，莫晓南一定会好好照顾沈念，日久生情，或许有一天，沈念真的会和莫晓南在一起。那个时候，即使自己离开了这个世界，也不会再担心沈念孤苦伶仃无依无靠。

可是，他又怎么能放下爱沈念的心啊。

于是，他打电话给沈念，说着说着自己的眼泪就哗哗地往下落，他差点就冲动地告诉沈念实情了，他甚至想飞回去见沈念一面，因为他深知此后，再见面可能便是来世。可是，他不能，他匆匆挂了电话，自己坐在沙发上号啕大哭。

这么多年，他从来没这样伤心过。

哭过了，顾西凉给一个客户打电话，约好第二天在游轮上谈事情。

那个时候，顾西凉就想好了假死的办法。他是游泳比赛亚军，掉到海里是不会淹死的，他可以安全地游到他想去的地方躲起来，然后再开始慢慢地治病。

此刻，他才知道，其实每个人骨子里都是怕死的。他曾以为自己是不怕死的，甚至他看到一个女人花了70万冷冻自己的遗体希望将来在高科技时代可以复活的新闻时，对这个老女人充满了不理解和蔑视。可是，当他也面临生死抉择，他还是舍不得就这样离开这个世界。不，他想活，他要活，即使他不能和沈念在一起厮守，也要看着沈念幸福。

那天，他故意和客户坐在甲板上聊天，故意距离船边很近，趁着客户低头喝茶的工夫，他将自己往后一仰，仰进了海里。其后，他潜水从另一个码头上了岸。

那几天，他天天都混在人群中看着沈念和莫晓南。

看到沈念迅速消瘦，看到沈念几乎不眠不休，他好几次都差点要冲过去抱住沈念了,但是他忍了又忍,终于熬过了搜救的三天。

那三天,对沈念来说,是炼狱一样的痛苦;对顾西凉,又何尝不是凌迟一般的折磨?看着深爱的人却不能相认,生是自此别离,死是从此不见,哪一个,都是此生不复见,来生亦渺然。

此去去,半世缘灭,三生思量,何事比情长?

为了演得逼真,顾西凉连爸爸妈妈都没有告诉,就让他们当他已经不在了吧。

后来,顾西凉开始入院治疗,治疗了将近两年,医生说,恢复得不错,建议出院,定时复查,并建议居住在南方城市。

就在他出院的时候,不幸遇到了车祸,虽然不是很严重,但是左脚被车碾压,因为治疗不是很彻底,结果变得走路有点跛。

顾西凉于是回到了广州,在曾经他送给沈念的房子对面买了一个小居室,这样他就能天天看到沈念了。他的心,始终没有忘记过沈念。

即使此生不能再相认,他也要守护着他深爱的人,直至自己的生命走向终点。

然而令他意外的是,搬来的第一天,他就看到沈念带着一个一岁多一点的小孩从他们曾经的房子里走出来。那时,顾西凉的心都碎了。他没有想到,两年的时间,竟会是这样的面目全非。沈念居然已经有了孩子,而且都那么大了,也就是说,在自己"死去"后不久,沈念便结婚然后生子了。

顾西凉的心,有排山倒海的疼痛袭来。他以为,沈念那么深沉地爱过他,会用孑然一身来悼念自己;他以为,沈念此生应该不会再次爱上别人。可是,铁一样的事实摆在面前,那个孩子,是从哪里来的呢?

他颓然地坐在落地窗前,狠狠地吸了两口烟。

他问自己,你不是希望用自己假死的方式来成全沈念,不让沈念有更多痛苦,而希望她拥有新的生活吗?你难道不应该为沈念获得新的生活而高兴吗?你难道不应该此时此刻便"小舟从此逝,江海寄余生"吗?为什么,为什么此时,你却因为沈念将你忘记开始新生而难过伤心甚至耿耿于怀?是不是你看到沈念因为你而孤独终老再没有了欢笑就开心？

顾西凉猛地摇摇头，为自己有这样的想法感到龌龊。可是他的心底就是这样想的，甚至他觉得，自己可以为了让沈念幸福而假装身死，沈念为什么就要迫不及待地嫁作他人妇？尽管他没有亲见沈念披上婚纱，可是，活蹦乱跳的孩子就在眼前，他怎么能想到那个孩子是他自己的呢？

也许是不甘心，也许是还爱着，顾西凉自己也不知道什么原因，但他确实没有马上搬离这里，仍然有意无意地关注着沈念。过了几个月，他发现，只有沈念和孩子两个人，期间，莫晓南来过两次，再也没有见过其他男人。

难道，莫晓南和沈念在一起了？都有孩子了？这也不是不可能。可是，如果是这样的话，以莫晓南的性格，怎么也不可能和沈念分居两地啊。

乱七八糟的不合逻辑的事情，让顾西凉有点头大，他似乎患了强迫症，不关注沈念他心里会难过，关注沈念他心里更是难过。很多时候，他都在后悔自己当初的"装死"，以至于如今无法和沈念相认，只能这样尴尬着难受着。

半年前，他看见沈念母子拉着两个大皮箱出了门，看来像是要出远门。

顾西凉随着他们也出了门。

于是，来到了大理。

这下，顾西凉明白他们要去找谁了，除了莫晓南，还有谁值得沈念去大理呢？果然，在机场，莫晓南接到了沈念，顾西凉看着他们三个人亲亲热热地走出机场。

顾西凉的心，像浸泡在了黄连水里。

他住在了距离"念念如斯"不远的另一家客栈，日日看着沈念和莫晓南的生活，他发现自己成了一名可耻的偷窥者。他没有想到自己会成为这样一个龌龊的人，他知道这样做是不对的，可是，却总是欲罢不能。

他看着莫晓南带着那个小男孩玩耍，仿佛父子一般；他看着沈念傍晚时陪着莫晓南和小男孩散步；他看着莫晓南驾着牧马人载着沈念母子招摇过市，沈念的脸上挂满了幸福的微笑；他看着沈念一个人在大理的街道上闲逛，脸色红润，竟比先前靓丽了很多……

他的内心纠结痴缠，常常有恨不得立马和沈念见面的冲动。他也想过要离开大理，从此远走天涯，再也不见沈念，可是他又总是下不了决心。于是，犹豫，彷徨，徘徊，一转眼就过了五个月。

顾西凉终于决定要回广州了。

结果，在临行前，居然碰到了莫晓南。

12. 此生谁在梦中老

听完了顾西凉的话，莫晓南的眼里几乎要喷出火来。

顾西凉，你简直是个混蛋，你不觉得自己太自私了吗？生病了，你玩失踪，让所有爱你的人伤心绝望了这么多年，尤其是沈念，你知道她在你走后的日子是怎么过的吗？回到了广州，你又不露面，却窥探着沈念的生活，还随着沈念一路来到大理，我看你，得的不是白血病，是神经病。我从来都没有想到，你顾西凉居然是这样的人，你真不值得沈念那么痴情地爱你。

莫晓南声音不高，却一字一句都戳到了顾西凉的心里。

我自私？我如果自私就不会为了沈念而假死了。我不值得她爱？是啊，我不值得沈念爱，你乘人之危就高尚吗？她现在终于和你在一起了，而且已经有了孩子了，是不是你很开心啊？顾西凉夹枪带棒，针锋相对。

莫晓南抬起眼狠狠地瞪了一眼顾西凉，他真想甩给顾西凉一个耳光，可是，他忍住了没有动手。

顾西凉，你再说一遍？你知道那个孩子是谁的吗？你居然还有脸说出这样的话。你口口声声是为了沈念，那为什么你觉得沈念有了新的生活，你对她不是祝福，而是盯梢？你是这个世界上最自私最无耻的人。如果你真的爱沈念，就应该回到沈念的身边，无论遇到什么困难，都一起面对。顾西凉，你真的不懂什么才是真正的爱情。

说完这句话，莫晓南站起来准备离开。曾经，对于顾西凉，他不喜欢，也不至于讨厌，当年广州一聚，他以为可以和顾西凉成为朋友，然而，经过这次事件，他选择了放弃。顾西凉不是他欣赏的男人。

可是，他不欣赏又能怎么样呢？沈念就是爱顾西凉。

或许，爱从来就不是因为对方优秀或美好，而是，在我眼里，你始终是最美的，最好的，千万人里，只有你能让我心动；万千人中，只有你住在我心里。隔窗多么温暖，也与我无关，我在乎的只是你，即使你无法给我温暖，即使你所能给的只是眼泪。

莫晓南，我只求你一件事，替我好好照顾沈念，希望你们一家人生活幸福。

顾西凉的这句话，弥漫着凄凉的气息。

是啊，请你替我好好照顾我爱的人，今生我们再也无缘携手到老，那么，请你一定要好好地，好好地代我，护她安好，给她幸福。

顾西凉，如果你是个男人，就应该去面对所有的现实，而不是像个懦夫一样躲起来，明白吗？

说完，莫晓南转身离开了。

顾西凉静静地坐在那里，什么也没有说。

还能再说什么呢？自己现在生了病，又瘸了腿，有什么资格站在沈念面前？又凭什么带给她幸福？自私也好，懦弱也罢，自己只是不希望沈念受苦。

他愿意扛下所有的误解所有的痛苦，曾经，他放不下她，所以看着她追随着她，如今，看到她与莫晓南甜蜜开心，他又有什么舍不下呢？

或许，是该自己离开了。

顾西凉去了终南山。

他的一位朋友四年前去终南山隐居，他曾经去看过这个朋友。如今，顾西凉觉得自己俗念已了，决定去终南山找这位道友。

至于病，随它去吧。

连最爱都无法守护，还有什么值得他牵念？生或死，于他而言，都已经不重要了。

经过多年的打拼，莫晓南的"念念如斯"由旅馆升级成了酒店，可是，无论怎样变化，他都保留了门口的那条繁花小径，保留了酒店门被花朵包围的传统。

唯一改变的，是房间里的照片。曾经，房间里是沈念的照片和情意缱绻的寻人启事，如今，换成了爱情诗词。

"念念如斯"酒店，生生开成了情侣们的浪漫之都。口口相传，来大理的情侣们，大多会慕名来"念念如斯"酒店。

莫晓南默默地坐在酒店的大厅里，看着窗外开的繁密的木棉花。

苦海，翻起爱恨。
在世间，难逃避命运。
相亲，竟不可接近。
或我应该，相信是缘分。

耳边是歌曲《一生所爱》，多么像是在说自己。

相亲，竟不可接近。想想这么多年，从认识沈念的那一天开始，爱就与痛相随，爱有多深，痛就有多深，纵然沈念从未给过他希望，他却不能看着沈念难过。

他只希望沈念可以幸福，她开心，他就快乐。所以，他愿意就这样默默守护着沈念，当她快乐时给予她祝福，当她难过时给予她关怀。

每次，他以为沈念终于可以和顾西凉在一起获得幸福的时候，却总是意想不到地人生逆转。而如今，当他以为自己终于可以和沈念在一起的时候，顾西凉竟然又回来了。

那次沈念母子的大理之行，他差点就和沈念再次表白，希望自己可以照顾沈念母子一生一世。然而，顾西凉的意外出现，让莫晓南将这些话又深深地埋在了心底。

莫晓南终于相信，宿命，终是不可改变。

而自己唯一能做的，就是接受。如果不愿意接受，就转身离开。

他不能离开，他不愿意离开，他无法离开，那么，就只能默默地忍受生活的捉弄。他的心底，始终无法再爱上另一个女人。此时此刻，他似乎明白了当年金岳霖为何会选择与所爱的林徽因比邻而居了。如果注定不能拥有，那么，就让我日日看着你幸福。这样的长相厮守，又何尝不是一种成全？

那么，就让我此生此世，眷恋着你，守护着你，直到死亡。

好几次，莫晓南想在微信里告诉沈念顾西凉的事，却因不知道如何说而作罢。

他只能更悉心地关照着沈念母子，每个月两次雷打不动地去看牵牵，去看沈念。

牵牵上了幼儿园，越来越乖巧懂事。沈念似乎也从顾西凉离开的伤痛里走了出来，虽然生活状态仍然是与人疏离，待人淡漠，但莫晓南能感觉得到沈念心底升起的快乐在一点点增加，对自己的依赖也在一点点变浓。

她会在接到莫晓南的信息后短时间回复，以前几乎从来不回复；她会让牵牵打电话告诉莫晓南幼儿园的趣事；她会偶尔把写好的稿子发给莫晓南看，让他提提意见；她会带着牵牵去附近的城市自驾游；她也会在小小的假期里带着牵牵去看莫晓南……

然而，越是这样，莫晓南越是不知道该如何去面对沈念。

自私地说，莫晓南是希望顾西凉真的如他所说自此不再出现的，可是，他的心里又充满了矛盾，他知道沈念始终没有忘记过顾西凉。很多次，他看见沈念一个人默默地看着顾西凉的照片掉眼泪；很多次，他看见沈念默默地望着越来越像顾西凉的牵牵出神。

莫晓南知道，这一生，他永远打不败顾西凉，无论顾西凉在或不在沈念的身边。

13. 梦魂纵有也成虚

每年的清明节，沈念都带着牵牵去给顾西凉扫墓。

如今，已是第七年。

牵牵已经长大，是一年级的小学生了。他的个头比同龄孩子要高一些，眉目依稀有顾西凉的影子。

他静静地陪着沈念站在顾西凉的墓碑前，他比同龄的孩子懂事，他知道这个墓碑下埋葬着他的父亲，也知道莫爸爸永远只是莫叔叔。

牵牵恭恭敬敬地给顾西凉鞠了三个躬，然后，将一大束白色雏菊放在墓碑前，他还别出心裁地在花的下面系了两条黄色的彩带，带子上歪歪扭扭地写着"爸爸，牵牵和妈妈好想你"的字样。

沈念看着这一切，眼角湿润。

牵牵仅仅七岁，不过是一个孩子，可是他的懂事与成熟让沈念既觉得欣慰又觉得心酸。她亏欠儿子的，何止是一个完整的家，还有一份完整的爱。也就是因为这份不完整，让小小年纪的牵牵，对沈念多了一分体贴，他细腻到可以照顾妈妈的情绪，越是这样，沈念越觉得不安。

她可以此生孤独终老，那么孩子呢？是不是也要在这一份残缺里成长？

她不是为了孩子就可以将就的女人。这些年，她的身边也不乏追求者。虽然她深居简出，还是有几个男人明里暗里送着关心，传递着爱慕，只是沈念从来未曾对谁动过心。顾西凉离开后，沈念早已经心如死灰，即使是面对喜欢了自己很多年的莫晓南，沈念也只是对他充满了感激，也或许，有淡淡的喜欢，却始终无法深深爱上他。

莫晓南对牵牵的感情，沈念看得出来，当莫晓南和牵牵相依相偎的时候，沈念也试着去爱上莫晓南，可是不行，她的眼前总是闪着顾西凉的影子。她终于明白，此生，她始终会活在顾西凉的世界里，再也无法爱上其他人。

但，是不是为了要给牵牵一份安全感，就要将就自己和莫晓南在一起呢？不，这样做，对莫晓南是一种侮辱。没有人知道莫晓南对自己的爱是多么深沉多么执着，如果不是因为真的深爱才在一起，又何必假装爱着呢？

只要自己有一份阳光的心态，自己一样将牵牵教育得非常阳光，开朗，像真正的男子汉，不是吗？

想到这里，沈念再次看了一眼顾西凉的墓碑，顾西凉在照片里笑得灿烂无比。

西凉，从前，我以为你会回来，真的，那么笃定那么执着地相信，你会回来；可是，这么多年过去了，你从来没有找过我，我才明白，你真的离开我了，再也不会回来了。你从没有见过面的儿子已经七岁了，你看看他，是不是很像你？你放心，我会很努力很阳光地生活，我会让我们的儿子成为一个真正的男子汉。你放心吧。

妈妈，我还给爸爸带了我这个学期的奖状呢，要不要烧给爸爸？牵牵忽然问。

不用了，宝贝，爸爸会看到的，你把奖状在他的照片前放一分钟就好。

牵牵听了，真的从包包里拿出一张奖状，仔细地展开，举在了顾西凉的照片前。然后，牵牵说，妈妈，我还是把奖状留给爸爸吧。说完，他把奖状卷起来，绑在了白色雏菊上。

风，从四面吹来。

四月，有微微的凉，但更多的，是暖暖的光。

当我们胸中有信念，心里有暖爱的时候，生活总是会给我们惊喜和温情。

顾西凉静静地站在自己的墓碑前。

前不久，顾西凉从终南山回到了T市，无声无息。

在终南山待了将近五年，他感觉自己的身体越来越好，去医院检查的时候，医生说他一切正常。一切正常？也就是说，他没有病了，他的病彻底好了，简直是奇迹。他不相信，又去另一家医院做了一个全身检查，医生也说没有任何问题。

怎么会奇迹般地好转呢？他不知道，医生也解释不出原因。只是说，大概与这几年在终南山的修行有关吧，空气良好，生活规律，无欲无求，心静如水……当你彻底地不把病痛当作病痛的时候，它反而会安安静静地不打扰你，人生总是有奇迹，也许，你真的会是那个见证奇迹的幸运儿。

这样的礼物让顾西凉再次蠢蠢欲动。

友人说，西凉，这些年，虽然你住在终南山，也确实简静地生活了这么多年，可是，我看得出来，你的心，始终系念着红尘，这种清心寡欲的生活，不是你真正想要的。或许，是冥冥之中的一种指引，让你在这里重新面对自己，让你重新获得健康，现在，你是应该去面对自己红尘中的事了，逃避，永远解决不了问题。要记住，解铃还须系铃人啊。

顾西凉不知道友人何以知道这么多，但是，他确实是有要下山的打算了。

友人说得不错，解铃还须系铃人，一切人和事，终归是要面对的。

清明节了，他决定去看看自己的墓碑。

此时此刻，顾西凉真的相信了那一句"世界之大，无奇不有"了，大概没有谁像自己一样，去看看埋葬着自己的墓地吧？

顾西凉上次见莫晓南的时候，莫晓南告诉过他墓地的位置。如今，第一次来这里，顾西凉的心里，真是说不出的五味杂陈。

墓碑上，是自己年轻时候的照片，应该是大学二年级时拍的，也应该是妈妈精心挑选出来的，因为当时，妈妈说她最喜欢这一张，帅气，阳光；光洁的墓碑上，只有"爱子顾西凉之墓"这几个字，落款是"父顾南母秦绵泣立"。

看到这些，顾西凉的眼泪再也忍不住，哗哗地流下来。

这些年漂泊在外，顾西凉心里想念的，除了沈念，就是自己的父亲母亲了。如今，看到这方小小的墓碑，顾西凉眼前闪现出母亲大哭的场景，虽然他恨过母亲，然而，想到白发人送黑发人的悲凉，还是让顾西凉的眼底蓄了太多的眼泪。

再看，墓碑下方，放着一大束白色雏菊，雏菊的下面，竟然还有一条彩带。顾西凉很好奇，蹲下身子仔细看，才发现上面有一行字：爸爸，牵牵和妈妈想你。

顾西凉呆住了。

爸爸，那个男孩子叫自己爸爸，是的，就是那个沈念一直带着的男孩子。怎么可能，我是他的爸爸？他是我的儿子？

白色雏菊上，还有一张小小的奖状，顾西凉细细地展开，奖状上写的是：

顾牵牵小朋友，被评为优秀少年儿童。

顾牵牵，不是莫牵牵，也不是其他什么牵牵，难道，真的，这个小孩子，真的是我的儿子？

顾西凉的脑子有点打结。

顾西凉的脑子里迅速闪过沈念的模样，但是，沈念和自己有孩子吗？没有啊，那么，这到底是怎么回事？

忽然，顾西凉想起了两年前莫晓南在咖啡馆说过的一句话：你知道那个孩子是谁的吗？当时莫晓南的表情是相当愤怒。当时，好像自己是说孩子是沈念和莫晓南的，孩子，莫非……

不去想，而是去找，这是顾西凉的行事准则。

看来，自己终究是要再见沈念和莫晓南的。

顾西凉悄悄地去看了自己的父母，去看了自己曾经的家。

正是早晨，顾西凉知道秦绵和顾南都有早晨散步的习惯。十几年的习惯，应该不会改变的。

果然，早晨六点半，秦绵和顾南从别墅里走了出来。

那还是秦绵吗？

曾经的秦绵，漂亮，感性，无论什么时候，都一定是精精干干利利索索地出门；曾经的秦绵，没有白发，皮肤白皙。在顾西凉的心里，母亲是最美的女人，没有谁，可以比得上自己的母亲。

而现在的秦绵，白发丛生，皱纹横生，身姿不再是亭亭而立，明显地佝偻下去，曾经那个美丽的妈妈去哪里了？身旁陪着她的父亲，虽然依然是身板挺直，却也是白发苍苍，两个老人还不到六十岁啊，可是，他们看上去比六十岁要老很多。

那一刻，顾西凉的鼻子酸涩无比，眼泪像崩堤的水，汹涌而出。

他还记得，每次出门，母亲都会要求自己穿上最整洁的衣服，她说，一个人，无论在什么时候，都不能以邋里邋遢的外形示人。

他还记得，母亲慈爱地抚摸着他的头说，儿子，你就是这个世界上妈妈所有的希望和未来，不要觉得妈妈管你紧，因为很爱很爱，所以才很严很严。

他还记得，每次他从国外打电话回来，母亲都是第一个接电话，可是说不了几句就会转给父亲。后来父亲说，那是因为母亲总是止不住自己的眼泪，又怕你担心。

他还记得，当他说出要离开这个家去找沈念的时候，母亲眼里的震惊、痛苦和无奈，那时，他以为母亲的眼泪是鳄鱼的眼泪，是用来骗他的。

他还记得，小时候，爸爸会把他放在自己的肩膀上，扛着他在家里到处走，自己则总是开心地大喊：开飞机喽，开飞机喽。

他还记得，父亲带他去公司总部，对他说，西凉，等你长大了，爸爸这庞大的顾氏集团就需要你来引领啊。

他还记得，当年他负气离家，父亲追出来抱住他，说，儿子，如果觉得受委屈了，记得一定要回来，你的母亲，无论做了什么，都是因为太爱你。

……

如今，七年过去，看到他们的模样，顾西凉才知道，让两个老人晚年承受丧子之痛是多么错误的一个决定。

他多么想跑上去，狠狠地抱住他们，告诉他们，爸爸，妈妈，我是西凉，我没死，我现在活得好好的。可是，他不能，他要把所有的事情都处理好，直到确信自己再也不会离开，直到自己真的可以给他们幸福，他才会回来。

爸爸，妈妈，我会再回来见你们的。那个时候，我们从此再也不会分开。

我们总是以自以为是的方式爱着我们最亲的人，却不知道，他们最希望的，最期待的，不是你的功成名就，不是你的衣锦还乡，不是你的儿女满堂，而是，你平安、健康、快乐地活着。

14. 此情深处，几回梦依依

顾西凉回到了广州。

沈念依然住在他送给她的那套房子里。每天，沈念都会在早晨七点十分出门，开车送儿子上学，然后回家，十一点二十分出门，半个小时后接回孩子，下午两点十分送孩子，晚上五点接。顾西凉连续观察了一周，这样的时间点基本不变。只是个别时候，沈念大概是去菜市场买菜了，会晚半个多小时回家，但手里会拎一袋蔬菜什么的。

顾西凉没有很贸然地去找沈念，他不知道，如果自己突然出现，沈念会是什么样的反应。

窗外下雨了。广州的雨总是这样说来就来，让人猝不及防。

他看见沈念从车里钻出来，只是在打开伞的一会儿工夫，雨就淋湿了沈念的双肩。然后，沈念打开右侧车门，一个小男孩走了出来，沈念赶紧把伞举到孩子的头顶，两个人拉着手想要快点跑进楼里去。

忽然，一个趔趄，沈念摔倒了，旁边和她牵着手的小男孩没有站稳，也一下子摔倒在地，伞被扔在了一边，顾西凉恨不得一个箭步就冲上去把沈念扶起来，可是，他只能眼睁睁看着，看着沈念顾不得看自己的腿，就赶紧爬起来去扶小男孩。雨水打湿了沈念的头发、衣服，看得顾西凉心内戚戚。

和自己在一起的时候，沈念何曾有过这样的委屈？

再看，小男孩轻轻地用小手抚了抚沈念的湿发，似乎说了句什么，沈念紧紧地抱了抱小男孩，拉着他跑进了单元门。

沈念，这些年，这样的生活，你经历过多少次？一个人带着一个小孩，要经历多少漫漫长夜，凄凄冷雨，才一步步走到今天？是我，没有带给你幸福，却让你尝尽世间苦痛；是我，没有带给你现世安稳，却让你在这人世颠沛流离。

沈念，我不能看着你再这样生活下去了，让我陪着你，面对以后的每一寸光阴。

然而，还没有等顾西凉去见沈念，莫晓南已经从大理来到了广州。

每个月，莫晓南一定会来看沈念和牵牵母子两次，雷打不动。

莫晓南给牵牵买了一个变形金刚玩具，给沈念带了一盒下关沱茶，这是大理最有名的茶，他知道沈念爱喝茶，特意托朋友买了正宗的。

中午，莫晓南买回了小龙虾，说，沈念，我做给你吃。

餐桌上，牵牵成了贪吃的小野兽，他一边吃一边赞叹，莫叔叔，你的手艺真好，比我妈妈的都好呢。他一直以为，妈妈就是这个世界上最会做饭的人了，结果，莫叔叔做得更好吃。

沈念故意噘起嘴说，怎么这么没出息，为了点吃的就出卖妈妈了？

牵牵摇摇头，我是实事求是，你经常教育我要说真话。莫叔叔，我说了真话，妈妈又不开心。

你妈妈才没有不开心，你多吃，她最开心了。莫晓南永远是最会安慰牵牵的人，一句话说完，牵牵又快乐地去吃酸菜鱼。

吃饱了，牵牵摸摸圆鼓鼓的肚子说，妈妈，莫叔叔，我去看书了，你们慢慢吃，慢慢聊哦。

沈念看着牵牵，微笑着看了一眼莫晓南，这个小家伙，小小年纪什么都懂。这两句意味深长的话，让沈念哭笑不得。

沈念，一个人带孩子，很辛苦吧？不要太累。

没事，不累，牵牵很乖，这些年我也习惯了。我可是正宗的女汉子呢。沈念一边说，一边故意晃了晃自己纤细的胳膊。

都瘦成这样了，还好意思说自己是女汉子。莫晓南调侃似的一边白她一眼，一边剥了一个龙虾递给她。

你剥开龙虾的壳，才知道它有多柔软，它把自己活得那么强大，扛着两个大钳子，全世界都以为它很强大，可是，只有懂它的人才知道它多么装腔作势。沈念，不用在我面前装得那么强大，我知道你所有的艰辛，在我的面前，你应该是一个女孩子，不是女汉子。

这最后一句话，让沈念低下头，眼泪瞬间涌出来。

这个世界上，还有谁比莫晓南更懂自己？这么多年，所有的快乐和悲伤，只有莫晓南看在心里吧？他很少说煽情的话，却默默陪着自己这么多年，他从来不要自己的承诺，却始终守护在自己身边。

有多少人，可以像他一样？

晓南，我……沈念欲言又止。

沈念，什么也别说，好吗？莫晓南轻轻地握住沈念的手，眼神里是无比清澈的真诚。

不，晓南，这句话我一定要说，不要因为我，苦了你自己。如果遇到合适的女孩子，不要错过，好吗？

莫晓南紧紧地握了握沈念的手,没有说话。

他对她,有多少欲语还休,又有多少言不由衷。亲爱的沈念,唯有沉默,才能让最真实的我袒露在你的面前。真正的爱恋,不是表白,不是承诺,是任何时候,只要你需要,我都可以义无反顾为你而来,甚至,为你而死。

沈念喃喃自语,晓南,为了我,不值得。

不,莫晓南在心里说,沈念,爱情从来没有值不值得,只有愿不愿意,任何事,只要心甘情愿,就会变得很简单。为你,做任何事,我都心甘情愿,我愿意把所有的喜欢和好脾气,都耗在你一个人的身上。你是否懂得,又是否珍惜?

晓南,给我点时间。沈念轻轻地说。

是的,给我点时间,让我,将顾西凉深深尘封在再也不会开启的心底,让我,把对你的感激和喜欢化作深深的爱,那个时候,我会和你在一起。唯有最纯粹的心,才配与你并肩站在一起,看这落寞人间。

其实,莫晓南与沈念已然默契到不需要开口便对对方想说的了然于心,毕竟,十多年彼此陪伴,早已经熟悉到像亲人。虽然不是朝朝暮暮,但在人生的每一个重大转折里,都可以找到彼此的身影,还有什么,比这样的时候,更能看清楚一个人呢?

莫晓南对沈念当年的一见钟情,在岁月的河流里,已经沉淀成了厚重的亲情,而沈念对莫晓南的感情,不知不觉间,已是深深的依赖。

最近两年来,无论发生了什么事,沈念第一个想到的总是莫晓南,欢喜的,悲伤的,这样的变化是从什么时候开始的?沈念说不清。夜深人静的时候,沈念也问自己,是不是,顾西凉已经淡成了心里的过往,而莫晓南,成了她想要触摸的风景?

这是对顾西凉的背叛,也是对莫晓南爱情的亵渎,沈念始终无法面对和承认这样的事实。所以,她刻意保持着和莫晓南的距离,却又在夜不能寐的时候,让这样的困惑将自己紧紧包围。

干脆不想,不念,不问,不说,沉默吧。

而沉默,又将默契培植得蓊蓊郁郁。

莫晓南在广州的时候，聂亦风也来了。

她和令狐北一起来广州举办画展，顺路来看沈念。

一见面，聂亦风就和沈念紧紧地拥抱在一起。将近十年没有见了吧？一见面，还是无比的亲切。这就是真正的友情吧？或许平时忙着各自的生活，疏于联系，在心底，却总藏着一份时光销蚀不了的深情，如陈年佳酿，似窖藏美酒，在见面的每一个瞬间，芳香四溢。还有，在你需要我的时候，星夜打马而来。

莫晓南和令狐北两个男人带着牵牵去了游乐场，给沈念和聂亦风留下足够的叙旧空间和时间。

这个时候，聂亦风才知道顾西凉不在了，而他和沈念居然还有一个遗腹子，已经七岁。沈念也是才知道罗旌当年所做的一切，都是为了复仇。

念，莫晓南是个好男人，不要错过。不是每个男人都可以像他一样，陪伴你这么多年。聂亦风喝了一口咖啡，说，他就像大白（美国迪士尼动画《超能陆战队》中的机器人主角，因呆萌的外表和善良的本质获得大家的喜爱，被称为"萌神""守护型暖男"），真的是少有的暖男。

沈念点点头，可是，我不想在自己还想着顾西凉的时候和他在一起，这对莫晓南不公平。

聂亦风笑一笑，沈念，来这里之前，我碰到罗旌了。

聂亦风用茶匙搅了搅咖啡，陷入了回忆之中。

那是来广州的前三天，聂亦风很早就去了店里，而令狐北和朋友去了外地写生。

在店门口，聂亦风见到了罗旌。

罗旌还是当年的模样，虽然经历了慕容氏集团的事，他并没有沧桑满面，亦没有穷困潦倒。这件事，并没有影响罗旌自己的生意。凭借着多年的积累，罗旌在商界依然是璀璨的星辰，他的公司不久便在香港上市。

这些消息，聂亦风都是从电视上得到的。

罗旌请聂亦风去旁边的咖啡馆小坐，聂亦风爽快地答应了。

亦风，从前的事，对不起。罗旌说这句话的时候，是真诚的。

聂亦风笑笑，都过去这么多年了，不必说对不起，每个人都有选择的权利。

亦风，我们可以重新开始吗？慕容氏事件之前，罗旌是不打算再打扰聂亦风的，他以为，有了令狐北的照顾，他就可以再也不牵挂聂亦风；但是，当慕容氏事件平息，他自己的公司稳步前进的时候，他才惊觉，在他的心里，始终眷恋着聂亦风。

　　于是，他遵循自己的心，来找聂亦风。

　　罗旌，你觉得我们还可以重新开始吗？

　　亦风，难道，你已经不爱我了吗？罗旌伸出手，抓住了聂亦风的手。聂亦风轻轻地抽出自己的手。

　　罗旌，有些东西，错过了就是错过了。现在的生活，都是当初自己的选择，现在的选择，都会影响未来的生活。从你选择放弃我的时候，我们的爱情就完结了。不错，我一直爱着你，直到今天，我最爱的人还是你，可是，这些，都已经和你没有关系。我爱的罗旌，已经在岁月之河的彼岸，我爱的罗旌，不是今天站在我面前的你。我不再是从前的我，你也不再是从前的你，我们的爱，已经风化在过往里。

　　说完这些话，聂亦风站起身来，最后对罗旌说，谢谢你在我最美的年华里出现，谢谢你在我最美的年华里给我爱恋，以后，相忘于江湖吧。

　　罗旌没有想到，聂亦风会如此决绝。

　　他忘记了，每一份感情，无论因了怎样的原因，都经不起太久的等待，也经不起太长的伤害。

　　念，感情的事，如果真的可以泾渭分明，我们都要孤独终老了。过往的人和事，怎可能如风吹黄沙不留痕迹？在曾经的爱里，我们付出过，深爱过，努力过，挽回过，也痛苦过，绝望过，终究还是不能在一起，那不是我们的错，是彼此尘缘太浅。我和罗旌在一起十五年，最终还是要分手，不是不爱了，而是那么多的外在因素终于让我们分道扬镳。现在想来，或许一切都是天意吧，所谓宿命难违。如果西凉没有走，你一定会和他在一起，可是，顾西凉就是离开了，这些年守护你的，是莫晓南。你和西凉兜兜转转十几年，最终还是生死相隔。天时地利人和，少了哪一点，都是最终的错过。珍惜眼前人吧。

聂亦风的话，让沈念的心，不复平静。

令狐北和莫晓南回来的时候，每个人手上都拎着一兜子食材。

你们两个女人负责聊天，我们两个男人来做饭，怎么样？保准让你们满意。令狐北说着，晃了晃手里的兜子。

还有我，莫叔叔，令狐叔叔，我也是男人哦，我也和你们做饭去，让他们女人去聊天。正在打游戏的牵牵也跑了出来，站在了莫晓南的身边。

一屋子人都笑了起来，这个鬼精灵。

两个多小时后，餐桌上已经琳琅满目，荤菜素菜有十几样，什么蒜泥拍黄瓜，素炒灌肠，清蒸罗非鱼，一虾两吃，糯米排骨，过油肉，西芹炒百合……

聂亦风惊叹，你们俩是最佳厨师档，要不上中央二台的厨师争霸赛去亮亮相？沈念没想到这么短的时间，两个男人居然可以搞出这么一桌子菜。

令狐北张罗着摆凳子，牵牵则拿着碗筷一趟一趟往餐桌上送，莫晓南系着围裙，将最后一道菜端了出来，霎时间，浓香四溢。

聂亦风推推沈念，念，莫晓南可是稀世珍品男哦，不要错过。如果是我啊，我早就把他收入囊中了。

沈念微笑着没说话，脸却微微有点红。

15. 此情只待成追忆

沈念。顾西凉看到沈念从车里出来以后，就从小区的榕树后面站了出来，叫了一声沈念的名字。

沈念闻声一愣。

这个声音，好熟悉，是自己梦里千万遍想要听的声音，此刻，这个声音在自己身后响起，是梦吗？是幻觉吗？

回转身，沈念看到一个人，一个很像顾西凉的男人。

顾西凉望着面前的沈念，七年过去了，她只是比从前瘦了些，仍然是光洁的额头，仍然是白净的肌肤。

而沈念，定定地看着面前的男人，脸上写满了诧异。

沈念，我，我是顾西凉。

你是顾西凉？沈念的身体不自觉地向后退了一步。怎么可能？难道最近惊悚故事写多了，白天也见鬼吗？

看看面前的男子，有着和顾西凉一样的面容，虽然比顾西凉瘦了些，然而，那眼神，那身姿，确实是和顾西凉非常相像。

但是，顾西凉已经离开这个世界七年了。怎么可能，在七年之后，再回来？这也太戏剧化了吧？

看到沈念的表情，顾西凉又向前走了一步，他站在沈念的面前，说，沈念，是我，我是顾西凉，不用害怕，我没有死，这些年的事，不是一句话就可以说清楚的，让我慢慢告诉你，好吗？

沈念看着面前的男子，真的是自己日思夜想的顾西凉吗？无数次，他在自己的梦里出现，醒来，只是泪湿孤枕。

沈念颤抖着伸出手，轻轻地抚摸了一下顾西凉的脸，西凉，是你吗？真的是你吗？你没有死？这些年，你都在哪里？

沈念声音哽咽，眼泪奔涌，顾西凉将沈念紧紧地抱在怀里，亲爱的沈念，我是西凉，我是西凉，真的是我……

此生，我以为再也见不到你，当你重新站在我的面前，我只有双手合十，感谢上苍的恩赐。

念，我和你一起去接儿子。顾西凉轻轻地牵起沈念的手。

沈念不知道该不该让顾西凉去接孩子，突然而来的事情，让沈念脑子发蒙，她自己都没有理清楚是怎么回事，不愿意让这件事影响了牵牵。

好，不过，你先不要说自己是顾西凉。我，我想，牵牵和我都需要一个接受的过程。

顾西凉有点不悦，凭什么自己的儿子就不能相认？可是看看沈念，觉得沈念说得也有道理，就默默点了点头。

牵牵从学校出来，看见妈妈和一位陌生的叔叔在一起，仔细看，居然发现这个人和照片里的爸爸非常之像，可是，前段时间自己才刚刚和妈妈去给爸爸扫过墓，怎么会？

牵牵，叫叔叔。

牵牵甜甜地叫了一声叔叔。

顾西凉看着眼前的小家伙，眉清目秀，和自己小时候简直是一个模子里刻出来的。他把牵牵抱进了车里，牵牵瞬间就和顾西凉熟悉起来，不停地向顾西凉讲述着学校里的事。也许，真的要相信血缘吧。牵牵并不是和每一个人都会这样快熟悉，可是，与顾西凉，却像是认识了很久一样，有着没来由的亲切。

此刻，顾西凉觉得自己是世界上最幸福的人。

有美丽的妻子，有可爱的儿子，一家人相亲相爱，人生若此，夫复何求？

晚上，一向缠沈念的牵牵竟然强烈要求顾西凉给他讲个故事才去睡觉。

沈念没有办法，只好让顾西凉陪着牵牵。

顾西凉讲完了故事，沈念在客厅里泡着茶，等他。

念……顾西凉走到沈念的身边，想将沈念拥在怀里。

沈念躲开顾西凉的双臂，端起一杯茶，西凉，喝杯茶吧，我想，我还需要点时间，来明白自己要怎么做。

顾西凉只好尴尬地收回自己的手，端起茶来喝。

那个夜晚，沈念没有让顾西凉留下来。

白天的事情，来得毫无征兆，让沈念来不及梳理自己的情感，也来不及问问自己究竟想要什么，只有夜深人静的时候，她才能给自己一个空间，好好理一理这剪不断理还乱的事。

她点好熏香，换了舒适的衣服，在书房的榻榻米上坐了下来。

开始进入冥想状态。

这是她这么多年来的习惯。心情不好的时候，状态不佳的时候，事情难以决断的时候，她都会这样静静冥想，把自己放空，让心灵，重新归于婴孩的纯净。

一个小时后，沈念静静地给自己重新泡了一壶茶。

今夜，注定无眠。

同样无眠的，还有顾西凉。

他以为，今夜，沈念一定会和自己好好倾诉离别之苦。这么多年，沈念始终一个人，说明她从来没有忘记过自己，更重要的是，还有他们爱情的结晶——牵牵。那么，他回来了，他们不是顺理成章就可以在一起了吗？

那个夜晚，同一片星空的两个人，都长夜立中宵。

亦风，陪我走走吧。聂亦风接到沈念的电话时，画展刚刚结束。如果不是有什么特别的事，沈念不会在这个时候打电话给她。

在一家茶舍里，亦风见到了沈念。

今天的沈念，显得憔悴不堪。才两天没有见面而已，怎么会这样？

沈念，发生了什么事？聂亦风慌得赶紧问询。

顾西凉没有死，前天，他回来了。

这句话让聂亦风有点搞不清状况，顾西凉不是都死了七年了吗？怎么忽然又回来了？演电视吗？设悬念吗？不带这样玩的吧？

听完了沈念的转述，聂亦风终于知道了来龙去脉。

念，那你，打算怎么办？聪明如聂亦风，看来，沈念是有点决断不了了。

沈念摇摇头，不知道。

念，当你说不知道的时候，有没有意识到，其实你已经没有从前那么爱顾西凉了？你的心，多多少少转移到了莫晓南这里？

话说到这里，聂亦风不再说了。聪慧的沈念，不会想不到，只是，她自己有点接受不了。

茶喝到一半，聂亦风的手机响起来。

亦风，是我，令狐，你和沈念在一起吗？你们在哪里？快结束的时候给我电话，我去接你们。

放下电话，聂亦风给沈念又添了一杯普洱。

沈念，走过了这么多年，看过了人生大半的风景，也看过了别人的婚姻和爱情,让我深深地明白,婚姻,应该是爱情的甜蜜延伸,无论走过多少年,即使日日相伴,我们依然相看两不厌,即使两鬓霜白,你依然是我手心里的宝。爱情这个东西,最是让人捉摸不透的,曾经深爱的人,或许有一天就真的不爱了,连自己都会觉得诧异,可是事实就是事实,不爱就是不爱了,骗得了别人,骗不了自己的心。以为不爱的,或许早就植根在自己的心里,只是不自知,有一天忽然弄丢了,才发现,情根已深种。以为深爱的,也在时间的磨砺里,变成了再也不爱的路人甲。这些,谁又能说得清呢?爱或不爱,跟或不跟谁,都要先问问自己的心。

其实,这些话说出来,聂亦风觉得沈念一定都懂,这些年,沈念愈发活得清淡冷静,愈是这样的人,愈能够看明白生活的真相,也愈能明白自己究竟想要什么。

听了聂亦风说的一堆话,沈念轻轻地点了点头,说,亦风,谢谢你,你总是能在我最需要你的时候,给予我最好的指点。

聂亦风笑着摸摸沈念的头发,小女子,又来取笑我。

这个亲昵的动作,她们已经十几年没有做过了吧?那还是上大学的时候,聂亦风疯疯癫癫得像女汉子,沈念则沉静不爱言语,每有聂亦风说了不着边际的话,沈念都会轻描淡写挡回去,这时,聂亦风便会跑过来摸摸沈念的头发,说,小女子,又来取笑我。

因为这个动作,沈念竟然眼角濡湿。十几年时光流转,那些过往的情义,从未走远,它们沉淀在岁月里,历久弥新。

而过去了这么久,我们还可以在这人海里亲昵同行,该是多么幸运的事。

沈念约顾西凉在一家西餐厅见面。

沈念说,西凉,我想我们已经不适合在一起。

顾西凉诧异地看着沈念,不,这不是他想要的答案,他也从来没有想过,沈念会离开自己。当年,当年自己用那么卑劣的方式对待沈念,沈念都能够忍受,现在为什么,就不能在一起?

为什么,你,你爱上别人了?顾西凉悲哀地问。

沈念抬起头，悲哀地看着顾西凉，这个她爱了十几年的男人，怎么会成为这个样子？他难道真的不知道，什么才是让他们如今几成陌路的原因吗？

是的，我爱上别人了。沈念的回答让顾西凉万念俱灰。

那，那你把我的儿子还给我。顾西凉有点控制不住自己的情绪了。他的大声，引来了餐厅其他人的侧目。沈念不能忍受他这个样子，提起包走出了餐厅。

西凉，难道现在你还不明白，我们不能在一起，和我有没有爱上别人无关。你不觉得自己太自私了吗？你说你为了我，所以你假死，你消失七年不出现，你想过我的感受吗？我曾愿意陪着你面对生命中的所有苦难，我曾愿意和你共同面对猝不及防的疾病，可是，你没有给我这样的机会，你用自以为是的方式，斩断了我对你的爱恋。没有你的这七年里，我忍受相思噬咬，忍受孤枕难眠，可是，你在哪里？你明明就在我和牵牵的生活里，却为什么不出现？你的猜忌，你的自私，是导致今天这个后果的根本原因。

可是这些话，沈念都没有说，她怕他难以接受，她怕他再次生病。

说再也不爱了，那是假的，顾西凉是她青春生命里的刺青，裸露在皮肤上，镌刻在心念里。可是，她始终介怀他那么久地隐匿在自己的生活周围，却不愿出现；她始终介怀他不给自己与他共渡人生难关的机会，而是丢下彼此，各自孤单地面对生与死。

她要的，不过是平常人的平常生活，柴米油盐，生老病死，多么自然的生活状态，却在顾西凉这里成了他们离散七年的原因，而且是以那么惨烈的方式。

顾西凉追出了餐厅，发现沈念已经走到了马路对面。

卷 四

眉间心上，无计相回避

1. 且将旧事付春风

顾西凉一个人坐在屋子里喝酒。

满屋子都是酒味，地上已经有两个空酒瓶了，顾西凉还在给自己的杯子里倒着酒。

沈念，你为什么不要我了？你是不是爱上莫晓南那个小白脸了？顾西凉一边喝酒，一边在嘴里嘟囔着。

他想不明白，曾经那么痴情痴心的沈念，怎么会变了心？他以为，无论过去多少年，沈念对他都会念念不忘，无论他什么时候回来，沈念都会打开门迎接他。可是，现在沈念却说爱上了别人，沈念说我们已经不适合在一起了。这样的结果，让顾西凉怎么都接受不了。

可是，他是死缠烂打的人吗？不，他怎么能够成为那种让自己鄙弃的人？无论有多少理由，不爱就是不爱了，不是吗？牵牵是我的儿子又如何？我从未尽过一天的抚养义务；沈念是我的最爱又如何？我给她的痛甚过爱。如今的我，真的能配得上沈念吗？

顾西凉狠命地摇摇头，不，我顾西凉，不能以这样的姿态站在沈念的面前。我要以我最好的姿态出现在沈念的面前，这样的我，才可以和沈念并肩站在一起。

　　第二天，沈念收到顾西凉的一条短信，他说，沈念，愿意给我一年的时间吗？让顾西凉以最好的最优秀的状态出现在你的面前。当然，如果不愿意，也请接受我最真诚的祝福。谢谢你把我们的儿子养得如此优秀。

　　顾西凉太了解沈念了。

　　沈念不是那种会被强硬态度吓着的人，可是，天性善良的她却见不得别人对她的一点点好和一点点体谅，这样的短信发出来，沈念一定会给他一年的时间。纵使不是为了给他机会和她在一起，也绝不会在这一年里给别人机会。

　　除了聂亦风，没人知道顾西凉曾经来过。

　　那一天，沈念和莫晓南为聂亦风夫妇饯行。

　　送走了聂亦风夫妇，已经是晚上。牵牵已经让保姆带回家睡觉了。莫晓南说，沈念，不如走一走。

　　彼时，正是秋天，广州的夜晚，天气稍微凉爽了一些。

　　晓南，今天看《林徽因传》，你知道我最不喜欢她的地方是什么吗？莫晓南摇摇头，示意沈念说下去。

　　我不喜欢她的暧昧。在和梁思成结婚之后，又和金岳霖纠缠不清。不，我不是说他们之间有什么苟且，我相信，他们之间清清白白，只是，不该给金岳霖希望，让他一生与之比邻而居，再不婚娶。

　　沈念说完，轻轻地叹口气，晓南，我不愿意成为林徽因那样的人。

　　莫晓南点燃一支烟，沈念，我说过，我为你做的每一件事，都是我心甘情愿做的。你从来没有接受过我的爱情，也从来没有给过我承诺，可是，沈念，我愿意守护在你的身边，做你最好的朋友，做你最亲的人，你明白吗？

　　沈念不说话。

　　聪明如沈念，她怎么会不明白，只是，每次想到莫晓南如此无怨无悔地付出，任劳任怨地守护，沈念总是会觉得对不起莫晓南。

　　莫晓南牵起沈念的手，说，念，每个人都有选择怎样生活的权利，很多东西，不是你看起来幸福别人就幸福。快乐和幸福，如人饮水冷暖自知，永远不要被表象所迷惑。于我而言，最大的快乐就是守护着你和牵牵，看着你和牵牵快乐。

沈念轻轻地握紧莫晓南的手，沈念我何德何能，能够让如此优秀的人，这样守护，这样疼惜？

唯有珍惜眼前人了吧。

沈念越来越喜欢安静的生活，可是，广州是一个太过嘈杂的城市，行走在这个城市，感受到的都是紧张与忙碌。重要的是，顾西凉回来又离去，让沈念心底的爱恋一点点褪尽，这么多年，顾西凉总是这样以自我为中心地揣度着别人的心理，一次次伤害，又一次次复合，周而复始。这些旧事，在他们彼此真爱的包容里曾经隐匿了痕迹，然而，当有一天翻晒过往，会赫然发现，所有的伤痕依然历历。它们像久久蛰伏伺机而动的妖物，让人在某一天，看清真实的自己，和所爱的人。

沈念忽然动了想要离开广州的想法。

这个念头吓了她一跳。曾经那么执着那么坚定的爱，就这样动摇了吗？她问自己。不，她也不知道。她始终坚定地相信，她会一直深爱顾西凉，直到日月最深处，那么，为什么，她又想要逃离这里呢？曾经以为坚贞不渝的爱情，是不是已经只剩下断瓦残垣，而自己却不自知，不愿承认？这样的念头，让沈念觉得羞愧，觉得无地自容，却又无法摆脱。

她又开始夜夜失眠。

她看着顾西凉的照片发呆，她翻看这些年写给顾西凉的日记，那些日记已经有厚厚的十本了，尤其是顾西凉离开后，沈念仍然保留着记日记的习惯。那些孤单的夜晚，沈念将对顾西凉的思念密密麻麻写下来，再次面对这些文字的时候，沈念问自己，这是真实的感情吗？她无法回答。

她无法完成编辑催着要的稿件，只好以生病为由，暂停了一个专栏的写作。编辑为此很生气，可还是给沈念留了余地，申明只停一个月，这已经是编辑所能给出的最大的容忍。

她甚至对牵牵发火。因为字写得不好看，沈念第一次大声呵斥了牵牵；因为不会做一道简单的数学题，沈念将牵牵的作业本撕烂，这是从来没有的事。

她素来是一个温和的人，尤其对牵牵，有十二分的耐心，从来没有因为学习的事情而对牵牵疾言厉色。可这几次，让牵牵也很受伤。有一天晚上，牵牵忽然哭着问沈念，妈妈，你是不是不爱我了？是不是也像照片爸爸一样不要我了？为什么这几天你总是和我发火？

这让沈念悚然一惊，才惊觉这几天自己的状态已糟糕到了极点。

她紧紧地抱住牵牵，眼泪流下来，亲爱的儿子，是妈妈不好，妈妈永远爱牵牵，不会不要牵牵的。哄了很久，牵牵才流着眼泪睡着。

看着熟睡的牵牵，沈念心如刀绞。往事一点点，都跳着涌到她的眼前。

妈妈，你吃点饭吧。

妈妈，你喝点热水吧。

然后，牵牵笨拙地拿起饭店的水壶，给沈念倒了一杯水。

然后，自己默默地吃饭——

那天沈念头疼得厉害，在饭店吃饭时，牵牵懂事地处处照顾沈念，全然不像一个七岁的孩子。

回了家，牵牵一直问沈念，妈妈，你还头疼吗？你去看看病吧？就一会儿，我陪你去，你买点药。牵牵反复恳求，显得特别烦。

沈念安慰牵牵，可是，牵牵还是一直用小手紧紧地拉着沈念的手。也就是在那一刻，沈念忽然理解了"相依为命"的含义。

第二天早晨，牵牵表现很乖，他快速地改错，背诗，洗脸，刷牙。

沈念临下楼的时候，他忽然紧紧抱住沈念，小脸贴近沈念的脸，久久不松开，也不说话。

怎么了？沈念急着去开车，语气有点硬。

我怕失去你。他声音小小的，抬起小脸，挂着晶莹的泪珠。

那一刻，沈念蹲下来，紧紧地抱住他。

牵牵曾经反复问沈念，家里应该是男人做饭还是女人做饭？

沈念说，当然是女人做饭喽。牵牵后来不再问，却总往厨房跑。

某个晚上，是无作业日，牵牵走到厨房，挽起袖子，说，今晚我来切菜，做饭。不等沈念同意，便真的拿刀切起了土豆、萝卜，沈念看得胆战心惊，牵牵切得不亦乐乎。

沈念问牵牵，你为什么要学做饭呢？那是女人的事啊。

万一你生病了，我可以做饭给你吃。

那一刻，沈念的眼泪再也抑制不住，一颗颗滚落下来。

这么多年，沈念与牵牵两个人相依为命。牵牵懂事而敏感，特殊的家庭背景让牵牵表现出了与其他同龄孩子不同的早熟和坚强。沈念本身也是一个性格比较温和的人，几乎没有对牵牵有过大声的呵斥和训责，可是，现在，由于自己的这种不良状态，让牵牵生出那么多的不安全感，这让沈念深深地责备自己。

沈念知道，不能再这样下去了。否则，不仅影响自己，也会影响牵牵。

她必须要很好地做一个自我调节。

沈念将妈妈和爸爸接到了广州，让他们帮忙照顾牵牵。而她，则收拾行囊，一个人去旅游——一半是旅游，一半是找到一个自己喜欢且适合开书店的城市。

2. 此生为谁情难了

沈念开始了一个人的游走。

她去三亚，到了以后才发现，她梦想中的三亚与现实中差了何止是十万八千里。梦里的三亚白浪逐沙滩，现实里的三亚人声鼎沸，热闹得不像样。仅仅待了两天，沈念就离开了三亚。

她去边城。沈从文笔下的边城带着轻灵和神秘，让她多少次梦萦魂牵，可是，站在城中，沈念却感觉这种厚重不是她能承受的。那种说不出的压力，让她对边城再也没有眷恋。

她去昆明，在温暖的花海中逗留。这曾是她最喜欢的城市，如今再来，她仍然喜欢着这座城市的安静，喜欢着这座城市的慢节奏生活。在这里，不会看到行色匆匆的行人，一切，都是静谧而美好的。

坐在滇池边，沈念思绪纷纷，旧事纷至沓来，让她的心，无法宁静。

顾西凉曾说，要在他们结婚的时候，一起来昆明拍婚纱照，没有想到，婚纱还未穿上，曾经以为会相濡以沫此生终老的人却已离散天涯。原来，人生的事，是多么不可预设，有多少美好会在一瞬间碎成齑粉，又有多少心愿只能永远是心愿，再也无法实现。

本来沈念是想停驻在昆明的，然而，那么多的过往，让她的心纷乱得不能自已，她终于打消了停驻昆明的念头。

她去山西的五台山，因为五台山名扬海内，是佛教名山。她对佛学比较感兴趣，而且五爷庙据说灵验得很。

在这里，沈念见到了普寿寺的住持如瑞法师。

本来，普寿寺是不对外开放的，住持如瑞法师也很少见外人，机缘巧合，沈念在一位老家是五台山的编辑的帮助下，有幸参加了如瑞法师的法会。

沈念原本是没有什么宗教信仰的人，后来，写了一些有关佛教的文章，慢慢地，沈念对佛教有了进一步的了解，渐渐成了比较虔诚的佛教徒。

她听经，抄经，茹素，生活单纯，但有原则。她从不认为信佛一定要皈依佛门，真正的修行在红尘，修行重在修心，不在形式上的皈依与否。比之整日里念着"阿弥陀佛"却不能一心向善的伪信徒而言，她更尊崇济公和尚的"酒肉穿肠过，佛祖心中留"。

她注重的不是形式，而是内涵。

法会即将结束时，如瑞法师说，不为境惑，何心有伤？一念之悟，自在吉祥。那一个瞬间，沈念忽然泪流满面。

不为境惑，何心有伤？是啊，凡是能在心上刻了伤痕的，都是因为深陷此境无法得脱。范仲淹《岳阳楼记》中说"静影沉璧"，静静的月影如白玉沉在水底，如果心也如月，如玉，沉到水底，那，还有什么可以伤得了她？

月自是清，心自是明。

在这里，沈念待了近一个月，日日听经读书，让沈念的心百转千回。

僧璨大师说，莫逐有缘，勿住空忍。一种平怀，泯然自尽。唯有用这样的情怀入世，才可以看透生死，了然人生吧？想想自己这些年，为自己的执念所缠，将自己陷在红尘纷扰里不可自拔。虽然此时此刻，沈念知道自己不过是看到了一点点佛法的皮毛，而自己的心，依然会在红尘里缠绕，但是，她会一点一点，让自己，离苦得乐。

临下五台山的时候，师傅对沈念说，你深有慧根，只是尘缘未尽；若可丢下执念，便可心性空灵，身心自由。

沈念点头牢记。

到了台怀镇，沈念静静地去五爷庙，给五爷烧了三炷香，磕了九个头，在心中默默地许了三个心愿。

此后我依然人世纠葛，未知何时能大彻大悟，但起码，此刻，我的心，明若皎月，性比青莲。

从五台山回来以后，沈念一个人悄悄去了大理。

没有去找莫晓南。

沈念在大理古城里兜兜转转。

大理古城古朴幽静，完全没有现代都市的喧嚣热闹。如果说现代都市是热情奔放的姑娘，那么大理就是一个文弱娴静的少妇，无论贫穷富贵，大理都有家家养花种草的习惯，所以，大理素来就有"家家流水，户户养花"的说法。

走在大理城内，处处是木莲花。正值木莲花盛放的二月，木莲花色泽洁白，花如碗状，如雪如玉，海岳《木莲花诗二首》中说"凭栏满目皆香雪，来往无人擅品题"，"皆香雪"，是多么传神。街道上飘着木莲花的香气。

沈念独自伫立在一棵木莲花树下，凝视着白色的花朵。

木莲历来被称作"西土奇葩"，被视为吉祥如意之罕见植物，因其艳而不俗，丽而不媚，淡雅纯洁，一直被佛家弟子视为圣洁的佛之象征。木莲花开时底部花瓣成扁平状型，犹如释迦牟尼佛的宝座。因此千百年来备受佛教僧侣的尊敬与喜爱。木莲花也会被拿来供奉佛祖。清代程弘志曾写道：木莲"白瓣紫缕，水姿木质，其木逾拱，厥枝百尺，同王母之素叶，陋汉帝之夜舒，大江以南仅慈光一本,诚梵王之宝树也。彼擢歌之姝,采荺之女,实莲诲淫。若兹本托根上方与未流绝,又乌以炫其艳冶哉。叶经冬不凋,盛夏始开,瓣九出,微似玉兰,香遍山谷。秋未结实含苞内,苞开实如出珊瑚新琢,莹然殷洁,惟娑罗子仿佛似之。"

而在大理当地,白族人民有一首世世代代传诵的谜语诗,诗曰:

虫入凤窝不见鸟(风),七人头上长青草(花);
细雨下在横山上(雪),半个朋友不见了(月)。

这首诗谜的谜底就是大理最著名的风花雪月四景:下关风,上关花,苍山雪,洱海月。

沈念记起的,是上关花。上关位于大理苍山云弄峰之麓,是自唐代以来形成的拱卫大理的要塞。在关外花树村有棵名"十里香"的花树,传说为仙人吕洞宾所种,花大如莲,一般年份开12瓣,闰年开13瓣,花色黄白相间,美丽诱人。据《大理府志》记载和民间传说,上关的和山花(又名十里奇香树)系优昙一类花卉,花状如牡丹,大若拳头,色白而微黄,果壳黑而坚硬,可做朝珠,故又称"朝珠花"。据记载此花在元朝至正年间尚存。

后来,沧桑巨变,十里香早已成为史书中的记载,而现在的"上关花"是木莲花。

"凌霄贞干同松柏,洁己声名重玉金。叹息开山人已矣,还将孤树表坚心。"这小小的木莲花,历经时光荏苒,仍然坚贞如初。

大概,这世间,唯有人是最脆弱的了吧?

时光的缝隙里,所有的东西,都已不复从前模样。世间哪有什么是永恒的呢?想想我们真是可笑,明明知道不会有永远,却要说,我永远爱你,我永远想着你,可是,永远有多远呢?短短的几十年我们都无法保证始终如一,又怎么好意思说永远?

原来,所谓的"永远",不过是,掩耳盗铃式的自欺欺人。

最后,她去了莫晓南的"念念如斯"酒店。

莫晓南看到她一个人来，吓了一跳。这些年，自从有了牵牵，沈念从来是母子双人行，几乎没有过独自出行的记录。这次却一个人跑来了，不能不让莫晓南担心。

沈念说，没事啊，换个方式活一下嘛。人这辈子，怎么可能就是一种状态？

莫晓南放了心。

吃饭时，他才知道沈念走了很多城市，大理已经是最后一站。

我觉得开个书舍是不错的，不如我和你联手？大理古城生活节奏慢，来这里旅游的人，都是有点小文艺的，你的书舍24小时营业，与我的酒店联手，住宿，读书，再加上茶舍、琴房，多浪漫，多有情调。我看啊，你就把书舍开在我的酒店旁边，以我多年的经验来看，一定错不了的。

沈念点点头，我走了这么多地方，也还是觉得在大理是最合适的。

是的，这座小城是最合适的。不仅因为这是她最喜欢的城市，还因为，这里有她最好的朋友。十多年的相亲互助，他们虽然不是一家人，却早已胜似一家人。

半年后，沈念的"牵牵若此"书舍开张了。

聂亦风听说沈念要开书舍，特意选了沈念开张的日子来大理采风。

沈念，你这"牵牵若此"书舍，和莫晓南的"念念如斯"酒店，怎么看着有点像贾宝玉的"莫失莫忘，仙寿恒昌"和薛宝钗的"不离不弃，芳龄永继"呢？不过，沈念，这么多年了，你也算对得起顾西凉。莫晓南这么好的男人，不要错过哦，如果没有令狐北，我早就下手了。我们认识这么多年了，这样的话我也说过好多次了，以后不会再说，但是，沈念，我真心希望你幸福，和莫晓南在一起，你会拥有最快乐的生活。

沈念点点头，来大理开书舍之前，她已经卖掉了广州的房子。

她是想，与过去的生活，做一个了断。

记得最后一晚在广州的家。

沈念轻轻地将顾西凉的照片从墙上取下来。这张照片，陪着他们母子八年了。人生最美好的八年，沈念给了"故去"的顾西凉。情根深种，又怎能因为他的离去而将曾经的深情忘怀？后来，当顾西凉重新站在沈念面前时，沈念无法接受顾西凉这么多年自私地游离在自己的生活之外，而当顾西凉被沈念拒绝便再次离开后，沈念对顾西凉已是万念俱灰。

她要的，不是这样打着爱的旗号，将最爱的人隔离在彼此的生命之外。她不怕刀山火海，也不怕万劫不复，只要最爱的人与自己并肩而立，心心相印。可是，顾西凉连这样的机会都不给她，他主观地认为她不能与最爱的人同担风雨，共度沧桑，他主观地为她做了决定，这是她最不能接受的。

最让沈念伤心的，是七年后，顾西凉回来了，却再也不敢争取一下。沈念拒绝了一次，为什么顾西凉就不敢再来找她第二次呢？曾经的顾西凉哪里去了？如果在乎，顾西凉会再次悄无声息地离开吗？

沈念从来是一个不爱表露心事的人，但是，她一旦不再深爱，就会走得决绝而彻底。这一次，沈念将广州的房子卖掉，就意味着，她不再等顾西凉了。这些年，留着房子，是留着对顾西凉的一份念想，而离开，便是彻底与过去告别。

挥手自兹去，从此两相忘。

是不是要接受莫晓南的爱，沈念没有想好，但是，她既然将书舍开在了大理，与莫晓南比邻而居，便是给自己，也是给莫晓南，一个新的开始。

3. 人间有味是清欢

日子重新安定下来。

沈念一边经营书舍，一边继续写稿子；牵牵入了当地最好的小学，沈念负责上下学的接送，有时候莫晓南也会去接；莫晓南的酒店早已经渐入佳境，所以大部分时间都在帮着沈念打理书舍的生意，聂亦风笑着说沈念的书舍一大半盈利应该归莫晓南。

聂亦风和令狐北在大理要待半年左右采风，北京的店，交给聂亦风的徒弟白烟经营，令狐北一个月回去一次开一次月会。

沈念曾经提醒聂亦风，画廊经营不同于书舍和酒店，不能做甩手掌柜，好歹得有一个特别靠谱的人才能放心。聂亦风和令狐北都是太过信任别人的人，他们两个都觉得无所谓，这个徒弟认识也快七年了，不会是那种见利忘义的人。

沈念只能作罢。

沈念的时间宽裕得很，她一般晚上写作，上下午时间用来发呆，构思，喝茶，散步，练瑜伽，冥想，反正时间似乎多得用不了。

天生喜欢钻研菜品的她，便买了小烤箱自己开始烤点心，烤蛋糕，烤饼干。沈念是一个很有慧心的女子，她学习了常规的方法后，总是会有自己的小创意。

木莲花开的时候，沈念就去大理的人家里摘新鲜的花朵，然后捣烂，做成木莲花酱，烤成木莲花蛋糕和饼干，送给摘花的人家，送给莫晓南，送给酒店的员工。

又一次，沈念做了芙蓉花西饼送给大家，酒店的西点师傅说，沈念姐，你来替我烤西点吧，老板还能少开一个人工资。

沈念天性随和，莫晓南也不是苛责的老板，而酒店所有的员工都知道莫老板单恋一枝花十几年，所以对沈念很随意，就像自家人一样。

沈念点点头，嗯，好主意，明天莫老板找你谈话，心里不要怨姐姐哦。

西点师傅是个帅气的小伙子，他急忙说，不怨不怨，如果你因此肯升级做老板娘了，老板一定会再请我回来，而且给我涨工资的。

于是，笑声响起来，这下轮到沈念脸红了。

这时，莫晓南从外面办事回来，看大家笑得那么开心，问手下的大堂经理，所有房间都住满客人了吗？这么开心。

西点师傅直爽惯了，说，老板，我们正恳求沈念姐做老板娘呢。

沈念红着脸看看莫晓南，别听他们瞎说，我给他们送了西饼来，他们不好好吃……

莫晓南是聪明不过的男子，他接着沈念的话头，看向西点师傅，又扫了一眼大堂经理等人，你们啊，是以后不想吃沈姐做的西饼了还是不想在这里工作了？这么开老板和老板娘的玩笑……

结果话没说完，沈念把小西饼盒子推在莫晓南怀里走了，员工们则又忍俊不禁了。

这时，莫晓南才觉得自己说错了话，急急地去追沈念，笑声又从身后传来。

在员工们的眼中，莫晓南和沈念就这样暧昧着，亲切着，友爱着，他们的这种关系，用俗世人的眼光看来简直不可思议，可是，他们就这样清清白白又互相牵挂地走了十几年。

聂亦风和令狐北就住在莫晓南的酒店里。

有时候会出去采风作画，不想出去的时候，就坐在沈念的书舍里读书，喝茶。再不，就是两个女人去大理城里逛。大理城并不大，因着沈念经常去采花又送糕点的缘故，大理城大半居民都认识她，于是走到东家坐一坐，走到西家喝杯茶，甚至，就可能在谁家吃了饭。有时候，沈念和聂亦风早晨出门，月上柳梢头才会回到书舍。

莫晓南和令狐北也不会很无聊，两个人看球赛，或者喝啤酒。这样的时候，令狐北绝对不像一个画家，莫晓南也不再温文尔雅，聂亦风笑称"这才是这两个男人的中山狼面目"。令狐北侧目，如果我像其他画家一样以怪为美，又娘娘腔，你还喜欢我吗？莫晓南也是一脸的无辜，中山狼？我们可没得志便猖狂啊，这才是真爷们儿，对不对？沈念和聂亦风摇摇头，令狐北端起啤酒说，来，亦风，沈念，喝点酒。于是，沈念和聂亦风也会坐下来，倒杯啤酒和他们一起看球赛，或者一起聊天。

换个神仙也不做呢，这是聂亦风的话。

沈念不说话，只是听。她本就不是多么活泼的女子，这些年与文字打交道，大部分时间是沉默的，于是越发不爱讲话。但是喝起啤酒来，还是有点女汉子的味道的。

沈念，你记得上大学那会儿咱们宿舍第一次喝啤酒吗？

沈念点点头，记忆袭来。

那是沈念和聂亦风上大学的第一个元旦，她们宿舍的六个姐妹在舍长的领导下，决定在宿舍里来一个啤酒元旦。想想，这些女孩子能考到S大这样的大学，都曾是班级里的好学生，是老师和家长眼中的乖孩子，喝酒看夜场电影是绝对没有的事，上了大学，终于有了可以像其他孩子一样的自由，难免要做一做从前想做却从没有敢做的事。

于是，喝啤酒成了最先做的事。

那一晚，舍长出钱买了三十瓶啤酒回来，说，今天我们一人五瓶，其实也不多，一定要统统喝完。那一晚，这些从未喝过酒的女孩子一个个豪爽地喝干了第一瓶，笑嘻嘻地喝干了第二瓶，到第三瓶的时候，每个女孩子的状态就开始不一样起来。

沈念满脸通红，肚子胀得似乎要爆掉，第三瓶酒在半个小时之内，只下去了两厘米；聂亦风豪气地喝了第三瓶，却开始一会儿一趟厕所地跑起来；舍长是最豪爽的女汉子，也在第三瓶喝完后，说话开始大舌头；另三个女孩子，有点晕晕沉沉，第三瓶没喝完就躺床上说胡话。

第一次酒会就这样狼狈收场。

可是，却成为沈念和聂亦风记忆里抹不去的风景。

毕业之后，舍长去了美国，前两年还有联系，后来便杳无音信，两年前同学聚会，聂亦风才知道在那次震惊世界的911事件中，舍长不幸身亡；有两个女孩子回了各自的老家，便断了联系；另一个女孩毕业后便不知去向，也从没有参加过同学聚会；如今唯一联系着的，就是沈念和聂亦风了。

哎，沈念，你知道我上学的时候，最喜欢写的句子就是"日月如梭"，那个时候，恨不得日子过得快一些。如今，才真的知道时光真的如梭啊，转眼，我们都已经快四十岁了。青春啊，青春像只小鸟它一去不回来……

说着说着，聂亦风的眼泪掉下来。

令狐北递块毛巾过来，哎哎，亦风，赵传的这首歌你都会唱，不简单嘛！还有，没有如梭的日月，你打着灯笼都找不到我这么好的老公，是不是？你们说是不是？

沈念本来也沉浸在回忆与伤感之中，被令狐北这么一说，差点笑出声来。莫晓南更是拍着令狐北的肩膀，连连点头。

两个男人太知道如何让女人们远离这种多愁善感的场景了——发现苗头，立即掐灭，否则会一发不可收拾，不哭一场绝对没得收场。

日子就这样简单地滑过，如大理纯净的天空，澄澈无瑕，简单朴素。

4. 始共春风容易别

聂亦风是忽然知道北京画廊的消息的。

那天,聂亦风的一位老顾客忽然打电话给她,问怎么画廊好多天都没有开门了,是不是家里有什么事?听到这儿,聂亦风一惊。

上一周正好是开月会的时间,聂亦风和令狐北是一起回去的,当时查账,看画廊的运作,都是非常正常的。因为这边正好有一个山水画展览,聂亦风和令狐北就再次回到了大理,准备看完展览后回京。

怎么会那么久不营业呢?

前天打电话,白烟还说一切正常,还卖出去两幅画呢,怎么这个顾客却说好几天没开门了?难道,真的出了什么问题?

聂亦风急忙拨打白烟的电话。

电话那边提示:您所拨打的电话已关机。连续联系了一天,白烟的电话始终处于关机状态。这是从来没有过的事。

聂亦风和令狐北都有点慌,莫晓南给他们订了最近的航班,夫妻俩急急忙忙赶回了北京。

当他们回到画廊的时候,发现画廊真的是铁将军把门。

一种不祥的预感袭来,聂亦风用钥匙打开门,发现画廊里早已经空无一物。墙上的名人字画,后来添置的一些价值不菲的古董,都已经不见踪影。

再次拨打白烟的手机,仍然关机。

难道,是白烟吗?怎么可能?聂亦风怎么也不相信。

还是先报案吧。令狐北总是比聂亦风要冷静很多。

警察来勘查现场,由于聂亦风和令狐北已经在画廊里转了好几圈,破坏了现场,而画廊里原有的监控设备在一个星期前就被关闭了。只能够从街口的摄像头中提取有用的信息。

聂亦风静静地站在自己的画廊里。这间画廊,她经营了十年。十年前,接受了罗旌的背叛，从T市回到北京，她就用自己所有的积蓄开了这间画廊，转行成了商人兼画家。

这间画廊，像她的孩子，也像她的母亲，陪着她度过最孤独最伤心的岁月，看着她成长。

窗下那个紫藤吊椅，是陪着她最久的了吧？那个时候，她是最最伤心的人，爱了十几年的男友结婚了，新娘却不是她，表面上她云淡风轻，内心里却千疮百孔。那个时候，她天天坐在吊椅上听歌，那些伤感情歌，她听了一遍又一遍，眼泪落了一次又一次，那些难以忘怀的往事，都浸润在吊椅的藤条上。后来，也是在这个吊椅上，她认识了令狐北，令狐北说，正是那个吊椅上美丽的侧影，让他一见钟情。

条几上那个蓝色的花瓶也被拿走了，那是聂亦风的最爱。不是因为它价值连城，而是因为这个花瓶是父亲当年送给她的。后来，父亲离开了人世，这个花瓶成了聂亦风对父亲的念想，每当心意阑珊的时候，聂亦风就会对着花瓶说几句话，仿佛是对着父亲说话。

还有墙上曾经挂着的一幅画像，是当年令狐北画给聂亦风求婚的。那幅画像，聂亦风挂在东墙上最醒目的地方，无论别人出多少钱都绝不出售，她要珍藏着令狐北对她的一片深情，那是他们爱的见证。如今，也不见踪影，只留下斑驳的阳光，在墙上投下斑驳的影子。

倒是榻榻米小桌上的一只搪瓷插花瓶尚在，看到这个花瓶，聂亦风想起了白烟。因为她们认识，便源于这个花瓶。

当时，聂亦风去学插花，在插花班认识了白烟。引起聂亦风注意的，就是白烟用这个不起眼的搪瓷花瓶插出了一幅名为"千千结"的插花。

深蓝色的搪瓷花瓶，白烟就简简单单斜插了一枝白色的梅花。五朵白梅，在枝头浅淡疏懒地开着，深褐色的斜枝盘曲着指向远处，"心似双丝网，中有千千结"，千千结，一定要"结"吗？不，有时候，孤傲与不语，便是最大的"千千结"，心中早已百转千回愁肠百结，表现出来却永远是桀骜不驯，不必听你的解释，也不必你来理解，让懂的人懂，让不懂的人不懂，我还是我自己。

那一刻，聂亦风竟然看得双眼濡湿。

白烟聪明伶俐，对插花有独到的感悟和见解，插出的花特别有意境。这个女孩子对艺术的独特见地，让聂亦风心生喜欢。而白烟也是一个很会察言观色的女孩子，她深知聂亦风对她的喜爱，也知道聂亦风自己经营画廊，所以，在聂亦风面前也表现得格外乖巧大方。

白烟出身农民家庭，一个人来北京闯荡，在花店里打工，业余时间来学习插花，花店里打工赚的钱一多半寄给家里，一少半用来学习。同样农村出身的聂亦风对白烟的独立和执着便也多了几分敬佩。

插花班的学习结束后，聂亦风就将白烟带到了自己的画廊。虽然表面上，白烟是画廊的雇工，实际上，聂亦风并没有亏待她，工资不低，业余时间还会教她绘画，可以说，完全是师傅带徒弟的模式。白烟很有艺术天赋，不久就有了自己的画风，聂亦风也会鼓励白烟参加一些绘画比赛，有机会介绍一些前辈给白烟认识，慢慢地，白烟在绘画领域也小有成就。

白烟对聂亦风充满了感激之情，可以说，如果没有聂亦风，就没有白烟的现在。

白烟曾说，此生她最大的恩人就是聂亦风，她一定会好好回报聂亦风的。聂亦风不需要她的回报，本来她就不是施恩要求回报的，她只是欣赏白烟的执着与对生活的追求，与当年的自己何其相似。

聂亦风也不是那么轻易就能相信别人的人，对白烟委以重任，也是在观察了她三四年以后，才让她参与到画廊的经营中来。

然而，谁又能料到，会是这样的结果？

被一个自己信任的人欺骗，是这个世界上最伤心的事。十多年前，她被最爱的男友欺骗，让她对爱情几乎没有了信心；如今，她再次被自己曾经信任的人欺骗，而这次，几乎是把她十几年的心血都卷走了。

聂亦风觉得自己一下子被掏空了。心是空的，思想是空的，整个世界似乎都是空的。十年，她几乎倾注了全部的心血在画廊里，却在它最辉煌的时候，被人席卷一空。此后，要再怎么经营，才可以恢复原样？她不知道。

令狐北这些天一直奔波在公安局，配合公安机关笔录、立案，提供有关白烟的信息，希望公安机关能够尽早破案。令狐北还发出五万元的悬赏公告，希望能有人提供线索。毕竟,画廊里那些名画和古董的价值将近千万,如果抓不住白烟,他们将面临破产,转眼之间,就从千万富翁沦为无产阶级。

从公安局回到画廊里,看见聂亦风黯然神伤的样子,令狐北很难过。

这个女子,陪着他走了十年,这十年里,他看到她逼人的才气,也看到她精明的商业头脑。聂亦风不仅在业内成了出色的画家,也将画廊经营得风生水起。这让令狐北由衷地赞叹,他没有想到,这样一个曾经让他无比怜惜的女人,胸腔里竟藏着无比强大的力量,可以将钢铁化作绕指柔,也可以将柔弱打造到无坚不摧。

所有的爱情终究都会败给柴米油盐,所有的婚姻终究都会变成左手牵右手的平淡,但是令狐北和聂亦风却一直恩爱有加,演绎着十年始终如初见的美好。那是因为,令狐北从聂亦风的身上看到了很多他想要的特质,女人的温柔贤淑聂亦风具备,女人的坚强执着聂亦风也具备,都说女人要上得厅堂,下得厨房,聂亦风何止是如此,她是实力派画家,她是经营有道的女商人,她也是有底线有良知的艺术家。

令狐北是南方人,饮食习惯与聂亦风有所不同,于是,聂亦风专门到厨艺学校报名,学习粤菜湘菜。为了令狐北,聂亦风尝试吃甜食,尝试吃辣椒,口味都以令狐北为主。

令狐北喜欢甜点,尤其是饭后小点心,为此,聂亦风自己买了烘焙书,仔细研究,不出两个月,竟然烤的一手好糕点,什么蛋挞啦,蓝莓饼干啦,草莓小蛋糕啦,聂亦风都做得绝好。有一次,聂亦风从远处的池塘边采了几片莲花,采了一片荷叶,回家做了一盘莲花饼干,让令狐北赞不绝口。

聂亦风从不为了钱放弃自己的艺术追求,她自己在网上开设了"仕女画技法讲座"的公益课,由于深入浅出,自身又是大师级人物,所以一开始播放,就获得了极高的点击量。这时一个商家找到聂亦风,希望能与她合作,但是聂亦风的公益网站就得变成收费网站,聂亦风拒绝了。虽然只要合作,聂亦风的年收入不会少于1000万,但是,这也意味着会有很多的人因为付不起费用而不得不中断学习。这不是聂亦风的初衷。

很多人不理解,但是令狐北很赞赏。

这个世界，除了钱之外，还有很多值得我们坚守和追求的东西。

但是，就是这样善良的女人，却要历经人世间最残酷的无数次背叛，这算是对她的考验呢，还是对她的折磨？令狐北真想问问老天爷，为什么要如此对待这样纯真而美好的人。

令狐北轻轻地走到聂亦风的身边，将她搂进自己的怀里。

亲爱的，即使你失去了全世界，我也会一直陪在你身边，不要难过，有我在。这是令狐北所能想到的最美好的情话。他不是擅长表达的人，他只擅长去做，这么多年，他只是用行动在告诉聂亦风，我会永远陪着你，不离不弃。

聂亦风将头埋在令狐北的怀里，终于哭出了声。

所有的委屈，所有的伤心，所有的痛苦，还有，还有那一份感动，她一并哭了出来。

春风得意的时候，我们怎么能够看得透人心呢？只有当我们生活落魄，被生活挤对到逼仄的角落，才会知道，谁会义无反顾地陪着你，不要名声，不要富贵，只要有你，就好。

此刻，当聂亦风十几年的心血全部葬送，需要重新再打拼时，令狐北说，不怕，还有我，这比说多少句"我爱你"都管用。

此后的漫长岁月里，即使是身居茅屋腹裹蔬汁，他都愿意陪在自己身边，那么，还有什么，可以让我畏惧岁月变迁沧海桑田？只要有你，只要有爱，我们就会重新让生活变成我们想要的模样。

5. 人世几回伤往事

沈念是在事情发生的第十天来到北京的。

莫晓南说，沈念，你应该去北京陪陪亦风，她现在需要你。牵牵我来照看，你放心。

于是，沈念搭乘航班来到了北京。

短短十天，聂亦风已经瘦了十多斤。令狐北说，沈念，劝劝亦风，吃得太少了,这样下去,怎么能行?

那天下午,沈念说,亦风,出去走走吧。

本没有什么目的地,可是走着走着,两个人就从家走到了曾经的画廊。

大大的铜锁,封锁了旧日的繁盛,亦隔断了曾有的风情。如今,曾是名流穿梭的画廊,像瞬间皱纹横生的老妪,风尘满面。

亦风,如果我是你,也一定会很伤心的。毕竟,这几乎是你半生的心血。沈念和聂亦风坐在画廊门前的那株紫藤萝花架下。

这棵紫藤萝还是当年聂亦风开画廊的时候栽种的,十年过去,当年幼小的紫藤萝已经爬满了整个花架,成为这条艺术街的一道靓丽风景。很多人特意跑这里来写生,与藤萝合影,也有三三两两附近的情侣们在这里留下美好的誓言。

可是,亦风,我知道你是一个坚强的人,我也不想说什么安慰你的话,我只想告诉你,从头再来,你依然可以。至于资金,我手里有50万,晓南给你拿了100万,你先拿着,作为启动资金,等画廊运转正常以后再还我们。

这段时间,她和令狐北不是没有找过旧日的朋友,那些曾经看似亲密的友人们不是推脱钱刚刚做了投资就是直接问一个月后可不可以还回来。原来,人情淡薄,果真如此。

这让聂亦风心里的失落倍增。

这个时候,聂亦风没有想到,自己都没有开口,沈念和莫晓南竟然把钱送了过来。

不是没有想过和沈念开口,可是沈念刚刚开了书舍,又是一个人带孩子,他们实在不愿再去和沈念借钱。至于莫晓南,是沈念的好友,与他们熟识也不过是因为沈念,他们以为,莫晓南不会借钱出来的,所以也就没有开口。可是此刻,沈念将一张银行卡递给聂亦风,那里面,不是150万资金,而是沈念和莫晓南的两颗心啊。

人世间,我们能够遇到多少这样的朋友?唯有在落魄的时候,我们才会知道,谁是可以与我们休戚与共的朋友,谁是酒肉桌上推杯换盏后翻脸无情的人。

开始筹备的时候,聂亦风还意外收到一笔资金,是邮政汇款。

没有落款,没有地址,只有一句话留言:请收下一个朋友最真诚的心意。

资金是500万。

聂亦风想不出会是谁，这笔钱真的是雪中送炭，聂亦风犹豫几天后，还是动用了这笔资金。她想着以后如果有机会，再寻找这个暗中帮助她的人，好好报答。

一切重新开始。

凭借着这650万的资金，聂亦风和令狐北重新将画廊装修，买进画作、古董，曾经的朋友甚至免费将自己的画作送来给聂亦风。他们说，这个世间，并非都是认钱的人，情与义，比世间任何财富都值钱。

沈念说，亦风，这个世界是公平的，虽然你损失了一些钱，可是，你看，你收获了很多的真心朋友。而且你该明白，他们帮你，是因为在过去的十年间，你和令狐北的人格让他们觉得，你们是值得他们深交的朋友。

聂亦风想想，点了点头。

是啊，这十年来，她和这些画家们、商人们打交道，遵循着一个原则：不害人，不坑人，真诚相待。她从不会从这些人身上揩油，甚至在他们落魄的时候，给予过经济上的资助。每个人都有一双明亮的眼睛，也都有一颗心，他们将聂亦风的好记在心里，留待他日回报。

或许，在我们前行的路上，曾遭遇过背叛、伤害，但是，无论如何，我们都应该怀着一颗善良的心，在这尘世里行走。

佛陀说：种善因，得善果。当我们将善良作为做事为人的底线，当我们即使身逢厄运依然葆有善良，那么，请你相信，所有的善良会在你最需要的时候，结出善良的果实，为你的人生雪中送炭，护你风雨里安好。

白烟静静地坐在机场大厅里。

一支烟，在她的手里燃烧着，火焰一明一暗，像她此刻的心，闪闪烁烁。

所有的劫难，都要从遇到米晟开始吧？

那是一个闲暇的午后，她坐在画廊里打盹。

就是这个时候，一个中年男子走进了画廊。

他穿着米色的唐装，米色的西裤，脸色白净，额头却有几条很深的皱纹，大大的眼睛，那眼睛，深邃得像湖水，似乎藏了太多的秘密，让人忍不住想要一探究竟。

现在想起来，自己大概就是被这一双眼睛迷惑的吧？

这个中年男子，就是米晟。

他看着面前的白烟，这是一个美丽的女孩子，年龄大约在二十五六岁，眉清目秀，清纯可人，是自己喜欢的类型。

他笑着向白烟打招呼，询问手边聂亦风的一幅画作的价位。他说自己是一个画家，来此采风，慕名来到"你我"画廊，因为书画界的朋友都说，如果来京城，一定要来"你我"画廊。这个画廊里，不仅聚集了当代名流的画作，而且集了很多古代大家的作品，而店主夫妇，也都是出色的书画家，店内他们的书画作品，也价值不菲。

其实，米晟的话有一大部分都是真的，他确实是一个画家，确实是慕名而来"你我"画廊，只是，他是一个落魄的画家，他将自己的聪明与才华用在了不该用的地方。如今，他正在物色一个值得下手的对象狠狠敲诈一笔，然后远走高飞。

他从白烟的眼睛里看到了对他一闪而过的崇拜与喜欢。

混迹江湖的老手，是多么善于捕捉这稍纵即逝的好感。如果他们是正人君子，这些崇拜的眼光也不过如流星般快速，然后再次回到各自的人生轨道。但是，碰到米晟这样的江湖骗子，却注定要身败名裂，甚至九死一生。

不幸的是，白烟碰到了米晟。

米晟太懂得女孩子的心。他在第一天就那样翩翩而去，然后接下来的五六天，米晟天天都去画廊。刚开始是聊画作，他对绘画的独特见解让白烟深为佩服；然后，他似乎只是为了来看一眼白烟，但是依然保持着貌似来看画作的模样。

白烟与米晟渐渐熟识。

米晟是情场老手，对付像白烟一样如此单纯的姑娘，实在是轻车熟路。他看画廊里白烟的画，将画作夸得人间少有，同时也诚恳地指出画作的不足。他真的是一个艺术天才，对画作的把握甚至比聂亦风都要准确。这让白烟对他说的每一句话都深信不疑。

那也是一个午后吧。米晟已经连续来了"你我"画廊半个多月。

他这次带了一束白色百合，等到白烟将百合插到瓶子里，米晟忽然拉住白烟的手，说，白烟，我第一眼就喜欢上了你，你的温柔，你的善良，你的才情，让我觉得，我终于找到了那个可以共度一生的人。你是我的女神，你愿意和我在一起吗？

突如其来的表白，将白烟吓了一跳。

可是，她没有抽回自己的手。这个男子，不也是让她着迷的人吗？

大概就是从那个时候开始，他们开始了爱情的交往吧。

米晟的每一步，都是有计划的，而白烟，却是真的爱上了米晟。

她为他曾经的流浪掉眼泪，为他曾走过的路悲叹，当然，她从来不知道，这样的话，米晟不知对多少女人说过，于他而言，不过是换了一个表达的对象。而于白烟而言，却是此生最美好的情话。

就这样迅速坠入了爱河。

白天在店里厮守，夜晚抵死缠绵。白烟以为，她找到了最好的爱情。

过了一个月，米晟说，烟，我在云南开的画廊有点资金周转不来，你能帮我一下吗？没有犹豫，白烟将手里的50万给了米晟——在她心里，米晟就是他的爱人，爱人有难，焉能袖手旁观？

没过多久，米晟说，白烟，我的店没有撑住，赔了600多万，现在手里没有钱。那是我半辈子的心血，烟，你有办法帮帮我吗？

米晟说得楚楚可怜，可是，白烟已经将手里这些年的积蓄都给了米晟。

她已经无能为力。

米晟说，白烟，把这个店里的东西都卖掉，然后我们一起离开这里，到美国去。

米晟的话让白烟吓了一跳，怎么会动这样的念头？这个店，不是她白烟的，何况，聂亦风夫妇对白烟信任有加，委以重任。她怎么能做这种没有良心的事？

她断然拒绝。

米晟没有放弃，他每天都和白烟说。最后，他说，白烟，我知道我劝不动你，也许你不是真的爱我，不然你不会这样见死不救的。算了，我再也不会和你说这件事了。

白烟不明白，爱就一定要用钱来表白吗？她不说话，但是，这条底线，她不会触动。

她以为，米晟不会再动这个脑筋。

以后的十多天，米晟果然再也没有提起过这件事。白烟以为，是自己的坚持打动了米晟。

然而，仅仅是一夜之间，当白烟早上九点来到店里的时候，才发现画廊里所有的名画都不见了。她首先想到的是被偷了。无助的她给米晟打电话，米晟的电话关机了，这是从来没有过的事。白烟的心，重新又紧绷了起来。

她细细查看门锁，没有被撬的痕迹，很显然，盗贼是打开门锁进去的。而名画古董尽管被洗劫一空，却没有狼藉一片，很显然，盗贼是有备而来。

难道，是米晟？

这个念头，把白烟自己也吓了一跳。

继续拨打电话，仍然是关机。白烟连续打了20个电话，都是关机。那一刻，白烟知道，真的是米晟，他配了她画廊里的钥匙，轻而易举地将这些名画古董席卷一空。

那一刻，白烟连死的心都有。

如果不是自己引狼入室，又怎么会发生这样的事？在爱情里，她迷失了自己，爱得太过卑微，也太过狼狈，这样一份不应该的爱情，不仅断送了自己的美好未来，也葬送了聂亦风十年的心血。想到这里，白烟就恨不得把自己千刀万剐。

不，她不能，她要替聂亦风追回那些东西，无论米晟逃跑到哪里。

千里万里，我也要找到你。

6. 一念起，万水千山

聂亦风始终不相信白烟会是那个监守自盗的人。

她把白烟看作妹妹。

都曾是从乡村里一步步打拼来到城市的边缘人，都曾经心怀美好的愿望在陌生的都市找寻自己的价值，都曾在生活的泥淖里亦步亦趋，她怎么都不相信那个纯洁善良的白烟会做出这样的事情。只要有点思想，谁会做出如此愚蠢的举动？

这座画廊里被盗走的东西价值不过千万，可是如今白烟在北京书画界一幅作品也在10万以上，她何苦做这样的事？加上在聂亦风这里打理店铺的佣金、股份，她的收入一年不会少于百万，她又怎么会做这样葬送自己美好前途的事？

白烟是聪明的女孩，这一点聂亦风无比清楚，凡是聪明的女孩都懂得权衡利弊，知道孰轻孰重，更知道自己想要什么，不想要什么。以聂亦风多年来对白烟的了解，她太知道这个女孩子柔弱外表下那颗坚定的心是怎样的执着与努力，这样得不偿失的事情，白烟是不会做的。

那么，又是什么原因，让画廊失窃，而白烟又消失不见呢？

白烟终于还是没有找到米晟。

她怎么会知道，所有米晟给她的信息，全部都是假的，就连这名字，都不是真的。

那一刻，白烟终于彻底明白，米晟不过是逢场作戏，从一开始，米晟就不是拿着一颗心来爱她，他爱的，不过是她的钱，或许还有她青春的肉体。她曾期许的地久天长，不过是她自己的一厢情愿；她曾希望的白头偕老，不过是她自己的自欺欺人；当尘埃落定，当事实确凿，她终于相信，所有的，原来是南柯一梦，梦醒，已是心在爱已断，情殇满地伤。

她身心俱疲地回到北京，直接去了公安局。

当她把来龙去脉向警方说清楚，当她把米晟的信息告诉警方，她才知道，原来米晟是网上通缉的逃犯，犯的是诈骗罪，像白烟一样受害的人，竟然有十人之多。

那一刻，白烟忽然觉得生活和她开了一个天大的玩笑。

知道白烟回到了北京，聂亦风第一时间到了公安局。

白烟看到聂亦风的一瞬间，扑通一下就给聂亦风跪下了。

聂亦风和令狐北想要拉她起来，她跪着就是不起来。

亦风姐，我没有资格站着和你说话，虽然不是我直接造成你们的损失，可是，的确是因为我，才导致了今天的这个结果。你们那么信任我，可是我……我……我没有把"你我"经营好，是我的错，是我引狼入室，亦风姐，你，你就打我吧，呜呜呜……

聂亦风和令狐北最后还是把她拉了起来。聂亦风抱着白烟，眼泪掉了下来。

七八年的感情，聂亦风早已把她当成自己的妹妹，聂亦风最怕的，并非是画廊的失窃，而是曾经情同手足的姐妹将自己背叛。她这一生，最不愿意面对的，也最不能接受的，就是背叛。纵然罗旌早已远离了她的生活，然而，背叛留下的伤痕却依然深深烙在她的心底，结了痂，稍微触碰便会鲜血淋漓。

如今知道白烟也是受害者，米晟才是罪魁祸首，聂亦风的心反而平静了许多。

这个世界上，很多东西，原来真的与金钱无关，它们只关乎尊严，关乎人格，关乎信任，关乎友情。

白烟重新回到了"你我"画廊，重新开始了画廊的执政权，也重新开始了她的绘画生涯。她将所有关于米晟的资料全部交给了警方，然后，将他的所有，从她的电脑上心海里彻底删除，此生，这样掏心掏肺毫不设防的爱情，就这么一次吧。此后，她再也不会全心全意地将自己的心掏出来，让不爱的人将这颗心狠狠地扔在地上，践踏成碎片。

白烟依然像从前一样用心打理画廊，依然会一月作一次画，可是，聂亦风明显地感觉到白烟的落寞和变化。白烟不再是那个爱说爱笑的女孩子，她变得沉默寡言，除了必要的话，白烟很少再和聂亦风谈心，没事的时候，她总是躲在画室里，不是画画，就是看书。聂亦风很担心，令狐北说，给她点时间走出来。聂亦风想起十几年前那个曾经的自己，是啊，每一段伤痕，尤其深可见骨的伤痕，需要用很久的时间才能疗愈。

或许，沉默的陪伴，会是最好的语言。

沈念的"牵牵若此"书舍在莫晓南的经营打理下，开始进入盈利状态。一切都开始变得井然有序起来。

沈念开始固定地每周两个短篇写给杂志社，每周末带儿子和莫晓南去郊外玩，或者去图书馆消磨时间。小家伙长得越来越帅气，也越来越离不开莫晓南。在牵牵的心里，顾西凉什么的都是浮云，因为没有见过，因为不曾谋面，而莫晓南却几乎参与了他的所有成长。第一次看到他换牙齿的是莫晓南，第一次陪他打CS的是莫晓南，第一次告诉他"男人要有男人样"的是莫晓南，第一次陪着他打架的也是莫晓南，莫晓南不是他的父亲，却充当了父亲、朋友和兄长的角色。

牵牵可以一个星期不见沈念，却不可以两天不见莫晓南。

每天放学，牵牵的固定流程是先回家写作业，无论作业写到多晚，牵牵都会去莫晓南家和他聊天，时间不长，有时候半个小时，有时候十几分钟，然后才会回家睡觉。聊天的内容，他从来不和沈念讲，沈念问起的时候，他会调皮地说"这是两个男人之间的秘密"。对此，沈念佯作无奈，心里却明白，儿子长大了。

每周，总会有至少三天，莫晓南在沈念家吃饭，这是牵牵最快乐的时光，其实也是沈念最惬意的时候。

他们会在前一晚就约好，然后第二天，牵牵上学，沈念和莫晓南去采购，做饭。

大部分是在清晨，距离沈念的书舍三站地就有一个小型的菜市场，莫晓南会在晨练完之后，和沈念一起去早市买菜。

初阳正暖，莫晓南一身耐克运动装，沈念通常是棉麻的裙子和棉麻上衣，两个人有一搭没一搭地说话，站在每一个摊位前看那些水灵灵的新鲜的蔬菜，一把豆角，几根黄瓜，一块豆腐……

白胖胖的莲藕是沈念爱吃的，莫晓南总会拣最好的拿一根；牵牵极爱吃鱼，每次少不了的一定是水煮鱼；莫晓南最喜欢吃老家的沾片子，每次，沈念总会买一把菠菜，几个西红柿；然后便是荸荠啊，土豆啊，葱姜蒜啊……沈念和莫晓南几乎每次都是两个人相跟着一起去，而且沈念从不大声搞价，莫晓南也总是温文尔雅的模样，久而久之，几乎所有的商贩都认识了这两个人，会卖给他们最好的菜，收最少的钱。

有时候，好事的大妈会说，瞧你们两口子，总是这么恩爱……听到这些话，沈念总是会红了脸，莫晓南却有丝丝的窃喜。

回了家，很多时候都是沈念一个人先忙活，而莫晓南坐在沙发上看电视，间或进去帮沈念切个葱剥个蒜的，然后到开始做饭的时候，莫晓南便上阵了。

莫晓南最拿手的是焖面和大烩菜。沈念最爱吃的，就是莫晓南做的烩菜。

每当这个时候，莫晓南便成了主厨，沈念只负责打杂。

沈念，洗豆角……沈念，切土豆……沈念，白菜怎么还没洗好？……沈念，葱呢，蒜呢？怎么还没切？……

沈念会一边干活一边笑着说，莫晓南，你也忒端架子了吧？不就是大烩菜吗？

莫晓南大笑，那你来，不就是大烩菜吗？

沈念白他一眼，叹口气，谁让我喜欢吃你做的大烩菜呢，暂且忍气吞声吧。

这个时候，莫晓南看着沈念笑的弯弯的眉毛，漂亮的双眼皮眼睛，脸颊两个深深的酒窝，总会有想要拥抱沈念的冲动。

这个女子，他喜欢了十几年，如今，几乎朝朝暮暮在一起，沈念却还是没有给过他承诺。可是，他从来没有怨过她，所有的，都是他自己的选择，即使此生真的只能如此比邻而居，那有没有那一张结婚证，又怎么样呢？他可以与最爱的人终日厮守，虽然没有肌肤之亲，可是，自己所追求的也不是这份肉欲，他要的，只是和最爱的女子，相守。如今，这一粥一饭，一舍一店，两人相守，就如此真实地在他的生活里演绎，他觉得，老天待他何其宽厚。

临近中午，莫晓南会开车去接牵牵，然后两个人有说有笑地回家。这个时候，沈念通常已经摆好了一桌子菜，然后牵牵会开心地讲学校发生的趣事，会夹莫晓南爱吃的菜给他，也会把藕片夹给沈念，有时候会开玩笑说，给我妈妈也夹一点，不要吃莫叔叔的醋哦。

如果是周末，吃完饭后，沈念收拾家，莫晓南会和牵牵去打一会儿游戏，或者去游泳，去打球。

其乐融融，像极了三口之家。

有时候，看着莫晓南和牵牵亲亲热热地打游戏，听着他们两个人在书房里不时大笑，沈念总是会有瞬间的恍惚。

这不是自己想要的生活吗？

和自己的爱人一起，菜市场买菜，沙发上斗嘴。

我在厨房里忙碌，你坐在沙发上看电视，有一搭没一搭地聊天。

我做了一桌子菜，你和孩子吃得香喷喷停不下来，甚至一起联合起来，"攻击"这个刚刚洗干净手坐下来准备吃饭的唯一的女人，看我无奈地摇头，你们都狂笑不止。

我抹桌子擦地，你们玩着男人的游戏，讨论着只有男人才会感兴趣的篮球和拳击。

你们常常联合起来一唱一和地"打击"我，却又时时处处护着我，怕我受一点点委屈。

……

一直以为，自己可以凭借回忆，远离世俗生活，在柏拉图式的想象里过着真空一样的生活。现在才明白，其实，自己是爱烟火生活的，爱这散发着烟尘气息的平凡，爱这一家平淡相处的琐碎，甚至，爱这散发着温情的沉默……

原来，自己也不过是芸芸众生里不可脱俗的平常人。

7. 与君执手共夕阳

一天，因为一个专栏稿迟迟写不出来，沈念一个人开车跑到大理城的郊外去散心。

没想到，车到了郊外，却出了状况：车的左前轮胎没气了，几乎瘪瘪的，开起来总是偏左。

因为是郊外，人烟稀少，几乎没有人家。

沈念一个人急得快要哭出来。

她打电话给莫晓南，说，晓南，我的车胎没气了，可是我还在城郊，我回不去了，怎么办？呜呜呜呜……

接到电话的莫晓南差点跳脚，一个女人家，一个人跑到郊外去干吗？可是，他并没有说出来，听见沈念哭，莫晓南就没来由地没有脾气了。他赶紧哄沈念，没事的，没事的，不要急，不要急，你告诉我具体位置，我马上开车过去。

沈念是严重的路盲，对什么东南西北根本分辨不清。莫晓南只好说，你把你的位置发个定位给我。幸亏有强大的数据网络，沈念把位置发给了莫晓南。

收到位置，莫晓南又打来电话，他说，沈念，现在到车里去，然后锁好车门，耐心地等我，不要给任何陌生人打开车门，知道吗？叮嘱完沈念，他赶紧打电话叫了两个汽车修理工人，带着补胎的工具和他一起去找沈念。

两个多小时以后，七拐八拐，莫晓南终于找到了沈念的车。

看到莫晓南，沈念从车里跳了出来，她大概是等了太久，心里害怕，所以直接就扑到莫晓南的怀里开始哭。莫晓南本来有一肚子火想发，想要教训她以后不要再一个人跑到这种鬼地方来，可是看到沈念掉眼泪，莫晓南就再也没有了骂人的想法。

他轻轻地把沈念搂进怀里。

他所认识的沈念，从来没有这样主动过一次。她从来都是矜持的，即使是每周好几次的出去买菜，在家做饭，他们彼此之间也都是彬彬有礼，不曾越雷池半步。如今，沈念的这个动作，真的让莫晓南有点措手不及。

想要拥抱沈念，是这些年一直萦系在他心中的梦想。可是，他和她，都是太有道德观念的人，不会做任何一件违背道德的事。

而此刻，沈念在莫晓南的怀抱里，才感觉到无限的安全，和甜蜜。

刚刚在车里，沈念忽然无限地思念莫晓南。她不知道自己为什么会这样。一直以为，自己从来没有爱上过他，对他，她多的是感激。这十几年来，他几乎从未离开过她，尤其是在顾西凉离开之后，莫晓南一直默默地陪伴着自己，守护在自己的身边。他说，沈念，有什么事就给我打电话，我手机24小时开机，为你。

今天，当汽车抛锚，沈念最先想到的就是莫晓南。她打电话给莫晓南，莫晓南的焦急通过手机传递给了沈念。那一刻，沈念忽然那么害怕再也见不到莫晓南，她倔强得不想让眼泪掉下来，可眼泪还是哗哗地落下来，连声音都是无法控制地哽咽。

莫晓南说，沈念，不要急不要急，我马上就到。

那个瞬间，沈念忽然觉得无限的踏实和安稳。

而此生，自己所求，难道不就是与这样的一个人携手终老吗？

经历过这件事之后，莫晓南给沈念下了三条规定：第一，不许一个人开车到离家五公里远的地方去；第二，要到稍远的地方去找灵感，必须有莫晓南陪着；第三，做个正常人，不要学习三毛，三毛是神话，前无古人后无来者，沈念你做不了。

对于这三条规定，沈念笑称"简直是卖身契"，莫晓南不辩解，只是用更多的时间来陪着沈念。除了大事，莫晓南一般不参与酒店的日常工作，对于已经运营了多年的酒店来说，已经只有盈利的问题了。

那天，当沈念从车里扑到自己怀里的时候，莫晓南的心，是无比欣慰的。从二十多岁到四十岁，他已经将人生看得透彻，尤其这些年开酒店，见证了很多恩爱两不疑，也看惯了挥手自兹去。也许，到了四十岁还在谈爱情是幼稚的，是奢侈的，这个年龄，他需要的，是与自己喜欢的人，安静相守，一起散散步，一起买买菜，一起坐看云起静观日落，而这一切，他和沈念这些年，不一直就是这样的吗？

他们从未有肌肤之亲，可是，这十几年来，自己的生活里从来没有缺少过沈念。无论是曾经远在广州，还是如今近在咫尺，他觉得，自己始终是和沈念在一起的。尤其这几年，沈念的书舍几乎是莫晓南打理的，而沈念的每一篇文章，莫晓南都是第一个读者。很多时候，都是沈念坐在书房里写文章，莫晓南坐在客厅里看书。说话的时候不多，可是默契却渐渐浓厚。有的时候，彼此之间只是一个眼神，便可以完全会意对方的想法。

晓南，你简直是我肚子里的蛔虫。沈念有时候会这样说。

可是沈念，你又何尝不是最了解我的人呢？你知道我所有的小洁癖小烦恼，你明了我沉默时是快乐还是难过，你甚至总是在我失眠的时候问我，知道你失眠了，一起看月亮吧？你给我做的饭菜总是我最想要吃的，你说要我陪你去散心的时候一定也是我最想出去走走的时候。我们之间，没有钟子期和俞伯牙的知音之交，可是，我们却能心意相通到似乎完全是一个人，还有什么，比这样的默契与美好更让人心生幸福呢？

如果这一生，我们可以这样长相厮守，相伴到老，那么，我已经死而无憾。

莫晓南四十岁生日的时候，沈念给了莫晓南一次最意外的惊喜。

完全没有征兆。沈念没有来大理时，莫晓南过生日的时候，沈念总会预订一束鲜花在生日那天送给莫晓南，然后打一个电话，当然，还有一件生日礼物，准确无误地总是在莫晓南生日当天抵达。礼物每次都不同，一件白色棉衬衣，一条杰克琼斯牛仔裤，一条领带，一块手表，总之，不尽相同，却总是很合莫晓南的心意，从颜色到款式。

来了大理之后，莫晓南过生日时，沈念不过是在自己家给他做一桌子好菜，叫三五好友，大家觥筹交错，聊天喝酒，完全像好友小聚——沈念没有给过莫晓南仅有他们两人过生日的机会。

但是这次，是那样的与众不同。

照例是沈念打电话来，说，晓南，晚上七点来我这里吃饭哦，不许提前到。莫晓南笑着摇头，觉得沈念忽然回到了二十岁，不过还是听从了沈念的话，准时七点才来敲沈念的门。

进门的时候，沈念说，晓南，闭上眼睛，我告诉你睁开的时候再睁开。

搞什么嘛！莫晓南觉得意外，还要闭上眼睛？不过他还是乖乖地闭了眼睛。

进了门，沈念说，好了，睁开眼睛吧。

莫晓南睁开眼睛的那一刻，忽然觉得眼泪就要涌出来。

没有开灯，房间里氤氲的是暖黄色的烛光，这些蜡烛从进门的走道开始，用蜡烛摆出了一条路引，路引中间撒满了红色的玫瑰。去往客厅的走廊用玫瑰花瓣铺满地面。路引的尽头是客厅的正中，用蜡烛摆了一个大大的心形，中间同样撒满了玫瑰花瓣，玫瑰花瓣上，用蜡烛摆出了"生日快乐"四个字。

沈念穿了一件白色的连衣长裙，长裙曳地，在烛光映照下楚楚动人。

从小到大，莫晓南从来没有过过这样的生日。

这样的情境，不是只应该出现在电影里吗？不是应该属于二十岁的年轻人吗？而自己，已经步入不惑之年，沈念再过几年也四十岁了，没有想到，沈念还会有这样的浪漫情怀。

今天，沈念特意让自己的一个好朋友将牵牵接走了——她要给莫晓南一个与众不同的生日。

餐桌上，点了两支高脚蜡烛，放了一瓶红酒，两只红酒高脚杯。

沈念……莫晓南忽然不知道说什么才好。

各自坐在餐桌的两边，沈念给莫晓南和自己各倒了一杯红酒。

晓南，今天是你四十岁的生日，首先祝你生日快乐。说完，沈念举起了酒杯。

谢谢你，我没有想到，你会这么用心，这是我度过的最开心的一个生日，这辈子都不会忘记。谢谢你。说完，莫晓南也举起酒杯。

轻轻一碰，红色的液体在烛光的照耀下，多了一些艳丽。

晓南，其实，有很多话，我想对你说。这十几年来，谢谢你一直陪在我的身边。在我最孤独的时候，是你给我温情；在我最脆弱的时候，是你给我坚强。难以想象，如果没有你，如今我会在哪里，会过着怎样的生活，但，毋庸置疑的是，如果没有你，我不会生活得如此开心，牵牵也不会如此阳光而健康。你用十几年的陪伴给了我最长情的告白。你给我的爱与温暖，我这辈子也还不完。你知道吗？那次车抛锚在郊外，我才看清我自己的心，在这么多年的彼此陪伴中，我们早已经成为血脉相连的亲人。你知道在那一刻，我最害怕的是什么吗？我忽然那么害怕再也见不到你……

说着说着，沈念的眼泪掉了下来，起初只是无声的泪滴，渐渐成了轻声的啜泣，烛光映着沈念的脸，有泪痕依稀，红晕少许。

莫晓南没有想到，沈念会说这些话。这十几年来，自己时时刻刻盼望着沈念可以接受自己的爱，可是，等到顾西凉"溺水而亡"，等到牵牵出生，等到顾西凉再次现身又离开，沈念始终没有说过接受他的爱。不是没有想过离开，不是没有想过找一个喜欢自己的女孩子去过自己的生活。每次有点灰心的时候，莫晓南都会舍不得，终于，莫晓南接受了这样的生活状态。世间注定是有这样的一种感情的吧，比爱情浅一点，比友情深一点。最难得的是，沈念决定来大理开书舍，他们终于可以朝朝暮暮，日日相对，不是一家人，胜似一家人，那么，为什么一定要有什么名分呢？

而沈念那句"我忽然害怕再也见不到你"让莫晓南内心波涛汹涌，原来，你也曾如此在乎我。

莫晓南快步走到沈念的身边，轻轻地拉起了沈念，替沈念擦去眼角的泪水，沈念，我这不是好好地站在你面前吗？你记住，我永远也不会离开你的。

沈念将头埋进了莫晓南的胸膛，什么也没有说，只是紧紧地抱住了他，莫晓南也用双臂紧紧地拥抱住沈念。

此刻，还需要说什么呢？不，任何的语言都是苍白，所有的告白都是虚无，我们如此贴近彼此的心，我们默默聆听对方的心跳，已经足以表达彼此的心意。

是谁说，这个世界上最好的默契，不是有人懂你的言外之意，而是懂你的欲言又止。

而我想说，这个世界上最好的默契，是此刻，我们都知道彼此未曾说出口的那句"我爱你"。它胜过人世间最华丽的辞章，它超越红尘中最贵重的珍奇，它是余后的几十年岁月里，我们彼此搀扶携手共度的誓词。

此刻，拥着自己最爱的女人，莫晓南默默感谢老天。

他没有想到，自己会在四十岁这一天，忽然间得到沈念的爱，成为最幸福的人。

原来，幸福不是来得早，不是来得多，而是来得恰恰好。这样的幸福，虽然迟到了十几年，可是，它毕竟来了。如果，如果结局是喜剧，过程让我怎么哭都行。我终于守得云开见月明，这一份幸福与欢欣，常人又怎能体会得到？

让时间停止吧，让我们深情相拥的时刻永恒吧，若此生就于此刻结束，那么，我也会含笑离开。

因为，我得到了我最想要的东西，再也没有什么，会让我心生遗憾。

8. 相思相念，今日始并蒂

因为那个生日夜晚，莫晓南与沈念的关系变得微妙起来。

莫晓南看沈念的眼神多了些温柔和爱，沈念和莫晓南在一起的时候，心里莫名多了些幸福。原来，爱情，真的如此神奇。当它只是一厢情愿时，对方所有的付出，与陌生人无异；当它开始两情相悦，即使是对方一个细微的眼神，所爱的人都能够捕捉得到。

此刻，莫晓南与沈念似乎才开始了真正的爱情之旅。

每天早晨，莫晓南依然去晨跑，却会在晨跑之前给沈念发一条信息：念，早安。我去跑步了。沈念通常是没有时间回复的，她要给儿子做早餐，有的时候是西葫芦鸡蛋饼，有的时候是蛋卷，有的时候是自己烤的小面包，有的时候是半份比萨，有的时候是小笼包子，有的时候是饺子，有的时候是馄饨……主食一般不重样。此外，她还会炒一份绿色蔬菜，准备一份水果。喝的有时候是牛奶，有时候是蛋花汤，有时候是蔬菜浓汤，有时候是小米粥，有时候是八宝粥，总之，颜色鲜艳，营养丰富。

从前，莫晓南是不会来沈念这里吃早餐的，那天以后的一天，莫晓南发微信给沈念，念，我可以去吃早餐吗？沈念这次回复得很快：都这样问了，不让来岂不是我太小气了？以后天天来吧，别吃那些油条老豆腐了，会高血脂的。这样的回复，让莫晓南心里一暖。

此后，莫晓南便在跑完步后去沈念家蹭饭吃，不过沈念说，不能白吃哦，要送牵牵上学去。

莫晓南双手一摊，做无奈状：哎，吃人的嘴软拿人的手短，我只好送喽。

不过，每次送牵牵，莫晓南都开心地哼着歌，有时候牵着牵牵的手，有时候干脆把牵牵抱起来。牵牵开心得不得了，这可比沈念每天送他幸福多了：沈念总是一本正经的样子，自己哪里可以这样大呼小叫；可是莫晓南不一样，他说，牵牵，不要像个娘们儿那么拘谨，男人嘛，要敢闯敢干，明白不？

送了牵牵，莫晓南会先去酒店转一圈，这是多少年的惯例。这圈可不是白转的，一圈下来，莫晓南就能知道昨天酒店管理的问题，然后采取措施。当然，这样的时候不多，酒店的总经理、大堂经理、都是跟了莫晓南六七年的老员工，深谙莫晓南的管理之道，已经基本不用莫晓南操心。当然，莫晓南不会亏待这些人，薪资比所有同行都高，这也是这些人从来不会跳槽的根本原因。

然后，莫晓南就会去书舍，当然书舍的老总是沈念。沈念虽然很少直接管理书舍，但是对书舍的运营状况却掌握精准，这得益于莫晓南手把手的教授，也得益于莫晓南的细心打理。

这样两圈下来，基本就到十一点了。这个时候，才是莫晓南与沈念的私人时间。

大部分时刻，沈念写稿子，莫晓南看书。从前一周似乎也会有两三次这样的生活，可是，那个时候，莫晓南与沈念始终隔着一张纸，沈念不承诺爱，莫晓南不再问爱。如今，两个人之间的爱火已然点燃，那么，任何二人世界的相处都会让他们两个人觉得与从前不同。

一样是坐在沙发上看书，莫晓南总是会走神，总想到书房看看沈念干吗，于是，他会一会儿送杯茶进去，一会儿削个苹果给沈念。最后，莫晓南说，念，我一分钟也不想离开你，我到书房来看书，好不好？沈念哭笑不得，四十岁的男人了，怎么还像二十岁的小男生那么黏人？莫晓南才不答话，他兴高采烈搬把椅子坐沈念身边，静静地看着沈念忙活。

是谁说，每个人都有两次生命，第一次是活给别人看的，第二次是活给自己看的。而第二次生命，往往从四十岁开始。

莫晓南的美好生命，就是从四十岁开始的。

而沈念，也似乎回到了小女生时代。

爱情滋润了沈念，她的脸上浮现出多年未曾有过的红晕，连眉毛，都似乎是在笑着看世界。她有一个专栏，文字原本是犀利而尖刻的，一针见血地诟病社会中的阴暗面，而如今，沈念的文字忽然变得温婉宽厚起来，像枯木遇到了春天，迸发出生命的新绿。

不写文章的时候，沈念会想起莫晓南。那些曾经的往事，一点点都在心海里徜徉。

如今，十几年兜兜转转，他们终于在一起。是上天的安排吗？佛说，如果不相欠，怎么会相见？或许，他们真的是彼此相欠的吧，否则有谁会像莫晓南一样十几年不改初衷守护在自己的身边？他们又怎么会在十几年之后重新迸发出爱的火花？如果当年不是顾西凉不辞而别，他们怎么可能有今天？可是，冥冥之中，顾西凉就在那样一个忽来又忽去的所谓疾病中弄丢了自己，硬生生与沈念从此分离，如今音信全无。

沈念骨子里是很有浪漫气息的，这些年一个人带着儿子独当一面，她的柔弱早已经深深隐藏在坚强的背后，即使身边有莫晓南，她也从来觉得不应该过分麻烦他。

如今，两个人的关系成了情侣，沈念表面的坚强忽然土崩瓦解，她似乎在某些方面成了白痴，处处要莫晓南的帮助。从前灯泡坏了，沈念踩上凳子，三下五除二扭下旧灯泡，换上新灯泡，而现在，沈念只会打电话给莫晓南说，晓南，灯泡坏了；从前车胎没气了，沈念会安顿好儿子，然后一个人慢慢把车开到修理铺，现在她的第一反应是打电话给莫晓南；从前，她对自己的厨艺还算满意，现在莫晓南在的时候，沈念连咸盐放多少都要问一下莫晓南；从前，沈念很少用微信，她不加任何人微信，也不刷朋友圈，更不看别人的朋友圈，现在，她开始将手机带在身边，时不时看看有没有莫晓南的微信，结果很久写不出一篇稿子，为此，莫晓南不得不命令沈念关掉微信，以减少沈念发微信信息；从前，沈念解决自己严重路盲的方法就是打开高德地图，然后跟着导航走，现在，高德地图已经被莫晓南取代，只要找不到路，沈念一定会死缠烂打让莫晓南陪着……

诸如种种，莫晓南戏称，沈念小姐，瞬间回到襁褓期。

话虽这样说，莫晓南对沈念的每一个要求都乐呵呵地去做。能为自己最爱的女人效劳，是此生最幸福的事。这是莫晓南说的。

而念念如斯酒店的员工们似乎比莫晓南还开心。他们更加卖力地干活，更加急切地希望沈念早早晋升为老板娘。这些人都是跟着莫晓南做了很多年的老员工，彼此之间更像是一家人，因为莫晓南的善良和宽厚，他们回报给莫晓南的也是尽心和尽责。

日子就这样飞过，似乎什么都没有改变，又似乎什么都已经改变。

莫晓南说，沈念，你什么时候准备好做莫太太了，我就什么时候娶你。我要给你一个盛大的婚礼，我要给你一个幸福的家。

这样一个情深义重的男子，十几年来，不离不弃，不要承诺，不要婚姻，只为看着心爱的女子，守护着她日日平安。什么海枯石烂的誓言，什么生死相依的神话，在沈念和莫晓南这里，都成了轻如鸿毛的传说，他对她的爱，他对她的深情，已非词汇所能表达。

沈念的心，是感动的。

只是，做莫太太，她还没有做好准备。她需要在和莫晓南的新的关系里，找到自己想要的美好，才能承诺给他最好的家园。

她不是不爱他，只是，想要给他最好的。

时光辗转，转瞬又过了半年。

半年里，沈念与莫晓南一如从前般相处，爱情与十几年来的亲情融合在一起，使他们的关系异乎寻常的牢固。从来没有争吵，从来没有分歧，默契到莫晓南刚刚工作完准备给沈念发信息，沈念就会打电话过来，默契到沈念想要吃北方的烩菜，莫晓南一定已经做好了烧肉豆角，买好了豆腐土豆。这样的水乳交融，是沈念和莫晓南没有想到的。

既然已经如此熟悉如此恩爱，那么，还有什么理由不在一起呢？

沈念去北京开一个新书发布会，离开大理五天时间。

终于熬到了发布会的最后一天，沈念吃过晚饭回到宾馆，早早地冲了澡，换了睡袍躺在床上看书。

十点半，莫晓南的电话打了进来。

我都不用看表了，你简直就是定时闹钟嘛。说这句话的时候，沈念带着娇嗔，也带着欢喜。

这几天，莫晓南每天固定在早七点、中午十二点半、晚上十点半时给沈念打电话，不会超过一分钟的误差，这让沈念的心里，贮满了甜蜜。

莫晓南说的无非是儿子牵牵、酒店和书舍的事，没有什么大事，不过是闲聊，有一搭没一搭。沈念也会给莫晓南说在签售现场的趣闻，不会说什么"我想你""我爱你"的话。毕竟，已经人到中年，没了那么多的浪漫情怀，可是，浓浓的思念却总是弥漫在彼此的周围，每一分钟都能感受得到。

或许，这真的就是古人说的"身无彩凤双飞翼，心有灵犀一点通"吧。

第五天晚上，沈念的飞机半夜十二点到的大理，走出机场，莫晓南已经在航站楼的出口等候。

今天，他西装革履，显得年轻很多。平时，莫晓南都是一身休闲服或运动服，很少有穿正装的时候。看到他这个样子，沈念笑嘻嘻地问，晓南，今天怎么这么正式啊？莫晓南没说话，只是笑了笑，那个笑容，可以魅惑很多女孩子，连常常在一起的沈念都觉得这个微笑分外迷人。

快回沈念家的时候，莫晓南说，沈念，先去我家吧，我给你接风洗尘，怎么样？

沈念点点头。和莫晓南在一起，她总是很安心，他说什么，她都会听。

掏出钥匙打开门，房间里漆黑一片，沈念习惯性地去开灯，莫晓南拉住了她的手，说，等一等。

忽然，从门对面的房间里涌出了一片光明，是蜡烛的光。随后，沈念看到，一个巨大的三层蛋糕从房间里推出来，蛋糕上插着几十支蜡烛。推蛋糕的人是念念如斯酒店的总经理，旁边，有很多莫晓南的好朋友，关键是，沈念的儿子牵牵在其中最显眼的位置，手里捧着一大束玫瑰花。

沈念看得发呆，有点反应不过来。这是什么状况？

牵牵将玫瑰花送到莫晓南的手里，说，叔叔，快啊。莫晓南接过玫瑰花，走到沈念的对面，忽然单膝跪地，说，念，所有的爱都是要以给所爱的人一个家为最终结果的，我爱你，我愿意给你一个家，此生，无论生老病死，我都会不离不弃守护在你的身边。念，嫁给我吧。

沈念怔在原地。

这个电视上和自己小说里才会出现的情节，居然就上演在生活里，沈念有点发晕。

念姐，答应晓南吧，答应晓南吧……莫晓南的朋友们开始喊。

在一起，在一起，在一起……牵牵的声音也响了起来，于是，大家开心地笑了起来，紧接着，也和牵牵喊起了一样的口号，在一起，在一起，在一起……

莫晓南满怀期待地看着沈念，沈念的脸很烫，她没有想到，莫晓南竟然会用这样的方式求婚，而且，居然连牵牵也参与进来，似乎是他们早就预谋好的。

妈妈，快点答应啊——大概实在看不下去沈念的不吭声，牵牵又大声地喊了起来。

沈念的眼泪忽然掉下来，连她自己都觉得没有任何征兆，可是，眼泪就是不受控制地落。牵牵大概看得有点着急，走到妈妈身边，说，妈妈，快点答应莫叔叔啊，莫叔叔的膝盖都疼了……这句话把大家逗乐了，连沈念也有点忍俊不禁。还没等沈念说话，牵牵走到莫晓南面前说，莫叔叔，我替我妈妈答应了，她有点害羞，我最了解我妈妈的心事了……牵牵一边说，一边从莫晓南手里拿过了玫瑰花，转身捧到沈念面前，说，妈妈，我替你答应莫叔叔了，如果你不同意，我就再把花还给莫叔叔。

大家一片笑声，然后一齐望向沈念。

因为有了牵牵的掺和，莫晓南的这场求婚变得与众不同起来。

沈念擦了擦眼角的泪，笑着接过了玫瑰花。大家的掌声响起来，口哨声响起来，然后他们对着莫晓南说，晓南，快啊，亲一个，去亲一个……莫晓南也兴奋地站起身来，走到沈念面前，轻轻地去吻沈念。牵牵自觉地捂住眼睛说，非礼勿视，非礼勿视。

笑声再一次充满了莫晓南的家。

多少年后，当沈念回忆起这一天的时候，仍然会有密密麻麻的甜蜜涌上心头。

求婚成功后，莫晓南和沈念商量，再过一个月就是他们认识的第十五年纪念日，干脆那一天去领结婚证吧，然后，下一个月举行结婚典礼。

所有的事情，似乎都在朝着最美好的方向发展。只是，上帝啊，总是喜欢为人们制造一些障碍，唯勇敢地闯过去，才能看到幸福的模样。

9. 酒醒长恨锦屏空

本该是上学的日子，牵牵却一反常态地没起床，沈念叫了几遍，牵牵都只是答应了一声，然后就没声息了。

沈念知道儿子不是赖床的人，于是赶紧跑到儿子的卧室。儿子正在穿衣服，但是小脸煞白，他看到妈妈就说，妈妈，我头晕，难受。

沈念看着儿子，急忙打电话给莫晓南。莫晓南正在晨练，接到沈念的电话，立即折返回了沈念的家，看到牵牵的样子，莫晓南说，快，赶紧去医院吧。

到了医院，莫晓南联系了在医院工作的好友小潘，然后就是一项一项地检查，沈念本来觉得大概就是贫血吧，有时候儿子也会喊头晕，不过时间不长，她也没有太在意。但是医生说，需要做各项检查，头晕的原因有很多。

没事的，你放心，有我呢。莫晓南搂了搂沈念的肩膀，沈念点点头，有他在身边，她觉得自己安心很多。

各项检查完之后，医生说，最好先住院，这样有利于随时观察。

第三天，莫晓南被小潘叫到了医生办公室。

晓南哥，我想非常有必要告诉你，牵牵患的是严重的再生障碍性贫血，最好的办法是做骨髓移植。你看是不是先让沈念做一个骨髓检查，如果行，就移植，不行，只能想办法找到孩子的父亲，让他来做移植。

这些话从小潘的嘴里轻飘飘地说出来，却像一块石头一样砸在莫晓南的心上。

晓南哥，要不要和沈念说？小潘看到莫晓南的脸色，轻声地问。他是莫晓南的好友，知道莫晓南和沈念的关系，他也曾参与了那一晚激动人心的求婚，他本想着莫晓南终于可以和最爱的人生活在一起，没有想到，牵牵这边却出了事。

莫晓南想了想，点点头，必须让沈念知道，她是牵牵的母亲，何况，万一不行，还要找顾西凉回来。这件事，没法隐瞒。

沈念听到小潘的话，就像平地里起了一声炸雷，这样悲剧的事情，怎么会让自己碰到？她想哭，却连眼泪也流不出来，只是木然地坐在椅子上。莫晓南紧紧地将沈念拥在怀里，说，念，没事，不是什么大病，只要做个配型，如果合适，移植骨髓就行。不是什么大事，天大的事，有我，知道吗？

沈念抿紧嘴唇，点了点头，然后说，小潘，现在就给我做骨髓配型吧。

看着沈念这样的坚强，莫晓南的心里，五味杂陈。外表柔弱的沈念，胸腔里从来就有一颗坚强的心。当生活泥沙俱下的时候，她会咬着牙，在生活的变故里挣扎、努力不掉一滴泪。

第三天，配型结果出来了，沈念的配型不合适。其实，莫晓南也做了一个配型，结果和沈念一样，不合适。

唯一的希望，只剩下了顾西凉。

顾西凉离开沈念到如今，已经有一年多的时间，期间，他再也没有联系过沈念，也没有联系莫晓南，要到哪里才能找到他呢？

莫晓南给顾西凉打电话，电话早已停机。所有的事情，一瞬间陷入绝境。

沈念说，我要去见顾西凉的父母。也许，他们的配型会合适。

莫晓南不愿意让沈念去，可是，目前为止，再也没有其他的办法了。沈念说，晓南，你替我照顾好牵牵。

当天，沈念就买了去往T市的机票。为了儿子，她什么都可以舍弃，为了儿子，她什么都可以去做。

凭借着当年的记忆，沈念来到了顾家洋楼。

再次站在顾家洋楼的铁栅栏门外，沈念心潮汹涌。多少往事，历历难忘，如在眼前。

九年前，她和顾西凉一起站在这门外，门里是挺拔的顾南和精明的秦绵，时过境迁，也未知两位老人家是否知道顾西凉其实并未死去，只是如今杳无音信。多年过去，秦绵是否能够原谅自己？沈念还记得当年在顾西凉的葬礼上，秦绵失控的表情。如今再来，他们能给她说话的机会吗？

只是，不试一试，怎么知道呢？再难，也要去做，儿子不能等。

想到这里，沈念心一横，按响了顾家的门铃。

一会儿，一个女佣出来开门，她看到沈念，说，小姐，您找谁？

阿姨，您好，请问，秦阿姨和顾叔叔是住在这里吧？您可以告诉他们，就说是沈念来找他们。沈念说得很客气，女佣显然被沈念的那一声"阿姨"感动了，从来没有客人这样客气而礼貌地对待过她。

她于是笑容满面地跑去给主人报信。

不一会儿，秦绵和顾南走了出来。

沈念在看到他们的瞬间，有说不出的惊愕。

曾经的秦绵，不能说是倾国倾城的美女，也算是美貌如花、气质如兰的女人，可是九年未见，面前的秦绵却已是满头白发，虽然依然是挺直的腰身，身材也依然保持得不错，可是，脸上的皱纹和沧桑还是比沈念预想中的要老十多岁。她穿着一件丝绸长睡袍，和丈夫顾南一起站在门口，她的眼里，不复当年的锋芒和犀利，多了的，似乎是哀伤和绝望。秦绵身边的顾南，当年见的时候，也是英俊飒爽的中年人，如今，却也是风烛残年的老者，虽然依然有睿智的双眼，却也无法掩饰如霜的白发和佝偻的身体。

毋庸置疑，十几年前，沈念是恨着秦绵的，是她，无情地阻断了自己和顾西凉的爱情，以至于最后的最后，他们终于人海离散，再也不见。可是现在，看到他们的模样，想到自己的儿子，她忽然就理解了秦绵当年的做法。或许，换作是自己，也会那样做的吧？身为人母之后才能明白母亲对孩子最深沉的爱，那种爱，是即使得罪全世界也不能让孩子受伤害，即使被孩子嫌弃误解也要将对孩子的伤害降到最低，还有什么，能够与孩子相比呢？做了母亲，就有了金刚不坏之身，就能将所有苦难吞咽。而一旦失去，便是失去了全世界。

是的，失去了全世界。

在秦绵夫妇的眼里，顾西凉已经死了，再也不可能活蹦乱跳地出现在他们的面前，他们曾经舍弃生命也要保护的孩子已经离他们远去，再也回不来。那么，拥有再多的财富，拥有更高的权力，又有什么意义？所以，在顾西凉"死"后，秦绵辞去了领导职务，顾南将公司百分之九十的财产捐给了慈善协会，并在顾西凉生前所上的每一所学校，从小学到大学，全部设立了"顾西凉奖学金"，以此来寄托他们对儿子的哀思。

如今的秦绵，对沈念的到来没有很激烈的表现，但是对她很淡漠，始终一言不发。顾南毕竟是男人，心胸气量都要豁达，他将沈念让进屋里，吩咐女佣去倒水，然后问，沈小姐，你这次来……有什么事吗？

顾南不知道，顾西凉已经死了，曾为顾西凉恋人的沈念这次来，有什么事。

沈念低下头，不知道该怎么和秦绵顾南夫妇说事情的来龙去脉。尽管路上已经想好了说辞，可是，一见到他们，沈念所有准备好的语言全部变成了空白。

沉默良久，沈念才咬咬牙，反正是豁出去了，有什么不能说呢？

叔叔，阿姨，这次来，我是想告诉你们两件事，求你们一件事。第一件事，是顾西凉其实没有死……沈念的话还没有说完，秦绵和顾南都惊得从沙发上站了起来。沈念没有想到，他们的反应竟然会如此强烈。

那，那现在，西凉在哪里？秦绵几乎是扑到沈念的面前，眼里满是迫切的神情。

还是顾南冷静，他眼神犀利地盯着沈念，说，沈小姐，以前的恩怨都应该随着西凉的死烟消云散了，即使你秦阿姨做过对不起你的事，你也不应该开这样的玩笑，有点太过分了。

不，顾叔叔，我说的是真话……

然后，沈念把顾西凉在一年多前去找她的事情讲了一遍给他们听。

听到顾西凉再次不辞而别，秦绵大声地痛哭起来，西凉，为什么，为什么你到现在都不肯原谅妈妈，为什么你活着也不回来见我们？……

沈念和顾南急忙去安慰秦绵，重新扶着秦绵坐到沙发上。

我这次来，还有一件事，就是……说到这里的时候，沈念有一瞬间的迟疑，该不该讲呢？不，一定要讲，自己不就是为着这件事来的吗？

就是，我和西凉有一个孩子……

还没听完，只是听到沈念说"有一个孩子"，顾南和秦绵就都张大了嘴巴。今天是什么日子？怎么这惊悚又不可思议的事情一件接着一件？是在做梦吗？不，不是，眼前站着的，就是顾西凉最爱的女人，她说，顾西凉没有死，她说，他们还有一个孩子，噢，我的天，生活原来也和戏剧一样会出人意料。

秦阿姨，顾叔叔，你们听我把事情说完。听沈念这么说，顾南才扶着秦绵坐好，继续听沈念讲。

我是在西凉出事以后才知道自己怀孕的。我把孩子生了下来，取名牵牵。现在，牵牵九岁了，上小学三年级。本来，我是不想把这件事告诉你们的，可是现在，牵牵患了严重的再生障碍性贫血，需要做骨髓移植，我做了配型，不合格，也联系不到顾西凉，只能来求您二老。无论你们过去多么恨我，看在西凉的面子上，他只有这一条血脉，你们能帮帮我吗？去做一个配型……

说到这里，沈念再也忍不住，双手捂住脸，痛哭了起来。

此时此刻，秦绵和顾南是悲喜交加。欢喜的是，顾西凉没有死，而且还有了一个九岁的儿子；悲伤的是，牵牵居然患了这么严重的病，而西凉又不知身在何处。

顾南沉吟片刻，看了看秦绵，说，阿绵，我们去做个配型吧，你说呢？再怎么说，也是我们顾家的骨肉。

秦绵点了点头，好，那我们收拾一下，马上就出发。

沈念没有想到，他们竟然会这样果断。为了证明牵牵是顾西凉的孩子，沈念甚至带来了牵牵的出生证明，牵牵从小到大的照片。可是，秦绵和顾南连问都没有问，起码这一点说明，他们是多么信任沈念。

这让沈念的心里，充满了感激。舟车劳顿，他们不顾身体衰老，决然要去救的，是自己的孩子啊。

这样的恩德，该怎样才能回报？

谢谢秦阿姨，谢谢顾叔叔，你们的大恩大德，沈念记在心里了……沈念扑通一下跪在了秦绵和顾南的面前。

秦绵和顾南忙不迭地把她搀起来，傻孩子，以前啊，是阿姨做错了事，生生把你们拆散了，后来西凉走了，难得你还会为他生下孩子，一个人把牵牵带大，这是对我们顾家最大的恩德。我们是他的祖父母，难道不应该为他做点事吗？咱们就是一家人，知道吗？

沈念轻轻地点头，秦绵把沈念搂在怀里，沈念，你是好孩子，是阿姨错了啊，你不要怪阿姨……

沈念的眼泪哗哗地落在秦绵的肩上，秦绵的眼泪也落在沈念的背上。身边的顾南看着两个人，也是老泪纵横。

曾经的，无论对错，都已经无法更改，我们需要做的，是面对现在及以后的事情。再多的误解，从我们彼此谅解的那一刻开始，我们就给了对方，也给了自己，春暖花开的机会。

10. 旧事成空，再见帘幕低垂

在见到牵牵的那一刻，秦绵和顾南就坚定地相信，这个孩子就是自己的孙子。

那漂亮的眼睛，那高高的鼻梁，那温柔又倔强的神情，完全就是小时候顾西凉的翻版。这个世间，大概血缘是最神奇的，看到这个孩子，秦绵和顾南莫名地觉得亲切，总想把他搂在怀里。

因为贫血，牵牵只能躺在床上。秦绵看着牵牵惨白的小脸，心里难过得像刀割，她长久地凝视着牵牵，拉起牵牵的小手，给他讲故事。没有想到，秦绵讲起故事来绘声绘色，让病床上的牵牵听得时而大笑，时而紧张地瞪大眼睛。看着他们开心的样子，顾南对沈念说，以前啊，秦绵就是这样陪着西凉长大的，可惜，孩子长大了，就忘记了。说这些话的时候，沈念感觉到顾南内心的凄凉和无奈。沈念轻轻地叫了声顾叔叔，就再也说不出什么。对于老人来说，最难过的莫过于老年丧子，虽然现在知道顾西凉没有死，可是始终联系不上，与死去又有什么分别？

沈念理解顾南的悲伤，却无法劝解老人宽心。

没有感同身受，就没有劝说的资格。

两天后，医院通知，秦绵、顾南和牵牵的骨髓配型，仍然不成功。

接到通知的那一刻，沈念感觉生活一下子失去了所有的希望，她一个人静静地看着儿子乖巧的小脸，不说话，不吃饭。几乎所有的道路都被堵塞了，顾西凉杳无音信，而其他人的骨髓配型需要等待，她知道，这一等，就不知会等到什么时候。

莫晓南几乎动用了自己所有的关系，撒开大网寻找顾西凉。

这是牵牵唯一的希望，也是沈念唯一的希望。

顾南和秦绵拒绝回T市，他们说，好不容易见到自己的孙子，怎么能在这个时候离开呢？他们租了离医院最近的房子，每天变着花样给牵牵做好吃的，陪着牵牵在医院。看到这样的情况，沈念也不好再说让他们离开的话。

血浓于水的亲情，是这个人世间最美好的感情。不求回报，不计得失，所有的付出，都是我的心甘情愿——只因为，你是我们血脉相连的最亲的人。

彼时的顾西凉，正在从五台山回T市的路上。

当年和沈念约定一年时限后，他就和昔日的好友联系，在上海的一家公司做了副总，主要负责公司的管理。轻车熟路，他做得顺风顺水。

只是，他的心里始终觉得无法平静。

不知为什么，他怀念在终南山的时光。那时，生活清俭，内心却安详。出门望得见山岚云烟，回家看的是经书佛卷，没有世俗缠绕，没有情爱纠缠，他觉得那样的生活才是他最想要的。如今，身在繁华都市，满眼的灯红酒绿，酒桌上的觥筹交错，商场里的虚与委蛇，都让他觉得生活的不堪。

他忽然觉得自己，已经不再喜欢这样的红尘生活。

只是，他还是会想起沈念，想起自己的儿子牵牵。他换了手机，却换不掉内心里对沈念和牵牵的思念；他离开了广州，却抹不去在广州的美好时光。他的内心充满了矛盾，却不知何去何从。

那天，他回到公寓，电视上正在播放一个短小的视频。

视频里，一只提线木偶正在表演，旁边有几句话让顾西凉受益匪浅：

木偶以为这线束缚了他，于是拼命地挣脱，挣脱，终于挣脱了线，但同时，他也走到了生命的尽头。很多时候，我们以为的束缚，在解开的刹那，便也预示着我们的失去。

那一刻，顾西凉忽然觉得自己是世界上最愚蠢最自私的人。

他是不是就像这提线木偶？自以为挣脱了线的束缚，可是，也失去了很多曾经的温暖和爱：他忽略了世间最爱自己的人，父母，沈念，甚至牵牵，任凭他们无限期地伤心痛苦，却不愿现身让他们知道自己并未离去。

不，他要回去看父母，他要去看沈念，他要去看牵牵。

于是，顾西凉向公司请了年假，他要先回T市看父母。

近了，近了，他看见红色的小别墅，那是他从小到大生活的地方，他在那里出生，他在那里学会走路，学会说话，他所有的幸福回忆在那里，他所有的痛苦经历也在那里。

还记得，秦绵爱带着他在别墅后面的小花园散步，他常常蹲在地上看蚂蚁，或者钻到草丛里去捉蚂蚱，刚刚穿的新衣服，从花园回来就需要再换，可是，秦绵从来没有因此埋怨过他。

还记得，小时候的他喜欢玩骑飞机。父亲顾南就将他架在肩膀上，两只手抓住他的手，在院子里、花园里跑，边跑边让他跟着自己喊：一圈两圈三四圈，我坐飞机看神仙……那时的父亲，还是帅气年轻的小伙，身强力壮。

还记得，秦绵和顾南给他在家里开的十八岁派对，请了他们班几乎三分之二的同学，还举行了隆重的成人礼。顾西凉不会忘记那一天，父亲和母亲一起牵着他走过花环，说，西凉，你长大了，成人了，要时刻记得责任，记得承担。

还记得，他和秦绵最激烈的争吵也是在这别墅的小径上，因为爱情，因为沈念。那一天，他搬去沈念的住处，才发现沈念已经离开，而他，再也没有原谅过秦绵。

那时，他曾以为，逃离这里是他最大的幸运；如今才明白，这样的逃离，意味着人生的背叛，也意味着苦难的开始。这种苦难，不是指物质上的匮乏，而是精神上的溃败。多少次，他梦里回到的，仍是这座小别墅，红砖青瓦，木质楼梯，温软的大床，妈妈温柔的眼神，爸爸慈爱的拥抱，那么清晰地轮番上演。

此刻，他才知道，他曾逃避的，正是如今渴求的。

来到别墅前，顾西凉站在门口良久。

他还记得三年前，自己回到这里时看到的秦绵和顾南，如今的他们还好吗？伸出手，他颤抖着按响了门铃，他在脑海里想着，父母变成了什么样子，当他们看到自己的时候，会不会惊得张大嘴巴说不出话来？会不会像小时候每次自己夏令营回来一样，母亲扑过来把自己狠狠抱在怀里？想到这里，顾西凉觉得无比甜蜜。

出来开门的是保姆田嫂。

她在顾家有二十年了，如今见到顾西凉，田嫂竟然没有惊慌。顾西凉以为，所有人见到他一定都会以为碰到了鬼，毕竟，他已经"死"了。

田嫂跑过来开门，说，西凉啊，你可是回来了。先生和太太都不在呢。

顾西凉脑子嗡的一下，他们出事了？这是他的第一反应，自然也就顺势问出了口。

不，不是他们。一个月前，有一个沈小姐来找先生和太太，说是一个什么小孩得病了，让先生和太太去做配型。现在人都走了一个月了，还没回来，会不会出事啊？你快想想办法吧。

一听这样的话，顾西凉头都大了。

沈小姐？不是沈念会是谁？小孩得了病？要做配型？难道是牵牵？

他顾不得进门，转身就走。

身后的田嫂喊，西凉，吃点饭再走吧。可是，顾西凉哪里还顾得了这些。

他拿出手机，就给顾南拨出了电话。这些年，他换过手机号，可是，他知道父母不会换手机号。

电话那边传来顾南雄浑而富有磁性的声音：你找谁？

爸爸，我是西凉，你们在哪里？我以最快的速度赶过去。

那边是顾南的声音，西凉？阿绵，是西凉！接着顾南告诉了顾西凉现在所在的地方。还没来得及叮嘱几句，顾西凉已经挂了电话。

此刻，他知道一定是牵牵出事了，否则，父母不会出现在大理，沈念也不会来求秦绵。他恨不得自己长出翅膀，马上就站在沈念和父母的面前。

等顾西凉飞到大理的时候，已经是第二天的凌晨。

他从机场打车，直奔医院。

走到医院门口的时候，他看到了秦绵和顾南。

顾南一只手提着两个饭盒，一只手拉着秦绵，从马路边走向医院。秦绵依然是先前的模样，只是更瘦了，更憔悴了。她小鸟依人般跟在顾南的身边，满眼的信任与放心。

那一刻，顾西凉的心，像刀割一样。

这是自己的父亲母亲，是这个世界上最爱自己的人，可是，这么多年，自己却自私地将所有的痛苦塞给他们，让他们承受老年丧子的绝望，从来不曾给过他们一点点希望。想到这里，顾西凉再也忍不住，他快步走向秦绵和顾南。

妈妈，爸爸。

这一声，让正准备上医院楼梯的秦绵和顾南停下了脚步，转身，他们看到了即将走到他们面前的顾西凉。

顾南手里的饭盒"咣"的一声，掉到了地上。

沈念说得没错，他们的儿子真的没有死，顾西凉，正活生生地站在他们的面前。

还有什么比这更让人震惊、更让人激动的事情呢？以为去世多年的儿子，竟忽然站在了自己的面前，这是不是在做梦？秦绵看到顾西凉，一下子甩开了顾南的手，扑到了顾西凉的面前。

她伸出手，仔细摩挲着顾西凉的脸，是的，是的，这是她的儿子，是让她此生最骄傲的儿子，也是让她此生最痛苦的儿子。只是，只是，那些痛苦又有什么关系呢？此刻，她是世界上最幸福最开心的母亲，因为，她的儿子，又回来了。

又回来了。

她的眼泪吧嗒吧嗒地掉下来，她把顾西凉搂在自己的怀里，呜呜咽咽地哭起来。

顾西凉紧紧地抱着秦绵瘦弱的身体，妈妈，对不起，儿子不孝，儿子回来晚了……这个女人，给了他生命，给了他温暖的家，给了他无私的爱，却被他伤得最深。如果说此生他有最对不起的人，一定是面前这个风烛残年的女人。

而曾经，她是一个多么优雅多么美丽的女人。

此时，顾南也走了过来，他轻轻地拍了拍顾西凉的肩膀，说，儿子，回来就好，回来就好……说着说着，这个一米八几的大男人，也是热泪汹涌。

顾西凉重重地点点头，将父亲也搂在了怀里。

他决定，无论自己遭遇什么，都不会再那么任性地离开。即使是为了这一份责任，他也应该好好地陪在父母的身边，让他们可以安享晚年。

顾西凉来到了病房。

当他出现在病房里的时候，整个世界都安静了下来。

沈念和莫晓南本来正在给牵牵讲故事，看到顾西凉，沈念第一个站了起来，接着是莫晓南。莫晓南不自觉地牵起了沈念的手，两个人目不转睛地看着顾西凉；牵牵看着顾西凉，眼神里满是陌生。

看到这里，顾西凉忽然觉得自己是多余的，本来应该是自己站在沈念的身边，本来应该是自己陪着牵牵讲故事，可是，如今，站在沈念身边的，陪着牵牵的，是另一个男人。

简直就像是一个冷笑话。

可是，他不能走，他还有牵牵，他必须要救自己的儿子——即使今生，他们是永远的错过。

沈念的眼泪滚滚而下，面前的顾西凉，还是一年半前的顾西凉，只是，他的眼神，多了沧桑多了内敛。还爱吗？怎么能够不爱？青春岁月里最美好的年华，曾经全部给他，所有的悲欢离合，也全部因他。只是，繁花散尽，当他们一再离散，沈念终于相信，她和顾西凉，是真的，有缘无分。

刚刚谈恋爱的时候，沈念和顾西凉去普陀山玩，他们去寺庙里求签，问的是爱情。直到如今，她还记得签上的卦辞是：云天夜永月方出，日暮山深景寂然，鹤唳一声惊梦觉，潇潇风雨不成眠。师傅说，此卦为离散签，是下下签。沈念想多问，师傅却闭上眼摇头，说，天机不可泄露。再不肯多说一句。年轻的时候，谁会在意这些呢？不过是玩玩。顾西凉是最不信的了，随手将卦签扔下，说，沈念，不要信，不过是玩。便和沈念离开了寺庙。当年沈念也是不信的，或者是不愿意相信的。

只是后来分分合合，冥冥之中，总是有什么因素，阻碍着他们在一起。

于是，沈念想起了那年的卦签。

还能说什么呢？一朝错过，便是永久错过，此生来世，都再难重逢。

沈念，晓南，我来了。看到沈念出神，顾西凉首先开了口。

最尴尬的大概是莫晓南了。虽然他并没有做什么对不起顾西凉的事，可是如今，他和沈念在一起了，面对顾西凉的突然出现，他深感意外。

那个，西凉……口齿伶俐的莫晓南，竟然不知道该说什么。

反倒是顾西凉，他对着沈念和莫晓南笑了笑，然后，奔过去看牵牵。

牵牵看着顾西凉，眼神里有陌生，也有似曾相识。在他小小的印象里，顾西凉出现在照片里，却从未见过真人。如今，当他站在床边，定定地看着自己的时候，小牵牵终于想起了这个"照片爸爸"。于是，他脱口而出，照片爸爸！

但是说完之后，大概马上就后悔了——因为他马上去看牵牵和莫晓南。他不是小孩子，他已经知道莫叔叔和妈妈走在了一起，他不知道这样叫面前的这个始终出现在照片里的男人是否妥当。

沈念没有责备的意思，莫晓南也没有，看到这样的状况，莫晓南说，沈念，你和西凉还有叔叔阿姨坐一会儿，我下去买点东西，立马就回来。

沈念点点头，她太了解莫晓南了，他不过是给顾西凉和他们独处的一点时间。

顾西凉轻轻地走到牵牵的面前，说，牵牵，照片爸爸终于来看你了，你开心吗？

说这句话的时候，顾西凉的眼泪忍不住掉了下来。牵牵用小手替顾西凉擦眼泪，说，牵牵很坚强，照片爸爸你别哭……

旁边的秦绵和顾南却早已老泪纵流，尤其是秦绵，泪眼里满是悔恨和内疚。

这本该是多么美好多么幸福的一家人啊，儿子，儿媳，孙子，可是如今，所有的人都离散天涯，所有的事都不尽如人意。怪谁呢？也许真的怪自己吧？如果当初自己不因为门第观念而对沈念横加阻拦，最终让他们分开八年，也许后来的一切都不会发生。沈念和西凉会结婚，会有自己可爱的宝贝，西凉也不会这么多年漂泊在外，孙子也不会这么多年从未相见。

可是，有如果吗？不，没有。

或许真的是血脉相连，没有半个小时，牵牵就和顾西凉打得火热，两个人又说又笑，旁边的秦绵和顾南也是高兴得合不拢嘴。唯有沈念，依然是淡淡地站在病房门口。还有什么说的呢？不，什么也不用解释了。她已经选择了放弃顾西凉而和莫晓南在一起，那么，再多的解释，也无法让一切回到从前。

既然已经没有意义，又何必再做解释？

就当是我做了一次薄情人，终于在爱了你十几年之后，放弃了你。不用问什么原因，只需要知道，我们终将错过，就是我们的结局。《半生缘》中曼帧对世钧说，我们回不去了。是的，回不去了。

一切都已经尘埃落定。在我执着爱你的时候，你踪影全无，于是，我答应了另一个一直守在我身边不离不弃的人相守终身。对不起，在我最需要你的时候，你无数次缺席，那么，这以后的几十年，你也不必再出场了。

——无论你有怎样的理由，我终是不能接受你曾有的告别方式。

11. 春梦秋云，聚散真容易

到大理的第三天，顾西凉就抽骨髓做了配型，人们惊喜地发现，顾西凉与牵牵的配型很成功。三天以后，顾西凉为牵牵做了骨髓移植。

躺在手术台上，顾西凉看着已经打了麻药熟睡了的牵牵，内心无限感慨。

他从未想过，自己还会有一个儿子，也从未想过，有一天，他们会以这样的一种方式相见。三天前，当他看到沈念和莫晓南的时候，就明白，他和沈念的爱情，已是昨夜星辰昨夜风，可是，能怪沈念吗？不，不能。所有的别离，都一定积蓄了太久的失望，所有的放弃，都一定伴随着锥心的疼痛。回望自己和沈念相恋的这十几年，痛苦多过欢乐，分离多过相聚，伤害多过体贴，尤其是自己假死之后，沈念的艰辛可想而知，何况是带着一个孩子。在她最艰难的时候，自己没有陪在她的身边，只有莫晓南，默默陪伴着她十几年，伴随她走过人生里最灰暗最痛苦的岁月。那么如今，自己还有什么资格，请求沈念和自己在一起？不，不要这样作践自己也为难别人了。只要心里还有她，只要她过得幸福，那么，自己从此后回到T市人海隐居，又有什么关系呢？曾经的他是自私的，以为爱情是占有，如今，他才知道，只有占有的爱情是多么弱不禁风，最美的爱情应该是：成全和陪伴。

是的，成全和陪伴。

成全我最爱的她的每一个选择，成全她和自己喜欢的人在一起，成全她去选择属于自己的幸福，成全她在这尘世里不再茕茕孑立，那么，此后的几十年岁月，即使我只能一个人孤独终老，我也不会责怪你当年的选择。而陪伴，该是最长情的告白吧？幸福的时候，有最爱的人陪在身边欣赏，痛苦的时候，有最爱的人陪在身边说"不怕，还有我"，这比一火车皮的"我爱你"不知强出多少倍。可是，自己陪伴了吗？不，没有。当我能陪伴你的时候，我在忙着伤害你，怀疑你，折磨你。只有莫晓南，不问结果，不计得失，始终如一地陪在你的身边。与莫晓南的爱相比，自己的爱，显得多么自私和渺小。莫晓南的爱，才是真正的爱,纯粹的爱,而自己的爱,却包含了太多的东西。

爱,一旦含有了杂质,便再也不是爱情本来的模样。

是我,错失了这一份真挚而美丽的爱情。

闭上眼,有两滴泪从顾西凉的眼角流下来。

有些事,错过了,便是今生永远的错过,再没有了弥补的机会,唯有遗憾与悔恨,在每一个想你的日子涌动。

而手术室外,沈念和莫晓南静静地坐在长椅上,等着消息;秦绵和顾南也坐在另一条长椅上,如坐针毡。

手术台上的,一个是他们的儿子,一个是他们的孙子,哪一个都是他们的心头肉。这段时间,日日与牵牵相对,老两口深深地爱上了牵牵。这个可爱的小家伙,嘴巴甜得像抹了蜜,左一个"爷爷",右一个"奶奶",叫得人心都快酥了。沈念买了什么好吃的来,小家伙总会拿出来说,爷爷,奶奶,你们先吃。到午饭晚饭时间,牵牵会像个小大人一样催促老两口,快点去吃饭啊,你们饿瘦了,牵牵会心疼。在医院待得时间长了,牵牵还会劝他们回家休息:爷爷,奶奶,你们回家休息吧,不然会累坏的。……

此刻,可爱的孩子却躺在手术台上。虽然医生安慰了老两口无数次,说没事的,没事的,可是,两个人还是坐在长椅上提心吊胆,秦绵更是眼泪汪汪,顾南只好一边安慰一边给她擦眼泪。

沈念的心,也像是被悬挂在半空,那种不落地的感觉,让沈念觉得心底空荡荡的。她已经两天没有怎么吃东西了,自从确定了牵牵的手术时间,沈念就一直没有胃口。莫晓南也没有办法,只能一直陪在沈念的身边,给她熬点粥,带点奶。

莫晓南理解沈念的心,一个母亲,看着自己的孩子受罪,她怎么能吃得下呢?牵牵虽然不是自己亲生的孩子,可是,从他一出生,自己就守在他的身边,这九年来,几乎朝夕相处。牵牵对莫晓南的依恋,就是孩子对父亲的依恋,而莫晓南对牵牵,就像是自己的儿子一样,爱着,宠着,看着他一天天健康长大,别提心里多高兴了。可是现在,看着牵牵躺在床上,静静地睡着了,谁也不能保证牵牵会不会醒来,除了祈祷,似乎他们什么都做不了。这个时候,他才深深地感觉到生命的无常，人生的无奈——当病痛来袭，即使是最爱的人，也只能眼睁睁地看着他独自挣扎在死亡的边缘。

此时此刻，你就会明白，什么社会地位，什么金钱名声，什么都不重要，唯有健康，才是最重要的。

三个半小时后，手术室的灯亮了，门开了。

沈念、莫晓南、顾南、秦绵，一齐站了起来，护士出来说，家属，放心吧，手术很成功。那一刻，沈念紧紧地抱住莫晓南，眼泪肆虐；莫晓南也紧紧地把沈念搂在怀里；他们的最爱，终于闯过了鬼门关。顾南也紧紧地抱住了秦绵，他们的孙子，他们的儿子，都没有问题，这是一件多么值得庆幸的事情。

手术室的门打开，首先被推出来的是牵牵。他还在睡觉，医生说，进了病房就会醒。莫晓南点点头，手术前，他托关系找了负责麻醉的医师。都说麻醉师很重要，多一点或少一点，病人都会受罪，最好的麻醉师，会把量控制在恰恰好。手术完成，病人醒来。莫晓南说，沈念，我先陪着牵牵回病房，你看看西凉。说罢，莫晓南和护士一起随着牵牵的手术车往病房去，顾南也跟上了莫晓南。

接着被推出来的是顾西凉。沈念和秦绵走到他的身边，他似乎刚刚醒，面色有点苍白，看到秦绵和沈念，他虚弱地说，牵牵……好吗？那一刻，沈念的眼泪哗啦哗啦掉下来，西凉看着沈念，想要说什么，医生说，病人家属不要让病人情绪激动，也别让病人说话，先回病房吧。秦绵轻轻地抱着沈念，说，沈念，别哭，没事的，一切都很好。毕竟是经历过人生风浪的人，此刻，秦绵的拥抱和安慰，让沈念放心了很多。

她对顾西凉，有爱恋，也有愧疚，甚至，因为顾西凉的归来，她曾想过离开莫晓南也离开顾西凉，一个都不选，此后一个人天涯飘零。只是因为牵牵不能没有妈妈在身边，只是因为牵牵现在病重，她才没有选择离去。她的内心，为牵牵的病情焦虑，也为不知如何面对顾西凉而纠结。

她是曾决意要离开顾西凉而和莫晓南在一起的，她曾经以为自己是足够坚定的人，做出决定后就不会犹豫，可是，当再次面对顾西凉的时候，她才知道，当年仓央嘉措说的那句"世间安得双全法，不负如来不负卿"是多么矛盾和无奈。

顾西凉看着沈念和秦绵，眼神里是掩饰不住的欢喜。这两个女人都曾是他最爱的女人，如今看到她们如母女一般拥抱在一起，他的心，是充满喜悦和感激的。

假如我们曾在黑暗中前进，觉得生活无望的时候，请不要放弃希望吧，所有的结局，都会在最后的最后出现，而这个结局，其实，远比你想象的结局要好很多。

骨髓移植手术十天以后，顾西凉的身体已经康复得很好。医生说，本身骨髓移植对捐献者本人就没有多大影响，何况顾西凉身体本身就很健壮，所以，恢复快是很正常的。

牵牵接受配型以后，恢复得也不错。医生说，一般情况，父亲给儿子骨髓移植不会出现问题。

顾西凉日日陪着牵牵，给他讲故事，陪他看动画片。顾南和秦绵依然一日三餐变着花样来给孙子和儿子送饭。倒是沈念和莫晓南，似乎成了两个没什么用的人，除了到医院看一看牵牵，基本都不用干什么。

看着牵牵越来越健康，小脸越来越红润，顾西凉的心底充盈着无数的快乐和幸福。他从未想过，自己有生之年，还可以和牵牵如此切近地享受天伦之乐。

莫晓南来医院的次数会多一些，沈念看到牵牵的健康状况良好，为了避开顾西凉，她就尽量少去医院。这一点，顾西凉似乎能明白。

有一天，牵牵精神状态良好，医生说可以出去走走。于是，顾南和秦绵带着牵牵去医院的后花园散步了。莫晓南说，西凉，一起喝杯咖啡去？

顾西凉想了想，点点头。当牵牵病情稳定，他们迟早是要面对彼此的。

晓南，谢谢你这些年对牵牵和沈念的照顾。一落座，顾西凉就说了这样一句话，让莫晓南的心里咯噔一下：难不成，顾西凉还要把沈念和牵牵都带走？

看着莫晓南戒备的神情，顾西凉说，晓南，别紧张，这次我回来，什么都看明白了，你和沈念在一起了，对不对？

莫晓南没有否认，点了点头。

这些年，我顾西凉对不起沈念，磕磕绊绊十几年走下来，是我顾西凉没有珍惜沈念，也是我顾西凉没有福气拥有沈念这么好的女人。当年，我不该抛下她一个人逃离，也不该把所有的伤痛都让她一个人背负。我以为的好，未必是她想要的好。只是现在想明白也晚了。你对沈念，足够深情，也足够好，没有你的陪伴，我想沈念和牵牵不会像现在这么幸福。我真的要说声谢谢你，尤其你对牵牵，我真的是充满了感激。等牵牵身体恢复得差不多了，我就会离开。答应我，好好替我照顾沈念，她是个好女人，值得拥有幸福。

顾西凉一口气说了这么多，让莫晓南不知该说什么。

这次因为牵牵的事情，他和沈念四处寻找顾西凉，那个时候，心里唯一想的就是救牵牵。如今，顾西凉找到了，配型成功了，移植做完了，牵牵得救了，莫晓南才开始考虑他、沈念和顾西凉之间的问题。

认识沈念十几年，他知道沈念对顾西凉的深情，何况他们还有牵牵这条纽带。从心底说，他实在不希望沈念最后回到顾西凉身边，连牵牵也带走，那么，自己这十几年的坚守又有什么意义呢？如果从未得到过沈念的爱恋，也许莫晓南不会太过伤心，毕竟这样的结果是自己早就预料到的。可是，明明他终于赢得了沈念的芳心，明明他们即将要步入婚姻的殿堂，明明他们可以在此后余生里相扶相携幸福一生，却要忽然失去，怎能叫人不痛心？如若从未得到，也就不会难过，得到又失去，才是最让人难以接受的。

这次两个人出来，他以为，顾西凉会提出要带牵牵和沈念走。

可是，没有，顾西凉说，替我照顾好沈念和牵牵。

看向窗外，红霞满天。

明天，该是一个艳阳天吧？

12. 离歌且莫翻新阕

在医院住了两个月，牵牵终于出院了。

那一天，莫晓南、顾西凉、顾南、秦绵来医院接牵牵，莫晓南给牵牵买了最喜欢的玩具手枪，顾西凉买了一辆遥控汽车，顾南给了牵牵一个超高清的望远镜，秦绵织了一件漂亮的毛衣给牵牵，而沈念，则负责收拾家，做牵牵最爱吃的饭。

半小时后，他们回到了沈念的家。

一打开门，就看见过道里有玫瑰花铺成的路引，客厅的电视墙上，用玫瑰花拼成了一颗心，"心"里，是沈念精心写的几个字：欢迎宝贝回家。桌子上，已经摆了满满一桌子菜。牵牵见到妈妈，高兴地扑到沈念的怀里，说，妈妈，我终于可以回家了，我终于可以去上学了。

所有人，都湿了眼眶。

牵牵哪里会懂得，因为他一个人，因为所有人对他的爱，曾经有过深深误解的人们，放下恩怨，打开心结，重新成为一家人。

是的，一家人。

牵牵说，放寒假和暑假的时候，我要去爷爷奶奶家住，我要和照片爸爸一起住，我想他们了，就让他们来陪我，好不好？牵牵一个一个地看向面前的人，于是，沈念点点头，莫晓南点点头，顾西凉点点头，顾南和秦绵点点头。牵牵高兴地举起胖胖的小手，做出了一个"欧耶"的手势，欢呼着扑向沈念说，妈妈真好！

那一顿饭，是十几年来，每个人都吃的最幸福的一顿饭。

只是，每个人都藏着各自的心事，不能也不敢，轻易地表露。

顾西凉仍然爱着沈念，只是，他再也不能对沈念说"我爱你"，他再也不能要求沈念"我们一家人在一起"。沈念矛盾着，她自认为是提得起放得下的人，她自以为做出和莫晓南在一起的决定，就绝不会再在意顾西凉怎么想，可是，她错了，她忽然觉得自己成了薄情人，无论是对莫晓南，还是对顾西凉。秦绵扫一眼沈念和顾西凉，再看一眼莫晓南，心底已经知道他们之间微妙的关系。她很想让顾西凉劝沈念带着牵牵一起回T市，但是理智又告诉她，这似乎已经不大可能。顾南是极其冷静的人，一辈子江湖行走，混迹于商场官场，太懂得察言观色，只是，他还能说什么呢？也许从一开始，秦绵插手顾西凉的恋爱时，这个结局就已经注定。最无忧无虑的是牵牵，他现在有妈妈，有疼爱他的莫叔叔，更有忽然蹦出来的"照片爸爸"和从天而降的爷爷奶奶，他觉得自己好开心，一场病，竟然让他在一瞬间有了这么多的亲人，简直是不可思议。所以他说，妈妈，我忽然想起了塞翁失马的故事。听到这里，秦绵简直又悲伤又欢喜。欢喜的是，小小年纪的牵牵，居然由此想到了"塞翁失马焉知非福"；悲伤的是，如此聪慧的孩子，竟然不能和自己日日生活在一起。

不，她要试一试。

她抬起头，对沈念说，沈念，我想问问你，能不能让牵牵和我们回T市？毕竟，那里有我们三个人照顾他，而且，我还能为他提供良好的学习环境和生活环境。

这句话一说出来，沈念就变了脸色。

这不是要夺人之爱吗？牵牵是她的心肝，是她生活幸福的源泉，是带给她和莫晓南快乐的天使，她怎么能让秦绵带走？

顾南和顾西凉没有想到秦绵会提出这样的要求，任是谁，也不会答应的吧？顾南不禁在心里暗暗埋怨秦绵，好不容易修复的关系，被她这么一说，可能瞬间就会土崩瓦解。莫说是带牵牵回T市，就是想要寒暑假见一面，也不那么容易了。

阿姨，牵牵是我儿子，他必须和我在一起，我是他的法定监护人。他哪里也不会去。沈念此刻，是倔强而冷静的。

这个时候，顾南站了起来，他说，沈念，你秦阿姨也是太喜欢牵牵了，你放心，我们不会带走牵牵的，但是让牵牵有时间回来看看我们这把老骨头，行吗？毕竟，他是我们顾家的血脉。

这样的要求，沈念不能拒绝。

顾西凉静静地看着沈念，岁月是一把刀，将沈念曾经年轻的面孔刻上了浅浅的皱纹，只是，岁月的磨难，也赠送给她更多的睿智和涵养，她已经不再是那个年轻的女孩子，她是成熟而坚韧的中年女子，褪去青涩，而更显魅力。

此刻，他终于明白，一个女人的魅力，绝不来自于年龄，而来自于她的修养，她的智慧。沈念不是很漂亮的女人，她如今也不再有年龄的优势，可是，她坐在那里，就能让人感觉到一种恬静与安宁，让你不由得想要多看她两眼，然后，想要了解她，探寻她。

可惜，这样美好的女人，终是成了别人的妻子。

曾经的美好，曾经的爱恋，曾经的海誓山盟，曾经的卿卿我我，终于化作云烟，氤氲在岁月的长河里，再不复现。

第三天，是顾西凉一家三口离开大理的日子。

临行前，顾西凉对牵牵说，牵牵，要听妈妈和莫叔叔的话，爸爸有空就飞过来看你哦。牵牵很开心地点头，然后，秦绵和顾南拥抱着牵牵不舍得放手。牵牵说，爷爷奶奶，你们放心吧，一放假我就去看你们，要是想我了，还可以和我视频。这么懂事的孩子，让秦绵和顾南更舍不得松手了。

顾西凉看看莫晓南，说，晓南，记得你答应我的事。

莫晓南点点头，你放心，我会的。

然后，顾西凉走到沈念的面前，这段时间以来，他能感觉到沈念在躲着自己，他也猜出沈念为什么会这样。相爱十几年，她的心思，他怎么会不了解，怎么会不明白？

顾西凉说，沈念，拥抱一下吧，以后，我再也没有了这样的机会。

这句话说出来，让沈念的眼泪差点掉下来，而顾西凉的心底更是一片酸楚。他紧紧地抱着沈念说，沈念，答应我，一定要幸福，知道吗？无论什么时候，我都是你最亲的人。

沈念哽咽着点点头，他和她，不是不爱，只是这阴差阳错啊，让他们总是马不停蹄地错过再错过。而那曾经深刻在心底的爱，怎么会因为不在一起而消失殆尽？它将藏在心海最深处，永远为你。

很多时候，我们不得不放弃，只是因为在人生里，我们终究逃不脱宿命的安排。

但是，分别的时候，我们都没有怨恨。我们也许不再是恋人，我们再也无法牵手白头，将曾经的诺言兑现，那就让我们将那些爱化成深深的祝福和亲情，在薄凉的尘世间，做最安全的树洞和最坚实的后盾。

卷 五

把酒祝东风,且共从容

1. 寂寞凭高休念远

聂亦风和令狐北的"你我"画廊用了一年的时间,终于又恢复到曾经的状态,又用了小半年,发展得风生水起。

白烟因为米晟事件,像换了一个人似的,她变得沉默寡言,但是办事更加沉稳。除了在画廊里打点,白烟晚上报了一个学习英语的培训班,每天按时上课,风雨无阻。此外,白烟更加努力地进行绘画创作。或许是因为心无旁骛,她的绘画水平在短短一年的时间里突飞猛进,在参加过两次全国的画展后,白烟的作品被拍到每幅30万元。白烟似乎很乐意将自己的画作卖出去,她勤奋地作画,频繁地举办个人画展,也快速地拍卖着自己的作品。

一年半后的一天,白烟约聂亦风和令狐北在画廊对面的"慢时光"西餐厅吃饭。

白烟那天特意打扮了一番,穿了一件纯白色的连衣裙,长长的头发披在肩头,画了淡淡的妆,显得更加漂亮。

因为与白烟很熟悉,聂亦风和令狐北看了看白烟,异口同声地说,小妹今天最美丽。这让白烟有点不好意思。

小妹,今天是什么好日子啊,打扮得这么漂亮?聂亦风笑眯眯地看着白烟,满眼的欢喜和探寻。

白烟笑一笑，亦风姐，今天我是要和你们告别的。

告别？听到这样的话，聂亦风和令狐北都是一愣。

是的，我已经被法国巴黎美术学院录取，两个星期后报到。这一年多来，我一直是怀着感恩的心来做事的。亦风姐，出了那么大的事你们都不嫌弃我，还一直待我如初，我真的不知道该怎么表达我的感激之情，你们对我的恩情我永远都不会忘记的。我还年轻，我想出去看看世界，亦风姐，谢谢你们这么多年对我的照顾。

这样的决定，虽然出乎聂亦风和令狐北的意料，但是细细想来，白烟的选择也许是最好的。她是一个自尊心很强的女孩，虽然"你我"画廊的事情完全是米晟一个人的错，可是，白烟无法面对是因为自己才让米晟有了可乘之机的事实，而事后，聂亦风和令狐北对她的宽容，更让她觉得无地自容。所以，她的离开是一种必然，她不愿意欠着别人——所有自尊心强的人，都不会允许自己这样。

亦风点点头，祝贺你白烟，那么就让我们举起杯，祝愿我们的小妹妹学业顺利吧。

举起酒杯的瞬间，白烟的眼泪掉下来，亦风姐，令狐姐夫，我真的对不起你们，出了那么大的事，你们连一句责备的话都没说，我……

亦风轻轻地拍拍白烟，傻妹子，那不是你的错，你也是受害者，明白吗？事情都过去这么久了，要放下，不要让它牵绊了你前进的脚步。

令狐北也点点头，白烟，有些事情，真的不是你的错，你不需要内疚。不责备你，继续让你留在画廊，是因为，我和你亦风姐都知道你的人品，都把你当作自己的家人，明白吗？在我们眼里，你不是员工，你就是我们的妹妹，一家人不应该相互照应吗？一家人不应该相亲相爱吗？所以，白烟，即使要离开，也要轻松地转身，不要背负着那么多的东西前行，做蜗牛很累的，要学会扔掉不必要的回忆，云淡风轻地生活。

这一番话，说得诚恳而坦率，让白烟再次泪崩。

聂亦风拿出纸巾，替白烟擦干眼泪，傻妹子，多高兴的事啊，应该笑才对嘛。来，我们为白烟妹妹能进入世界一流的美术学院干杯。

此时，此刻，此情，此景，都成为深刻而隽永的画面，深深地镌刻在白烟的脑海里。在法国留学的五年里，每每想起，都让她倍感温暖。

吃完饭，白烟拿出一张银行卡，交到聂亦风的手里，说，亦风姐，这是我这一年来作画卖得的钱，总共500万，留给画廊，算是我对画廊的一点补偿。

此刻，聂亦风才知道白烟没日没夜地作画是为了给她一笔钱。这笔钱，聂亦风怎么能要呢？

她将卡退还给白烟。白烟说，亦风姐，这笔钱你留下，这样我才能轻松转身，否则，我会永远背着一个大大的包袱。就当你成全我，让我可以像令狐姐夫说的那样，云淡风轻地离开。

聂亦风看看令狐北，令狐北点点头，示意她收下。

聂亦风将卡收起来，却不知该说什么。又能说什么呢？聂亦风也是一个有极强自尊心的人，设身处地，如果是自己陷入白烟这样的处境，也一定会像白烟一样这么做。也许，只有收下这笔钱，她和白烟以后才可能走得更远，友情才有可能更坚固。

两个星期后，白烟告别了聂亦风令狐北夫妇，踏上了飞往法国的飞机。

聂亦风痴痴地看着飞机飞上蓝天，问令狐北，令狐，你说，白烟还会回来吗？令狐北轻轻搂住聂亦风，亦风，你该知道，人生就是一场又一场的别离。

聂亦风没有说话。

她想起了顾城曾经写过的一首诗中的几句话：

我还想画下自己
画下一只树熊
他坐在维多利亚深色的丛林里
坐在安安静静的树枝上
发愣
他没有家
没有一颗留在远处的心
他只有，许许多多

浆果一样的梦

和很大很大的眼睛。

这是一只孤独的树熊，也是诗人自己的写照。认真想一想，又何尝不是每个人的写照？我们每一个人，都是一只孤独的树熊，严格意义上来说，没有家，没有一颗留在远处的心，只有对家的梦想和渴望。

令狐，有一天，你也会离开我吗？

聂亦风忽然觉得自己的眼泪就要决堤而出。

令狐北把聂亦风紧紧地搂在怀里，傻瓜，我永远都不会离开你，即使是死亡也不会把我们分开。

是的，永远不会离开。即使是死亡，不，死亡也不能，即使有一天我死了，我的灵魂我的心，仍然会陪着你，守护在你的身边，直到，直到我们在下一个轮回里再次相遇相爱相知相守。

罗旌默默地陪着母亲散步。

那一年，罗旌将母亲接到了北京。因为当时慕容雪的颐指气使，罗旌在近郊给母亲买了一套房子，让妹妹和母亲住。

后来，罗旌的妹妹结了婚，就剩下罗旌的母亲一个人生活。

罗母性格开朗，是出了名的古道热肠，尽管住的是楼房，罗母却以自己的善良赢得了单元里所有住户的称赞，邻里关系和睦，相处得像是一家人。

罗母并不知道罗旌的任何事，只知道自己的儿子现在经营着一家公司，但是，结没结婚，和谁结婚了，有没有孩子，罗母真是一概不知。有时候她也会试探性地问一下，罗旌回答，妈，您就别操我的心了。您健健康康的，就最让我放心了。

孩子们长大了。罗母总会这样想。但是，儿子能在京城这寸土寸金的地方给自己买房子，找关系让自己的妹妹有好的工作，一定不是什么普通的打工仔。想到这些，罗母也就觉得欣慰了。

每周，罗旌都会回到母亲身边来陪她。

后来，慕容氏集团倒台，罗旌成了风口浪尖的人，罗母才从电视上知道，原来儿子一直背负着仇恨走了这么多年。早知道这样，她一定会劝劝自己的儿子：死者长已矣，存者且偷生。谁也不应该一辈子生活在仇恨里，都应该往前看，否则，他终究会是那个最不快乐的人。

事实证明，罗母是对的。

罗旌成功地报了仇，慕容氏集团宣告破产，慕容枫以花甲之年住进了监狱，不久，病死狱中。慕容雪据说出院后便下落不明，有人说是受了刺激，神经有点不正常。本该是欢喜的事，可是，自己的儿子罗旌还是郁郁寡欢的样子。

旌儿，如果你还想着亦风，就去找她吧。罗母始终是喜欢聂亦风的，所以现在，既然仇已经报了，为什么还不去找聂亦风呢？

妈，亦风已经有归宿了。罗旌的话，带着些苍凉，也带着些无奈。

罗母叹口气，是啊，多好的姑娘啊。唉，都怪妈妈，如果妈早知道你为了你那死去的老爸报仇，妈一定不会让你这样毁了自己一辈子的。

可是，说这些又有什么意义呢？

该走的已经走了，该留的也没有留下来，一切，都已经不是曾经设想的情境。或许，从一开始，当自己决定要放弃聂亦风的时候，所有的便已经都回不去了。

是的，回不去了——纵然我依然深爱着你。

2. 夜寒凝，霜华伴月明

又是一个春风和煦的上午。

罗旌照例来到了聂亦风的"你我"画廊。

是的，照例。自从"你我"画廊重新开始营业，他每周都会有一两天来画廊，只是，他从来不进画廊里，只是站在画廊对面的紫藤萝树下，隐身在藤萝花中，远远地看着聂亦风，或聂亦风和令狐北。

没有人知道，聂亦风曾经收到的那500万汇款，是罗旌寄来的。

这一生，聂亦风始终是自己最爱的女人。他以为，聂亦风会用很长的时间来疗伤，而这很长的时间，足够自己把慕容氏集团扳倒，然后，他再告诉聂亦风真相，然后，他们继续在一起，幸福地生活。

这是罗旌的设想，这只是罗旌的一厢情愿。

他忘记了，他面对的是聂亦风，一个倔强的坚强的女孩子。他也忘记了，很多事情，并不是由某个人的设想决定，更不会沿着这个设想向前，甚至即使是在设想着的道路上，也完全会被意外击打。

而这意外，便是命运吧？有多少人，就败给了意外，败给了命运。冥冥之中，世间所有的事物，包括人，都是命运的棋子——没有谁，能逃脱得掉命运的安排与摆布。

慕容氏集团虽然倒闭了，但罗旌因为这些年积累下来的人脉，在商界成为冉冉升起的新星。他为父报仇的事情在业内广为流传，但是，这并没有损毁他的形象，反而帮他赢得了足够多的支持。

曾经和他合作过的老总这样评价他：虽然他对付慕容家族的手段阴了一些，但是，这些年和我们合作，却从来都是谦谦君子。他的人品是没有问题的，只能说，他是一个敢爱敢恨的真男人。

其实，罗旌从来不在乎别人怎么评价他。对他而言，去做自己认为对的事，就是他的原则。即使全世界都反对，他要做，依然会坚持去做；即使全世界都赞成，他不想做，一样不会去做。

现在，他静静地坐在紫藤萝树下。

藤萝花开得热闹极了。

"我在开花。"她们嚷嚷。"我在开花。"她们在笑。

看着开得密密繁繁的藤萝花，罗旌想起了初中时学过的宗璞写的那篇《紫藤萝瀑布》，而且想起了文中描写藤萝花盛开的几句话。对于这篇文章，他之所以记忆深刻，是因为当时他家庭的变故与宗璞有着很多的相似之处。

老师介绍背景时说，当时宗璞一家刚刚从"文化大革命"的阴霾中走出来，她最爱的小弟弟却因为癌症住院，医院已经下了病危通知书。就是在这样的情况下，宗璞看到了紫藤萝，写下了这篇文章。

而罗旌，其时父亲因为矿难去世，母亲几乎崩溃，小妹妹年龄小，什么也不懂，曾经贫穷却温馨的四口之家转眼之间家破人亡。小小的罗旌一下子体味到了人情冷暖。

所以，他也深深地记住了宗璞的那句"花和人都会遇到各种各样的不幸，但生命的长河是无止境的"。是啊，生命的长河是无止境的，只要你永葆一颗上进的心，生活就会给你你想要的幸福答案。

正当他沉浸在对往事的回忆中时，"你我"画廊的门口忽然一片嘈杂。

一个披头散发的女人站在画廊门口，傻呵呵地看着画廊笑，嘴里含混不清地说着些什么。这时，聂亦风从画廊里走出来，她看到面前的女人，轻轻地把一盒糕点放到她的手里，然后想要拉她进画廊去。可是女人不愿意，嘴里还唔哩哇啦地不知说着什么，一边说还一边挣脱聂亦风的手。

围着的人有点多了，聂亦风大概是不想让别人误会，尴尬地看了看大家，似乎想要解释什么，终究还是什么也没有说，一转眼，便回到了画廊里。

披头散发的女人怔怔地看了一会儿画廊，就低着头，拿着糕点走了。一边走似乎还一边唱着什么歌。

哎，这个女人以前是每天傍晚来，现在改时间了？

幸亏聂老板脾气好，从来没有打骂过她，还给她饭吃。

听说她是以前慕容氏集团董事长慕容枫的千金，被老公倒戈，父亲也死了，老公也走了，就变得有点疯疯癫癫的了。

……

别人还议论什么，罗旌没有听到，他只听到"慕容氏集团董事长慕容枫的女儿"这几个字，心底便是一惊。自从慕容氏集团出事后，慕容雪就不知去向。坊间传言她自杀，发疯，远走他国，罗旌都没有相信。以他这些年对慕容雪的了解，自杀发疯都不可信，出国倒是很有可能。

可是，刚才，怎么会有人说是慕容枫的女儿呢？难道？……

他疾步跟上了刚才披头散发的女人。女人走走停停，一会儿唱一会儿说的，远处看身形，觉得身高差不多，可是原来的慕容雪比较丰满，现在的这个女人很瘦，怎么也不像。跟着走了大约半个小时，终于走到一个比较僻静的地方。罗旌紧走几步，挡住了这个女人的去路。

女人正一边哼哼唧唧地唱着一边往前走，忽然被挡住，便停住脚步抬起头看拦住自己的人。面前的女人面容消瘦，但，罗旌还是一眼就认出了她——她，竟然真的是慕容雪。

原来，她是真的发疯了。

面前的这个女人，还是当年的慕容雪吗？慕容雪，尽管低俗，势利，尽管爱慕虚荣，尽管对罗旌颐指气使，但，也不至于沦落到这步田地。犯错的是她的父亲，而不是她。

面前的她，脸色蜡黄，头发大概很久没洗过了，一绺一绺地粘在一起，穿着一条破烂的牛仔裤，连颜色都看不出来了。她怔怔地望着面前的罗旌，咬着自己的手指头，不知所措。

罗旌的心，有一丝酸楚。

这个女人，他从来没有爱过，可是，他们曾同床共枕三年多。这个女人，他从来没有疼惜过，可是，因为有了她，他才能顺利地扳倒慕容氏集团，为父亲报仇。

她不是自己爱过的女人，却是自己对不起的女人。

他轻轻地走到慕容雪面前，拉起慕容雪的手，说，雪儿，我带你回家吧。

没有想到，慕容雪竟然乖乖地跟着罗旌回家了。

罗旌在三环买了一套别墅，本来是想要接母亲过来一起住的，可是母亲说，住惯了原来的老房子，和老邻居们也相处融洽了，不愿意搬到别墅里孤零零的一个人。于是罗旌就一个人住在了这里，家里雇了一个五十来岁的佣人张妈，照顾罗旌的日常起居。

罗旌这两年来一直保持着单身男人的生活，从来没有带女人回过家，这次却忽然带回来一个疯疯癫癫脏兮兮的女人，让张妈觉得很是意外。但是，她是一个不喜欢多事的人，于是就像对待客人一样，带着这个女人去洗澡，并且换了张妈的衣服。

吃过晚饭后，罗旌嘱咐张妈带女人去客房睡觉。

罗旌则一个人去了书房。

他现在不知道该拿慕容雪怎么办，将她带回家就是希望她不再流浪，那么，然后呢？从来不抽烟的他，坐在书房里抽了整整一盒烟。

第二天，罗旌开车带着慕容雪去找自己的好朋友，一个精神科的医生王显。

他们是十几年的老朋友了，罗旌的事情，王显几乎都知道。现在，罗旌将慕容雪带过来，真的是出乎很多人的意料。

罗旌，作为朋友，我想问你，你真的准备要管慕容雪吗？

罗旌点点头，是的，虽然我不爱她，可是我也不能让她就这样流浪街头。她不是天生疯癫，一定是因为突然的变故太大，让她接受不了，而这一切，都是因为我。虽然他们慕容家欠我的，可是，她不是罪魁祸首。是我把她害成这个样子的，如果看到她这样而我不闻不问，会良心不安的。

王显没有再说什么。对于罗旌的为人，他是再清楚不过了。既然罗旌做了这样的决定，他也一定会帮罗旌好好治疗慕容雪的。

于是，慕容雪就在这家医院住了下来，所有的开销都由罗旌负责。

罗旌每周会过来看一下慕容雪。

大概一个月之后，罗旌再次来到医院。慕容雪依然不认得人，但是大概因为生活的规律和营养的丰富，竟然胖了一些，脸上也有了红晕。王显说，以目前的情况来看，再过半年，慕容雪就会恢复神智。

罗旌走到慕容雪身边，和慕容雪说话，但是慕容雪只是抬起头冷漠地看了他一眼，就继续去玩手中的魔方了。罗旌记得，慕容雪对魔方情有独钟，她什么事都不喜欢做，可是玩魔方却是乐此不疲，家里大大小小各式各样的魔方不知买了多少，有空的时候慕容雪就摆弄那些魔方。现在看来，这个爱好还是没有改。

看着慕容雪专心致志玩魔方的模样，罗旌心里觉得安慰了很多。看来，慕容雪真的快要恢复了。

这边将慕容雪安置好，罗旌继续在工作之余去守望"你我"画廊，守望聂亦风。

聂亦风和令狐北总是双双对对地出现，一个人的时候很少。看得出来，聂亦风在令狐北面前就是一个小小的小女人，她总是喜欢挽着令狐北的手，要不就是挎着令狐北的胳膊，脸上尽是幸福神色。

连穿衣风格，聂亦风都发生了很大的变化。从前聂亦风最爱牛仔，什么牛仔裤都买，而如今，聂亦风十天有八天都穿着棉麻长裙，消瘦的身形更显绰约。如果说二十岁的牛仔岁月，是青葱是斑斓，那么现在四十岁的棉麻岁月，就是一种沉淀，一种成熟。

这让罗旌无限怀念两个人从前在一起的时光。

那个时候，聂亦风扎着小马尾，成天蹦蹦跳跳地跟在罗旌的身后，像永远长不大的小女孩。即使后来去北京闯荡，即使聂亦风成了独当一面的主编，在职场上叱咤风云，回到家里，她仍然是一副娇憨的小女人模样。可是如今，那个单纯的娇憨的聂亦风不在了，出现在他面前的，是一个有着无限风韵的气质美女。

多少次，罗旌看到聂亦风一个人在画廊里恬静地作画，都有想进去见聂亦风一面的冲动。可是，他最后都忍住了。见了面，该说什么呢？他们之间，再也不能说爱，只能将爱深埋在心底；而只是朋友一样的寒暄，又让罗旌不甘心。

既然这样，就让我远远地望着你，不靠近，也不远离。

如果哪一天，你回头，一定会看见，在不远的地方，我深深地凝望着你。过去，现在，还有未来，我都会在这里。

这样的结局，是罗旌从来没有想过的。

这让他想起了《大话西游》中紫霞仙子的那句话：我猜得中开头，却没有猜中这结局。只是，谁又能猜中结局呢？所有的山盟海誓都会有成空的那一天，所有的地久天长也都会有结束的时候，而在爱里兜兜转转的我们，也许终究牵不到最爱的人的手。

该怪谁呢？谁也不该怪。

怪只怪我们相遇的时候，我已经背负了太多的责任。就像《天龙八部》里的珠儿，与萧峰的相遇相爱是命定，最后为了萧峰和自己的亲生父亲段正淳，又不得不死在萧峰掌下。这是无法改变的宿命。

也许，从相遇的那一刻开始，就已经注定了这个悲剧的结局。你和我，都无力回天。

3. 岁月老，飘到眉心住

聂亦风静静地坐在画廊里，看着远处的紫藤萝花，或者说，看着远处坐在藤萝花下的罗旌。

发现罗旌是一个意外。那天令狐北去外地参加一个书画界朋友的画展，聂亦风起床晚了。画廊原本是每天九点开门的，等聂亦风洗漱完毕，驱车赶到画廊的时候，已经是十一点。正当她准备下车的时候，在画廊的门口看见了一个男人。

确切地说，是一个男人的背影。尽管十多年没有见过面，她还是一眼就认出了这个背影。从前，这个背影是她全部的爱恋。她曾经靠着这个背影，喃喃自语过与他厮守终生的梦想；她曾抱着这个背影，以为幸福就是此后的每一天都可以与他这样温暖贴近；她曾在他走出他们出租的房子时，看着这个背影疯狂流泪，整整一夜不眠不休；她的梦里曾无数次重现这个背影，无论她怎么追，背影从来不回头⋯⋯那些曾经伤心流泪、曾经痛苦绝望的片段再一次浪潮般向她汹涌而来。这么多年过去，她以为他再也不会让自己伤心，她以为他不过是所有岁月中再也想不起的往昔，可是为什么，她还是在看到这个背影的时候，泪流满面？

聂亦风的心，此刻忽然就好像被割裂成千片万片，每一片都疼痛万分。那种不能自已的战栗和无法遏制的悲伤就那样排山倒海而来，让她不能呼吸，不能喘气，只能急急地又退回到车里来，将身子扔在座位上，将头埋在方向盘上。

有人说，如果无法忘却旧爱，原因只有两个：一是时间不够长，二是新欢不够好。可是，自己明明两样都有了，时间已经过去十多年，令狐北对自己是世间少有的好。那么为什么，自己还是在见到罗旌的这一刻，心底有百转千回的难过呢？还在爱着他吗？不，不，这是对令狐北的背叛；如果不爱了，那为什么，又要如此伤心？

于是那天，"你我"画廊没有开门。聂亦风在车里看着罗旌在画廊门口静静站了两个小时，然后，罗旌才慢慢离开。

其实，罗旌是认识聂亦风的车的，只是那天，聂亦风的朋友恰好和她换了车，他们，就那样，他望着画廊，她望着他，持续了很久很久。

聂亦风后来留意到，罗旌来画廊的时间不是很固定，有的时候一周两次，有的时候一个月两次。

自从上次见到罗旌，聂亦风也辗转托人打听过他，得知他依然在京城的商界混得风生水起，得知他依然是钻石王老五级别的高级单身贵族，得知他不接受任何人的示爱，甚至听说，他说过，最爱的是曾经的初恋女友，此生不会再爱别人。

好几次，聂亦风想出去找他，每次，快走到门口的时候，聂亦风总是犹豫着退回来。

还可以说什么呢？爱或恨，都已经无法改变目前的状况。她已是他人妇，在她最不堪最失意的时候，令狐北给了她幸福，给了她安全感。这些年在一起，令狐北给予的爱，让聂亦风从悲伤中脱离，开始新的人生。而罗旌，再怎么是春闺梦里人，也已是遥远的过去。她不能为了这个已经不完整的过去，将现在的幸福打碎，再去伤害另一个男人的心。

也许这样远远地看着，就是最好的结局吧！我知道你一切安好，你知道我平安无恙，彼此不必再打扰，却在心里永远记得曾经的温情岁月。再也没有了曾经的怨恨，再也没有了失去时的不甘，我们，终于让往事云淡风轻，终于与过去握手言和。

罗旌再次去医院的时候，已经是慕容雪住院的五个月以后。

世界性金融危机的爆发，让罗旌有点焦头烂额，纵然他是商界奇才，亦无法以个人之力对抗世界性的经济形势，一不小心，公司就可能破产。罗旌忙着想对策，周转资金，甚至是产业转型，终于在严峻的形势中保住了公司。

一个多月前王显打来电话，说慕容雪恢复得似乎还不错，只是有的时候会反复，让他过去看看。现在，罗旌终于忙完了自己手头的工作，决定去医院看一看慕容雪。

慕容雪的病情挺稳定的，已经基本痊愈，现在处于恢复期，不出什么意外的话，再过一个来月就可以出院了。王显这样介绍慕容雪病情的时候，罗旌笑了。

无论如何，慕容雪恢复正常了，对于自己来说，心里的负疚就会少一些。

接着，王显带他去慕容雪的病房。

慕容雪养胖了些，脸上有了红晕，来之前的面黄肌瘦已经不见了，变得白白净净。此刻，她正安静地坐在床上看书。

抬头，看到罗旌和王显，慕容雪一下子变得激动起来。她扔下书，跳下床，扑到罗旌的面前，罗旌，是你？你怎么会在这里？你来干什么？你是不是还嫌我们慕容家不够惨？你还要怎么样？我父亲已经死了，慕容氏已经破产了，如今，我们家破人亡，你还要怎么样？你是不是来看我倒霉的？是不是？是不是？

此刻，慕容雪歇斯底里，面目狰狞，王显赶紧来拉慕容雪。一个年轻的小护士也跑了过来，王显对她说，镇静剂，快。

王显、罗旌和小护士一起将慕容雪弄到了床上，护士给慕容雪打了一针，慕容雪安静了下来，但手仍然抓着罗旌的衣服，直到再也抓不住。

看着慕容雪的这个样子，罗旌刚刚还喜悦的心有点难过。王显说，像慕容雪这样的病，本身就是因为受了刺激才会这样，所以，一看到你，她就会心情激动。即使是正常人，仇人相见，分外眼红，也是正常的，何况遭受如此变故的人。罗旌，给她点时间，会好起来的。

罗旌点点头，表情凝重地看了一眼王显，王显，你是我的好朋友，我们的事情你也知道，这件事情上，对于慕容雪，我是有所亏欠的。所以，老兄，尽全力治好她，不怕花钱。

罗旌，你放心，她会没事的。

离开了医院，罗旌心情不是很好，他开着车，不知不觉地又来到了"你我"画廊。

此刻，是下午六点多。

画廊里有点冷清。

隔着玻璃，罗旌看到聂亦风一个人坐在画廊里的藤椅上看书。黄昏时分，光影有点暗，却恰到好处地透过斑驳的树影投射到聂亦风的身上。她低着头，穿着一件白色的长裙，树影投下来，在她的长裙上形成一些不太规则的图案，那句"有美一人，清扬婉兮"一下子从罗旌的脑海里跃了出来。

往事，猝不及防地，迎面而来。

S大校园里，有一个比较大的"漫咖啡"咖啡馆，在这个咖啡馆里，收藏着很多图书，没有课的时候，罗旌会和聂亦风来这个咖啡馆看书。而聂亦风最喜欢的，其实是咖啡馆外面的三条长藤椅。

那些长藤椅其实也没有什么特别，只不过用几条木头搭了一个类似秋千的木头架子，将藤椅固定在架子的下面，有点像秋千椅吧。

没事的时候，聂亦风常常会来这里，拿一本书，坐在藤椅上，一边看书一边晃，一消磨就是两三个小时。

记得有一次，是五一长假，同学们回家的回家，旅游的旅游，校园里的人陡然少了很多。聂亦风和罗旌那时是穷学生，罗旌还要做家教，所以他们都没有回家。

那天，罗旌做完家教后，去"漫咖啡"找聂亦风。

罗旌记得很清楚，那也是一个黄昏，他到了"漫咖啡"的时候，看到聂亦风正坐在藤椅上看书。落日的余晖透过身旁的树，在聂亦风身上洒下几点稀疏的光影。那天，聂亦风穿着白色的长裙，柔顺的头发轻轻地披散在身后。看到罗旌的时候，聂亦风抬起头，向着他轻轻地笑。"巧笑倩兮，美目盼兮"，说的大概就是这个样子吧。

那张侧影，那个微笑，让罗旌深深地铭记在心海之中。无数次，聂亦风就那样静静地出现在他的梦中，默默地看书，轻轻地微笑，不言不语。醒来，却是伊人不在，空留泪痕。

如今，十几年过去，曾经的少女已到中年，只是，那个甜美可爱的少女永远住在了罗旌的心里，他此生不会忘记。即使将来有一天，他身入轮回，喝了孟婆汤，也会记得她，也会在另一个轮回里去找她。

是你？进来坐吧。

出神之间，聂亦风却站在了罗旌的面前。不，他本来是不要见她的，他本来是要走掉的，他本来只是想在想她的时候看看她，他没有要见她的意思，也没有想要打扰她的生活。

可是，此刻，他还能走吗？

聂亦风静静地看着罗旌。这个她曾经爱了十几年的男人，这个让她长夜痛哭的男人，这个她一直以为会生生世世在一起的男人，就这样站在她的面前。还爱吗？不了吧。走过了那么多的路，看过了那么多的人，曾经他给她留下的伤痕，在令狐北的温柔里已经慢慢痊愈，那些伤口，早已经结了痂，痂褪去，重新长出新的肌肤，尽管颜色与曾经的有些不同，但疼痛，却已经不在了，而当那些爱的疼痛消失，便是爱也消失的时候了吧？

罗旌随着聂亦风走进了画廊。

他从来没有进过这个画廊，尽管他来这里千千万万遍，如今，走进画廊，他才更深地佩服聂亦风的艺术天分和品位。这些不俗的画作，这与众不同的装修，这古朴与豪奢兼具的风格，是他从来不会想到的，也是他在和聂亦风交往的十几年中从未感受过的。

原来，你认为万分了解与熟悉的，有时候，也真的不过是你"以为"。

坐吧。聂亦风招呼罗旌落座的时候，罗旌才从恍惚中回过神来。

罗旌，既然来了，怎么不进来呢？聂亦风一边给罗旌倒茶，一边问罗旌。

哦，没……没什么，也是刚到……不知道是你开的。罗旌说得结结巴巴，不敢再看聂亦风的脸，只好端起茶杯，一口气把茶喝了个精光。

聂亦风静静地看着罗旌，看他喝光一杯茶水，似乎有点手足无措的样子，心里有点难过。也许，有很多东西，以为忘记的，不一定真的忘记，只是把它们珍藏在心底，永不开启，永不翻晒。

其实，那个，罗旌，我知道你常常来画廊，我也知道你这几年公司的生意做得也不错，我，我挺为你高兴。聂亦风请罗旌进画廊，本来是想好好和罗旌聊一聊的。可是，此刻，她说起话来，却磕磕绊绊的，连自己都不知所云。

罗旌的心绪亦然。

现在他才知道，为什么网上说，曾经的恋人做不成朋友——即使曾经付出过感情，即使有一天分道扬镳，所有的一切也不会退回原点。除了成为最熟悉的陌生人，还能怎么样呢？再见，再见时所有的问候都带着伤痕，所有的祝福都显得虚伪，所有的微笑都带着眼泪的味道，所有的语言都是言不由衷。这样的再见，又有什么意义？

此刻，罗旌有点后悔进了"你我"画廊。

他们，原本该是老死不相往来的，原本该是在曾经的相交之后，成为永远的平行线的，为什么还要再见面？为什么还要再让彼此难过彼此难堪？

亦风，这些年你过得还好吧？从前的事，真的，对不起。我来，只是想看看你生活得怎么样，没有其他的意思，你不要误会。知道你过得很好，我就安心了。希望你，每一天都幸福。

说完这些，罗旌站起身来，向聂亦风说了一声再见，便转身向门口走去。

罗旌……那个，保重。听到聂亦风的这句话，罗旌没有回头，有泪，缓缓地落了下来。

原来，世界上最遥远的距离，是曾经深爱我的你云淡风轻地站在我面前，再也不爱我。

罗旌在心里默默地说，亲爱的亦风，此生多保重，再见了。是的，再见了，再见了，我最爱的你，此后，山长水阔，我们红尘陌路，再也不见。但是，我会一直默默地守护着你，履行我二十年前的誓言。

上邪！我欲与君相知，长命无绝衰。山无棱，江水为竭，冬雷震震，夏雨雪，天地合，乃敢与君绝！

二十年前的誓言，言犹在耳。十年前，是我抛弃了聂亦风，无论出于什么样的原因，终是命运的错过，那么，所有的痛苦，就让我来承受吧。此后的日日夜夜，我的思念化作每一缕清风，每一颗星辰，陪伴在你身侧。

耳边响起不知名的歌曲，那些歌词就那么一个字一个字地闯进罗旌的心里，将心划成千万个碎片。

　　再见　我会留着相片
　　永远储存在我记忆的硬盘
　　把它拼成一部部影片
　　在我枕边永远不会演完
　　再见　你要留着项链
　　再也见不到的时候还有纪念

眼泪是为爱情镶钻

怀念会比感情更懂得永远

再见　可能以后再也看不见

分手后让我怎么习惯

昨天　你还在我的身边

转眼就要去过没有你的明天

再见　两个字好哽咽

一夜之间失去了一切

多深的不舍也得到此了结

从此以后让酒精陪我过夜

聂亦风看着走向门口的罗旌的背影，眼泪一滴一滴地落下来。

曾经的最爱，就这样消失在人海，多深的不舍也得到此了结。或许真的，相见，不如怀念。

就这样别过吧。

此后余生，也许再见无期，各自珍重，千万珍重。

4. 一身将影向潇湘

罗旌走出画廊，默默地向对面的紫藤萝树走去。此刻，他的脑海里只有聂亦风的眼睛，那双美丽的眼睛里，当他说完"再见"的时候，聂亦风没有挽留，当他黯然离开的时候，聂亦风也没有追出来。自私地说，他的心底，还是希望聂亦风可以追出来对他说，不，不要再见吧。可是，她只是说"保重"。原来，我们之间，是真的，一切都已经结束，再也回不到从前。

罗旌的眼泪，汹涌地流出来。

忽然，一声响亮尖锐的刹车声传进了罗旌的耳鼓，他感觉自己的身体似乎一下子飞了起来，所有的景物都在高速旋转。世界顿时安静，他自己的头脑一片空白，只有尖叫声充斥在空气中。

哦，这是怎么了？还没有等他想明白，他的意识已经模糊，然后，什么也听不见，看不见了。

然后，罗旌觉得自己进入了漫长的黑暗里，没有一点光，无论他怎么奔跑，怎么用力，都觉得寸步难行，很像小时候的"鬼压床"。他无处遁逃，只有循着这条路，一直走，一直走，慢慢地，似乎有遥远的声音在喊，跟——我——来，跟——我——来。罗旌不由得跟着这个声音走，渐渐地，声音清晰了一些，还是"跟——我——来"。那个声音其实不动听，甚至有些沙哑，有些恐怖，可是不知怎么，就是充满了蛊惑，仿佛只要跟着这个声音去，便不会有任何烦恼和痛苦。

走了不知多久黑暗的路，罗旌觉得筋疲力尽，他不想再走，却停不下脚步，那个蛊惑的声音说，快——了，快——了。这时，有一个温柔的声音远远地传来，她在呼唤，罗——旌，罗——旌，回——来——吧，回——来——吧。隐隐约约地，他总觉得在这个声音的源头，是身着白色长裙的聂亦风。他要见她，他想她，于是他循着这个声音走，走啊，走啊，黑暗似乎不再那么浓重了，像兑了水的墨汁，渐渐地，黑暗稀薄了，似乎有亮光在前面。罗旌觉得身体轻松了些，混沌的意识，似乎也开始苏醒。

啊，医生，医生，快来，他醒了，他醒了……

罗旌睁开眼，周围一片白色，身边站着的，居然是聂亦风，还有令狐北。哦，我这是在哪里？他们怎么也会在这儿？他想张开嘴说话，却发现，发出的声音连自己都听不见，只感觉到自己的嘴在一张一翕。他想要坐起来，却发现稍微动一下胳膊和腿，竟然疼得撕心裂肺，再看，自己的腿上和胳膊上都缠着绷带。

天啊，这是怎么了？

医生跑过来，看着罗旌，脸上有惊喜，有不可置信。旁边的聂亦风眼泪一直在掉，止也止不住，她身边的令狐北，脸上也写满了喜悦。

罗旌，你出车祸了，已经昏迷了半个月。看到你醒过来，我们真的是太高兴了。令狐北说完这些话，有泪水落下来。

罗旌似乎想起来点什么，好像是从画廊出来吧，遇到一辆车奔驰着逆行而来，然后就什么都不知道了。

聂亦风看到罗旌醒来，心里的石头，终于落地了。

那一天，她看着罗旌黯然走出画廊，看着罗旌准备穿过马路去对面，可是，一辆飞驰而来的逆行红旗车，将似乎没怎么看路的罗旌撞飞了。

那一刻，聂亦风差点吓死，她跌跌撞撞地跑出去，看见罗旌被撞出了十多米远，脸上，胳膊上，腿上，全是血，已经昏迷不醒。聂亦风差点吓得跪倒在地上，但是，她还是咬着牙，和已经跳下车的司机一起打电话报警，等着120来。期间，聂亦风冷静地给令狐北打电话，让他随时保持联系，直接去医院。

此刻，聂亦风不再是柔弱的小女人，而是果断的大男子。

当她坐在救护车上，和所有的医护人员一起待在罗旌的担架旁边，她才发现，自己是那么害怕罗旌忽然从眼前消失，那么害怕就这样与他阴阳两隔。他们，虽然已经不再相爱，可是，他仍然是她生命里骨肉相连的亲人，他们相爱了十几年，那是谁也无法抹杀的记忆。

爱虽不在，情却没有断。

此时此刻，聂亦风才知道，她放下了那个爱情里的罗旌，却没有放下那个亲情里的罗旌。

令狐北赶到医院的时候，聂亦风正呆呆地坐在医院的长椅上。看到令狐北，聂亦风一下子扑到他的怀里，刚才的坚强全都土崩瓦解，她瞬间又成了那个柔弱的女人。

令狐北紧紧地抱住聂亦风，没事的，不怕，不怕，罗旌一定没事的，你放心，吉人自有天相。

令狐北这样说，还因为就在昨天，他才知道了一个大秘密。

一年前，令狐北和聂亦风在资金紧张的情况下，曾收到过一笔500万的巨款，汇款人并没有留下姓名。如果没有这笔资金，也许他们的画廊不会有今天的规模，这些年来，他们一直在寻找这个好心人，但是却始终没有找到。

就在昨天，一次偶然的机会，令狐北和一个铁哥们儿吃饭，这个哥们儿的弟弟是罗旌公司的财务总监，他无意间说起，罗旌的公司账户有一次一次性转账500万，但罗旌始终对钱款的去向讳莫如深，守口如瓶。结果这次无意间发现在罗旌的办公室文件夹里，有一张转账凭证，收款人是聂亦风。

聂亦风，不是你家爱人吗？令狐北的铁哥们儿问令狐北。

500万？这不是当年收到的巨款吗？怪不得一直打听不到这个人的消息，原来是罗旌，是他一直在隐藏这件事。如果不是这次偶然间聚会吃饭，估计，这一辈子，他们也找不到曾经雪中送炭的汇款人。

本来，昨天就要告诉聂亦风的，结果却喝醉了，一大早又忙着安排画展的事，直到聂亦风打电话告诉他罗旌被撞伤了，让他去医院，他才觉得一定要把汇款人就是罗旌的事实告诉聂亦风。

此刻，他轻轻地在聂亦风的耳边说，亦风，我们要好好地待罗旌，当年的500万，是他汇的。

这句话，让聂亦风一惊，她怎么就从来没有想到过会是他呢？可是仔细想想，这个世界上，还有谁，会如此大手笔而不计回报地帮助她？还有谁会如此沉默地守护着她？她一直以为，她和他，已经是完全的陌路人。虽然，最后的最后，她已明了罗旌的初心并非是抛弃自己，只是，她的心，已经被他伤得累累伤痕，再也不复原了。她宁愿屏蔽所有关于罗旌的消息，不闻不问，不想不念，就这样近在咫尺却远隔着天涯。

她是不愿意再与他有任何交集的。

今天把他叫到画廊来，其实也是想告诉他，以后，他们不必再见面了。虽然，这句话她最终没有说出口，可是聪明如罗旌，他一定已经读懂了她的意思，否则也不会那样黯然离开，否则也不会……想到这里，聂亦风忽然非常想抽自己两个嘴巴。如果不是她，罗旌现在也不会躺在医院的急救室里。如果罗旌有个什么三长两短，她永远都不会原谅自己。更何况，那个于危难之中对自己鼎力相助的，就是他啊。

此时此刻，唯有眼泪才可以洗刷聂亦风心中的愧疚。

聂亦风每天都坐在罗旌的床前，讲他们在一起的生活。

罗旌，你还记得吗？我们常去的那个湖，沈念给它起名叫"玲珑湖"。我们常常在玲珑湖边的条椅上聊天，一坐就是半天，你最喜欢盯着湖边的一棵白玉兰树看，每到五月，白玉兰开得最美的时候，你常常一个人坐在那儿写生，画了各种姿态的玉兰花。

罗旌，你还记得吗？我们都不喜欢那个哲学系教授的课，那个老头子又倔强，又严厉，谁要是翘了他的两次课以上，这个学期的考试铁定不及格，我们背地里都叫他"光明顶"，因为他的头发几乎全掉光了，可是，他却成了咱们毕业后提得最多怀念最多的老师。

罗旌，你还记得吗？我们第一次来北京，下了动车，才发现北京西客站好大啊，简直有T市的三个大。当时咱俩怎么绕也绕不出去，最后不得不去找西客站的工作人员，让他们把我和你送到了出站口，顺利打了出租车。

罗旌，你还记得吗？我过生日的时候，你送了一条淡粉色的裙子给我，我高兴得不知所以。你知道吗，那条裙子我不舍得穿，直到现在，它还是新的。

罗旌，你还记得吗？你升职为经理的那天，带我去星巴克喝了一杯咖啡，你说，我们终于可以坐在星巴克里看着北京的夜景而心无忧虑了。那次，你还把我的眼泪也惹了出来，让我当下泪流满面，真是丢人啊。

……

每次讲起这些事的时候，聂亦风才那么真切地看到了自己的内心，原来，这曾经的一切，并没有离我们而去，我们只是把它们藏了起来，只要不去触碰，它们就一直安安静静地躺在那个角落里，但是，一经开启，会发现，这些往事都发酵了般膨大，让眼角酸涩，让心口发痛。

当聂亦风日日陪伴在罗旌的身边时，令狐北正在联系当地最好的大夫，也在悄悄地筹集资金。他不是忘恩负义的人，他不能看着罗旌就这样昏迷下去；他也不曾怀疑聂亦风会旧情复燃，对于聂亦风的为人，他再清楚不过，他相信聂亦风不是感情用事的人。

就在罗旌昏迷的第十五天，当聂亦风几乎要失望地痛哭出来的时候，她竟然看见罗旌的眼睛眨了眨，接着，罗旌的眼睛睁开了，那一刻，聂亦风的眼泪止不住地往出涌，感谢老天爷，你终于醒了，感谢上帝，感谢耶稣感谢佛祖，感谢所有的神仙。聂亦风已经不知该用什么样的语言来描述自己的心情。

罗旌说，当他快要堕入黑暗的时候，总是听到有一个温柔的声音在叫着自己的名字，还讲了好多好多从前的事。那些往事，那么温暖，那么美好，让他总是忍不住去听，去想，于是，黑暗慢慢退去，光明慢慢浮现，有的时候会反复，但是那个温柔的声音从来没有停止，正是因为这个声音，他才没有一直堕到黑暗中去。

此刻，当他恢复清醒，才明白，那个温柔的声音，正是聂亦风的，是她一直在呼唤他，一直在讲述过去那些美好的温暖的往事。因着这份美好这份温暖，他才能追寻到光明，重新看到这个美好的人间。

他静静地看着聂亦风，有泪，从眼角滴落下来。

聂亦风轻轻地用手揩去他的眼泪，向着他，柔柔地笑了。

5. 山月不知心里事

此后，罗旌慢慢好转，意识也全部恢复了。医生说，这简直是奇迹，像罗旌这样严重的病情，能够在这么短的时间里清醒过来的不太多。主要归功于聂亦风，当然，还有罗旌的顽强意志。

两个月后，除了双腿仍然打着钢板，罗旌的其他方面都已经没有大碍，医生建议回家静养。

聂亦风和令狐北想让罗旌去自己家，罗旌拒绝了。

他知道他们是一片真心，可是，日日面对着曾经的女友和女友现在的丈夫，这实在是一件折磨人的事情。倒不如眼不见心不烦，何况还有母亲照料自己。

罗旌住院之初，聂亦风并没有通知罗旌的母亲，怕老人家受不了。等病情好转，恢复得不错的时候，聂亦风才告知罗母，老人家来的时候，看到聂亦风，眼泪就掉下来。

丫头，谢谢你啊，我家罗旌啊没福气娶你这么好的孩子。说着说着，罗母就眼泪汪汪。

聂亦风过来紧紧地抱住了罗母，阿姨，您别这么说，只要罗旌好起来就是最大的好。

老人家用手轻轻地捋着聂亦风的头发，悄悄地将聂亦风拉出了病房，丫头，我家儿子对不起你啊，你还对他这么好，真是难为你了，是我没有管好自己的儿子呀。说着说着，罗母的眼泪又掉下来。

阿姨，现在，我们就是一家人，您不要这么客气，只要罗旌好起来，就什么都不是问题了。您别自责，现在我们都要高高兴兴的，罗旌才能快点好起来，您说是不是？

罗母点点头，竟然像个孩子似的听话。

聂亦风心里一痛，母亲离开自己已经有三年了，无数次午夜梦回，是母亲隐隐约约的身影。她不知道，为什么母亲去世后，从来没有进过她的梦里。学佛的朋友说，你的母亲太自爱，也太自尊，不愿意打扰你的平静生活，只想静静地离开，进入下一个轮回。如今，看到罗旌的母亲，聂亦风没来由地想到了自己的母亲。

有母亲在，是多么幸福的一件事。

此后，罗旌的母亲也加入到看护罗旌的队伍中来，不过，聂亦风总是让罗母上午看护，下午是聂亦风，晚上有时候是令狐北，有时候是罗旌公司的员工——反正看护算工作，工资照发，谁不愿意做呢？在这样周到的照顾下，罗旌在医院里待了三个月后，终于可以出院了。

在拒绝了令狐北和聂亦风夫妇的挽留后，罗旌和母亲回到了别墅。别墅里由张妈照顾罗旌的日常生活，所以罗母大部分时间都陪着儿子聊天，儿子能下地活动后，她就陪着他在花园里散散步，或者到附近的公园溜达。

聂亦风和令狐北每周至少会来一次，看望罗旌。每次来，都是大包小包地提着，让罗母和罗旌说了不知多少次。但是下次来，照旧。

这一次，聂亦风一个人来看罗旌，令狐北去了广州，筹办他的个人画展。

这一次，聂亦风带了一大束鲜花，刚刚进屋，百合的香气已经氤氲在整个屋子里。罗母笑着，从聂亦风手里接过鲜花，说，看，你又买些没用的东西，浪费。虽然嘴上这样说着，手却将鲜花端端正正地摆在了客厅的茶几上。

妈，这是上层建筑，亦风啊，就喜欢玩这些浪漫。说话的是罗旌，他刚刚从餐厅里拄着双拐慢慢地挪出来。

聂亦风笑了笑，邓小平爷爷还说要精神文明与物质文明一起抓呢，是不是？一边说着，一边将手里的另一个袋子拎往厨房，阿姨，今天中午吃饺子吧？我记得您做的饺子最好吃了。

罗母"哦"了一声就随着聂亦风走进了厨房，两个人在厨房择菜，剁馅，和面。

罗旌慢慢地走到沙发前，坐了下来。对面，就是聂亦风买来的鲜花，这一大束鲜花里有两束双头百合，有八九枝郁金香，还有几束满天星，看着这花，罗旌的思绪一下子飘回了大四那一年。

那年，他们面临着毕业，面临着何去何从的抉择。

很多校园情侣，在毕业季分手了，哭着的笑着的，都在心底留下了深深的伤痕；聂亦风同宿舍的两个姐妹因为不愿意留在男朋友的城市，男朋友也不愿意随她们回自己的家乡，最后分了手；罗旌的两个好哥们儿，也因为面临异地恋而选择了"短痛"。那些天，校园里的任何一个角落，似乎都可以看到因为分手而哭得眼睛红肿的女孩和男孩。

罗旌和聂亦风虽然已经打定了要去北京闯荡的主意，可是，很现实的问题是，罗旌若回到家乡，也许能留在政府机关；而聂亦风如果回乡，也可以去当地高中做一个安安稳稳的老师。

抉择，横亘在这一对恋人之间。

距离毕业还有一周的时候，聂亦风请罗旌去他们常去的那家老诚一锅店里见面。这一次，聂亦风居然奢侈地要了一个包间。

罗旌到了的时候，聂亦风已经在等他了。

包间里，聂亦风点了罗旌最爱吃的菜。桌子中间，是一大束鲜花。罗旌看着聂亦风，带点嗔怪地说，看你，花这些冤枉钱干吗。

聂亦风忽然就哭了，眼泪一滴一滴地掉下来。

慌得罗旌不知道该怎么安慰她，也不知道自己是不是说错了话。

旌，马上毕业了，那么多曾经海誓山盟要生死相随的情侣都分手了，我很害怕，害怕我们也会成为那些人中的一个。我们在一起这么多年，我从来没有买过鲜花给你，可是，这是我心底最浪漫的一件事。我想，趁着我们还没有分开，我要把所有和你在一起没有做的事情都做完,这样,即使真的分开了,我也不会遗憾……

聂亦风一口气说了这么多,说的时候镇定得像在说别人,说完却趴在桌上哇哇大哭起来。罗旌心疼地将聂亦风拥在怀里。

亦风,我一定不会离开你,只要你愿意,我们就不离不弃。这辈子,除了死亡能将我们分开,不,死亡也无法将我们分离,因为,心,已经在尘世里紧紧相依。

在最难的时候,他们始终没有想过,会彼此分离;可是最后,为着自己的复仇,却将这一份苦心经营的爱情轻易抛弃。罗旌眼角酸涩,差点落泪。

罗旌轻轻地凝视着花束,这时才看到,在花束里,有一张小小的卡片。

罗旌把小卡片取了出来。

上面是一首小诗:

在春天
你把手帕轻挥
是让我远去
还是马上返回
不,什么也不是
什么也不因为
就像水中的落花
就像花上的露水
只有影子懂得
只有风能体会
只有叹息掠起的彩蝶
还在心花中纷飞……

这是顾城写的《别》。

当年,他和聂亦风曾经讨论过这首诗究竟是要表达什么感情,罗旌觉得无非是离别时的惆怅,聂亦风却始终坚持认为,是要告诉对方,云淡风轻地别离吧,这是人生的常态,正像徐志摩的那首《偶然》。

聪明如罗旌,明白了聂亦风的用心。

他与她,注定已是终身的错过,让他去和令狐北抢聂亦风,他做不到;让聂亦风离开令狐北再回到自己的身边,以他对她的了解,她不会做;让聂亦风游弋在两个男人之间,是亵渎了聂亦风。她最不屑的作家便是丁玲,她又怎么可能像丁玲一样,在两个男人之间暧昧不清还自诩是爱情。

此时此刻,罗旌的心忽然豁然开朗。

人生短短几十年,谁也不知道今天过后明天会是什么样子。与其纠结,痛苦,矛盾,难受,不如将每一件事都看淡看开。若已然分开,就不要想曾经的恩爱,得不到的爱人,就证明她不属于自己,无论有怎样的苦衷怎样的借口,结果终是一样。那么,错过了,就不要哀叹,唯有努力去弥补,努力去改变;当一切再也无法改变,那么,请转身优雅地离开吧——给对方一点尊重,便也是给自己一点尊重。

他想,他是应该放过自己,也放过聂亦风了。

也许,此生,他们就是有缘而无分的人,彼此陪伴走过最美好的青春,却无法携手后半生柴米油盐,太多的阴差阳错,太多的因缘际会,让他们不得不无奈错过,抱憾终身。那么是否,此后老死不相往来就是最好的结果?不,做不得恋人,可以做最好的朋友,不要不相信这个世间真的有蓝颜红颜,在世俗人眼中,男女之间的感情怎么能纯粹到这样的境地?可是,对于那些精神纯洁的人,什么样的感情境界达不到呢?

心里有尊重,有爱,就会自然而然行到任何想要到达的境界。

此后,他终于能够坦然地去看聂亦风的眼睛,也终于能够从心底去祝福聂亦风和令狐北。

原来,真的如诗人所说,一切终将会过去,而那过去了的,终将成为美好的回忆。

六个月后,罗旌扔掉了拐杖,他终于可以又像过去一样生龙活虎了。

这六个月里，罗旌与令狐北成了好哥们儿，聂亦风没有想到他们三个人最终能够如此和谐相处，犹如亲人。从前，她始终理解不了金岳霖与林徽因一家相处的方式，如今，她才真的明白，不能理解，不能接受，只是因为你的境界还没有达到那个层次。

所以，过什么样的生活，取决于你有什么样的思想境界。与外界，与物质，真的没有一点关系。

罗旌的公司运营还算良好，这得益于罗旌选拔出的副总柳眉的精心打理。

说到这个副总的选择，真的有点戏剧化。当初，能够竞争公司核心权力层的人中，根本没有柳眉——她来公司不到两年，虽然也是市场部的营销总监，但是职位还是低了一些，虽然每次都能拿下大单，但是谁会傻到把这样一个能力如此之强的人迅速提拔到自己的身边呢？说白了，除了罗旌，大家都还是有自己的小算盘的。

但是，罗旌还是注意到了这个三十岁的柳眉。

为了公司的发展，罗旌曾将个人邮箱公布在公司的公众平台，在柳眉来公司的第一年，就曾经向罗旌提过一项改革措施，罗旌当时认为时机不够成熟，没有采纳她的意见；但是，却开始留意起了这个柳眉。

一年多的工作证明，这个女人不仅能力惊人，而且人品颇佳，从没有在公司拉帮结派，也从没有给谁暗中做过手脚。在职场中，谁没有给别人下过绊子？谁又没有被别人的绊子摔得倒地不起？但是，柳眉就能做到身正，慎独。

在职场浸淫这么多年，依然能如此洁身自好、有做人底线的人不多，女子更是凤毛麟角。

所以，在公司高层选拔的时候，罗旌将柳眉提到了竞争人选中，令其他几个高层大跌眼镜。

最终，柳眉对公司的营销策略、未来走向、公司管理等方面提出的意见，也让每一个高层刮目相看。这个小女子确实是实力派，她实在是公司副总的不二人选。

柳眉上任之后，开始实行了一系列改革，但是并没有像其他人想象的那样大换血，而是先从高层开刀，炒掉了两个虽然有能力但是嫉贤妒能的总经理；接着，将来公司一年却没有做出什么业绩的人开除。柳眉说，公司给你成长的时间是半年，如果一年了都没有一点进步，只能说明你也许不适合做这行，应该及早找到适合自己的职业，尤其是年轻人。重新进行招聘，她降低了对学历的要求，提高了对工作经验和实战能力的考查。这些都还不算什么，最难能可贵的是，柳眉在将没有做出什么业绩的人开除后，认真地分析了每个人的特长，并帮助他们找到了合适的公司和工作岗位。

这样的做法，立即赢得了公司几乎所有人的尊重。

但是柳眉似乎并没有觉得这样做有什么值得大家赞赏的地方，因为她做事从来就是这样，用良心说话，是她的原则。

罗旌的公司在柳眉的管理下，风生水起。

尤其是罗旌因车祸住院后，柳眉对公司更是兢兢业业，几乎要把家搬到办公室了。同事们笑称她是"拼命三娘"。

大家只以为柳眉是一个工作狂，却不知道柳眉对罗旌的感情。

即使是罗旌，都不知道其实早在六年前，柳眉就认识了罗旌。

那时候的罗旌，还是慕容氏集团的副总，而柳眉，不过是这个公司营销部的一个小角色。在一次营销策划中，柳眉保存在电脑里的策划在决策会的前一个小时不知被什么病毒入侵，统统消失不见。柳眉急得跺脚，被营销主管一顿臭骂，甚至扬言要开除她。

那一天，主持会议的恰好是难得一见的罗旌，听了柳眉的叙述，罗旌并没有责怪柳眉，而是让柳眉把自己的策划口头叙述一遍。听完之后，罗旌认可了柳眉的策划，并让她回去后重新做一份策划交给总监。

很快罗旌就忘记了这件事，也忘记了这个叫柳眉的姑娘，但是柳眉却深深地记住了他。此后，柳眉一路做到总监，却从来没有动过离开慕容氏集团的心思，不是因为慕容氏，而是因为罗旌。罗旌的无意相助，让刚刚出道的她感受到了人间的温情，也深深地喜欢上了罗旌——虽然她知道，罗旌是慕容雪的丈夫。

后来，慕容氏集团被罗旌扳倒，柳眉才知道罗旌竟然有这样传奇的故事，离开慕容氏集团后，柳眉找机会进了罗旌的公司。

此时，罗旌早已经忘记了多年前那个青涩的委屈的女孩柳眉，所以，尽管好多次直面相对，罗旌都没有想起这个温婉中透着执着、能力极高的女人和自己曾经有过什么交集。

一切重新开始，也未尝不好。柳眉这样安慰自己。

所以，她努力做好每一件事，将罗旌的公司当作自己的公司一样呕心沥血打理。她怀着的，是一颗报恩的心，也是一颗爱慕的心。

只是，这一切，罗旌不知道。

6. 此情长，心有千千结

罗旌身体康复后，首先做的事情就是去医院看慕容雪。

王显告诉他，慕容雪的病情自上次见了罗旌后有点反复，后来隔得久了，也慢慢好起来，现在，已经基本康复。一个月前，慕容雪已经出院了。只是，慕容雪似乎患了选择性失忆症，忘记了很多从前的事，不知道是否还记得罗旌，记得他们之间的恩怨。

要不，咱们去她家看看吧？王显这样说。

罗旌想了想，点了点头。他很想知道，经历了这样的变故之后，如今的慕容雪生活怎么样。不是因为爱，而是为了求心安——其实，每个人，本质上都是自私的。

一路上，王显说，现在的慕容雪和以前的慕容雪完全是两个人，从前的慕容雪骄横跋扈，大小姐脾性十足，如今的慕容雪变得谦和了好多，而且能够静下心来读书，待人接物也不再那么任性。

听他这么说的时候，罗旌的感觉是，王显和慕容雪似乎很熟悉了。

车在一个中档小区的门口停了下来，王显说，慕容雪现在在这里买了一套小房子，她一个人住。曾经的别墅因为他父亲的缘故，已经抵押了出去。现在的她，再也不是什么富家千金。

敲门，慕容雪打开门，静静地站在门口。

罗旌看着眼前的慕容雪，有一瞬间的恍惚。

她与记忆里的慕容雪真的差别太大了。

曾经的她，喜欢化浓妆，常常把那些乱七八糟的脂粉涂得满脸都是，现在的她，素素净净，连淡妆都没有化，却有一种天然的美丽；曾经的她，喜欢穿夸张的前卫的衣服，现在的她，简单的一件白色T恤，一条牛仔裤，却清清爽爽如邻家女孩；曾经的她，喜欢与众不同的发型，常常今天顶着一头鸡毛回来，明天就拉直染黄，罗旌反感得要死，现在的她，就是一根马尾梳到脑后。

看到罗旌一直在看自己，慕容雪用探寻的眼光看着王显，然后说，王显，他是谁？

这一句"他是谁"，让罗旌和王显面面相觑，慕容雪连罗旌都忘记了。

哦，他是我的一位朋友，陪我一起来看看你。王显看了一眼罗旌，似乎在说，只能这样说了吧？

罗旌很配合地伸出手，你好，认识你很高兴。

慕容雪却没有地伸出手，而是看了一眼王显，然后做出了请他们进屋的手势。

罗旌有点尴尬，赶紧跟着王显走进了屋子。

这是一套大约100平方米的房子，装修以黑白色系为主，简约而不简单，处处表现出朴素的美。这样的风格，和从前慕容雪喜欢的风格完全不同。从前的她，奢华，高调，以为什么都一定是贵的就好，既有古色古香的高级红木家具，也有极具现代气息的顶级欧式家具，它们各自为政的时候都是顶级中的精品，混搭进了慕容雪的家门，就成了可笑的小丑，连一点富贵感都没有。

两相对比，罗旌看到了慕容雪身上的变化。

而此刻，慕容雪正在泡茶，应该是顶级的毛尖，刚刚冲泡，便已经茶香四溢。阳光照在慕容雪的脸上，有一种安宁的美丽。茶几上，放着几本书，罗旌扫了一眼，是林清玄的书。

罗旌忽然想起了"相由心生"这个词。

再看慕容雪，此刻，罗旌从她的脸上再也找不到骄横，找不到粗俗，他看到的，是一个日渐丰满的灵魂。

也许，当我们的内心不再左冲右突，也不再声色犬马，而是安静地看一本书，品一杯茶，那么，我们的脸，也会变得圆润而美好。

此刻，罗旌是欣慰的。起码此生，他对她，不再有那么深的愧疚。

在回去的路上，王显说，没有想到慕容雪会不认识你。

罗旌点点头，内心里是复杂的。过去的慕容雪不管多么虚荣，多么无理取闹，但却一心一意地爱着自己。爱得深，也恨得切。如今，连名字都已经忘记，便是无爱亦无恨了吧？

曾经有这样的一个人，心心念念都是你，为你生为你死，忽然有一天，这个人再也不认识你了，过往的一切都像梦一样，尽管这个人你从来没有喜欢过，甚至无比讨厌过，憎恶过，这个时候，你的心里，多少还是会有一些失落的——这无关爱恨，只关乎人性。

临到最后，王显说，也许这是人自我保护的一种模式，对于那些不愿意记起的事情，选择永远地遗忘，是最好的。

罗旌没有说话，或许，王显是对的。

忘记那些不堪的往事，忘记那些爱那些恨，于慕容雪而言，未尝不是一件好事。

一切从头开始，一切都还来得及。

柳眉静静地站在三十层高的办公室里，俯瞰着这个城市。

已是凌晨时分。

这个城市，却没有一点停止喧嚣的意思。

每一座大楼，都是灯火在闪烁；每一条街道，都有无数的车辆在穿梭；甚至看不见的那些小街道，她都能想象得出，有无数的男女在彻夜寻欢。

这是一座不愿意睡觉的城市，这是一座总是让人失眠的城市。

有人说，恋上一座城，恋上一个人。

此刻，她想起了张爱玲的《倾城之恋》，一座城的沦陷，成全了白流苏和范柳原的爱情。那么，她的爱情，谁来成全呢？

她的眼前，又现出罗湮那张棱角分明的脸，那脸上两只漂亮的却又带着些许忧郁的眼睛，在她第一次见他的时候，就深深地烙在了她的心里。

办公室的CD机里，正放着王菲的歌——

只因为在人群中多看了你一眼
再也没能忘掉你的容颜
梦想着偶然能有一天再相见
从此我开始孤单地思念
想你时你在天边
想你时你在眼前
想你时你在脑海
想你时你在心田
宁愿相信我们前世有约
今生的爱情故事不会再改变
宁愿用这一生等你发现
我一直在你身边
从未走远

这与自己是多么的相似。

真的只是在人群中多看了他一眼，从此，他就植根在她的心里。然后，日日相思煎熬，只因那时的他，已是慕容雪的丈夫。而今，虽然他已是单身一人，却似乎再也没有了想要爱上别人的心思，公司里的人都在说，像罗湮这样的钻石王老五居然从不相亲，也从未见他与任何一个女孩子在一起，究竟是独身主义呢，还是身有隐疾？抑或，还没有碰到最对的那个人？

罗湮从未在别人的语言里改变，柳眉却在那些捕风捉影的八卦里惴惴不安。

她追随他这么多年，她所有的努力，不过是为了更接近他的世界，希望自己能够以最美好的姿态，出现在他的面前。

她甚至自私地想，是否，她也需要一座城的沦陷，来成全这一场盛大的暗恋？

城没有沦陷，罗旌却出了车祸。

她去看他，他在重症监护室里，医生说他昏迷不醒，有一个美丽的女子守在他的身边。她没有勇气进去，只是隔着重症监护室的玻璃，望着她爱了六年的男人。她不知道，此生这个男人还能不能醒来，但是，她知道，她要把公司的事情做得好好的，等着他回来。

此后，她忍着噬骨的思念，将所有的感情投入到工作中来，似乎，她就是这个公司的负责人，似乎，她就是为了这个公司而生。她日日祈祷，向着所有的神灵，向着东方的西方的神灵，甚至默默许愿，若他能醒来，她宁可折去阳寿。

一个月后，她一个人再次悄悄地去医院，那个美丽的女子还在。她不知道这个女子是谁，但是，看到她那样虔诚地护理着他，她的心里还是空落落地难受。或许，她终究无法得到他的爱，只能像现在一样，远远地，远远地看着她心仪的人。她再一次落荒而逃，她不敢面对如果这个女子是罗旌的女友这样的事实。

她重新把自己扔到工作中来，以常人无法理解的高强度麻醉自己的神经。

但是，总是会有这样独处的时候。

灯火阑珊，该有多少恩爱的男女相拥着入眠，唯有她，要一个人静静地站在这冰冷的三十层楼上，与黑暗为伍。她不愿意回家，家里太过冷清，起码这里，还有他的味道他的痕迹曾经存在。

柳眉就这样，一个人苦熬着度过了八个月。

直到那一天，柳眉睁开眼睛，第一眼看到了罗旌。

她怀疑自己看错了，狠狠揉了揉眼睛，不，不是幻觉，罗旌就那样真实地站在她的面前，仍然是俊朗的脸，仍然是迷人的眼，仍然是曾让她朝朝暮暮思恋的微笑。

柳眉激动地站起来，慌乱地整理自己的头发，自己的衣服，哦，怎么能以这样的形象出现在罗旌的面前呢？昨夜一个人工作到四点，才刚刚睡着一会，应该有很大的黑眼圈吧。没有化妆，应该很难看吧，头发是不是太乱了？衣服是不是不合时宜了？她慌乱的样子反倒把罗旌逗笑了。

罗旌边转身边说，别紧张，你很漂亮，谢谢你为公司做的这一切，我一会儿再回来,你去洗个脸。

柳眉的心里,像飞了一只小雀,扑棱扑棱地,几乎要撞出她的胸腔,让她连走路都有点飘。她爱着的他,终于回来了,不管他是否能够爱上她,她终于又可以日日见着他,听到他的声音。只要能够有这样的机会,她已很知足。

不求你爱我,甚至不求你知道我爱你。如果爱,已经到了这样无欲无求的程度,便该是人世间最最纯粹的爱了吧?

对于柳眉这多半年对公司的贡献,罗旌在公司高层会议上直接做了批示:奖励其奖金30万,作为这段时间的特别贡献奖。其他公司高管,也有相应的奖金,不过没有这么多而已。

看着罗旌脸上洋溢的笑容,柳眉的心底满满得都是快乐。于她而言,那30万不要都没有关系,她要的,是他的笑容,他的温情,是他对她的认可,是自己被他需要。

那天开完会,罗旌宴请公司的全部高层吃饭,作为对这段时间他手下努力工作的犒赏。

去的是当地最高档的迎宾酒楼,罗旌说,感谢今天在座的每一个人,在我出事的时候,没有离开,而是精诚团结,全心全意为公司做事。我罗旌,把你们的好都记着,今天就说一句话:有我罗旌在一天,你们就不会没饭吃。

这样的老板,谁不愿意跟着干呢?大家江湖上行走,风雨里飘摇,也不过是求三餐温饱四季平安,不必日日为生计奔波,更何况,罗旌虽然是商人,却偏偏有侠义心肠,在他手下,每个人都能得到充分的尊重和重视,也能得到很多提升自身的机会。可以说,公司的每一个人,或大或小,都曾得到过罗旌的恩惠,或许是母亲生病时提前预支的三个月工资,或许是孩子上学时罗旌帮忙解决了择校问题,或许是妻子的工作是罗旌帮忙给安排的……

因为你对得住我们,所以,在你困难的时候,我们也不会离你而去。

罗旌喝得有点高,身边的柳眉却异常清醒。

这么多年职场厮杀,身为女子一路狂奔,她太懂得什么时候内敛什么时候张扬,也太懂得在公司聚餐或商务就餐中的"点到即止"。她深知自己的酒量,明白喝多少是自己能hold住的,喝多少就会失控。今天是好久之后与罗旌的第一次相见，她要好好地站在他的面前，让他发现她的美丽，她的执着。

吃完饭，又去唱歌。

罗旌不算醉，只是有点晕，心里还是通透明白的。大家都是过来人，柳眉对罗旌的爱恋掩饰得再严密，也有丝丝缕缕泄露的时候，明里暗里的牵挂与暗恋，任何一个人都不可能隐藏到天衣无缝。

于是有心的人点了一首歌，说，柳副总，来一首？

柳眉没推辞，或许，这样暧昧的夜，这样众多的人，才适合她将若隐若现的心事，不着痕迹地向他表白吧？

屏幕上滚动的是杨宗纬的新歌《洋葱》，这首歌，多么符合此刻柳眉的心境。

> 如果你眼神能够为我
> 片刻地降临
> 如果你能听到
> 心碎的声音
> 沉默地守护着你
> 沉默地等奇迹
> 沉默地让自己
> 像是空气
> 大家都吃着聊着笑着
> 今晚多开心
> 最角落里的我
> 笑得多合群
> 盘底的洋葱像我
> 永远是调味品
> 偷偷地看着你
> 偷偷地隐藏着自己
> 如果你愿意一层一层一层地剥开我的心
> 你会发现　你会讶异

你是我最压抑

　　最深处的秘密

　　如果你愿意一层一层一层地剥开我的心

　　你会鼻酸　你会流泪

　　只要你能听到我

　　看到我的全心全意

　　暧昧的空气

　　我和我的绝望

　　装得很风趣

　　我就像一棵洋葱

　　永远是配角戏

　　多希望能与你有一秒

　　专属的剧情

　　……

　　这样的深夜里，她的爱如田野里没有人注意的花草，竞相开放，守着如月光般梦幻的幻想，让自己失去了方向。而音乐，唯有音乐，才是慰藉灵魂的情人吧？孤独忧伤的夜里，这些音乐伫立在灵魂最无助的端口，触摸着灵魂深处最敏锐的弦。那些婉转悠扬的心事，那些千千的心结，在音乐里像疯长的野草，将白日里无法示人的情愫，膨胀成硕大的气球，不知什么时候，会"嘭"的一声炸裂。

　　她的眼泪，忽然就不受控制地落下来，罗旌，如果你愿意一层一层剥开我的心，你会听到我的心声吗？你会看到我的全心全意吗？

　　尽管包厢里灯光昏暗，离她最近的罗旌还是看到了她的眼泪。

　　罗旌静静地坐在沙发上，从桌上抽出一张面巾纸，递给柳眉说，擦擦泪。

　　再不肯说一句多余的话。

　　这么多年在一起工作，他不是不知道柳眉的心意，只是，他的心里，曾经装满了聂亦风，再也容不下另一个人。虽然经过这一场车祸，他终于放下了聂亦风,却没办法从心中抹去她的痕迹。或者说,此生,她将会是他血脉里的刺,永远拔除不了。

现在,他不确定要不要开始一段新的恋情,也不确定自己想要什么样的女孩。

虽然,他此时,确实很寂寞。

但是,正是因为只是寂寞,他才不能那么轻率地开始一段新的感情,不是害怕自己受伤,而是害怕辜负了对方。此生,被他辜负被他伤害的女人,不能再有第三个了。

柳眉从来都知道罗旌就是这样的人,对她,他永远彬彬有礼,几乎不苟言笑。工作之外的事,工作之外的话,罗旌对她说得很少。

反正一走就是这么多年,也不在乎多个三年两载。想到这里,柳眉刚刚几乎要坠到谷底的心,又反弹了回来。

她这样的女孩子,不会轻易就放弃,也不会轻易就被打倒。

她始终相信,守得云开见月明,只要有足够的耐心,足够的诚心,还有足够的爱。

7. 秀帘垂,梦长君知否

罗旌刚刚恢复,他的母亲却忽然出了事。

那个早晨,罗母早早给儿子起床做早餐,刚刚将包子放到蒸笼里,罗母就一阵眩晕,然后,软绵绵倒在了地上。

罗旌刚走到厨房门口,准备帮着母亲收拾,看到母亲倒下,他赶紧将母亲抱到了客厅的沙发上,然后拨打了120急救。

在等待120的时间里,罗旌给母亲掐人中,甚至做人工呼吸,都不管用。

一米八的男人,跪在母亲的身边,一直拉着母亲的手,不敢松开。他害怕,害怕一旦松开,母亲就与自己阴阳两隔,再也见不到。

他是多么害怕十岁那年的情景再次重现。那是他一生最不愿面对最不愿回首的事。每次回望过往，他都刻意地跳过那一段悲伤，这么多年过去，他始终难以接受这个事实。

　　这么多年来，母亲与自己相依为命。这凉薄的人世里，他辜负过很多人，很多人也辜负过他，但，这些都没有关系，因为他还有母亲。

　　那段和慕容氏集团争斗的最艰辛的时光，他几乎夜不能寐，食不下咽，他的黑眼圈他的暴瘦引起了母亲的注意，母亲过来陪着他住。他什么都没有告诉母亲，母亲也什么都不问，但是他可以安心地睡觉了。因为母亲说，旌儿，有妈呢，怕啥，妈相信你；因为母亲说，不管世界怎么样，也不管你做什么，你都是我最好的儿子。

　　所以，即使他曾经失去了最爱的聂亦风，即使他刚刚扳倒慕容氏集团时为很多人所不齿，他都没有害怕过。可是此刻，恐惧像潮水一样蔓延过来，几乎让他窒息，他的心，疼痛得几乎要裂开。母亲，母亲，你不可以离开我，没有了你，我该怎么活下去呢？

　　120急救车几分钟就赶到了，罗旌却觉得过了半个世纪那么长，他拉住医生的手，说，医生，她没事吧？她没事吧？一定要救救她，一定要救救她啊……

　　医生安慰他，没事，病人现在休克了，我们马上抢救，你放心，你放心……

　　罗旌跟着上了救护车，在车上，他始终握着母亲的手。他固执地相信，只要握住母亲的手，母亲就不会抛下他离开。

　　到了医院，医生说，只是缺血性休克，没什么大碍，卧床休息，静养，多吃有营养的东西。

　　罗旌的心终于掉到了肚子里，有营养的东西？这不是问题。他打电话给自己的司机，说，马上去超市，给我把枣、进口麦片、核桃、农家有机鸡蛋……各买回来10斤。罗旌一口气说了不下二十种食品，司机听得有点蒙，罗总，咱买这么多是要送礼啊？

　　送个屁，给我妈吃的，快去买，别那么多废话。罗旌平时很少冲自己的员工发火，可是今天，罗旌有点反常。不过这个时候，司机才知道是罗旌的母亲生病住院了，于是再也不多说话，赶紧到超市去了。

还不到半个小时，柳眉也来到了罗旌母亲所在的医院。

此刻，罗母正躺在病床上输液，她已经睡着了。罗旌守在床边。

罗总，阿姨没事吧？柳眉一边询问着，一边将买来的营养品放在柜子里，然后将带来的鲜花放在了病床的床头柜上。

瞬间，一股郁金香的清香飘满了整个房间。

柳眉，让你费心了。看到柳眉提了一大堆东西来，罗旌有点过意不去。

罗总，干吗那么客气。阿姨病了，我过来看看是应该的。你累了一天了吧？我陪着阿姨，你休息会儿吧？柳眉说得恳切真诚，罗旌连拒绝的勇气都没有。

此后，在罗母住院的这半个月里，柳眉每天都过来陪着她，还变着花样给罗母做好吃的。今天炖个乌鸡汤，明天炖个莲藕汤，后天就是枸杞银耳莲子汤，每一个汤都做得色香味俱全。罗母吃得津津有味，赞不绝口。

旌儿，柳眉是个好姑娘啊。那天，柳眉去公司处理事情了，罗母对罗旌说。

妈，这才喝了人家几天汤啊，就被灌晕了？开始帮着人家来说话了？罗旌一边给母亲倒水，一边和母亲开着玩笑。

罗母摇摇头，唉，这么大了还没个正经，妈是说正事呢。妈看得出来，这姑娘啊，喜欢你，不然谁天天没事往医院跑，还变着花样炖汤？旌儿呀，亦风已经是别人的妻子了，你就是再喜欢，也追不回来了。不管过去怎么样，人啊，总是要向前走的。你早点有个知冷知热的人，妈就是闭了眼，也能放心走啊……话没说完，罗旌就将一颗糖塞进了母亲的嘴里，好了，好了，我知道，您吃糖，别再说了哈。罗旌的眼里已经蓄满了泪水。

罗母轻轻摇摇头，轻轻叹口气，专心吃起了糖。她的儿子她知道，倔强，固执，什么时候他想通了，才会去做，否则，说什么都是没有用的。

深夜十一点，罗旌静静地坐在病房的阳台上抽烟。

罗母已经安然入睡。

罗旌却注定又要度过一个不眠之夜。

就在下午的时候，聂亦风和令狐北到医院来看罗旌的母亲了。他们刚刚从广州办完画展回来，听说罗母生病的消息，连衣服都没有换，就马不停蹄地赶过来了。

来的时候，柳眉正在喂罗母喝银耳雪梨汤。

淡淡的雪梨清香飘满整个房间，银耳炖得软烂，和雪梨一起炖得稠稠的，看一眼都觉得食欲大增。

看着柳眉细心体贴地喂完汤，又端着罗母换下的衣服去洗，聂亦风起初以为是罗旌雇的护工，可是看穿着，看气质，怎么也不像护工出身。待柳眉走远了，聂亦风悄悄地问，阿姨，她是谁啊？

罗旌公司的一个副总，每天都来给我送汤，还要管理公司的一摊子事，可是个精明能干的姑娘呢。

聂亦风点点头，若有所思地看着柳眉的背影。然后，她看看罗旌，朝他眨眨眼，说，罗旌，要把握机会哦，这个姑娘真心不错。

烟火在暗夜之中明明灭灭，聂亦风白天的话又跳到了罗旌的脑海中，若不是再也不爱，谁又可以这样坦然地将另一个姑娘推到前男友的面前？聂亦风的话让他耿耿于怀了整整一天，说好的"放下"呢？他终于明白，生病的那段时间，他的放下不过是自欺欺人。或者说，他的理智告诉他，要放下；心，却固执着回望过去，不肯离开。

天空深蓝，一轮新月俯瞰着芸芸众生。

我欲乘风归去，我欲乘风归去……

月既不解饮，影徒随我身……

一句一句古人的诗词从罗旌脑子里蹦出来，为什么会想起这些？不知道。往事太模糊，回忆太清瘦，可是，可是，要我怎么将你抹杀得一干二净，就像从未相逢？月下我们的初吻，曾缠绵了我整个青春；月下我们牵手散步的美好，曾支撑我走过漫漫长夜；月下花前我们的海誓山盟，如今我依然可以一字不差地背出来……

罗旌猛地抽了一口烟，缓缓地吐出两个烟圈，心事，像那烟圈一样，散了，散了，味道却残留在这空气中，带着伤感的味道……

金融风暴再次席卷全球的时候，罗旌刚刚把一笔钱投到了房地产。

精明如罗旌，本是不该蹚这个浑水的。这些年，他也算比较清醒地分析了中国的房地产行业，从来没有想过要把自己折腾进这个行业里。

但是，那段时间，罗旌的公司营业总额一直呈下降趋势，无论怎么努力，采取什么措施，始终都只能维持温饱，勉强开出工资后，公司几乎处于负盈利，这让罗旌有点头大。恰恰，罗旌的朋友王显介绍了一个项目给罗旌，投资北京三环外一处空地，说准备开发成大型的办公楼和商场。

对于王显的人脉，罗旌是清楚的。他的叔叔是市规划局的一把手，单凭这一层关系，在那样一种市场管理还比较混乱的情况下，拿下一块好点的地皮让自己的侄子挣钱也不是不可能。更何况，王显与自己是十几年的朋友。

罗旌亲自去考察了两次，又打电话给自己一位政府部门的朋友，都得到了可靠的答案。也就是说，投资这块地，包赚不赔。这样的好事，谁不愿意做呢？

经过一番深思熟虑，罗旌将手中的一个亿投资了出去，指望着在房地产也分得一杯羹，缓解自己公司目前的经济压力。

没有想到，风暴还未袭来，罗旌的投资就血本无归。

前几天罗旌还去工地察看，工地上一片热火朝天干活的景象，这让罗旌心里踏实了许多。王显说，兄弟，你放心，咱们十几年的交情了，有我呢。罗旌点点头，他对这个朋友，不能说百分百信任，起码信任度达到百分之八十。十几年交往下来，这个人的人品也还是让人放心的。

这也是他为什么考虑接受王显建议的原因。

可是，又过了一个星期，罗旌再次来到工地的时候，彻底傻眼了。

工地上没有了干活的工人，塔吊在半空悬着，一副爹不疼娘不爱惺惶可怜的模样。这是怎么了？罗旌急忙给王显打电话，王显的电话却始终处于关机状态。

出什么状况了吗？

他不敢想，直接开车去了王显家。

没想到，铁将军把门，邻居说，好几天没见回来了。

这一下，罗旌心说完了。当日开发这片地，两个人的资金是打到同一个账户的，王显当时说，他医院那边事情也不多，还是让他来监督工程吧，这边就交给他好了。至于罗旌，有空来看看就行，先忙公司的事。

当时罗旌蛮感动,觉得自己好像捡了便宜似的,只是投资了钱,工地上什么事都不管不问,就坐等完工后得利。可是现在,罗旌觉得,这钱十有八九是被王显拿走了,自己上当了,被骗了。

罗旌的心里,还有一点点不确定,他实在不愿意相信,打了十几年交道的好朋友会这样坑自己。

于是,继续打电话,王显还是关机;再打,关机;再打,关机;不同的手机号打,统统是关机。

罗旌失望了,也终于接受了眼前的这个事实。

去报警,警察调查发现,早在四天前,王显就办理了出国手续,同行的,还有一个叫慕容雪的人。

慕容雪?出国?这次,罗旌算是彻底地绝望了。

他们两个人怎么会搅在一起?难道真的是王显拿着自己的钱跑了?他可以不相信慕容雪,可是,他不能不相信王显。问题是,事实摆在眼前,警察说,人性里的东西,不是表象那么简单。

罗旌去医院的时候,已经是晚上九点了。

罗总,你没事吧?平时罗旌都是七点到医院接替柳眉,今天一下子到了九点,让柳眉无比担心。

没事,你回去吧。罗旌故作轻松地回答。

然而,细心的柳眉还是看出了端倪。罗旌似乎一瞬间憔悴了,他的眼窝深陷,脸色发黑,眉宇间散发出的不再是平日的自信,而是深深的忧虑。

柳眉没有多问,她安顿好罗母,就示意罗旌和自己走出了病房。

来到医院的24小时餐厅,柳眉和罗旌选了一个座位坐下。

罗总,你说实话,到底怎么了?

罗旌知道,柳眉是聪慧精明的女人,跟着他干了这么多年,虽然不是贴身秘书,但是大小事情柳眉几乎都参与,相处久了,几乎就成了罗旌的移动小秘书。何况,柳眉对他,不仅仅是当作公司董事长,更多的,是当作崇拜和暗恋的对象,那么,关注,自然是事无巨细。又有什么能够逃得过她的眼睛呢?

柳眉,明天你就辞职吧。公司的钱被我拿去做房地产生意,结果被骗得血本无归,用不了多久,公司必然会倒闭。你早点辞职,我还可以给你工资奖金,否则,最后也许什么都没了。说完这些话,罗旌将头深深地埋在了两臂之间,浓重的绝望立时弥漫开来。

听到这样的消息,柳眉也是倒吸了一口凉气。动用了这么一大笔钱,罗旌居然没有和自己商量过,更没有提交董事会研究。

虽然,这是罗旌个人的资金,但是,当运用公司内部的流动资金做投资时,是应该经过董事会研究决定的。

精明如罗旌,竟然会被骗,而且是一个亿,简直不可想象。如果没有金融危机,以他们公司的实力,这些钱也不会影响他们多少,可是现在这个时候,公司本身独立支撑已经很困难,用来流动运转的资金一下子化为乌有,那对公司就真的是雪上加霜了。

柳眉想了想,说,罗总,我是不会辞职的。即使公司真的破产了,我也会跟着你从头开始。这个时候,我是不会离开你的。

罗旌抬起头,看着柳眉的眼睛。

这是一双好看的眼睛,双眼皮,透着灵气,也透着智慧,更有深深的关切。曾有多少次,他感觉到这样的一双眼睛追随在他的身后,曾有多少次,这双眼睛给他送出过柔情脉脉,只是,从前,他装作不知道,现在,他也要熟视无睹。他不能害了她,他可以此后落魄,穷困潦倒,可是她没有要陪着他吃苦受罪的理由。

他知道她对他的爱恋。虽然她掩藏得很深很深,可是,丝丝缕缕的柔情,细细密密的关心,早已经超越了一个副总应该做的。他不是无知无觉的石头,他故意对她不理不睬,只是希望她能够知难而退,不要再在自己身上浪费青春。可是,她却似乎并没有想要调整方向的意思。

曾经,罗旌旁敲侧击地说,柳眉,有时候啊,不能一条道走到黑。

可是柳眉只是抿嘴一笑,罗总,可是有时候啊,走到尽头也许是柳暗花明呢。

此刻,在这让人看透生死的医院里,柳眉决定将埋藏了六年的话统统说出来。人生短暂,只有在这里,你才会觉得原来真的什么都是身外之物,腰缠万贯如何？红得发紫怎样？唯有在这里，你才会发现，原来人生的成功，不过是健康而有尊严地活着，还有，所爱的人，陪着。

柳眉深吸了一口气，伸出手轻轻地握住罗旌的手，说，罗总，我喜欢你，从六年前你为我解围的时候，我就喜欢上你了。那个时候，你是慕容氏集团的乘龙快婿，我不敢有非分之想。后来，你扳倒慕容氏，创建新公司，于是，我追随你来到新的公司，就是为了能够每天都见到你。无论什么公司出多少钱挖我我都没有动摇过，都没想过要离开。我知道，你有喜欢的人，我也知道，也许我这辈子都没有机会获得你的爱，可是，我还是不会离开你，即使公司倒闭，即使你一无所有，我还是会跟着你。

这一番肺腑之言，让罗旌感动得鼻子发酸眼角湿润。他罗旌何德何能，能让一个如此美丽如此深情的女孩子追随多年，即使在这样落魄的时刻，依然不离不弃，而他，并未曾承诺她什么，甚至都没有说过会喜欢她爱她；越是这样，罗旌越觉得自己不能够拖累柳眉，无论他是否会爱上她，他都不能在这样的时候和她在一起。

罗旌抽出手，说，柳眉，我是不会爱上你的，以前不会，现在不会，将来也不会。

说完这句话，罗旌站起身，径直向病房走去。

柳眉呆呆地坐在椅子上，眼泪吧嗒吧嗒地掉下来。罗旌就这样拒绝了她，将她的满腔热恋变成了冰冷的绝望。他说不会爱上她，以前不会，现在不会，将来也不会，他让她走。柳眉的心，像被割裂成千万片般难过。坚持了这么多年的爱情，就这样结束了吗？

柳眉默默地看向窗外。

夜黑得像妖魅的脸，闪着诡异，天空一个炸雷，将夜撕裂成两半。柳眉暗自叹口气，如果是二十岁的时候，是不是就要不管不顾地跑出去了？然后在雷雨里奔跑，发疯，自虐？三十多岁了，已经过了这样荒唐地年龄，无论遇到什么事，都首先会想，安全吗？不如安安静静地回家洗个热水澡，喝杯红酒，或者看场电影，不然就是好好睡个美容觉。

爱情固然重要，工作和身体更重要。

柳眉就是这样冷静的人，她从来不会因为什么事乱了方寸，即使是山雨欲来风满楼，她也一样淡定从容，一副波澜不惊的模样。就像今天，她的表白，遭到了罗旌无情的拒绝，甚至分分钟挡住了她前行的路，只是，她不会在黑夜里狂奔，也不会在酒吧里买醉，而是会理一理纷乱的思绪，好好回家睡觉。

一切皆有可能。或许，明天罗旌后悔了呢？只要没有到最后一刻，她是不会轻易放弃的。

柳眉去卫生间补了个妆，然后，轻轻推开罗母病房的门，发现罗母安然地睡着，只是没有盖好被子，罗旌似乎也睡着了。柳眉轻轻走进去，帮罗母掖好被子，把一条薄毯子轻轻盖在罗旌身上，然后，轻轻退出了病房。

她默默地走到停车场，静谧的停车场让她心里有点怕，以前看过的恐怖片里的那些妖魔鬼怪争先恐后地跑到脑子里来。此刻，她多么希望自己喜欢的男人可以陪在身边，起码不会这么孤独。

她觉得眼泪要掉下来了，于是抬头，狠狠地将眼泪憋了回去。路是自己选的，有什么好抱怨好难过的呢？张小娴说，爱情也许有绵长的痛苦，但他给的快乐，也是世界上最大的快乐。

想到这里，柳眉的脚步轻盈了一些，她快步走到自己的车前，将自己放到了车里，然后，长长地吁了一口气。

车发动，载着柳眉飞速离开。

不远处，罗旌静静地看着柳眉安全离开，才重新准备回到楼上的病房里。刚才，他假装睡着了，柳眉的一举一动他都看在眼里。随后，他担心柳眉一个女孩子在地下停车场有事，便跟着柳眉下了停车场。

如今，看她安全离开，他才放心。

计算着时间，他想，一会儿要给柳眉打个电话，看看柳眉是否安全到家。

回到家没有十分钟，柳眉接到了罗旌的电话。

柳眉，安全到家了吗？早点休息。接到电话的刹那，柳眉笑了。罗旌，你还是关心我的，在意我的，不是吗？否则你又怎么会计算着我的时间，给我打电话？

不管你有多少拒绝我的理由，我都不会退缩的。罗旌，我会让你慢慢爱上我，直到，离不开我。

8. 如今风雨西楼夜，与君同

两周后，罗旌的公司宣布破产。

员工离开了，曾经以为可以跟着罗旌衣食无忧的人们，不得不另谋出路。罗旌给每一个员工多发了一个月的工资。这些人，曾经如此信任他，如今却因为自己的错误决策不得不另谋出路，罗旌深感对不起他们。

柳眉说，我不会辞职的。

柳眉说，罗旌，你还可以重新开始。

罗旌看一眼柳眉，如今我什么都没有了，你还说可以重新开始？你不要来埋汰我了，你走吧，我谁也不想见。

柳眉没有说什么，她转身离开了。此刻，说什么，对于罗旌来说都没有用。

你没有与他感同身受，便没有评论或劝慰的资格。任何事，没有发生在自己的身上时，都可以云淡风轻，古人所谓"站着说话不腰疼"就是这个理。一旦发生在自己身上，拿来劝人的每一句话都成了一种讽刺。

罗旌不能消沉，母亲还在医院住着，他要打起精神来。

到了医院的时候，柳眉还在。她说，罗总，今天我没事，你回家多休息会儿吧。

她知道罗旌心情不好，所以，她留下来值夜。

罗旌的心里无比温馨。谢谢你，柳眉，真的，谢谢。罗旌不是太擅长表达的人，尤其面对柳眉。

罗总，我手里有一部分资金，你再想想办法，我想，我们可以东山再起的。

罗旌点点头，此时此刻，他不能再表现得颓唐萎靡。

第二天，柳眉约聂亦风在医院附近的咖啡馆见面。

直到这个时候，聂亦风才知道罗旌的公司已经倒闭，罗旌被自己的好友王显，也许还有慕容雪，骗走了一个亿。

亦风姐，其实，我今天来，是想让你们帮一下罗旌。他现在最需要的就是好朋友精神上的安慰和物质上的支持，就像当年的你们一样。

聪明的柳眉，一句话包含了双重含义，聂亦风不得不佩服。

你放心，柳眉，你不说，我们也会全力帮他的。谢谢你这个时候还能如此为罗旌着想。聂亦风真心诚意地说。

亦风姐，能问你个问题吗？罗总当年的恋人是不是你？柳眉的问题太直接，直接到让聂亦风都不知该怎么回答。

想了想，聂亦风点头，是的。

柳眉，看得出来，你很喜欢罗旌，他是个好男人，现在他拒绝你了，对吗？聂亦风猜得如此准确，让柳眉很吃惊。

柳眉，我和他认识几十年了，他的性格我最了解。他现在拒绝你，是不愿意拖累你，如果你真的爱他，就多一点耐心，陪着他，他会接受你爱上你的。相信我。

聂亦风的话，给了柳眉力量，也让柳眉觉得自己的执着是会换来好结果的。她太开心了。

亦风姐，我该怎么做才能帮助他重拾自信？我该怎么做才能让他忘记你爱上我？

聂亦风轻轻地笑，傻丫头，只要用真心就对了，秘诀是真心，方法是真心，一切都是真心的时候，他就会接受你，继而爱上你。

聂亦风喜欢柳眉，她的聪慧，她的执着，她的善良，都会给罗旌带来好运的。聂亦风相信这一点。

罗旌也并没有因为公司倒闭而借酒浇愁，虚度光阴。他不能，因为他没有资格。

自己的母亲如今在医院住着，如果自己倒下了，谁来伺候她呢？他不能就这样黯然退出商界，成为别人的笑话。他从来就不是懦弱的人，也从来不是喜欢放弃的人。他最喜欢的就是海明威说的那句话：你可以被打败，但是不能被打倒。是的，我可以被打败，但是，我绝不会被打倒。

一个星期后，柳眉将一张卡给了罗旌，她说，罗旌，这是我的全部积蓄，900万。

看着柳眉，罗旌说，柳眉，你对我这么好，我……

柳眉没有让罗旌再往下说，她接着罗旌的话，说，罗旌，你不用那么有负担，我不过是看中了你的商业才能，想要借鸡下蛋，我出一点钱，你出一点智慧，我们合作共赢。所以，你不必觉得亏欠我。将来盈利了，我收取股份，没盈利，只当我眼光差，投资失败。

话都说到这里了，罗旌知道多说亦无用。柳眉的聪慧就在这里，她最能抓住别人的软肋，也最能打动别人的内心。

聪明的罗旌也明白，柳眉，是拿着一颗心，用赌的方式，在向他示爱——输赢且不论，没有几个女人，可以有这样的勇气和决绝，孤注一掷。

柳眉把自己位于二环的房子卖了，那套房子，柳眉买的时候花了300万，如今，价格已经飙到了750万，仅仅这套房子，柳眉已经净赚了400多万，如果不出手，价格还会上升，可是，她等不了，她要帮罗旌。加上手里这些年的积蓄，柳眉给罗旌的钱，共是900万。

她以为罗旌不知道。

其实，罗旌动动脑子就知道柳眉哪里来的这么多钱——她不是富二代，也没被包养，除了那一套房子，她不可能忽然有这么多钱。

但是，罗旌没有点破。柳眉这样的情义，不是说一句谢谢就可以还完的。所有的恩情，等到将来，我会给你一个你想要的交代。

第二天，聂亦风和令狐北也送来了一张卡。令狐北说，兄弟，当年我们落魄的时候，你给我们寄过500万，现在，这1000万你拿去，什么也别说。

罗旌没想到他们已经知道了自己曾寄钱的事，也许，因果不虚，世间所有事，总是会得到报应，无论善的还是恶的。

所以，罗旌什么也没有说，只是紧紧地握住了令狐北的手。

此刻，不用说一句话，我们已经懂得彼此的心意。

罗旌也将自己的别墅卖掉，凑了1000万。他搬到母亲曾经的房子里去住。

有了这3000万的启动资金，罗旌和柳眉开始了紧锣密鼓的公司筹备。

两个人都具有经济头脑，都曾在商场里摸爬滚打，都曾有极丰富的人脉，都曾有很好的商业信誉，同时，鉴于前段时间公司存在的问题，罗旌和柳眉制定了新的策略。

起步维艰，但是，除了背水一战，他们已经别无选择。

这是最坏的时刻，这也是最好的时刻。

于柳眉，于罗旌，这似乎都是一个新的开始。他们彼此合作，彼此需要。柳眉需要罗旌的经济头脑，罗旌需要柳眉敏锐的商业嗅觉。他们常常忙到没时间去吃饭，叫外卖成了家常便饭；他们常常忙到没时间睡觉，一个通宵接一个通宵是常事。

这段时间，也让罗旌重新认识了柳眉。

柳眉不仅工作能力超群，而且非常聪颖，又是一个极细心体贴的人。柳眉提出的策划总是能和罗旌想到一起，工作再忙再累，柳眉都会每天抽一个小时喝茶，她说，会享受的人才会工作。柳眉精通茶道，硬生生在办公室的阳台上隔出了一个小小的茶室。

品茶的时候，柳眉说，罗总，你知道我最喜欢什么样的生活吗？一座简单的小庭院，可以种花种草种蔬菜，不需要锦衣玉食，不需要腰缠万贯，一碗清粥，一碟小菜，一个最爱的人，晨曦里散步，夕阳中赏景，这样一粥一菜一人相守的生活，才是我要的。

罗旌没有想到，她所喜欢的生活竟然和自己理想中的生活一模一样。他也希望以后，小庭院，小清粥，加上最爱的人，隐居乡野间。

罗旌端起一杯茶，说，柳眉，原来我们有一样的生活目标啊。来，以茶代酒，干杯吧。

柳眉笑笑，罗总，喝茶要品，哪里能干杯呢？

罗旌摇头，规矩太多会累的，要随性，这样才能从心所欲。说罢，端起一杯茶，一口喝干了。

柳眉想了想，也端起一杯茶，大口喝了下去。

管他什么茶道酒道，开心才是最重要。

两人喝完，都哈哈大笑起来。罗旌第一次觉得，柳眉如此可爱。

两个月的时间转眼消逝，柳眉和罗旌的公司终于渐渐有了起色。可是，罗旌和柳眉却狂瘦了下来，短短的六十天，罗旌瘦了20斤，柳眉瘦了15斤。哈哈，这下不用减肥了，绿瘦黄瘦都比不上俺的这天然瘦啊。柳眉这样调侃自己。

聂亦风和令狐北只是偶尔打电话问一下罗旌。聂亦风是有顾虑的，她不愿意让令狐北有什么猜疑，虽然令狐北从没有这样的想法，但是，聂亦风还是特别注意丈夫的感受。聂亦风一定是令狐北陪着才去找罗旌。

尽管她心底坦荡荡，但是她知道，还是不要有任何可能引起猜忌的举动吧，否则，猜疑多了，必然会破坏夫妻之间的感情。而她，是要和令狐北携手白头的。

罗旌，已经是她过往岁月里的一场梦。梦醒，了无痕。

9. 风雨共，此情长依依

沈念和莫晓南来看聂亦风的时候，已经是合法的夫妻。

此次来京，主要是因为沈念的新书《莫念西风凉》在京举行签售会，莫晓南也没有什么事，就陪着沈念一起来了。

聂亦风和沈念漫无目地在街上溜达，尽管已经是晚上十点，北京王府井的街头仍然一片热闹喧嚣。它仿佛是不知疲倦的婴孩，白天黑夜都精力充沛。

一转眼，二十年了，沈念，真的是年华弹指老。聂亦风边走边说。

二十年了吗？多么遥远的数字，却又多么真实的数字。风雨里来去，苦海里挣扎，那些哭过闹过伤心过痛苦过的日子忽然变得云淡风轻起来。

路过星巴克，聂亦风说，沈念，进去喝一杯？

沈念摇摇头，亦风，年轻的时候，恨不得天天都能在星巴克里喝咖啡，那种感情，不过是炫耀，不过是虚荣。如今，我们都已步入中年，四十岁以后的人生，不应再向外求，而应该向内求，内心的平静和舒适，才是最重要的。别人的羡慕、嫉妒和恨都不重要。你说是不是？

聂亦风点点头，谁说不是呢？

沈念看着身旁来去匆匆的人流，闪烁的霓虹，忽然想起，二十年前，她们"恰同学少年，风华正茂"，梦想着"到中流击水，浪遏飞舟"；二十年过去，她们不再是青涩幼稚的孩子，走过了一半的人生，她们终于明白：人生最曼妙的风景，是内心的淡定与从容。曾经是如此期盼外界的认可，到最后才知道：世界是自己的，与他人毫无关系。

沈念的电话响起来，聂亦风笑着调侃，不用看都知道是你家小莫莫。沈念笑着，打开手机，真的是莫晓南。

亲爱的，你们在哪里？我和令狐过去接你们。莫晓南自结婚后，开头第一个词永远是"亲爱的"，要不就是"老婆"，除此之外，不会有第三个词。

不用接了，我和亦风一会儿就回去了，你们聊天吧。沈念想着自己和聂亦风又不是小孩子，离亦风的家也不远，乱跑什么呢。

说位置，我们马上到。莫晓南不容置疑的口气，让沈念瞬间柔软，好吧，我们在星巴克门口的步行街上。

挂了电话，亦风打趣沈念，沈念，莫晓南是不是忒男人？你这么坚强的女人终于变成小女人了。

沈念笑着没说话，可是脸上洋溢的，是无法掩饰的喜悦和幸福。

点点滴滴的故事，亦风，让我说给你听。

还记得去领结婚证那天，莫晓南牵着沈念的手，说，沈念，以后的每一天，我不会再让你受那些年你受过的苦，不会再让你流那些年你流过的泪。以后，我就是你的天，你要好好听我的话，我会永远爱着你，宠着你，钱锺书先生说：此后，我们再无生离，只有死别。我要告诉你，我们既没有生离，也没有死别。即使死亡将我们分开，我们的灵魂也永远依偎。

从那一刻开始直到领完结婚证，沈念的眼泪就没有停止。

他们的爱情，早已不是年轻时候的风花雪月，而是沉淀在岁月里的珍珠，经历过太多的分别，见证过太多的悲凉，所以，才会那么弥足珍贵，才会那么值得珍惜。

婚后，莫晓南真的霸道地成了沈念的"天"。

快点睡觉，不要再熬夜了。只要写作超过十一点，莫晓南铁定过来关掉沈念的电脑。沈念有时候会发火，我刚刚找到灵感，一定要写完。莫晓南振振有词，我家老婆的身体才是最重要的，灵感都要靠边站。于是，沈念乖乖睡觉。慢慢地，沈念真的养成了十一点准时睡觉的好习惯。

　　沈念不是喜欢鼓捣手机和电脑的人，功能再强大的手机，在沈念那里都是一块砖头；电脑虽然是她的最亲密战友，但是沈念只负责用，很少清理。很多时候，电脑慢得爬不动，只是打开一下WPS都会死机，莫晓南才发现，原来沈念从来不杀毒。第一次清理，莫晓南仅仅杀毒就用了两个小时，沈小姐啊，这么多毒，电脑能跑得动吗？莫晓南于是成了沈念的"电脑管家"，每日为她的电脑杀毒，终于让电脑欢快地跑起来。

　　沈念的微信聊天内容从来不删除，朋友圈发的东西大部分都是写小说时忽然得到的好句，或者莫名其妙的伤春悲秋，莫晓南做得最多的事情就是捧着沈念的手机，哗哗哗，不一会儿，什么聊天记录，全部清空；发的朋友圈，删除得只剩一两条。沈念问，为什么删掉啊？莫晓南说，我喜欢的就留下了，不喜欢的就删了。沈念瞪眼看他，凭什么？莫晓南摸摸沈念的头，因为我是你的天啊。这么多年，沈念也算一个辛苦打拼的女汉子，坚强到刀枪不入，可是在莫晓南这里，她忽然觉得自己像一个小女人。原来，她所渴望的，不过是有这样一个可以替她拿主意甚至强悍地说"你都得听我的，我是你的天"的人。她可以遇到任何事只要一想到还有他就觉得天下无难事；她可以在炒菜时弱智到问他放多少盐，哪怕放多了都觉得特别心安；她可以在睡觉的时候轻轻握住他的手，便觉得无比安全，结婚后，她再没有辗转反侧地失眠过，总是一觉睡到大天亮……

　　沈念，其实，莫晓南真的是最适合你的。聂亦风握握沈念的手，说。

　　沈念又何尝不这样认为？

　　走过了尘世烟火，跨过人生的大半辈子，我们才会真的把人世间所有的迷雾看透。莫晓南给她的，正是她想要的。此生，她要的不过是现世安稳，颠沛流离轰轰烈烈的爱情她承受不了。她本性安静，只愿红泥小火炉，煮雪烹新茶，一粥一菜，与可心的人相依相守，而莫晓南，便是可以让她内心安宁的人。当有一天，你的内心不再左冲右突，而是如湖水般清澈宁静，那么，你一定是找到了对的那个人，他给你的，或许不是丰富的物质，或许不是浪漫的风花雪月，但是，他一定是能让你安然入睡、不会辗转难眠的人。这个人能在风雨来时，在你的内心为你撑起一片晴空，让你怀着一份持久而有力量的稚气，坚信未来必会艳阳高照。而在艳阳高照时，你不会担心他转身离开，倏然不见了踪影。

而莫晓南，就是这样能让沈念安心到什么都不想的人。

两个人正说着私密话，莫晓南和令狐北边说边笑地来到了她们的面前。

我们晓南啊太担心沈念了，都老夫老妻了还如胶似漆的，一会儿不见就想得慌。沈念，你说，你有什么魅力让我们晓南这么着迷？令狐北一见沈念就开玩笑，弄得沈念很不好意思。

你还不是啊，一直念叨着亦风怎么还不回来，这俩人去哪里了。咱俩半斤八两好不好？莫晓南口齿伶俐的本事在此刻发挥得淋漓尽致。

四个人都笑了起来。

清凉的风从耳边吹过，每个人的心里，都溢满了快乐与幸福。

夫妻之间，没有了激情燃烧的岁月，还有平凡踏实的日子；没有了卿卿我我的恩爱，还有同甘共苦的恩情；没有了执子之手的浪漫，却也不忘与子偕老的约定。这，大概就是能够将平凡的夫妻生活演绎得生动如昔的根本原因吧。所有的热烈的爱都会退去，但是从心底而来的对所爱的关怀，却随着岁月的增长而深厚，那份关怀，那份牵绊，早已深入骨髓，流入血液，成为身体的一部分。

彼时，牵牵正在T市和顾西凉疯狂地玩。

接受了顾西凉的骨髓移植，牵牵的身体在度过恢复期后便完全正常，没有一点排异反应。现在，放暑假了，牵牵吵着要去顾西凉家看爸爸和爷爷奶奶。沈念和莫晓南觉得应该让牵牵去，从小就接受这样的生活状态，对他的将来才不会有什么影响。

秦绵和顾南对牵牵简直是爱得不得了，含在嘴里怕化了，放在手里怕掉了，一日三餐变着花样做。顾西凉更是对牵牵有求必应，幸好牵牵本就是人见人爱的乖孩子，加之沈念对牵牵的要求很严格，牵牵有良好的生活习惯，顾家上下都很喜欢他。

看着牵牵，顾西凉会想起远方的沈念。

二十年，转眼已是二十年。白衣飘飘的年代已经成为回忆，白发苍苍的老年却在向自己招手。走过不惑之年，才明白，或许，自己与沈念真的是有缘而无分。忽然想起很久很久以前看过的一篇文章《谁是前世埋你的人》，文中说，前世，你今生所爱曾死在沙滩上，于是，你路过给她盖了件衣服，你与她有缘，却成不了夫妻，她需要还你的只是一件衣衫；有人路过时将她埋葬，今生，这样的人才是她的夫君。

从前，顾西凉不信这样的说法，如今回首往事，总是阴差阳错地与沈念离散，总是马不停蹄地错过，终究不可避免地失去。非是沈念不够爱自己，也非是自己不够爱沈念，却终于人海离散，除了归咎一句命运之外，又能怎么样呢？

幸好，还有牵牵，牵起此生与沈念剪不断的情思。他从来没有责怪沈念的选择，莫晓南，或许比自己更适合她。在自己不在沈念身边的日子里，是莫晓南不求回报地默默守护了那么多年，扪心自问，或许自己做不到，这大概就是自己与莫晓南最大的区别吧。

当爱没有了目的，只剩下了"爱你"这样单纯的内涵之后，才能真正理解爱，得到爱。而当年，自己的爱，总是伴随着索取，伴随着"付出就要有结果"这样的心念，注定给自己套上了绳索，也给沈念系紧了魔咒，所以会争吵，所以会失望，所以会让爱流离失所不知所踪。现在才明白，他与她，不是不够爱，而是爱得太深太重，以至于压垮了彼此。

原来，所有的东西，并非都是越浓越好。长长的路，我们慢慢地走，深深的爱，我们浅浅地说，才是最佳的状态。

可惜，明白的时候，一切都已成定局。失去的已然失去，却再也没有什么得到。

只是，是真的吗？是真的再也不会有什么得到吗？

八月的一天，顾西凉陪着牵牵在家里做手工。

秦绵和顾南出去散步了。

门铃声响起，顾西凉去开门。

打开门的刹那，顾西凉有瞬间的恍惚。

面前站着的，是一个妆容精致的中年女子，身材纤细，笑容温婉，她说，西凉哥，还记得我吗？

这个女子，是林冰儿。

十多年前，她因得不到顾西凉的爱，远走加拿大，却始终没有结婚；后来顾西凉身死，她更加心意阑珊。半年前，偶然的机会，听自己的母亲说起顾西凉的所有事，才知道，一切都未尘埃落定。

经过半年的深思熟虑，林冰儿辞职回到T市。

她想，生活始终是圆的，也许，绕了很多圈，我们，终究会回到起点，达到人生的圆满。

只要勇敢地去做，就会有实现的可能。

两年后。

聂亦风和令狐北，沈念和莫晓南，顾西凉和林冰儿，罗旌和柳眉，在云南大理，沈念的书舍相聚。

顾西凉和林冰儿，谁也没有提起要以爱情的名义交往；罗旌依然和柳眉在工作中合作，生活里的交集也渐渐多起来。

沈念说，罗旌，柳眉不错，要珍惜。罗旌看看远处的聂亦风，她正在与令狐北张罗着摆放红酒，脸上有说不出的安恬。柳眉呢，正在烤面包，她烤的面包，味道不错。想到这里，罗旌吧砸吧砸了下嘴，又想起昨晚柳眉送给他的小饼干。

聂亦风说，顾西凉，珍惜眼前人，明白吗？顾西凉望向沈念，沈念正与莫晓南在厨房里做饭，亲昵的侧影彰显着恩爱两不疑。而林冰儿，在和牵牵鼓捣着什么乐高玩具。

罗旌和顾西凉的眼角，不约而同地红了。

同时，心底涌起的，还有对现在陪伴在自己身边的人的感激。但，感激不是爱，他们都明白，所以才如此谨慎地走每一步，不急着去接受，不急着去表白。不是不珍惜，而是太珍惜，所以才不愿意再次伤害别人。

世间所有事，说到底，也不过两个字：珍惜。

珍惜那个始终对你不离不弃的人，珍惜那个忍着自己的苦逗你开心的人，珍惜那个愿意为你放弃所有的人，珍惜那个在你伤心时陪着你哭还给你做饭的人……

唯珍惜，方长久。

无论曾有怎样的恩怨，生活总要继续。那些错过的遗憾，那些经历过的伤痛，都会在岁月面前黯然失色，唯有一颗真诚相爱的心，在生活泥沙俱下的打击里，始终保有天真、善良、美好，那么，我们终究会在不期然之间，找到属于自己的最爱，成为自己的主角。

一切，只要开始，就不晚。

番外

（一）王显篇

王显站在美国新泽西州的庄园里。而慕容雪，正兴奋地看着工人把马牵进马厩，心情好得让人觉得一切都是那么美好。

时不时地，王显会想起罗旌。

当年，他设了陷阱，骗了罗旌的一个亿，和慕容雪来到了美国，买了庄园，过起了宁静的乡村生活。

愧疚是有的，利用好朋友的信任去狠狠地伤害好朋友，听起来都觉得罪大恶极，更何况是自己亲自实施呢？可是，那又有什么关系？

人的本性是自私的。他也不知道是从什么时候开始爱上的慕容雪，可是，就是爱得如痴如狂，没有理由，没有原因，只是，爱情从来就是莫名其妙的吧？如果爱能够理智地说出来一二三条理由，估计，也就不是纯粹的真正的爱了。

他从来没有想过自己有得到慕容雪的一天，也从来没有想到自己会帮着慕容雪去坑自己十几年的朋友，他以为自己做不出这样的事。然而事实是，他既不可救药地爱上了慕容雪，也义无反顾地为了慕容雪背叛了十几年的友谊。

当年罗旌把慕容雪送到医院医治的时候，王显就发现，慕容雪似乎并没有发疯，她可以逻辑清楚地分析一篇文章，也可以口齿伶俐地表述自己的需求，只是，不如当初做慕容大小姐时张扬，她内敛了很多。经过两个多月的观察，王显确定了自己的判断：慕容雪的癫狂，是装出来的。

再一次，慕容雪乖乖地配合他把药吃进肚子里后，王显说，慕容雪，你其实没有疯，为什么要装呢？慕容雪冷冷地看着他，没有说话，正是那个冰冷的眼神，让王显彻底沦陷。是的，彻底沦陷。

因为，他从第一次见到慕容雪的时候，就爱上了她，只是因为当时的她已经是罗旌的准新娘，而他是罗旌的好朋友，实在不能做出什么出格的事情。但是，此刻，慕容雪是被人抛弃的可怜人，他终于有机会站在自己的女神面前，为她做事。如果说，曾经他对她还有所克制，那么现在，他已经不再需要克制，他要淋漓尽致地把自己对她的爱表达出来，让她看到，让她感觉到。

所以，他没有再追问慕容雪这样做的原因，但是，他在给慕容雪配药的时候，将原来起镇定作用的神经类药物换成了没有任何毒副作用的维生素。

慕容雪再没有飞扬跋扈过，她更像是一个大家闺秀，安静地读王显送给她的书，听王显送给她的歌碟。王显写给她的信，她从来没有回过，但是，她会温柔地向王显微笑，那微笑，总是会让王显有想要抱住慕容雪的冲动。她也会偶尔轻轻地倚靠在王显的肩头，说，王显，你是真的爱我吗？那个时候，王显恨不得把自己的心掏出来捧给她……

如今想来，大概本质上，他和她，就是一路人吧。

当年，他和大学同学何晨一起来到这家医院，两个人都医术精湛，但是何晨属于八面玲珑的人，性格开朗，而王显，属于不善言辞的人。领导更喜欢何晨，模范先进都给了何晨，甚至主任提拔也有传言说非何晨莫属。王显表面上依然与何晨是最要好的兄弟，铁得牢不可破，连何晨都这样认为。只有王显自己知道，每一次，他都恨不得把何晨撕碎。他之所以与何晨那么亲密，不过是要找出何晨工作中生活中的破绽和漏洞，给他以致命的打击。

终于在一次手术中，何晨是主刀大夫，因为是给当时市里的一个领导做手术，何晨特意安排自己信得过的王显作为自己的助手。本来是万无一失的，市里领导却在手术两天后感染，医治无效死亡。因为这次事故，何晨被院长调到了太平间，再也不能做手术，过几天就会通过的主任任免也被取消。何晨受不了这样的打击，整日借酒浇愁，成了医院里最不堪的人。

没有人知道，那次手术的感染，是因为王显故意给了何晨一把带有病毒的手术刀，而这样的病毒，在手术时感染会在两天后发病，且无药可救。

而王显，在后来的工作中，成为骨干，晋升主任，平步青云。

慕容雪在医院住了半年后，对王显说，我想出院。

于是，王显为她租了房子，做了布置。王显也是聪明的人，只是太善于隐藏自己，以至于别人都以为王显憨厚、老实，其实，他是能够窥透人心的人，慕容雪装病，也无非是为了报复，她的改变，无论真假，都需要将房子装修得简单质朴，脱离曾经的浮华和奢靡这样的低品位。

也就是在接慕容雪回到出租房的那一晚，慕容雪将自己送给了王显。

即使已经过去了很久，王显依然记得那一晚的销魂时刻。

王显就这样，彻底沦陷在慕容雪的爱情里。

此后，王显带着罗旌来看慕容雪，慕容雪的失忆，不过是假的，王显心知肚明。

一年前，慕容雪说，王显，我要报复罗旌，是他，让我失去了一切，你能帮我吗？拿到钱后，我们远走美国，再也不回来，好吗？慕容雪梨花带雨，轻轻地靠在王显的怀里。

那一刻，王显就下了决心，他可以辜负天下所有人，就是不能辜负慕容雪。

如今，他和慕容雪隐居在这宁静的庄园里，朝夕相守，他是很知足的。

可是，他不知道慕容雪是否知足。

来到美国后，他才发现，居留美国，不过是慕容雪规划里的第一步。此后，慕容雪会做什么，他不知道。他忽然开始怀念那个住在医院里的慕容雪，恬淡，安静，与世无争。而现在，她想的，永远是如何得到更多的金钱，如何风光地回到中国，看罗旌落魄到什么程度。

有多少恨，就表示有多少爱。

慕容雪还爱着罗旌，因为得不到，因为伤害过，所以，才以这样的方式来报复。什么时候没有了恨，什么时候就没有了爱，只有到了那个时候，他才能算真的拥有慕容雪，拥有慕容雪的爱。

再次看向窗外，慕容雪依然在兴奋地看着小马，神采飞扬。

这个时候的慕容雪，是多么可爱。对于一个曾经受过伤害的女人来说，或许需要好长时间才能从旧梦中醒来。没关系，我愿意陪着她，用我深情的爱，抚平她的创伤，与她一起迎来新的生活。

他微笑着看着慕容雪，慕容雪回头，也给他妩媚的一笑。

（二）慕容雪篇

我知道王显正在窗户里看着我。

所以我假装着兴奋，假装着开心，假装着神采飞扬。

是的，一切都是假的。

我发疯，那是假的。我派人跟踪了罗旌三个月，摸清了他的生活规律，知道他几乎每天都会去"你我"画廊偷偷看聂亦风那个贱女人，于是，我假装发疯，故意在画廊门口引起罗旌的注意。夫妻这么多年，我太了解他了，虽然他扳倒了慕容氏集团，但是，他对我，从来都觉得是愧疚的，毕竟犯了错的不是我，而我，却因为这件事，在一瞬间失去了所有。

每个人都有软肋，罗旌的软肋，就是他本性中的善良。

我算准了他会看到我，算准了他会把我送到医院，算准了他会时常来看我——他对我，没有爱，这一点，我从来都知道。结婚那么多年，我们亲密的举动寥寥无几，他不知道，他喝醉了喊的名字是聂亦风，他做梦说梦话，喊的还是聂亦风，只是，我太爱他了，我天真地想，无论你喊多少遍她的名字，守在你身边的，还是我，你此生再也不可能拥有她。所以，我沉默着，忍耐着。

我以为我可以用很多的钱感动他，所以我把我的股份转给他，我给他买最好的跑车，可是，他还是搞垮了慕容氏集团，他还是把我的父亲送进了监狱，并让他死在了监狱，他让我从高高在上的云端刹那间掉落到地狱，几乎万劫不复。

我怎么可以这样轻易地就忘记家破人亡的仇恨？

有时候我会想，命运真是一个圆，总是要有相似的轮回。

我知道王显是他最好的朋友，我和他结婚的时候就认识王显了；我知道罗旌一定会把我送到王显的医院，我还知道，王显现在的人脉正是我想利用的；我更知道，王显从看到我的第一眼开始，就喜欢上了我。

罗旌一直以为我只知道挥霍和享受，他根本不知道我其实曾经是经济管理学的硕士，曾经是学校里少数大学期间拿奖学金拿到手软的学生。我只是不喜欢慕容氏集团，不喜欢在那个家族上班，可是父亲又不允许我到其他的企业里工作，我就只能醉生梦死地活着。我以为我不够爱这个家族，也不够爱我的父亲，可是家族消亡了，父亲死了，我才知道，我和这个家族有永远割舍不断的血脉联系，我的荣耀来自它，我的屈辱也来自它。

我对王显投怀送抱，我所表现出的安恬宁静，或许也是我骨子里的另一面，王显彻底拜倒在我的石榴裙下。我知道他待我是真心的，他为了我，甚至不惜背叛与他有十几年交情的罗旌，可惜，我还是没有办法爱上他，不是我天性凉薄，而是我的心里，只住着罗旌一个人，再没有第二个人可以走进我的心里。

我的身体给了王显，我的心，却始终留给了罗旌。

这是我的不幸，也是王显的不幸。

我深深地知道，王显所做的一切，都是为了我。他顺着我的心意，他对我体贴入微，他甚至知道我的心里还有罗旌，可是他不介意。他曾说过："我会等，等到你真的一心一意爱上我为止。我为你所做的一切，你不必感激。"听到他这样说的时候，我是感动的，甚至会有那么一刹那，想要就这样放下仇恨，和他在这里相守终老。

可是，我还是忘记不了父亲临死时的眼神，忘记不了罗旌将我推倒在地决绝而去的背影。现在我理解了罗旌当年的感受，他一定也和我一样，忘记不了父亲临下井时的眼神，忘记不了父亲去世后家里的荒凉与破败，所以，他和我，其实都是一样的人。

我相信，如果不是背负仇恨，他会很好地和聂亦风在一起，两个人一起在那座城市里打拼，或许不够风光，却足够温馨。如果我不是背负仇恨，我也许会找一个真心爱我的人，像普通夫妻一样恩恩爱爱，或者生一双儿女，其乐融融。

可是，这一切，都只是"如果"而已。

这个人世间，最伤人的恐怕也就是"如果"了。

罗旌，我不会放过你，无论过去多少年，我都会记得你，就像你当年一样。原来书上说"冤冤相报何时了"是真的，可是，我能放下吗？不，不知道，至少现在，我是真的放不下。

阳光真好，回头，我看见王显正微笑地看着我。

其实，他也是很帅的男人，而且沉默内敛，果断重情。我会爱上他吗？我也不知道。

也许，时间这个东西能够给我答案，那么，现在，就顺其自然吧。

想罢，我也给了他一个明媚的微笑。

（三）白烟篇

在法国我已经待了近五年。

我的绘画技巧越来越娴熟，我的画作动辄会卖到百万，我现在已经不缺钱，可是，我的内心，却始终是一片荒漠。

我再没有联系过聂亦风，尽管我知道他们夫妻俩很牵挂我，只是，我实在无颜面对他们，唯有远远地离开，再也不见，才是最好的解脱吧。而米晟，听朋友说两年前好像被捕入狱了，据说是骗了一个相当有背景的人的老婆，惹怒了这个人，于是动用所有关系，掘地三尺也要把米晟找出来。

恶终究有恶报吧。

虽然明白，当年所遇并非自己的良人，却终归再也接受不了任何一段情感。不是没有追求自己的人，心，却再也打不开。

在国外的这几年，虽然我有了很多钱，可是心里还是觉得空落落的。最近，总是想起和聂亦风令狐北在一起的时光，总是想起那间"你我"画廊，总是想起画廊前面开的繁盛的紫藤萝……我知道，我想家了，我想回家了。

那么，就起程吧？

跟着心走，总会走到你想要抵达的地方。（全书完）